LES COMPTOIRS DU SUD

PHILIPPE DOUMENC

LES COMPTOIRS DU SUD

roman

ÉDITIONS DU SEUIL
27, rue Jacob, Paris VIᵉ

ISBN 2-02-010863-1.

PREMIÈRE PARTIE

Côte de Barbarie

Ordre de mission n° 61/623

Par ordre n° 4324/EGA du 19 octobre 196 , l'aspirant de Marine (de Réserve) Pierre Sérurier, actuellement affecté à l'État-Major d'Alger, 24ᵉ Bureau d'Études et de Liaisons (BEL), est muté au 1ᵉʳ BEL de Chella (3ᵉ DBFM).

Il ralliera son affectation par les bases d'Oran et de Nemours. Il embarquera sur le transport de troupes l'*Athos,* commandant l'officier des équipages Duruffle, pour se présenter avant le 27 novembre au Capitaine de Vaisseau Acaton, commandant le 3ᵉ bataillon de la 3ᵉ Demi-Brigade de Fusiliers-Marins (DBFM) et les opérations navales et terrestres de la base de Chella (Présides français de la Côte de Barbarie).

pour le Contre-Amiral Merlet,
Commandant de Marine/Alger

[signé : illisible]

Entre Nemours et Chella, la traversée ne durait que quelques heures, mais la mer pouvait être mauvaise.

Dans ce temps-là, la marine mettait un point d'honneur à ignorer le service bihebdomadaire des aviateurs en DC-3. Il fallait aller s'embarquer à Nemours, petit port situé au-delà d'Oran, à l'extrême frontière de l'Algérie et du Maroc. La ligne était ensuite assurée par l'Athos, un gros navire de débarquement bosselé comme une vieille casserole et tout peint de gris, déjà survivant des plages de Normandie en 1944 et de celles d'Indochine.

Depuis longtemps, par son âge et ses blessures, l'Athos aurait dû être réformé. A chaque traversée il risquait le naufrage le long de cette Côte de Barbarie, laquelle, il est vrai, était réputée dangereuse.

L'époque était celle de la guerre en Algérie. J'y avais commencé peu glorieusement mon service militaire dans un bureau de l'état-major à Alger. Au bout de quelques mois, j'appris que je changeais d'affectation : les deux officiers que j'avais comme patrons à Alger étaient mutés à la garnison de Chella, dans les présides français de la Côte de Barbarie (ou, comme on disait encore parfois, à l'ancienne, les « Comptoirs du Sud »). Je les suivis.

Pour rejoindre Nemours et l'Athos, nous dûmes traverser tout l'Ouest de l'Algérie.

C'était, je m'en souviens, le début de l'hiver. Nous prîmes d'abord l'Inox, un train rapide revêtu d'aluminium qui reliait Alger à Oran et qui, tant que le flux des attentats terroristes

9

n'eut pas couché l'une après l'autre sur le côté du ballast ses voi-
tures étincelantes, fît l'admiration des indigènes comme des
Européens du pays.
Le temps était froid. Souvent il pleuvait sur ces plaines admi-
rablement cultivées, sur ces vignobles maintenant noyés d'eau
que le train traversait.
Comme pour nous rappeler la guerre, de piton en piton, une
chaîne de petits postes militaires français en vérité assez
sinistres quadrillait cette plaine. Nous vîmes des Regroupe-
ments, vastes ensembles formés de tentes militaires ou de
baraques de parpaings et de tôle alignées comme les oliviers sur
les collines. On y rassemblait les familles de paysans arabes
pour les soustraire à l'influence et aux exactions des rebelles.
Au milieu de ces camps, plantés là comme si on avait voulu que
fût signée jusqu'au bout notre oppressive présence, flottaient des
drapeaux français trempés et frileux.
Nous quittâmes le train à Oran et nous prîmes une jeep. Puis,
par Aïn-Témouchent et Pont-de-l'Isser, suivant un curieux lac
salé asséché et une route toujours jalonnée de postes militaires
et coupée de contrôles, nous rejoignîmes notre port d'embarque-
ment, Nemours, l'ultime petite ville française à la frontière
algéro-marocaine.
A Nemours (que nos vainqueurs appellent aujourd'hui,
paraît-il, Ghazaouet), nous nous retrouvâmes en pays ami. La
région était alors tenue par des marins de la 2ᵉ demi-brigade de
fusiliers marins, la « 2ᵉ DBFM », comme on disait. J'étais en
effet fusilier marin et l'un de mes officiers-patrons l'était aussi.
A Nemours donc, commençait cette Côte de Barbarie qui, par
Chella, Albaceite, Nador, Melilla et Ceuta – les deux dernières,
villes espagnoles – va jusqu'à Tanger et jusqu'aux anciennes
Colonnes d'Hercule, maintenant le moderne détroit de Gibral-
tar. Nemours était aussi le point de départ du barrage électrifié
qui, descendant vers le sud, avait été construit par l'état-major
français pour arrêter sur la frontière le passage des bandes fel-
laghas stationnées au Maroc.
En attendant l'Athos, nous restâmes deux journées à
Nemours. Nous allâmes faire un tour sur le barrage électrifié.
En vérité ce barrage et la ligne des postes militaires qu'à la

mode de l'époque on avait disposée tout au long des barbelés étaient un instrument efficace. Il bloquait les colonnes de rebelles en provenance du Maroc. Les fusiliers marins en étaient assez fiers.

En même temps qu'elle maintenait le filtre du barrage, la demi-brigade de fusiliers marins contrôlait l'arrière-pays, et le contrôlait bien. La frontière étant étanche et la plupart des fellaghas de secteur tués depuis longtemps, l'activité militaire était en sommeil, la région dite «pacifiée». Les postes militaires étaient devenus des centres d'administration. Des écoles et des dispensaires avaient été établis. Ils distribuaient les bienfaits de la civilisation à une population immémorialement sous-administrée, et qui n'en croyait pas ses yeux de voir débarquer dans ses gourbis de terre toujours plus de matelots-infirmiers, toujours plus de matelots-instituteurs!

C'était une région exemplaire. On venait la voir de loin. On y appliquait les techniques les plus récentes de la «pacification». On faisait visiter aux observateurs et aux journalistes étrangers les regroupements bien alignés, les autodéfenses où des Arabes en civil, le plus souvent âgés (les autres étaient on ne savait où), chacun armé d'un vieux fusil Lebel de la guerre de 14 et de trois cartouches qu'on recomptait tous les jours, apprenaient à veiller pour prévenir le retour des infiltrations rebelles.

Des Blancs portugais d'Angola, des Blancs anglais de Rhodésie, des Blancs sud-africains vinrent visiter l'Oranie. On y voyait les fusiliers marins tracer des pistes, creuser des puits, soigner les enfants, créer des manufactures de tapis pour les femmes et ce n'était pas surnaturel. *Le goût de la marine pour l'organisation y faisait même assez merveille.*

Nous parcourûmes cette région avec intérêt bien qu'à la réflexion le spectacle de ces marins transformés en jésuites du Paraguay, comme de cette population musulmane si soumise en apparence mais toujours silencieuse et si peu concernée, fût étrange et même surréaliste.

L'Athos entra enfin dans le port de Nemours. Nous nous y embarquâmes aussitôt à destination des présides de Barbarie.

I

Un Bureau d'études à Alger

L'extraordinaire était de se retrouver en cette aventure sans être un volontaire ni même un soldat de métier. J'étais, comme on disait, un simple « appelé ». Je faisais l'interminable service militaire de l'époque : vingt-huit, vingt-neuf, trente mois peut-être.

Quand je fus incorporé, je me trouvais en plein milieu d'études qui commençaient à sentir de plus en plus le *ratage*. Le gouvernement avait besoin chaque jour davantage de soldats. Mon sursis fut résilié. Presque par hasard, grâce à un ami, j'appris que la marine recrutait directement ses futurs officiers de réserve. De la sorte, je pourrais échapper à l'ignominie des dépôts et de certaines casernes d'infanterie où s'étaient retrouvés la plupart de mes camarades. Je gagnerais aussi 800 francs par mois, alors que, je me souviens, le « prêt » du simple bidasse, toujours par mois, était de 47 francs (on parlait Nouveaux Francs depuis l'année d'avant). J'eus de la chance et fus sélectionné.

Par tradition, par esprit de classe, pour je ne sais trop quelle raison, surtout parce qu'elle aime ne rien faire comme les autres, la marine, une fois qu'elle avait choisi ses recrues, les traitait plutôt bien. A cause de la guerre elle avait besoin d'un nombre inusité de jeunes officiers. Elle les formait par séries dans un camp situé près d'Alger, à Cap-Matifou. Un temps, nous fûmes trente dans ma promotion.

Juste avant notre sortie de l'École, l'accident arriva. Deux d'entre nous furent tués à l'exercice. Une grenade défensive

13

explosa sur le champ de tir où on nous entraînait. Dodeman et moi attendions notre tour et étions à côté.

Dodeman était mon camarade de chambrée à Cap-Matifou. En fait, nous aurions pu tous deux aussi bien recevoir la grenade, car nous étions derrière nos deux camarades dans la file d'attente. Avant l'exercice, tout le monde avait puisé ses grenades dans le même lot, une caisse de bois ouverte derrière nous, peinte de kaki avec des inscriptions en anglais.

L'instructeur était un type qualifié et prudent, un officier marinier qui arrivait du bataillon d'intervention de la marine en Kabylie.

– Merde, merde, criait-il en regardant les deux corps étendus.

Il avait participé à l'opération *Jumelles* du général Challe, il avait accroché durement les fellaghas. C'était un excellent professionnel, il était parfaitement expérimenté et compétent mais voilà : l'accident était tout de même arrivé.

La grenade avait laissé une éraflure en forme d'étoile noire sur le sol desséché. C'était une grenade défensive en fonte, la pire, une grenade quadrillée prise sur un lot qui datait au moins de la campagne anglaise de Libye en 1942. Dès qu'elle avait été dégoupillée, avant même que la cuiller ne se rabatte, elle avait éclaté.

Et maintenant, les deux garçons étaient étendus le nez dans leur sang, sur le sol, le bas du corps complètement déchiqueté. Celui qui avait tenu la grenade avait un bras arraché. Le sang sur les treillis noircissait vite à cause du soleil. Il faisait un effet de cambouis répandu sur un vêtement de travail.

La thèse de l'accident prévalut. Pourtant, l'affaire n'était pas exactement claire. On ne voyait pas bien pour quelles raisons un tel lot avait été utilisé, ni même pourquoi la grenade avait explosé. Mais il y avait beaucoup d'accidents de toutes sortes dans ce temps-là.

Une enquête avait été ouverte. Au moment où je quittai Matifou pour ma première affectation, celle à l'état-major d'Alger, elle continuait toujours.

14

Peu après cet accident et nos six mois d'école, nous reçûmes les résultats de l'examen ainsi que nos galons d'aspirant. Mes camarades eurent des commandements classiques – un poste militaire isolé dans le djebel, une Section dans une unité combattante. Moi, comme première nomination, j'eus une affectation de rêve.

Je me retrouvai dans un bureau de l'état-major d'Alger, adjoint à deux officiers (ceux-là mêmes que je suivais sur l'*Athos*) dont aucun n'était vraiment ordinaire. L'un était un tout petit capitaine de l'armée de terre, le capitaine Coulet ; l'autre un immense lieutenant de vaisseau de fusiliers marins portant des lunettes cerclées de fer et nommé Peufeilloux. Plus exactement lieutenant de vaisseau Jean-Christophe du Carbon de Peufeilloux.

Coulet et Peufeilloux – C & P, comme tout le monde les appelait, tant ils étaient inséparables – étaient en charge d'un bureau assez étrange et aux fonctions peu définies, de surcroît lié aux Services secrets comme c'était tant à la mode dans cette guerre. Il s'appelait le « Bureau d'études et de liaisons 024 », BEL/ 024.

En ce qui me concernait, cette affectation tombait plutôt bien. La fille avec laquelle je vivais à Paris avant mon service militaire s'appelait Catherine. Catherine vint me rejoindre à Alger. Autant dire tout de suite que, justement en prévision de mon prochain départ pour l'armée, elle et moi nous étions mariés peu de temps auparavant.

On se marie souvent avant les guerres. Ça fait sûrement des veuves. Ça fait aussi des soldats abandonnés.

A Alger, Catherine et moi louâmes pendant deux mois un petit studio à un fonctionnaire martiniquais de l'Électricité d'Algérie qui arrondissait ainsi ses fins de mois. C'était, en bordure d'un ravin desséché, à la Robertsau, sur le boulevard du Télemly, un boulevard qui serpentait sur les hauteurs d'Alger. Nous y dominions la mer et les innombrables terrasses blanches de la ville. L'immeuble était neuf avec des pièces claires. Nous y fûmes (au moins me semble-t-il) heureux un certain temps.

Comme les presbytes ne voient pas bien ce qui est trop proche d'eux, j'ai toujours singulièrement manqué de clairvoyance pour ce qui me touche de près. Au début, je ne soupçonnai pas un instant que quelque chose pouvait clocher dans mon ménage. Puis, je mis bien deux mois avant d'élucider l'activité exacte de mes supérieurs au Bureau d'études et de liaisons 024.

Dès que commença toute la série de mes ennuis avec Catherine, je me mis à haïr Alger. J'entrepris de demander ma mutation. Le miracle survint peu après, quand j'appris que le Bureau d'études, mes deux officiers et moi-même, nous changions justement d'affectation, et que nous étions transférés ailleurs, à Chella dans les Comptoirs du Sud.

Mais sans doute me fais-je ici un peu plus naïf que je n'étais en réalité. Car, bien avant ces événements, j'avais subodoré que mon mariage avec Catherine ne durerait peut-être pas aussi longtemps que je l'aurais souhaité. De même, j'avais commencé à soupçonner que les activités du Bureau de mes deux officiers n'étaient pas aussi vagues ou innocentes qu'elles ne m'étaient apparues tout d'abord.

Théoriquement, au BEL/024, Coulet et Peufeilloux s'occupaient d'études statistiques, d'analyses de presse, d'enquêtes économiques. Pour eux, j'écrivais des argumentaires sur les bienfaits du Plan de Constantine ou de l'AMG (Assistance médicale gratuite).

Je collationnais aussi d'interminables listes d'armes récupérées aux rebelles (marque de fabrication, numéro de l'arme, origine probable, date de la capture). Une fois, C & P me firent recopier un gigantesque tableau, élaboré je ne sais où, qui reconstituait dans les moindres détails l'organigramme de l'organisation militaire FLN couvrant la région d'Oranie, la willaya V. Les rebelles avaient un prodigieux sens de la bureaucratie, étonnamment proche du nôtre.

Ce travail me plut. En somme, je travaillais à la construction d'un énorme arbre généalogique. Ses ramifications vénéneuses étaient celles de l'Algérie rebelle – *willayas, zones, régions, secteurs, haïleks* (bataillons), *katibas* (compagnies), *ferkas* (sections), *moujahidines* et *djounoud* (combattants), *tissals* (collecteurs de fonds) –, tout l'appareil, tout le tissu de branches et de racines que nous devions couper sans cesse et qui sans cesse repoussait.

Le métier de Coulet et Peufeilloux était d'analyser ce tissu, de l'infiltrer, de le corrompre, puis, à la fin, de le détruire. Mais ce n'était pas assez que de le détruire ordinairement : car *l'art de l'art* était de l'attaquer de l'intérieur par une sorte d'implosion, d'organiser sa combustion spontanée, d'introduire sans trace d'effraction le virus qui le jour venu propagerait la force meurtrière qu'il portait en lui, avec en plus toutes sortes de subtilités et d'inventions de façon que, après coup, fût brouillée la piste du destructeur.

Tel était, rarement atteint naturellement, le sommet pour Coulet et Peufeilloux. Sous une imperturbable affectation d'amateurisme, les deux compères, excellents professionnels du contre-terrorisme, participèrent à d'assez beaux montages dont je ne connus sur le coup que peu de chose.

Une fois, sans me dire sa destination, ils me firent écrire (dans un sens naturellement favorable à la France) une compilation sur les ralliements de rebelles qui effectivement se multipliaient à ce moment-là, tout le monde croyant que l'insurrection était finie. Or, quelque temps après, j'eus la stupéfaction de retrouver mon texte littéralement *retourné*, je veux dire réécrit dans la langue de bois et avec les maladresses que les Services spéciaux prêtaient aux rebelles, dans un faux numéro du *Moudjahid*, le journal de la rébellion, qui fut diffusé dans les willayas algériennes et qui, je crois, est resté célèbre.

Ce faux numéro, chef-d'œuvre de l'intoxication et demeuré un des classiques du genre, ne contribua pas peu à attiser les rivalités entre les chefs de l'insurrection.

La rébellion algérienne était aux abois, et tout le monde y suspectait tout le monde. Le faux numéro du *Moudjahid* parlait de complots et de ralliements en préparation. Il citait des noms naturellement innocents mais que nous voulions compromettre. Il fut à l'origine d'un certain nombre des

17

purges internes sanglantes de la willaya V, celles de l'été 196..., les plus terribles. Les chefs rebelles, pris d'une crise aiguë de suspicion (la « bleuïte », comme on l'appela à l'époque, je ne sais plus pourquoi), égorgèrent des compagnons historiques, des dizaines de jeunes recrues fellaghas accusées d'être infiltrées par les Français.

C'est une des pages les plus tristes et les plus étonnantes de la guerre d'Algérie. J'y ai trempé sans le savoir. Je n'en suis pas plus fier pour cela.

Une autre fois, entre deux portes, je saisis une conversation. Coulet et Peufeilloux parlaient d'une autre affaire qui avait défrayé la chronique quelques mois avant, celle du poste de radio piégé envoyé par colis postal qui explosa à la tête du commandant Ben Boulaïd, un des chefs de la willaya III, et lui coûta la vie. C'est aussi un des classiques du genre. Ils y avaient très certainement participé.

Naturellement, à l'époque comme d'ailleurs plus tard à Chella, C & P se méfiaient de moi et ne me mettaient pas au courant. De plus, j'étais trop impliqué dans mes problèmes domestiques pour avoir la moindre envie de monter mon enquête personnelle. Enfin qu'aurais-je gagné à me poser des questions, sauf à risquer de détruire l'agréable planque où le Dieu des armées, le hasard et les bureaux du personnel de la marine, inconsciemment unis pour une fois, m'avaient placé ?

De temps en temps, mes deux patrons *montaient des coups*. Comme c'était la mode parmi les officiers de l'état-major, ils faisaient aussi probablement de la politique. Ce fut peut-être la raison de leur subite mutation à Chella, car le « GG », le Gouvernement général à Alger, n'aimait pas ça. L'hypothèse est plausible. Ou bien, plus simplement, avaient-ils terminé leur mission à Alger et une autre leur fut-elle assignée à Chella. Je ne le sus jamais. De toute façon mes deux officiers et moi, nous ne communiquions qu'au minimum.

Ils ne me demandaient que très peu : porter des papiers, écrire mes rapports, me taire, tenir le bureau quand ils n'étaient pas là.

Car eux, en vérité, ne résidaient guère au bureau. Assez souvent ils étaient en mission.

Ils disparaissaient pendant de longs jours, envoyés dans des coins opérationnels perdus dans le bled.

Ils atterrissaient avec leur hélicoptère d'état-major au PC d'un quelconque colonel de secteur. Avec les renseignements dont ils disposaient et qu'ils ne lui dévoilaient qu'à moitié, ils lui faisaient monter je ne sais quelle opération. Puis, leur affaire faite, d'un coup d'Alouette, ils revenaient comme des fleurs à Alger. Leur teint était un peu plus hâlé que d'habitude. Pendant quelques jours, ils étaient ravis si le coup avait marché, furieux s'il avait loupé.

Le reste du temps, ils affectaient avec une suprême élégance le plus grand désœuvrement. Ils allaient voir des amis en poste au Gouvernement général, ils erraient dans ses couloirs à la recherche d'un tuyau. Plus souvent encore, ils installaient leur PC à la terrasse d'un grand café, rue Michelet, rue d'Isly ou ailleurs, car ils aimaient les grands cafés comme il y en avait tant à Alger à l'époque. Assis à la terrasse dans leur beau treillis d'uniforme bien repassé, ils faisaient étalage de leur inaction. J'allais leur porter les messages. Ils m'invitèrent deux ou trois fois à m'asseoir avec eux.

Je les écoutais échanger des propos sur les gens qui passaient. Ils ne manquaient pas non plus de faire des commentaires élogieux sur les jolies filles d'Alger (elles étaient, je me souviens, extraordinairement nombreuses) quand, d'aventure, il arrivait à l'une d'entre elles de s'installer non loin d'eux.

Si éloignée qu'elle fût en apparence de la guerre qui continuait pendant ce temps-là, mes deux patrons semblaient apprécier fort cette vie pleine de mystères et de futilité. Ces délices s'interrompirent quand nous reçûmes tous trois notre feuille de route pour Chella.

II

Côte de Barbarie

Il y a un point commun entre les guerres civiles, les guerres coloniales et les couples en instance de divorce : on y dort aux côtés de son ennemi.

Pêle-mêle, à Nemours, nous avions embarqué des Européens de Chella, des passagers arabes, des soldats permissionnaires. Tous rentraient soit d'Algérie, soit de « métropole » (comme alors on appelait la France). Les lames étaient fortes et l'*Athos* n'était pas fait pour ces mers-là. Les passagers prirent leur mal en patience et s'endormirent presque tous.

Ce soir-là, dès l'appareillage, il se mit à faire si froid que rester sur le pont devint impossible. D'ailleurs, la jetée de Nemours passée, il n'y eut plus rien à voir. Je fis une tentative pour aller m'installer dans l'entrepont, mais il était plein de passagers. Je décidai d'aller rejoindre mes deux patrons sur le pont supérieur.

Pouvais-je, du reste, certifier l'endroit où je me trouvais ? Car, à mesure que je parcourais les entrailles du bâtiment à la recherche de l'accès à la passerelle et que, sur mon passage, de coursive obscure en coursive obscure, j'écartais ces passagers civils ou militaires à moitié endormis, je m'étonnais de cette succession de spectres immobiles que je devais repousser pour avancer.

Éclairés d'une faible lumière jaune, assoupis tout debout, réveillés dans leur sommeil par mes gestes précautionneux de plongeur sous-marin qui fraie son chemin à travers les algues, des gens s'écartaient par grappes. Des somnambules s'animaient, des statues de cire remuaient un instant avant de retomber dans leur léthargie.

21

J'avançais. J'enjambais des corps de passagers, militaires ou arabes, couchés sur le sol, les uns enveloppés dans leurs capotes, les autres dans leurs burnous ou leurs djellabas. Alors que la haine avait peut-être frappé dans leurs cœurs, c'était drôle de les voir ainsi, fraternellement étendus, endormis dans leurs rêves, réconciliés par une commune perte de conscience, le visage obscur et les yeux fermés comme s'ils étaient déjà morts.

Enfin, au bout de l'entrepont surchargé, pas trop loin d'une espèce de bar de cantine où les cannettes de bière avaient laissé des traces rondes, je trouvai, noyé dans une pénombre coupée de petites ampoules encastrées dans des hublots, l'escalier de fer qui montait vers la passerelle.

L'ascension de cet escalier était, je me souviens, interminable et épuisante. Pont après pont, échelle après échelle, comme on gravit à l'aveugle un échafaudage, j'atteignis enfin la passerelle de l'*Athos*.

Quand j'y arrivai, cette passerelle était le seul endroit du bord (et peut-être du monde) qui eût gardé un peu de lumière et ne ressemblât pas au château de *La Belle au bois dormant*. Assourdies par des caches de papier, des ampoules d'un rouge sulfureux y composaient des reflets de forge. Quelques hommes en uniforme s'étaient assemblés dans la zone où la lumière s'était réfugiée.

D'abord, je ne vis que deux grandes ombres immobiles, celles du timonier et de l'enseigne de quart du bâtiment, vigies obscures se tenant debout face à la route noire du navire. Près d'eux, éclairées par le bas et ressemblant à des chaudrons de sorcières dont sourdait une étrange et vacillante lueur, pâle et verte comme une mousse de phosphore, deux grandes consoles rondes posées à plat étaient deux écrans de radar qu'un rayon lumineux tournant parcourait en grésillant. Au passage il dessinait un tracé grêle, celui de la Côte de Barbarie que nous longions.

Sur ces deux écrans symétriques apparaissaient puis disparaissaient de curieux flocons, également verts. Ils n'étaient que le prosaïque reflet au radar de la crête des grosses vagues, celle des « moutons » qui venaient mourir autour de nous, mais quels qu'ils fussent, ces signaux me donnèrent l'impression que de multiples et mystérieux êtres avaient pris possession de la mer autour de nous. Fugacement ils entouraient le navire pour l'entraîner on ne savait où. Nous flottions au milieu d'eux. Étrange aussi était ce bruit tranquille et régulier des faisceaux des radars tournant sur les écrans. Le chuintement qu'ils produisaient était comme le bruit d'une soie.

Comme le bruit de la pluie. Comme celui d'une vitre de voiture que balaie doucement un essuie-glace.

Derrière les deux hommes debout, en haut de l'échelle, assis sur une espèce de banc, se trouvait un autre groupe d'hommes qui parlait à mi-voix dans l'ombre. Je me souviens. D'abord, naturellement, il y avait mes deux patrons, tous deux un peu en retrait. Puis il y avait Duruffle, le commandant du navire, un officier des équipages en fin de carrière, figure bien connue de la marine de l'époque, présentement occupé à contrôler quelque chose dans sa route. Enfin, il y avait quelqu'un d'autre que je connaissais déjà de vue, un appelé de mon âge nommé Tual, qui était journaliste à *Bled*, le magazine de propagande ou plutôt d'« action psychologique » publié par le commandement français en Algérie.

– Tiens, voilà Sérurier, dit Peufeilloux quand j'entrai.

– Sérurier ? dit Duruffle.

– Oui. Notre aspirant. L'aspirant que nous emmenons avec nous à Chella.

– Eh bien, si c'est votre aspirant, dit Duruffle, vous étiez mauvaise langue. Il ne s'est pas perdu du tout.

Coulet leva avec affectation les yeux vers le ciel :

– Aux innocents les mains pleines, dit-il.

Les sarcasmes de Coulet à mon égard (ceux de Peufeilloux aussi, d'ailleurs) faisaient partie de leurs personnages et du mien, ainsi que des traditions de la marine où l'on « charrie » toujours l'aspirant, le plus jeune des officiers, et où on lui parle le plus souvent à la troisième personne, avec un dédain affecté qui est surtout un exercice de style.

– Sérurier, dis-je. Aspirant de marine de réserve Pierre Sérurier. Classe 57 II B.

Nul sur la passerelle ne cilla.

23

– A vos ordres, ajoutai-je, prudemment.

Je restai un instant au garde-à-vous. Les visages des quatre hommes étaient noyés dans une ombre opaque et grasse qui créait autour d'eux un effet artificiel de bitume comme on en voit dans certaines toiles de maîtres d'avant les impressionnistes, justement celles des peintres spécialistes des scènes de clair-obscur. Les galons dorés des casquettes luisaient faiblement dans l'obscurité comme ces lueurs assourdies d'objets de cuivre ou d'or, ces reflets d'armes, de broderies dorées ou d'instruments de musique que le peintre met quelquefois dans les toiles de *Ronde de nuit*.

Peut-être d'ailleurs est-ce justement cette obscurité qui impatienta Duruffle, car, par un interrupteur situé dans le plafond au-dessus de lui, il alluma brusquement une ampoule. Et ainsi m'apparut-il entièrement, noyé dans une nouvelle lumière blafarde d'aquarium – épais, massif, ses gros yeux broussailleux et pacifiques d'hippopotame amicalement posés sur moi, bienveillant dans son attitude malgré tout l'arroi militaire dont il était entouré.

Je revois cette *scène de genre* comme si elle datait d'hier. Duruffle me dévisage sans esprit critique, avec même une sorte de sympathie. Peufeilloux porte sa belle quarantaine – grande, mince, osseuse, féline. Il a le visage creusé par le jeu des ombres et des lumières, et cette nuit-là il est prodigieusement attentif. Le petit Coulet est mal à l'aise dans la capote bleu marine qu'on lui a prêtée. Il déteste cette capote bleue de marin et la mer en général, mais il ne veut pas le montrer. A son habitude, il va fumer cette nuit-là cigarette sur cigarette et, toujours comme à son habitude, il n'en offrira pas une seule.

J'avais déjà effectivement entrevu Tual dans les couloirs de l'état-major d'Alger et l'avais trouvé plutôt sympathique. Cheveux blonds et frisés, allure poupine et décontractée. La parka semi-civile qu'il portait et dans laquelle, tant elle était fripée, il avait dû dormir d'innombrables nuits, avait des dizaines de poches déformées par toutes sortes d'objectifs ou d'appareils photographiques qu'il sortait souvent pour les manipuler et sans doute pour intriguer. Sur sa tête, artistement arrangé en bonnet de docker ou en bonnet de marin, à moins que ce ne

24

fût en bonnet de Turc, il arborait une de ces écharpes de laine kaki tricotée que nous portions l'hiver en tours-du-cou sous notre treillis, par-dessus notre chandail.

– Tout est complet en bas, fis-je.

– J'avais recommandé à l'aspirant de monter directement ici, dit Coulet. Mais l'aspirant n'écoute jamais ce qu'on lui dit.

– A la dernière minute, fit Duruffle, j'ai embarqué en surnombre une centaine de territoriaux de Chella qui sortent d'une période d'entraînement à Mers el-Kébir. Je les ramène chez Acaton.

Acaton était le capitaine de vaisseau des fusiliers marins stationnés à l'amirauté de Chella qui commandait la base navale et les troupes françaises du préside.

A cette mention du nom du commandant Acaton, l'œil débonnaire et malicieux de Duruffle étincela :

– Est-ce que ce qu'on raconte sur Acaton et vous est vrai ? dit-il tout d'un coup.

– Que raconte-t-on ? demanda tranquillement Peufeilloux.

– Eh bien, ce qu'on raconte, reprit non moins tranquillement Duruffle, c'est que vous, le capitaine Coulet ici présent, et même votre petit aspirant, vous êtes envoyés par Alger pour mettre le commandant Acaton au courant des nouvelles méthodes de guerre psychologique, de guerre *révolutionnaire*. Bref, pour secouer tout le monde et foutre un peu de bordel dans les présides de Chella.

– Ça m'étonnerait, dit Coulet. Il est connu que le commandant Acaton fait très bien ce qu'il fait à Chella.

– Secouer Acaton ? reprit Peufeilloux. Quelle idée ! En outre, « foutre le bordel » est un bien gros mot pour une bien petite chose comme les présides.

– C'est pourtant ce que tout le monde dit, répéta Duruffle.

– Il y a des méchants partout, fit Peufeilloux.

Duruffle se tourna vers moi :

– A propos, aspirant Sérurier, connaissiez-vous M. Tual ?

– Non, dit Tual. Je ne crois pas.

– Si, dis-je.

– On se connaît ? On ne se connaît pas ? reprit Tual. De toute façon, salut à vous, aspirant Sérurier.

– Vous êtes le journaliste de *Bled* ?

Il rit :

– *J'étais* journaliste à *Bled*, dit-il. Dieu merci, c'est fini. Je suis civil depuis trois mois. Je viens de rentrer à *L'Express* à Paris. Le temps passe plus vite depuis que j'ai quitté les militaires.

Le feu d'un phare pénétra par le hublot.

– Les îles espagnoles, dit Duruffle. Le phare des Aguilhas. Il y a plusieurs siècles, au temps où les Européens ne pénétraient pas en Barbarie et où les pirates maures étaient rois sur la côte, les Espagnols se sont établis sur les îles Aguilhas et ont essayé de les fortifier. Ils les ont gardées pour leurs péchés.

– Un rêve, reprit Coulet. Pas une goutte d'eau. Pas un seul habitant. Pas de végétation. Pas de sujet de mécontentement. Rien à voler, *rien à décoloniser*. Mais ça n'empêchera pas les Maures de les leur repiquer, comme ils nous piqueront bientôt notre Sahara !

– Il n'y a pas de pétrole dans les îles Aguilhas.

– Ça ne changera rien.

– Le phare à sept nautiques, dit l'enseigne de service. Nous mouillerons à Chella avant six heures demain matin.

Et il parlait ainsi pour la première fois.

EXTRAIT DU GUIDE-JOANNE

ALGÉRIE, TUNISIE & MAROC

Paris, Librairie Hachette & Cie
pour l'année 1909

(Cote 2352-A 665 à la Bibliothèque Nationale
Pages centrales arrachées
Exemplaire volé ou disparu vers 1980
Ce livre se trouve encore dans quelques librairies
spécialisées)

Pages 137 à 141

Route 10. – D'ORAN A NEMOURS, CHELLA ET TANGER

1ʳ D'ORAN A TANGER PAR MER

Cie de Navigation Mixte (Touache) : serv. hebdomadaire d'Oran à Nemours, Chella, Melilla et Tanger (avec escales alternativement chaque quinzaine à Beni-Saf, Nador, Albaceite, Malaga) en 3 ou 4 j., pour 100 fr., 80 fr., 60 fr., 35 fr. ; dép. d'Oran les sam. à minuit, de Tanger alternativement les mardis ou les mercr. dans l'après-midi, sans nourr., peu confortable.

Le paquebot double la pointe de *Mers-el-Kebir* et le *cap Falcon*, qui encadrent à l'O. la baie d'*Oran*. On passe ensuite entre le *cap Sigale* et les *îles Habibas*, composées de roches éruptives aux escarpements assez pittoresques. Après le *cap Figalo*, la côte incline au S. et on rencontre le port de *Nemours* (fondé par le général de Lamoricière lors de la guerre franco-marocaine de 1844. Voir Route 9, p. 122 du guide).

Après le *cap Milonia* et l'embouchure du *Kiss*, la côte marocaine succède d'abord à la côte algérienne. Puis on atteint la côte inhospitalière du *Rif*, dont on suit dès lors les montagnes schisteuses monotones culminant à près de 3 000 mètres avec le *mont Fillaoussène*, frontière orientale du préside fr. de *Chella*. La côte est de plus en plus découpée, mais toujours sans abris. On passe devant l'embouchure de l'*oued Sbaa*, puis entre le *cap de l'Agha* et les *îles Zaffarines*, préside espagnol depuis 1847, à 4 km env. de la terre ferme ; ce sont trois îles sans végétation, alimentées en eau douce par un bateau-citerne venant de Malaga, mais présentant aux navires un abri très sûr.

Les présides sont une série de points occupés par les Espagnols ou les Français sur la côte septentrionale du Maroc : les Zaffarines, Melilla, Alhucemas, Peñon de Veles et Ceuta pour les Esp., Chella, Nador et Albaceite pour les Fr. Les Espagnols sont enfermés dans leurs forteresses comme dans des prisons et n'ont aucun contact avec le pays situé en arrière. Leurs présides sont surtout des bagnes pour les condamnés. Les présides fr. sont moins enclavés. Agric. (oliviers, orangeraies). Terminus du ch. de fer transportant le phosphate marocain à Chella (wharf).

Chella * V. de 9 000 hab. (500 Français, 1 500 israélites naturalisés, 4 000 étrangers Européens surtout Espagnols, 3 000 indigènes musulmans ; capitale du préside français de Chella comprenant 40 000 hab. en zone civile et 2 500 en zone militaire – recensement de 1906 ; siège d'un évêché, située dans la plaine du même nom, encadrée d'un bel amphithéâtre de montagnes. Le mouillage est bien garanti contre les vents d'O. La petite ville, dont les blanches murailles s'aperçoivent de fort loin lorsque le soleil les éclaire, est bâtie en amphithéâtre sur le versant E. d'un rocher escarpé qui porte le fort de l'amirauté (petite base navale fçse). Ce rocher, que limitent des falaises abruptes, n'a pas plus de 500 m dans sa plus grande dimension. – Service hebdomadaire sur *Malaga* en Espagne.

Chella est une ville fort ancienne ; il est probable en effet que la capitale du préside occupe l'emplacement même de l'antique comptoir phénicien de Hammador. Une ville musulmane mentionnée au xf s. par El-Bekri s'élevait là au Moyen Age. Elle tomba aux mains du duc de Medina-Sidonia en 1497 et fit retour à la couronne d'Espagne en 1506. Elle fut reprise plusieurs fois par les Maures, et en particulier par le renégat Ibrahim-Bey, célèbre pirate barbaresque d'origine maltaise, qui en fit son quartier général au xvii s. Cervantès et peut-être Saint-Vincent-de-Paul y furent détenus avant d'être rachetés par les pères de la Passion. A la construction de la forteresse de l'amirauté furent du reste employés de nombreux captifs chrétiens. Au xviiif s., une expédition commanditée par le duc de Choiseul bombarda et reprit Chella. La ville fut rétrocédée à l'Espagne en vertu du Pacte de Famille. Port franc depuis 1886. Commerce assez considérable avec le Rif et le Maroc et notamment contrebande des armes. Visite de SMI le Kaiser Guillaume II en 1902. Menace d'annexion par l'Allemagne. Cédée à la France par l'Espagne en 1904.*

Chella est un amas de fortifications entassées les unes sur les autres, qui ressemblent à Mers-el-Kebir ou à ce que devait être l'ancien Oran espagnol. Lorsqu'on pénètre dans la *forteresse,* après avoir gravi les escaliers ou les rampes de pierre qui y donnent accès (voir : *rampe aux galères*), on se trouve dans une petite ville espagnole, dont les principaux édifices sont le cercle militaire, une petite église et un petit théâtre. Du haut de la citadelle, l'œil plonge sur la mer, que l'on a à ses pieds, et découvre toute la *baie de Chella.*

Au S. de l'ancienne forteresse, une ville européenne ouverte s'est élevée depuis la guerre hispano-marocaine de 1893. Au-delà, sur le pourtour de la baie, succession de blockhaus, reliés entre eux par une bonne route (7 km) que l'on peut suivre. Du bout de la route, vers la digue en construction, on aura une bonne vue d'ensemble de la contrée. (Voitures : de la place du Paseo à la digue, 1 fr. a. et r.)

Au sortir de la baie, en route vers le préside esp. de *Melilla,* on longe le petit village indigène de *Nakkour,* puis l'îlot rocheux de *Peñon de Velez de la Gomera* (c.-à-d. des Ghomaras), îlot rocheux inhabité, occupé par les Espagnols en 1562.

Nador * ou **Naddor,** second préside français sur la côte, et dernier avant *Albaceite* [etc.].

[Le texte continuait jusqu'à la page 141]

LIVRET MILITAIRE

MARINE NATIONALE

Nom : SÉRURIER
Prénom : Pierre
Port d'immatriculation : Toulon

ÉTAT-CIVIL

Nom : SÉRURIER
Prénom : Pierre
Né le : 21 avril 19   à Paris
Marié le : 8 décembre 19
Divorcé
Adresse de la famille ou de la personne à prévenir en cas d'accident (l'inscrire au crayon) : épouse (*mention barrée, remplacée par :* parents).

CARRIÈRE

Date d'incorporation : 1ᵉʳ févr. 19   , classé dans la spécialité fusilier marin.
Admis à l'École des Officiers de Marine de Réserve (EOR) du Cap-Matifou (Algérie) le 4 mars 19   . Sorti 18ᵉ sur 28.
Nommé aspirant le 4 juillet 19   . *Nommé* officier de réserve avec le grade d'Enseigne de Vaisseau de 2ᵉ classe le 24 mars 19   (*Journal officiel* du 24-4-19   - décret du 16-4-19   ).

RÉCAPITULATION DES SERVICES

Élève-officier de réserve sur le cuirassé *Richelieu* à Brest. Centre d'instruction des EOR à Cap-Matifou (Algérie) - État-Major interarmes d'Alger - détaché au 24ᵉ BEL (Bureau d'Études et de Liaisons) - 3ᵉ Brigade de fusiliers marins à Chella (présides de la côte française du Maroc), Bureau d'Études et de Liaisons - Chef du poste d'Arbitral, région militaire du Fillaoussène, 3ᵉ Cie/3ᵉ DBFM. Rayé définitif des contrôles de l'Activité le 29-3-19

III

Du pont de l'*Athos*

Vers le milieu de cette nuit-là, sur la passerelle de l'*Athos*, j'allai examiner la carte.

– Aux Écoles, vous apprend-on encore à tracer la route ? me demanda Duruffle.

Hélas, pauvre Duruffle ! Hélas, pauvre marine ! Naturellement, depuis le début de la guerre, on ne nous apprenait plus rien. Par tradition, les instructeurs avaient essayé une demi-heure au début des cours. Puis ils étaient passés à l'essentiel de notre futur métier : le tir aux armes automatiques, le pointage du mortier, la lecture des cartes au cinquante-millième, l'art de l'embuscade de nuit, la règle des convois sur les routes, l'appel aux avions ou à l'artillerie, les premiers soins aux blessés, les mines, la façon d'envoyer des voltigeurs à l'avant d'une patrouille.

Pourtant, la route qui était indiquée sur la carte était belle. Elle était écrite – *plotée*, comme ils disaient – sur un écran de rhodoïd translucide faiblement éclairé par-derrière. Des coups de crayon bleu, ou plutôt d'une sorte de craie irisée qui prenait bien la lumière, la barraient çà et là. Suivant la Côte de Barbarie, le trait longeait l'Algérie, le Rif, puis les rivages du préside, traversant des zones de petits chiffres qui étaient autant d'approximations des fonds. Je lus machinalement la chaîne des beaux noms soulignés sur la route : cap des Cigales, Observatoire-de-Lamoricière, îles de l'Ouest, cap Milonia, Peñon de Veles, cap de l'Agha, îles Zaffarines, Lazaret-de-Chella.

– Vous étiez dans la dernière promotion de Matifou ?

– Oui.

– Celle où ils ont eu les deux aspirants tués à l'exercice ?

– Affirmatif.

– On sait ce qui s'est passé ?

– Un lot de grenades anglaises de la dernière guerre. Des grenades défectueuses.

– On dit, interrompit Tual, que l'instructeur vous montrait comment retenir la grenade quatre secondes dans votre main, cuiller ouverte, afin qu'elle explose dès son impact au sol et qu'on ne puisse la renvoyer sur vous.

– Exact. Les grenades n'explosent qu'au bout de sept secondes. Quelquefois les fels ramassent les grenades et essaient de vous les renvoyer.

Pour moi, toujours, les deux types seraient étendus côte à côte. Indéfiniment je verrais leur sang noir qui ressemblait à du goudron couler sur le sol.

– Commandant, nous approchons les eaux du Rif, dit l'enseigne de service.

– Éteignez les feux.

– Éteignez les feux, répéta l'enseigne.

Il parlait je ne sais où, à la cantonade. L'ordre fut transmis, et le feu vert s'éteignit à bâbord.

– Éteindre les feux ? dit Peufeilloux, qui s'était approché. Que je sache, les Rifains ne sont pas en guerre avec nous.

– Au cas où vous ne le sauriez pas, dit Duruffle, sur l'*Athos*, j'ai charge d'âmes. Un obus est vite parti de la côte.

Les yeux de Peufeilloux étincelèrent :

– Justement. Une nuit comme celle-ci, on devrait prendre sa chance.

– Quelle chance ?

– N'importe quelle chance, dit-il : ralentir sa route, mettre tous ses feux dehors.

– Les Rifains nous allumeraient.

– Ils nous rateraient, dit Peufeilloux avec enthousiasme. Il y a si longtemps que nous cherchons l'incident pour pouvoir intervenir au Rif ! En une nuit, avec nos commandos, on tordrait le cou à leurs foutus « camps de réfugiés » qui sont autant de bases militaires fellaghas implantées sur leur territoire.

32

– Ces choses-là, dit Duruffle, marchaient au temps des canonnières. Aujourd'hui, il y a l'opinion, la presse, les leaders du Tiers Monde, l'ONU, les bonnes consciences. Même Suez, le « coup » de Suez, a loupé en 56 !

– Un montage exceptionnel, dit Peufeilloux.

Et, avec modestie, il ajouta :

– J'y étais.

– Moi aussi, j'y étais. Et sur ce même *Athos* que voilà, dans la flotte de débarquement anglo-française ! La tenaille contre l'Égypte : Israël, les Anglais, nous. Les Israéliens réglaient son compte à Nasser ; les Français coupaient l'aide égyptienne aux rebelles algériens ; les Anglais reprenaient le Canal. En plus, à ce moment, les Russes étaient occupés avec leurs chars à Budapest. On pouvait aussi espérer qu'Eisenhower se rappellerait le temps où il était chef suprême des armées alliées en Europe et surtout qu'il aurait peur de son électorat juif. Tout, tout d'un coup, en jetant une seule fois les dés ! Je le savais. Un soir, à Chypre, sur le quai de Limassol d'où une partie de la flottille allait appareiller, je marchais sur le quai avec un ami qui était l'aide de camp de Beaufre, le général commandant alors le corps expéditionnaire français. Les yeux de mon ami étaient brillants comme les étoiles. Peut-être même qu'il y avait des larmes dedans. Il me dit : « Cette fois-ci, ça y est. Nous allons venger Dunkerque, l'Indochine, tout ce qui nous est arrivé de si malheureux et de si injuste depuis longtemps. Un coup pareil ne se rate pas. » J'étais bien de son avis. « Ça va marcher, ai-je dit. Ou bien cela veut dire que, plus jamais, nous n'aurons la *baraka*. Autant le savoir tout de suite. » Eh bien, vous avez vu le résultat du « coup de Suez » ? Foiré. Pourtant les paras avaient bien sauté. Nous avions envahi Ismaïlia sans une bavure !

– *Plus jamais nous n'aurons la baraka,* dit doucement Tual.

Depuis un certain temps il m'observait du coin de l'œil. Il se rapprocha de moi et nous allâmes nous asseoir à l'écart des autres, dans la pénombre.

– Monsieur Sérurier ? dit-il à mi-voix.

– Oui ?

– Naturellement je vous avais reconnu. Ce n'était pas la

33

peine devant vos deux cons de patrons... On s'est croisés à Alger dans les couloirs du Gouvernement général, à l'état-major, je ne sais pas où. Peut-être même à *Bled*, où je travaillais.

– Exact.

– On a dû dîner ensemble un soir à El-Biar, chez ces Algérois activistes qui avaient beaucoup d'argent et qui faisaient partie d'un club qui invitait les militaires de métropole. Les Martin, les Bonnet, les Bonnin ?

– Les Chevalier.

– Absolument : les Chevalier. Vous étiez élève officier à Matifou. Vous aviez avec vous cette fille... cette fille...

– Ma femme, Catherine.

– Catherine Sérurier, dit-il pensivement.

Et il répéta ce nom comme s'il lui rappelait quelque chose d'important.

Effectivement, Catherine et moi, nous avions dîné un soir peu après notre arrivée à Alger chez des Européens membres d'une association toute fraîche qui accueillait des militaires de métropole.

– Compliments. Une fille superbe.

– C'est fini, dis-je. Je ne suis plus marié avec elle.

– Comment ça ?

– La guerre.

– La guerre ? La guerre ? Quoi la guerre ? Qu'est-ce que la guerre a à voir avec ça ?

Il répéta ce mot de guerre avec irritation, avec impatience et incrédulité, comme s'il ne saisissait pas le rapport avec ce que je venais de dire. Puis, me regardant droit dans les yeux :

– Vraiment désolé, mon vieux.

– Tout a une fin.

– Tout recommence toujours.

– Tout recommence toujours, mais jamais avec les mêmes. Il y a un déchet incroyable, tout le monde s'en fout pourvu que l'écosystème fonctionne. C'est la loi depuis le début du monde.

Il prit un air comiquement accablé :

– J'ai fait une sacrée gaffe en vous parlant de votre femme.

Quand vous me connaîtrez mieux, vous verrez que j'ai un véritable talent pour les gaffes. C'est même pour ça que je suis journaliste.

– Vous êtes excusé.

– Je regrette. Sincèrement.

– Moi aussi.

– De toute façon, dit-il, vous êtes muté à Chella. Vous seriez déjà séparé d'elle. Mieux vaut ne pas se trouver éloigné trop longtemps de filles belles comme ça. Vous verrez, c'est très acceptable.

– Qu'est-ce qui est acceptable ?

– Eh bien, Chella ! J'y suis allé une fois ou deux, en reportage. C'est petit, cinquante kilomètres sur cent, on y sent le poids du Maroc et du Rif, assez encombrants comme voisins il est vrai. Malgré la guerre, c'est sympa. L'été, entre deux tours de service à l'amirauté, vous pourrez aller à la plage.

– L'aspirant sera peut-être affecté dans un des postes de la ligne électrifiée de l'Ouest ou sur le Fillaoussène, dit tout d'un coup Duruffle, qui écoutait depuis un certain temps.

Peufeilloux s'approcha avec Coulet :

– L'aspirant, dit-il, est dans notre service. M. Coulet et moi-même sommes nommés à Chella. L'aspirant nous suivra donc à Chella. Il ira quelquefois à la plage.

– Vous êtes affectés à l'amirauté ? demanda Duruffle.

– Non, non. Nous ne dépendons pas du commandant Acaton. Nous restons autonomes.

– OK, dit Duruffle. Alors, si vous êtes autonomes, ne secouez pas trop les puces d'Acaton. Il ne le mérite pas. Qu'on le persifle comme on veut, qu'on se moque de ses beaux uniformes, de sa belle casquette à cinq galons poivre et sel, de ses rodomontades, de sa bonhomie, de son goût pervers des prises d'armes, de son désir forcené de passer amiral, d'accord ! Mais finalement il travaille bien. Sa ligne de postes est hermétique à l'ouest. Plus personne en provenance du Maroc ne franchit le barrage électrifié. Les anciennes bandes de fellaghas ont éclaté. Les rebelles ralliés sont rentrés dans les villages, on leur a donné le pardon, l'*aman*, on leur a rendu leurs terres quand elles n'étaient pas dans une zone interdite ou qu'on ne les

35

avait pas données à d'autres. On leur a distribué des semences, on les a remis à l'agriculture. Ceux qui ne se sont pas réfugiés au Rif ou au Maroc et qui voulaient garder le fusil, on les a même faits harkis, supplétifs avec nous !

– Reste la bande du Fillaoussène, dit Coulet. On n'a jamais vraiment réussi à se la faire.

– Bon, dit Duruffle, elle continue à nous emmerder, elle impressionne la population, et alors ? Combien sont-ils ? Huit ou dix fels conduits par un berger, à moins qu'il ne soit un ancien ouvrier de chez Renault à Billancourt, on ne sait même pas d'où vient ce type exactement. Comment s'appelle-t-il ? Si Hamza. En plus, depuis que Si Hamza est au djebel, nos services connaissent tout sur lui et sur les dix minables qui le suivent : leurs itinéraires, leurs caches, la dernière fois qu'ils ont baisé, et où, et avec qui ! On l'aura forcément. Pas de quoi en faire une histoire.

– Les Maures de Chella font de Si Hamza un symbole de résistance. Tant que vous ne descendrez pas Si Hamza, rien ne sera fini ici.

– Un jour, répondit Duruffle, votre symbole de résistance, on l'aura eu deux secondes au bout de nos fusils, et ce ne sera plus qu'un cadavre étendu dans un champ. Qui parlera encore de Si Hamza ?

– Faut-il l'avoir ? demanda Peufeilloux. Même, est-ce comme ça qu'il faudrait vraiment l'avoir ?

Il avait dit cela comme on se parle à soi-même.

Duruffle avait compris que mieux valait passer à autre chose :

– Messieurs, dit-il, descendons dans ma cabine boire une bière.

Il contourna l'enseigne de quart :

– Gouvernez dans le 280. Les feux toujours éteints. Demandez au second officier de me relever.

La cabine de Duruffle était juste en dessous de la passerelle. Nous descendîmes l'échelle. La lumière électrique révélait cruellement nos barbes, les flétrissures de la fatigue sur nos visages. Tout était en désordre. Tual et moi nous assîmes sur le lit pas fait et sur les draps sales. Duruffle ouvrit un petit réfrigérateur.

36

– J'aimerais mieux du café, dit Tual.

– Il en reste, dit Duruffle.

– Il y a un an que je n'ai pas été à Chella. Acaton inaugurait ses premières *autodéfenses* dans les douars.

– Une sacrée trouvaille, ces autodéfenses maures ! interrompit Peufeilloux. Rappelez-vous, Coulet, la tête des types de la promotion de l'École de guerre venus il y a quelques années en *voyage d'études* à Alger, eux, les spécialistes de la guerre classique, quand vous et moi nous leur dîmes un soir que nous avions l'idée de distribuer des armes de défense aux villageois arabes isolés en prenant le pari que ceux-ci ne nous tireraient pas dessus, qu'ils ne ficheraient pas le camp avec, qu'ils ne les livreraient pas aux fels ?

– Ça marche si vous êtes ferme, dit Coulet. Recomptez bien vos armes et vos cartouches, et ne loupez pas les types s'il manque des unes ou des autres.

– Il y a des risques, dit Tual. En Algérie, en Grande-Kabylie, j'ai connu une autodéfense dont tous les fusils et les hommes ont filé chez les fels. Il a fallu aller dans le djebel tuer les hommes et récupérer les armes. Vingt-trois Français au tapis, dont l'aspirant qui les commandait. L'aspirant a eu la Croix de la valeur militaire. Mais paix à ses cendres.

– Cette guerre est une guerre d'aspirants, soupira Coulet.

Il dit cela avec une sorte de découragement. Comme si l'injustice suprême qu'on leur eût faite, à Peufeilloux et à lui, était, déjà, d'en avoir fait des capitaines ou des commandants.

Fut-ce l'effet de la deuxième bière que Duruffle nous offrit à ce moment-là ? Celui de la fatigue de la traversée ? Dormis-je vraiment ? En tout cas je rêvai, et mon rêve fut le suivant : nous étions comme tout à l'heure sur la passerelle de l'*Athos* et la forge rouge autour de nous flamboyait. Les vitres restaient d'un noir d'encre, la pluie avait cessé. Le bruit des radars continuait d'être comme de la soie. Plutôt, maintenant, comme un glissement d'eau sur une coque.

Les deux radars bruissaient toujours mais, depuis longtemps, il n'y avait plus rien sur leur écran. Nous ne longions plus d'ailleurs cette obscure Côte de Barbarie. En fait, nous étions dans une sorte de sous-marin et nous commencions notre plongée. Duruffle était face au périscope, mais déjà nous étions trop profond et celui-ci n'était plus nécessaire. Il replia l'oculaire, remonta le tube et je l'entendis compter lentement, à haute voix, le nombre de pieds de profondeur où il nous entraînait : deux mille pieds, deux mille cent, deux mille trois cents...

Deux mille trois cents.

L'*Athos* descendait lentement. Tual échangea un regard avec moi puis avec C & P. Ce que nous ressentions était de la peur, nous ne savions pas vers quelle destination ambiguë Duruffle voulait nous emmener. Comme dans je ne sais plus quel film de guerre que j'avais vu autrefois à Paris, nous écoutions les tôles craquer sous la pression de l'eau, nous entendions cet inexplicable et lent raclement sur la coque et cela nous nouait le cœur... Nous entendions aussi le « bip » de l'asdic de l'adversaire (car il y avait quelque part un adversaire) qui essayait de nous repérer.

– Non, non, disait Peufeilloux à Duruffle qui essayait de lui servir une troisième bière. Du café. Avec deux sucres, si ça ne vous dérange pas.

Comme si, conjurant cette offre, il essayait une dernière fois de s'échapper du monde vénéneux où tentait de nous entraîner Duruffle. Du reste – sûr peut-être que de toute façon nous n'échapperions pas –, Duruffle n'était pas contrariant. Il remit dans le réfrigérateur les cannettes de bière qu'il avait déjà sorties. Sur la table, il y avait une cafetière électrique. Il la brancha, alla vers le lavabo et lava vigoureusement des tasses.

Le bruit des tasses – ou était-ce un autre bruit ? – me réveilla. L'aube était blême et froide et frappait maintenant aux vitres de la cabine de Duruffle. Au loin sortait de la mer une côte noire, sévère et abrupte. Elle était sans végétation et nue comme si elle venait de surgir de l'eau ou d'ailleurs, vraie *Côte de Barbarie* comme ils disaient. Dans la cabine, l'odeur de cigarette froide, celle de la bière était – comment dire ? – poignante. Il y avait aussi cette odeur de cognac, car Duruffle s'était mis au cognac. Je remontai le col de ma capote, enfonçai ma casquette jusqu'au milieu du front. Puis je me disposai à remonter sur la passerelle.

– Attendez, dit Duruffle.

Nous remontâmes par l'échelle de fer. L'étrange était qu'autour de nous, alors même que notre discussion ou mon rêve s'étaient déroulés, notre navigation avait continué. Le bâtiment peinait. Le soleil derrière nous était plus misérable qu'un feu moribond. Nous étions tout proches des montagnes ; la Côte de Barbarie défilait.

Nous passions devant des caps, des golfes et des baies. Des roches noires tombaient abruptement dans la mer. De temps en temps, l'espace de l'estuaire d'une rivière, les montagnes se retiraient. Alors, sur quelques centaines de mètres apparaissait une plaine. Les champs étaient fraîchement labourés, des murets et des plantations vertes entouraient des villages indigènes glacés dans la brume du matin. Blanchies à la chaux, les maisons de terre étaient des ossements répandus sur le sol. Ou encore ces lits de coquillages, de varech, d'écume sèche que la mer laisse à découvert sur le sable après les grandes marées.

Sur le pont, derrière nous, Duruffle, Coulet et Peufeilloux apparurent. Ils avaient bu leur café et paraissaient plus frais que tout à l'heure. Un promontoire surgit tout d'un coup vers l'avant du navire. Duruffle le montra du doigt :

– Les eaux du préside, dit-il solennellement. Derrière le cap, l'oued Sbaa se jette dans la mer et fait la frontière avec le Rif. Le mont Fillaoussène commence juste après.

Les feux du bâtiment se rallumèrent.

L'oued Sbaa était cette rivière encaissée entre deux falaises, ce long sillon ténébreux qui perçait la montagne. Encapuchonné de nuages, le Fillaoussène formait cette masse qui se tenait derrière. Des collines le précédaient. Sur un de ces avant-plans, je crus voir une forme noire, une sorte de terrasse ou plutôt de casemate aplatie au sommet d'une des falaises qui dominaient l'oued Sbaa.

– Tiens, Sérurier, dit tout d'un coup Duruffle. Vous voyez ça ? C'est le premier poste militaire français des présides. C'est, ou plutôt *c'était*, car on vient de l'abandonner pour des raisons budgétaires. Redéploiement des moyens. Plus d'intérêt stratégique. Trop près de la mer. Trop loin de Chella.

– Où est-il ?

– Sur le piton, à droite, au-dessus du Sbaa.

Je ne voyais plus rien. Enfin je retrouvai le piton que j'avais repéré tout à l'heure. Il avait toujours au sommet cette frange noire et plate et, par-dessus, une sorte d'ossature métallique qui frissonnait au gré du vent.

– Ah bon, dit Tual, ils ont maintenant évacué Bordj-Herrera ? Mais l'autre, le poste du Fillaoussène, son jumeau dans la montagne, Arbitral, ils ne l'ont pas abandonné ?

– Non, Arbitral est toujours là. Il reste même tout seul pour garder le Fillaoussène. Dedans, ils n'ont mis que le minimum : un aspirant de réserve, un radio européen et cinquante supplétifs maures, des harkis. Autour, ils ont créé des *zones interdites* où personne ne peut aller. Tirer sur tout ce qui bouge clarifie les problèmes.

– Un aspirant de réserve et cinquante harkis ?

– Nous n'avons pas les moyens de défendre cette partie de la frontière. Acaton veut le minimum de casse si d'aventure le Rif se mettait à s'ébranler. L'aspirant d'Arbitral est un enfant perdu, une sonnette d'alarme en somme, un fusible à l'avant d'un circuit électrique complexe. A la première menace sérieuse sur la frontière, sa seule instruction est d'avertir. Puis, s'il a le temps, de déguerpir.

– C'est toujours le petit aspirant Erlahcher qui est fusible de service à Arbitral ? demanda Tual.

– Je crois.

– A mon dernier passage il y a près d'un an, j'étais monté le voir.

– Oui, oui, c'est Erlahcher. Il a même dû passer enseigne maintenant.

– Il m'a fait peur la dernière fois. On n'imagine pas comment c'est là-haut : un froid de canard, le vent, le convoi de ravitaillement tous les trois ou quatre jours si tout va bien. Pour vos veillées du soir, la tribu et cinquante harkis dont beaucoup sont d'anciens fellaghas ralliés. Nécessairement, au bout de quelques mois vous filez un mauvais coton.

Tandis qu'ils parlaient, je cherchais Bordj-Herrera, le poste abandonné sur la montagne. Je crus que je l'avais perdu à nouveau. Puis il réapparut. A peine si, à vol d'oiseau, nous en étions maintenant à un kilomètre.

Très loin mais très net, se détachant au sommet du promontoire sur un ciel qui commençait à devenir clair, je le vis : des bâtiments bas abandonnés, un mur semé de créneaux et de barbelés, un mirador avec des restes d'antennes qui se balançaient au vent comme les vergues d'un voilier naufragé.

– Les types ont passé deux ans là-haut, et ce n'est qu'après qu'on s'est aperçu que ça ne servait à rien ! dit Duruffle. Dire qu'on s'apercevra peut-être un jour de la même chose pour Arbitral ! Voilà l'armée.

Il passa les jumelles à Peufeilloux, qui me les passa ensuite. Nous virions autour du cap qui, juste avant le lazaret, précède Chella. Je cherchais le poste abandonné. C'était mortellement difficile. Chaque fois une main obstinée s'efforçait de m'en empêcher.

Le poste disparut derrière un repli de la montagne. Puis il revint dans mon champ de vision à l'intérieur des deux cercles juxtaposés que traçaient les jumelles. Sa masse se détachait nettement sur le fond de ciel éclairci par l'aube.

A mes côtés, Peufeilloux regardait aussi.

– C'est drôle, dit-il. Tout à l'heure je n'arrivais pas à repérer ce foutu machin en haut de son piton. Et maintenant, on ne voit plus que lui !

Une heure après, nous étions mouillés en rade de Chella.

RAPPORT

du Lieutenant de Vaisseau Giansily,
officier des opérations du 3ᵉ bataillon
de la 3ᵉ DBFM

au

Capitaine de Vaisseau Acaton,
commandant le 3ᵉ bataillon de la 3ᵉ DBFM,
commandant les activités navales et terrestres du préside
de Chella

OBJET :

Décès de l'Enseigne de Vaisseau de 2ᵉ classe (R) Erlahcher, comman-
dant le poste d'Arbitral. 2ᵉ compagnie du 3ᵉ bataillon de la 3ᵉ demi-
brigade des fusiliers marins, territoire de Chella, région du Fillaous-
sène.

J'ai l'honneur de vous confirmer que l'Enseigne de Vaisseau de
2ᵉ classe de réserve (EV2) Erlahcher, commandant le poste d'Arbitral
(région du Fillaoussène), qui a été retrouvé mort au lieu-dit *Dechéra*
Zaïlou (coordonnées Lambert DE23 - feuille Maroc 24 au 1/50 000ᵉ),
un groupe de mechtas en ruine situé en zone interdite à 9 kilomètres E
à vol d'oiseau du poste d'Arbitral et 32 kilomètres S du poste de
Bordj-Herrera, poste assigné à ma zone d'opérations, avait enfreint
ses instructions et se trouvait en situation irrégulière à plusieurs
titres : (1) il n'était accompagné d'aucune escorte, alors que l'effectif
de harkis maures du poste d'Arbitral est normalement de 72 ; (2) il ne
portait pas ses armes réglementaires, pistolet-mitrailleur et pistolet
automatique, mais une carabine américaine Garant d'origine incertaine, probablement une arme récupérée aux fellaghas et non décla-
rée ; (3) bien que sa destination apparente fût la zone interdite du Fillaoussène où les troupes de secteur ne doivent pas pénétrer sans
permission expresse de l'amirauté et où l'EV2 Erlahcher n'avait rien à
faire, il n'avait pas signalé son mouvement, ayant même interdit à son
radio, le matelot Petit, seul Européen avec lui au poste d'Arbitral, d'en
parler à quiconque ; (4) il n'avait porté aucune indication sur la destination de sa sortie sur son Cahier d'Opérations.

Dès réception du message du radio d'Arbitral concernant le décès, je
me suis rendu avec l'officier de renseignements du bataillon et une
escorte à Arbitral pour procéder à l'enquête nécessaire. Le corps de
l'Enseigne de Vaisseau Erlahcher ayant été à sa découverte ache-
miné par hélicoptère vers l'Amirauté, l'autopsie vous donnera les rai-

sons exactes de sa mort. D'après les harkis d'Arbitral qui l'ont retrouvé et d'après le matelot Petit, celle-ci serait due à une décharge de chevrotines de gros calibre tirée à bout portant qui l'aurait atteint au visage et à la poitrine.

Les mêmes sources, plus celle du garde champêtre du douar d'Arbitral, un ancien tirailleur indigène nommé Ben-Saada qui connaît bien la région et que j'ai interrogé, indiquent que l'Enseigne de Vaisseau de 2e classe Erlahcher aurait été abattu par la petite bande de fellaghas qui parcourt depuis plusieurs années la région du Fillaoussène, et qui dispose effectivement de plusieurs fusils de chasse aux canons sciés chargés à chevrotines. Son chef est le dénommé Si Hamza, bien connu de nos services de renseignements.

Les patrouilles que j'ai immédiatement envoyées autour de Dechéra Zaïlou ont fait état de traces de pataugas militaires faisant route vers les gorges de l'oued Sbaa, les flancs N du mont Fillaoussène et la frontière du Rif qui, le Rif étant un État souverain, n'a pu être dépassée. Il semble cependant que la bande de Si Hamza se soit réfugiée au-delà de la frontière du Rif, vers Camp-des-Réfugiés, et qu'elle s'y trouve encore.

Les raisons qui font que l'Enseigne de 2e classe Erlahcher s'est trouvé la nuit du 22 au 23 décembre seul à Dechéra Zaïlou sont inconnues. Il serait essentiel de les connaître, de même que serait nécessaire une enquête sur le comportement général de cet officier, particulièrement dans les derniers mois de son séjour à Arbitral. Les deux jours que j'ai passés dans le Fillaoussène après la découverte de son corps pour y installer l'EV2 Ségret chargé d'assurer l'intérim m'ont convaincu d'un certain nombre d'irrégularités commises par l'EV2 Erlahcher, au moins pendant les derniers mois de son séjour à Arbitral : Journal d'Opérations du poste comportant de nombreuses lacunes ou en contradiction avec la copie de ce même Journal qui m'était adressée chaque semaine ; incursions fréquentes en zone interdite non signalées mais attestées par le témoignage des harkis maures ; échanges radio réguliers avec des personnes non identifiées mais suspectes, etc.

Je me permets donc de demander que l'enquête déclenchée par vos soins ne soit pas close tant que la nature exacte des occupations de l'EV2 Erlahcher à Arbitral n'aura pas été mieux définie. Il y aura lieu également dès que possible de muter le matelot Petit, radio du poste d'Arbitral, et de procéder à son interrogatoire.

Je rappelle enfin les recommandations que j'avais jugé utile de faire dans mes précédents rapports : (1) des postes aussi isolés que ceux de l'Est, Arbitral ou Bordj-Herrera ne devraient pas être confiés à de jeunes officiers réservistes mal préparés psychologiquement et techniquement, au surplus entourés de garnisons de harkis maures peu sûres dont une partie est formée d'anciens fellaghas ralliés dans des conditions imprécises ; **(2)** le temps d'affectation des officiers nommés dans ces postes devrait être ramené à six mois maximum, au lieu des vingt mois d'isolement dans des conditions pénibles qu'y avait passés l'EV2 Erlahcher.

Vous avez pris la décision de faire assurer l'intérim de l'EV2 Erlahcher, décédé, par l'EV2 Ségret, en provenance des services centraux de l'Amirauté. Je me permets de rappeler que l'EV2 Ségret, que j'ai laissé à Arbitral avec le matelot Petit et la harka du poste, est en fin d'affectation. Il doit être prochainement muté à Paris. Il est donc nécessaire que son remplaçant soit désigné dans les meilleurs délais. Les moyens en hommes et en matériel qui seront mis à la disposition de ce dernier devraient, d'autre part, être notablement augmentés.

J'ai l'honneur, etc.

*[Document revêtu du paraphe du destinataire
et portant la mention manuscrite : « **à classer** ».]*

IV

Quelques-uns des fils
qu'il fallait couper

Au fond, de cette période qui précéda et suivit mon départ pour les présides de Barbarie, la seule chose qui subsiste intacte dans mon souvenir est le visage lumineux que garde encore pour moi Catherine à ce moment-là. Tout le reste – les dernières semaines de ma vie d'étudiant, Alger, ma permission à Paris, mon arrivée à Chella, même le début de mon affectation à Arbitral – se télescope et s'emmêle selon les pires techniques de la surimpression et du fondu enchaîné, comme on en use et abuse dans les vieux films du cinéma.

C'est moi, là-bas, qui passe sur l'écran. Regardez. Me voici à Paris, encore étudiant, avec Catherine. Je l'ai rencontrée chez un ami peintre, et depuis nous sommes fous. Je vis avec elle depuis six mois ou un an. Cette vie ne durera pas. Il faudrait être quelque chose d'autre pour pouvoir (mission impossible) garder un peu plus Catherine : plus tolérant, plus exigeant, plus pauvre, plus riche, plus jeune, plus vieux, bref être je ne sais quoi de différent. A la première épreuve, inéluctablement, elle ira son chemin.

Le soir, Catherine et moi marchons sur le boulevard vers ce petit café de la place Saint-André-des-Arts où nous avons nos habitudes. Nous nous embrassons. Il me semble que, dans ce temps-là, les gens s'embrassaient beaucoup plus dans la rue qu'aujourd'hui. La libéralisation des mœurs a déclassé nos lieux de permissivité.

Quelques semaines avant mon incorporation en Algérie, Catherine et moi prenons pour la première fois l'avion et nous allons en vacances en Grèce. Je devrais me méfier car ces

45

jours ont la fragilité et la transparence, le côté cristallin des choses destinées à s'autodétruire. Je ne me méfie pas encore. Aujourd'hui, je cherche à retrouver quelque chose de ce voyage, une image ou deux, n'importe quoi, mais je n'y arrive pas : tout a été atomisé, pulvérisé, volatilisé, éradiqué.

Blanc total dans ma mémoire.

Maintenant, nous voici en Algérie. A nouveau je me souviens de tout. Je suis militaire, encore à l'école de Matifou, et j'ai loué pour elle et moi le petit studio à Alger. Elle est venue me rejoindre peu après mon arrivée, elle semble heureuse. Pourtant je sens déjà qu'elle va partir.

Sait-elle même ce qu'elle fera ? De temps en temps, il lui arrive de faire des projets d'avenir, pour quand nous serons rentrés à Paris.

Un dimanche où l'école de Matifou me donne une permission et où il fait une de ces inoubliables journées de printemps algérien, ensoleillées, lumineuses, allègres, nous empruntons une voiture. Nous prenons la route du bord de l'eau, nous passons près du tombeau de la Chrétienne, nous allons à Tipaza voir les ruines romaines qui sont dans les pins et les lauriers, nous nous baignons dans la mer.

Je prends des photos que je n'irai d'ailleurs jamais chercher chez le photographe de la rue Michelet à Alger qui nous les développe d'habitude. Je la regarde se déshabiller pour le bain comme si c'était la dernière fois. Nous rions ensemble, somme toute avec insouciance. Je répète en moi-même le secret mortel que je ne dois livrer à personne, surtout pas à elle : elle partira, elle me quittera, elle ne reviendra jamais.

Pourtant je constate avec surprise que déjà en moi (et comme le dit la cruelle et banale expression quotidienne) *le cœur n'y est plus*. Je lui parle, elle m'écoute, mais c'est pour rien. Je l'aime toujours, je le lui dis, mais heureusement je commence aussi, parallèlement, à la détester. Comme le trait que les chirurgiens dessinent, paraît-il, sur la peau de leurs patients déjà endormis pour une intervention délicate, la marque de l'incision douloureuse que le départ de Catherine laissera bientôt sur moi est déjà tracée, précise, aiguë. Un vrai coup de rasoir à venir. Mais je suis chloroformé. Je regarde ces préparatifs avec un détachement qui m'étonne. Je souffrirai et j'oublierai. La règle bienheureuse est que tout s'efface.

Passons à plus tard. Quelques semaines après que Catherine m'eut brusquement quitté, entre mon départ d'Alger et mon affectation à Chella, j'eus droit à une douzaine de jours de permission. Grâce à ses contacts au Quartier général, Peufeilloux arrangea pour moi une place sur un avion militaire qui allait faire réviser ses moteurs à Villacoublay près de Paris et qui revenait une dizaine de jours plus tard à Alger.

En vérité, je n'avais rien à faire à Paris. Instinctivement, quand Peufeilloux me parla de la possibilité de l'avion vers Villacoublay, je désirai très fort m'y retrouver. Puis, dès que j'y eus mis le pied, j'eus le sentiment d'être tombé dans un piège et je regrettai d'être venu.

Je m'installai dans un petit hôtel de la rue Gay-Lussac où j'avais passé avec elle quelques semaines l'année d'avant. Heureusement, la direction et le personnel avaient changé. Je ne voulus voir personne, même pas mes parents, les pauvres ! qui habitaient pourtant rue Monge, non loin du Quartier latin. Je n'avais que cinq jours pour cette permission. Je les passai seul, à des occupations misérables comme celle d'errer dans certains endroits où j'allais autrefois avec elle puis à les fuir dès que je les avais revus. En même temps, par désœuvrement ou pour suivre de vieilles habitudes, je fis la tournée des librairies pour acheter des bouquins à lire à Chella.

Cette tournée des librairies du Quartier latin pour y feuilleter les livres sans les acheter avait été un des grands plaisirs de notre vie d'étudiants. Nous n'étions tolérés que comme autrefois on tolérait les glaneurs dans les champs. Mais maintenant que j'avais été abandonné, j'étais devenu un clandestin, un somnambule. A la librairie Maspero, rue des Écoles, je crus reconnaître d'anciens camarades – et je fuis. Je passai ensuite au premier étage de chez Gibert où je ne restai que quelques minutes. Puis je me retrouvai machinalement au bout de la rue Danton, en direction de la librairie Clavreuil, rue Saint-André-des-Arts.

47

Ce jour donc de ma permission entre Alger et Chella, quand j'entrais dans la librairie, le père Clavreuil me reconnut. Il était (son fils l'est encore) spécialiste des livres introuvables ainsi que des bibliographies impossibles à reconstituer. Je lui demandai s'il avait un livre ou quelque chose sur le préside où j'étais affecté. Sa mémoire était infaillible, mais là, il sembla pris de court. Il retira ses lunettes et me regarda avec son regard d'encyclopédiste myope.

– Les présides français du Maroc ? dit-il. Ça fait des années qu'on n'a rien publié là-dessus. J'ai peut-être un vieux *Guide bleu* ou un *Guide Joanne* du Maroc où il doit y avoir quelques pages sur Chella. Ou des numéros de *L'Illustration* des années 20, mais il faudrait que j'aille à ma réserve de la rue Séguier. Il y a aussi un horrible roman de Kessel où il mélange tout comme d'habitude, Tanger, Moukhden, Macao, Chella. Quelque chose comme *Folies berbères, Enfer berbère, Beautés berbères,* vous avez lu ?

– Non.

– Pourquoi allez-vous à Chella ? Tourisme ?

– Service militaire.

– C'est vrai, dit-il. Il y a la guerre là-bas. Comme en Algérie. Ça doit être intéressant ! Peut-être dangereux ?

– D'après ce que je sais, dis-je, c'est plutôt calme en ce moment. J'espère même avoir des loisirs. Je cherche un livre documentaire, une sorte de guide.

– Attendez, dit-il. Je m'en souviens maintenant, j'ai un livre sur le préside de Chella. Il y a longtemps, j'ai même correspondu avec son auteur, un professeur, le proviseur du lycée de là-bas. Un brave type. Un érudit comme on n'en fait plus. Son passe-temps était les fouilles archéologiques, les querelles d'experts sur la tradition homérique. Où diable est ce livre ? A croire qu'on me l'a volé. Si on me l'a volé, c'est il n'y a pas longtemps, car je l'ai vu encore au dernier inventaire.

Tout d'un coup, avec la précision d'un oiseau qui fond sur une proie invisible pour tout autre que lui, il alla s'abattre sur un endroit du rayonnage qui lui faisait face.

– Le voilà, dit-il.

Il me tendit un livre broché dont la couverture jaunie et

48

poussiéreuse s'ornait d'une photographie en sépia, représentant une mosquée ou une forteresse, je ne vis pas bien. Avec l'expression de regret qui était la sienne quand d'aventure il vendait un livre et qu'ainsi il lui fallait se séparer d'un trésor au moment même où il venait de le retrouver (expression que je retrouvai plus tard à Chella chez M. Azéma), il me tendit le livre. Je payai et sortis. Sous ma main, ce livre à la couverture jaunie était un talisman, un porte-chance, un coquillage inconnu trouvé près de la mer, une proie que j'aurais enfin capturée.

Je me mis encore à fuir.

La rue Saint-André-des-Arts donne sur la place du même nom, laquelle est un peu en retrait de la Seine. A l'époque, la place était une vraie place tranquille. On y sentait la proximité studieuse du Quartier latin et même celle, confinée, austère et presque liturgique, de Saint-Sulpice et de ses boutiques d'objets de piété. Il y avait des terrasses de cafés et de restaurants calmes qui étaient autant de lieux de rendez-vous pour les habitués du quartier ou les amants comme nous. Le soir, comète nocturne, un autobus à plate-forme ouverte et à plaque orange traversait la place en brûlant chaque fois l'arrêt.

J'ai vécu trois ans assez miraculeux au Quartier latin d'alors, les deux premières années à essayer de préparer l'École normale supérieure dans une khâgne, une classe préparatoire du lycée Louis-le-Grand où j'étais cloîtré ; la troisième, après mon admissibilité et mon échec à l'oral de Normale supérieure, à finir une licence en Sorbonne et à dépenser avec Catherine la bourse qu'on m'avait donnée en fiche de consolation.

Notre univers s'étendait du bas de la montagne Sainte-Geneviève jusqu'à la dernière ligne d'immeubles longeant la Seine, sans toutefois englober celle-ci. A l'est, il partait de la rue Saint-Jacques et, à l'ouest, il touchait la rue Mabillon tout en se tenant soigneusement à l'écart de Saint-Germain-des-Prés, havre d'une autre génération.

Le quartier était semé de points de repères invisibles pour d'autres yeux que les nôtres, lieux où nous devions apparaître puis sacrifier quotidiennement pour prouver notre appartenance à la population des initiés : librairies dont nous fouillions les caisses sans rien acheter, salles de cours de la Sorbonne dont les boiseries brunes, les bancs cirés et les fresques insipides représentant des femmes nues comme la Justice elle-même évoquaient je ne sais quel tribunal du XIXe siècle où seuls manquaient des juges en robe noire (mais nos professeurs en portaient les jours de cérémonie), et où nous allions naturellement le moins possible, chaises des jardins du Luxembourg pour lesquelles nous rivalisions d'ingéniosité afin de ne pas payer la chaisière, cafés surtout qui étaient nos lieux de rendez-vous et dont le choix était symbolique de nos idées.

Le Quartier latin donc, ses limites et ses rites, ses cafés, ses cinémas et ses librairies était pour nous une « zone protégée ». J'en franchis symboliquement les barrières lorsque je connus Catherine et que nous commençâmes à nous donner plus souvent rendez-vous en dehors de cette zone, par exemple dans la région frontière de ce café de la place Saint-André-des-Arts, à la limite de la Seine et des quartiers de la rive droite, ou même plus loin. J'eus alors le sentiment de prendre volontairement un risque. Je pressentis qu'en nous aventurant, Catherine et moi, en dehors de cette zone qui nous avait été dévolue nous marquions désormais, symboliquement, que notre amour (puis-je l'appeler ainsi ?) rompait avec le genre de vie que nous avions eu jusqu'ici, et que le moment inéluctable s'annonçait où nous nous trouverions entraînés, désarmés, isolés, sans recours, en route vers le monde pernicieux des adultes.

Mais je reviens à cette permission à Paris, entre Alger et Chella. Avec dans les mains le livre que Clavreuil m'avait vendu, j'allai m'asseoir à la terrasse du café de la rue Saint-André-des-Arts que je connaissais. J'ouvris le livre. Il y avait des illustrations, des photos tirées dans un triste noir et blanc, chaque cliché encadré comme on le faisait autrefois d'une sorte de filet en pointillé grisâtre qui en accentuait la tristesse. Les photos étaient celles d'une place méditerranéenne avec une statue et des orangers, un front de mer terne entouré de palmiers, une enceinte de vieux murs crénelés et fortifiés, quelques barques de pêcheurs arabes en djellaba et turban tirées sur une grève.

A la première page du livre, une plume un peu tremblée avait écrit quelque chose qui était probablement une dédicace. C'était une trentaine de vers latins recopiés à la main, à l'encre violette. Dans ce temps-là, les étudiants comme moi savaient encore un peu de latin, mais je n'en savais pas assez pour traduire ces vers. Il y avait des noms de dieux, et ce devait être quelque récit mythologique. Tournant la page, je découvris qu'heureusement la même main avait tracé au crayon une traduction approximative.

Je lus. Il y était question d'un pays où vivaient des morts, ou de quelque chose de semblable. On mentionnait aussi l'auteur, un poète latin du Ier siècle nommé Ovide. Le texte ne me frappa pas sur le moment. Peu après, j'appris que l'auteur du livre et celui de la traduction du poème latin ne faisaient qu'un, un dénommé Azéma, effectivement ancien proviseur du lycée de Chella, correspondant de Clavreuil, devenu par la suite propriétaire de la seule librairie du préside.

Je tenais beaucoup à ce volume que j'emportai avec moi à Chella, mais je l'ai malheureusement perdu par la suite dans des circonstances peu claires que je raconterai. Feuilletant un jour *Les Métamorphoses* d'Ovide que, je ne sais pourquoi (car le poème est démodé et insipide), on a réédité il y a quelques années en « livre de poche », je suis à nouveau tombé sur les mêmes vers – je ne peux même plus les citer, car je ne les ai plus sous la main.

Ce jour enfin de l'automne 196... à Paris (dont je m'obstine toujours dans ce récit à essayer de sortir pour toujours me retrouver à l'entrée), le patron du café s'approcha. Malgré les quelques mois écoulés depuis mon dernier passage et ma nouvelle coupe de cheveux plutôt militaire puisqu'elle avait été faite par le matelot coiffeur de l'École d'officiers de Matifou, il me reconnut. Avant de prendre ma commande, par surprise, tout d'un coup, il me demanda où était Catherine.

51

De fait, les derniers mois, nous étions allés presque chaque jour dans ce café et nous connaissions le patron. L'interrogation était directe, sans doute parce qu'il ne savait pas ce qui était arrivé. Les autres soupçonnaient plus ou moins quelque chose. Ils tournaient autour du pot, présentaient leur question de façon oblique. Pis, ils ne disaient rien.

– Elle est à Alger, dis-je. J'y étais ces derniers temps.

– C'est drôle, répondit-il. Je suis sûr que je l'ai vue hier. A la terrasse du *Mabillon*, en passant sur le boulevard Saint-Germain.

J'eus un moment de complet désarroi. De fait, je ne savais pas à cette époque où Catherine pouvait se trouver, si elle était à Alger ou à Paris. Par commodité, dans mon souvenir, je l'avais laissée boulevard du Télemly à Alger. Tout d'un coup je réalisai qu'elle pouvait être n'importe où, peut-être à deux blocs d'immeubles de là. La minute d'avant, j'aurais tout donné pour lui parler et lui demander des explications. Maintenant, je ressentais une sorte de panique à l'idée d'avoir la possibilité de la rencontrer.

Le patron encaissa sa monnaie. Puis, au lieu de s'attarder à bavarder comme il faisait autrefois quand Catherine était là avec moi, il s'écarta. Comme si le fait que j'aie avoué ne plus savoir où était passée une aussi charmante fille dont il était patent qu'elle avait seulement *changé de café*, une fille avec qui au fond j'aurais dû aller si bien, avait jeté sur moi une suspicion inavouable. J'étais devenu porteur d'une sorte de virus probablement contagieux dont il fallait s'écarter au plus vite.

Peut-être, au fait, avait-il raison. Car je ne prenais pas assez au sérieux ce mystérieux mal qui m'avait frappé – avoir été abandonné. Sans doute aurais-je dû faire quelque chose. Pleurer en public et me déchirer le visage. Ou bien (comme, je crois, M. de Montespan quand il allait à Versailles voir l'auguste amant de son ex-épouse) porter le deuil. Peut-être même, pourquoi pas ? assassiner Catherine.

A moins que, plus simplement, ne fût-ce que pour renverser le processus de commisération, j'eusse assassiné ceux qui me plaignaient. Aux gens qui vous demandent : « Ah ! votre femme vous a quitté ? » ou encore : « Ah ! Vous avez le cancer ? », on devrait répondre par un coup de pistolet. Je voyais déjà les titres de la presse : « Il lui dit : vous avez le cancer ! – Il lui répond par un coup de pistolet. » – « Messieurs, dit aux jurés l'avocat du meurtrier, je vous le demande : qui le premier a essayé de tuer l'autre ? »

Mais je m'égare. Sur la place, un petit vent suspect s'était mis à souffler. Une haleine presque marine faisait palpiter les nappes à carreaux de *L'Alsace à Paris*, le restaurant en face du café. Elle souleva un instant quelques pages du livre de Clavreuil que j'avais entre les mains. Ce vent et ce livre n'étaient pas très vraisemblables. Tout n'était pas vraisemblable dans la scène pourtant simple que je vivais ce jour-là. Sa serviette sous le bras, le patron du café s'était tapi à nouveau dans son poste d'observation derrière le comptoir près de la caisse. Il portait le long tablier noir à la double poche des garçons d'autrefois et m'examinait d'un œil méthodique et soupçonneux, avec une attitude d'araignée tueuse en observation dans l'angle de sa toile.

D'ailleurs, la dernière fois que je m'étais assis à la terrasse de ce café, quelques mois auparavant, la même araignée était tapie de la même façon dans le même coin de la place et m'observait du même air soucieux et soupçonneux.

L'araignée savait-elle à l'avance ce qui allait se passer ? Le jour dont je parle, j'attendais Catherine. Catherine cherchait du travail et, nouvelle tentative pour sortir du ghetto étudiant, avait été passer une audition dans une agence qui préparait le casting d'un film. En ce temps-là, moi avec ma bourse, elle avec ses petits boulots, nous ne roulions pas sur l'or, mais ça ne nous dérangeait pas, nous étions semble-t-il heureux comme ça. Elle devait repasser à l'agence pour chercher les résultats. Nous nous étions donné rendez-vous à la terrasse du café.

Elle arriva. L'affaire était loupée. Les résultats du bout d'essai étaient négatifs. Le type de l'agence ne l'avait pas engagée mais l'avait invitée immédiatement à dîner.

– Je crois que leur film était bidon, dit-elle. En une minute ce salaud est passé de « Je n'ai pas de rôle pour vous » à « Êtes-vous libre ce soir ? ». Tu te rends compte ? (Elle rêva un peu.) Tu saurais faire ça, toi ?

– C'est l'enfance de l'art, dis-je.

– En somme, il avait envie de coucher avec moi.

– Probable. Moi aussi j'ai souvent envie de coucher avec toi. Tu retourneras à l'agence ?

– Je ne sais pas. Quelque chose peut toujours se libérer. J'aurais dû laisser mon numéro de téléphone. De plus, on aurait sûrement dîné ce soir tous les trois dans un bon restaurant. Au dernier moment, je lui aurais dit que j'étais accompagnée. Vous vous seriez plu tous les deux.

– Je t'aime, dis-je en riant. Je n'ai pas faim de ces dîners-là.

– Moi, j'ai faim de toute façon, dit-elle (et en même temps elle plongea les dents dans un croissant que le garçon avait apporté à notre table sur une soucoupe).

– Un jour, il faudra savoir si tu veux faire du cinéma ou pas.

– Je ne sais pas. Il y a des inconvénients.

– Tu y serais bien.

– Salaud, dit-elle, tranquillement.

– Pourquoi salaud ?

– Tu veux me larguer. Tu sais bien que je ne veux pas faire du cinéma.

– Tu retourneras pourtant à l'agence. Pour le film ou pour le type, mais tu y retourneras.

– Tu te rends compte ? dit-elle. Tu te rends compte de ce que tu laisses entendre ?

– Je ne veux pas t'influencer. Ni pour, ni contre.

– Pour, contre, ça ne veut rien dire.

Et naturellement, elle avait raison. J'étais sincère et en même temps je mentais. J'affectais l'indifférence de ce que l'agence n'eût pas marché, mais j'avais un poids énorme de moins sur le cœur. Comme on entend le type qui a interprété votre analyse médicale, j'entendais, *off*, Catherine. De la voix avec laquelle le type en blouse blanche vous dira un autre jour que vous êtes foutu, que vous n'avez plus que quelques semaines à vivre, de cette même voix, avec une expression faussement joyeuse, ce qu'elle me disait amicalement était ceci : « Eh bien non, mon vieux, *fausse alerte* encore cette fois-ci. »

Un de nos amis lui avait proposé de passer cette audition. L'idée était plutôt bonne et je n'avais rien dit. Ou plutôt, si, j'avais dit : « Mais oui, Catherine, vas-y, c'est formidable, une occasion à ne pas manquer. » Elle avait soupiré comme si tout, de toute façon, était écrit : la fin de son amour pour moi, la fin de mon amour pour elle, les pièges qui nous prendraient tous les deux, son départ peut-être. Puis elle avait ajouté : « D'accord, si tu viens avec moi. »

J'avais refusé.

Ainsi, dans ce café de la place Saint-André-des-Arts, peut-être pour la dernière fois, les dieux m'avaient-ils accordé une autre chance de la garder. Mais alors que tout l'après-midi j'avais eu le cœur serré, avec la peur de ne plus la voir revenir, maintenant qu'elle était revenue, je me retrouvais avec le même cœur serré.

Jamais fini.

– Au moins, me dis-je en moi-même, que je ne la perde pas tout de suite.

– Qu'est-ce que tu as dit ?

– Rien.

– Si, si, j'ai entendu. Tu as dit : pas tout de suite.

– Je voulais dire : pas avant ce foutu service militaire.

Elle rit. Je jure même qu'elle me regardait avec tendresse :

– Tu n'iras pas forcément en Algérie, dit-elle. J'ai vu un de mes ex-copains de l'UNEF. L'UNEF (c'était le syndicat étudiant) vient de renouer avec l'UGEMA (c'était la branche universitaire des insurgés algériens). Ils font circuler des pétitions. Le gouvernement sera bien obligé de faire à un moment la paix là-bas.

Autre sujet de jalousie, caché : ces gens de l'UNEF. J'avais toujours eu du mal à admettre que Catherine, avant de me rencontrer, ait eu une vie antérieure. Elle avait essayé d'être peintre et travaillé dans des académies de Montparnasse comme la Grande Chaumière. Puis elle avait fait du syndicalisme étudiant et connu les gens de l'UNEF. Un moment même, elle se retrouva dans l'équipe d'un journal de gauche, *Clarté.*

Sans doute le garçon qui en écrivait les éditoriaux n'était-il pas étranger à cette subite orientation. Quoi qu'il en soit, certains de ses amis de l'époque étaient dans les réseaux gravitant autour d'un type dénommé Henri Curial qui essayait d'aider le FLN algérien et fut assassiné par la suite, probablement par les Services français.

Depuis qu'elle me connaissait, d'ailleurs, sans que j'eusse dit quelque chose, elle ne voyait plus ses anciens amis. En fait, elle ne voyait plus que moi. Cela n'était pas bon non plus. En tout cas, j'affectais à ce moment-là de ne jamais être concerné par cette période de sa vie. Bien entendu ce désintérêt n'était pas innocent, il était la manifestation probable de l'amour – j'allais dire la jalousie – rétrospectif que, sans vouloir l'avouer, j'éprouvais pour elle.

– UNEF, UGEMA ? dis-je. Ils ne sont pas capables de faire la paix au Quartier latin. Alors, la faire là-bas...

– Je ne sais pas, dit-elle. Les gens signent des manifestes. Curial est sans arrêt en Suisse. Ça servira sûrement à quelque chose... Même Sartre a signé un manifeste.

– Sartre signe n'importe quoi. Il est manipulé par son entourage. L'autre jour, à *La Coupole*, il a signé la carte des vins. Il croyait que c'était un manifeste.

– Dommage, dit-elle. Il mordait autrefois.

– Il mord, mais n'a plus de dents.

– Et Camus ? (Camus venait de mourir.) Il est né en Algérie.

– Il disait que sa mère aussi est née là-bas, et qu'il devait se taire sur l'Algérie.

– On n'a plus personne, dit-elle.

Et, en même temps que je parlais et que je l'écoutais, je regardais autour de nous. Les gens passaient. Des gens paisibles, peut-être les mêmes qui signaient les manifestes. Les étudiants s'arrêtaient devant la boîte de la librairie de la rue Danton. Ils feuilletaient un instant les livres avant de remonter vers le boulevard. De temps en temps, le libraire sortait de sa boutique et venait remettre de l'ordre dans son étalage.

– Bon, dit-elle. S'ils t'envoient en Algérie, je viendrai te rejoindre.

– Bien sûr.

– Je commence justement à en avoir un tout petit peu assez de Paris. C'est quoi l'Algérie ? Des nationalistes ? Des colons ? Des nationalistes persécutés par les colons ? On pourra sûrement parler aux gens. Les gens ne se parlent jamais assez.

– Ça sera bien, dis-je.

Je l'embrassai sur la joue. Sa joue était incroyablement fraîche. Une joue comme ça ne ment pas. Ou, si elle ment, son mensonge ne l'engage à rien, il est d'une légèreté insoupçonnable.

En somme, il suffisait d'appeler les choses par leur nom. Ce qui m'était donné ce jour-là, c'était une rémission. Quel malade condamné refuse une rémission ?

Telle quelle, je l'acceptai avec bonheur.

V

La rade de Chella

On n'accostait plus au wharf de Chella. Un matin de 1959, un parti de fellaghas avait trompé la garde, tué deux ou trois gendarmes et fait sauter un train de phosphate en provenance du Maroc sur le point d'être déchargé. Les wagons et la draisine n'avaient pu être relevés. Depuis, inutile, la ligne des piliers décoiffés de leur superstructure s'enfonçait dans la baie.

Pour décharger les navires on envoyait de l'ancien port barbaresque un train de chalands. Les opérations étaient lentes. D'ailleurs, peu de temps après la destruction du wharf, les Marocains fermèrent la frontière. L'exportation du phosphate s'arrêta définitivement.

De l'endroit où nous étions mouillés, la baie de Chella ressemblait à un énorme cratère de volcan envahi par les eaux. Un cercle de falaises noires l'entourait, au sommet desquelles, devant nous, probablement, il y avait la ville. Une dizaine de kilomètres plus loin les montagnes du Rif traçaient un second cercle presque aussi noir que le premier. Enfin, à l'horizon, comme un bataillon de réserve, une troisième ligne d'encerclement était constituée par le grand front des nuages frappés du soleil du matin.

– Quel entonnoir ! dit Peufeilloux. Une fois dedans, on ne sait comment en sortir.

– Tous les ports de cette Côte de Barbarie sont comme ça, dit Duruffle. Vous connaissez le préside espagnol de Melilla ?

– Non.

– Melilla est juste après Chella, sur la même côte. Les cargos civils y relâchaient avant les événements. C'est le même entonnoir, peut-être pis qu'ici, abrupt, sombre comme de l'encre. Dans les années vingt, le futur général Franco y a commencé sa carrière.

– Bah ? dit Peufeilloux.

– Franco, Lawrence, Lyautey : les trois vrais aventuriers du siècle, dit Coulet. Les deux derniers étaient pédés.

– Un jour, à Melilla, en 1921, sous Abd el-Krim, les tribus du Rif se sont révoltées. Les Espagnols colonisaient Melilla depuis quatre cents ans derrière ses remparts mais avaient oublié les Maures. Soudain les tribus étaient là, sur la crête des montagnes, avec leurs fusils ! Melilla comptait douze mille habitants espagnols dont six mille soldats, des réguliers, les *regulares*. Il fallut évacuer en vitesse la ville, une vraie déroute, c'est Franco qui a organisé ça. Franco était un officier pauvre qui commandait des supplétifs, les *tabors* marocains, à Melilla. Rien à signaler, sauf qu'il avait épousé une grosse Espagnole, qu'il était un peu petit de taille, qu'il commençait à avoir du ventre et à perdre ses cheveux. Dans un premier temps, il évacue Melilla par la mer. Puis, peu après, il amène des 75 et reprend la ville. Cinq ou dix mille victimes parmi les tribus maures, on ne comptait pas à l'époque. Vous savez le plus drôle ? C'est dans ces mêmes tribus marocaines qu'il avait décimées si allégrement que, quelques années plus tard, Franco, général rebelle, leva les troupes avec lesquelles il battit les troupes républicaines espagnoles. Madrid, Teruel, la guerre civile, tout ça ! Les Maures ont pris leur revanche.

– Vous croyez que quelque chose de semblable pourrait arriver ici ? demanda Peufeilloux.

– Je ne sais pas, dit Duruffle. Le secret est perdu.

Au-dessous de la passerelle, sur le pont réservé aux passagers, les premiers reclus de la nuit commençaient à mettre le nez dehors. Un homme, un Européen, luttait contre le vent et, comme on montre un livre d'images à un enfant, montrait le paysage à un bébé ébouriffé qu'il tenait dans ses bras. Je n'avais toujours pas vu la ville, et c'est le bébé qui, la désignant de ses petits doigts comme un enfant montre un jouet qu'il désire, me la découvrit : un ourlet d'écume blanche sur la falaise, des toits en terrasses crevés çà et là de minarets carrés et de palmiers.

Un groupe de trois Maures poussa lentement la porte de la coursive, puis s'aventura sur le pont. Ô divine circonspection ! Ô prudence, ô sublime lenteur d'oiseaux sauvages s'avançant vers un point d'eau suspect ! Comme leur démarche pouvait être différente de celle des Européens qui étaient sur le même navire ! C'étaient les premiers Arabes que je voyais sur l'*Athos* à n'être pas endormis.

Ou, du moins, à ne pas feindre de l'être.

Le premier des trois Maures était un vieillard vêtu d'un burnous fripé par le voyage, sur lequel étaient épinglées des décorations françaises. Il portait un chèche ocre sur une barbe blanche et était suivi de deux hommes d'une quarantaine d'années, en djellaba brune et chèche de même couleur très serré autour de la tête. Le vent s'engouffrait dans les vêtements des trois hommes et les faisait ressembler à de gros ballons. L'un des deux jeunes portait un étonnant attaché-case, visiblement lourd, qu'il semblait entourer des plus grands soins. L'autre me parut dissimuler quelque chose – était-ce une arme ? – sous sa djellaba. Le vent la dégagea. L'arme n'était qu'un grand parapluie noir bien roulé, totalement incongru chez ce trio de seigneurs du désert.

Le vieillard se retourna et nous vit. Il nous montra aux deux autres. Trois masques aigus tombèrent, trois autres masques souriants et obséquieux se mirent en place, tandis que, de loin, le vieillard nous saluait plusieurs fois.

– C'est Sidi Ali, le *moqqadem* de la Zaouïa Sidi Ben Amar, dit Duruffle.

– Le moqqadem ?

– Oui, le patron de la confrérie musulmane la plus importante du préside. Sidi Ali guérit les rhumatismes et la fièvre. Il implante de petits fils de cuivre dans l'oreille. Quand le fil tombe, vous n'avez plus mal. Mille hectares de terre dans la montagne, des troupeaux de moutons, deux cents ouvriers agricoles qui sont une vraie milice. Ses terres débordent largement sur le Rif. Beaucoup des fermiers européens du préside avaient des terres empiétant au Maroc ou au Rif, et Dieu sait ce qui est arrivé à leurs propriétés ! Rien n'est arrivé à celles de Sidi Ali. Sidi Ali est ici avec ses deux fils, Ali et Mostefa.

61

On dit qu'Ali et Mostefa se sont partagés le travail. Ali est avec les fellouzes, il va chaque mois à Oran où il sert sûrement de boîte à lettres avec la willaya V. Mostefa, le deuxième fils, est francophile. Mais attention ! un vrai francophile : Acaton l'a décoré l'année dernière de la Légion d'honneur. Cela dit, il accompagne chaque mois son père et son frère qui vont récupérer le courrier à Oran. Un de ces jours, on en aura marre et on ouvrira leur valise. Pour le moment, Acaton s'y oppose. Il a peur qu'on ne découvre que, dans les présides, tout le monde, même la Zaouïa, est complice des fellaghas ! Vous vous rendez compte du scandale ? Pourtant, demain, je vais cracher le morceau : il est temps qu'on les arrête.

Et, se penchant sur la coupée, il fit un signe amical au vieillard ainsi qu'aux deux hommes qui l'accompagnaient :

– Ça va, Sidi Ali ?

– Ça va.

– Ta femme, tes fils, ça va ?

– Ça va, commandant Duruffle.

– Quand est-ce que tu m'invites là-haut, à la Zaouïa, à manger le méchoui ?

– Quand tu le voudras, commandant Duruffle.

– Non, quand toi, Sidi Ali, tu le voudras !

Le moqqadem haussa les épaules :

– Je veux toujours.

Duruffle se mit à rire :

– Ah, Sidi Ali, jamais tu ne diras la vérité ! Au revoir, moqqadem de la Zaouïa, moqqadem de mes fesses !

– Au revoir, commandant Duruffle.

Et, tout d'un coup, nous fûmes devant la ville, et celle-ci était beaucoup plus proche que je n'avais cru. L'*Athos* avait viré sur son ancre et faisait face. Drus comme des pousses de jacinthes jaillissant d'un pot, perçaient derrière la muraille des minarets carrés, tous surmontés de l'étrange et délicat édifice de fer forgé qui est une des caractéristiques des mosquées de Chella. Un inextricable fouillis de maisons en terrasses les entourait. Les façades toutes blanches étaient percées d'étroites fenêtres, les portes et les volets étaient peints de ce bleu foncé et profond qui est encore un des secrets de la ville.

– Ils badigeonnent de chaux leurs murs de merde, leurs murs pourris, dit Duruffle. Il ne faut pas voir ça de près. Les Maures ne sont pas forts pour entretenir les choses. Ni pour rien d'ailleurs. La maladie est en profondeur.

– Peut-être, dit Peufeilloux (sa voix était tranchante comme un couteau) qu'ils attendent que nous soyons partis pour commencer à s'intéresser à tout ça.

– Sincèrement, dit Duruffle, je les connais. Ça sera encore pis quand nous serons partis.

– Nous ne sommes pas encore partis, dit Tual. Regardez.

Et, tendant le bras, il nous montra une gigantesque inscription flambant neuve. Elle était écrite à la peinture blanche sur la digue de ciment qui barrait l'entrée du port.

Ici Chella. Ici la France, disait l'inscription. Elle recommençait plus loin, sur la capitainerie, sur un silo, sur un réservoir d'eau.

– *Ici Chella. Ici la France,* lut Tual.

Duruffle haussa les épaules :

– Nouveau, dit-il. Acaton a fait recopier l'inscription que les colonels ont inscrite à l'entrée du port d'Oran et de celui d'Alger. Elle n'y était pas il y a trois jours. A croire qu'il l'a fait peindre pour votre arrivée. Action psychologique.

– Possible, dit dédaigneusement Coulet.

– Je vois, commandant Duruffle, dit Peufeilloux, que vous n'aimez pas beaucoup les colonels.

– Ça dépend lesquels, dit Duruffle avec un sourire gracieux. Savez-vous (et sans doute ajouta-t-il cela pour faire diversion) que j'ai très bien connu cette ville de Chella avant la guerre ? Je veux dire l'autre guerre, celle de 39-45.

– Bah, dit Peufeilloux.

– Si, si. J'y ai même séjourné deux ou trois fois. A l'époque, Chella était une ville de rien du tout, une petite ville adorable. Qui aurait pu penser qu'un jour les Maures s'insurgeraient ? Les paysans du Rif avec leurs grands chapeaux coniques, les ânes chargés d'amphores ou de pastèques, les restaurants de sardines en escabèche, l'anisette, les boulistes, les cigales dans les arbres... Les grands cafés sur la place du Maréchal-Joffre, celle que vous voyez peut-être là-bas et que tout le monde continuait à appeler le Paséo, comme au temps des Espagnols... La vie était agréable pour un jeune comme j'étais sauf que, comme partout en Afrique du Nord, les femmes étaient un peu difficiles. Les Européennes comme les moukères, d'ailleurs. Pour les sortir, même au cinéma, c'était toute une affaire. Quant à les baiser... Si vous cherchiez un coin tranquille avec elles, toute la ville vous suivait du regard.

Je fermai un instant les yeux. Finalement, je voyais bien ce qu'il voulait dire et qui était simple. Ce petit monde incomplet, désuet et provincial qu'il avait connu avait ses avantages et était, après tout, moins injuste qu'un autre. Il n'avait fait de mal à personne. Les choses étaient en train de s'arranger. Peut-être, somme toute, ne méritait-il pas de mourir.

— Est-ce vous qui avez dit mourir ? me demanda Duruffle.

— Mourir ? Non, je n'ai pas dit ça.

Je ne m'étais pas rendu compte que j'avais dû parler à haute voix.

Chella, mourir ? Je pris les jumelles et j'y plongeai les yeux. C'était comme basculer sous la mer. Ou encore observer ce qui grouille sous un microscope, l'étrange faune des bactéries qui, bien qu'origine et symbole de la vie, est condamnée aux mêmes imbéciles et convulsifs mouvements pour l'éternité. Un soleil clair et froid avait envahi le ciel. Sur la surface de la baie il jetait des milliers de paillettes. Disséqués par les lentilles de la jumelle, des copeaux d'images battaient en plans parallèles sur le sommet des vagues.

Quel peintre, quel artiste fou aurait osé planter dans ce ciel pâle et froid le pavillon tricolore et vibrant de l'amirauté, l'allégresse des barques sur le port, l'indigo des portes de maisons, le vert des arbres et des collines ? Qui aurait juxtaposé, plan par plan, cette mer d'abord, puis les pierres roses du port et des remparts, puis l'enchevêtrement disloqué des toits de la ville, puis celui du feuillage des plantations d'oliviers et de palmiers, enfin cette couronne de nuages, ces massifs de brume grimpant autour des montagnes et maintenant virant au bleu ? Tremblants dans mon champ de vision, je les voyais maintenant dans les jumelles, ces détails que tout à l'heure mon œil nu n'avait pu accrocher : l'arborescence brune d'une forêt, l'ombre d'une construction blanche sur un sommet, une route de crête déroulant brusquement sur la montagne ses ressorts et ses anneaux ténus.

Mourir ? La réalité n'était-elle pas plutôt que Chella n'était pas vraiment vivante ? L'agitation qui la faisait vibrer était purement mécanique. Les signaux que la ville envoyait avaient aussi peu de signification que ceux de ces étoiles vaines que les astronomes appellent « pulsars ». C'était le fruit des jeux du vent et de la lumière, pas celui de la vie. Oui, la première fois que je la regardai, Chella m'apparut comme ce qu'elle était probablement : une coquille vide, un décor pur, un écho, un désert, une ombre.

Une imposture.

Puis, mon impression cessa aussi brusquement qu'elle était venue. Au loin le bourdonnement de la présence des hommes se manifesta. Une chaloupe sortit du port. Un pavillon tricolore étincelait à l'arrière. Deux ou trois hommes, debout, étaient à bord. Derrière elle, un gros chaland se détacha péniblement. Sa silhouette ventrue et grise, estompée par la crête des vagues, commença à avancer vers l'*Athos*.

Chacun se mit à examiner le chaland pour voir qui était à bord. Moi, je continuais à observer la ville. A droite de la *médina*, la ville arabe, s'appuyant sur elle et la protégeant, il y avait cette forteresse, superposition étrange de vieilles murailles espagnoles en pierre rousse et de constructions barbaresques passées à la chaux, malheureusement dépareillée par un horrible bâtiment de béton peint de gris à son sommet, lui-même coiffé d'un fouillis de poutrelles métalliques, de mâts de pavillon, de disques de radar, d'une chevelure d'antennes et de fils de radio.

— Eh bien, voilà, me dit Duruffle, c'est l'amirauté, c'est l'état-major du préside, c'est le royaume d'Acaton. Tout à l'heure, vous, messieurs, et vous, l'aspirant, la jugulaire de votre casquette sous le menton, la main sur un sabre qu'on vous prêtera, vous y présenterez vos devoirs au *pacha*. Nous sommes tous passés par là. Il aime les présentations élégantes et guindées. A moins qu'il ne vienne vous accueillir. Mais ce n'est pas exactement son style.

Au pied de la forteresse, mais séparé d'elle par une ligne de remparts flanqués de tours, se trouvait le petit port carré ceint d'un quai de pierres grises et roses. Les constructions marquaient ensuite une pause. Comme un fleuve qui vient de passer un barrage et paresse momentanément en formant un estuaire, s'étendait une grande place bordée d'édifices publics, plantée d'orangers d'un vert austère, au milieu de laquelle, à demi masquée par les arbres, une statue apparaissait.

Ensuite, toujours allant vers la droite, après la place, la ville reprenait son élan. Elle escaladait une sorte de plateau de faible altitude, symétrique de la médina, où avait été construite la ville européenne.

Des villas 1930 peintes en jaune crème ou en rose bordaient le front de mer. Par-derrière jaillissait une ligne d'immeubles modernes également peints de jaune, avec de larges fenêtres et des terrasses au sommet desquelles se gonflaient au vent, comme des voiles de navires, des draps pendus sur des fils de fer.

Enfin, au bout du plateau, les constructions cessaient brusquement. Ni jardins ni faubourgs. Seule une route s'échappait de la ville. Elle courait au ras de la mer, décrivant un cercle presque complet autour de nous. Fil blanc, agile et ténu, tendu tout au long de la baie, elle laissait à droite la digue terminée par une petite tour en forme de poivrière qui, refermant en quelque sorte le piège, protégeait l'entrée de la baie contre les vagues du large.

Ici Chella. Ici la France, répétait l'inscription à la peinture blanche que j'avais vue sur le ciment de la digue.

Au-delà, la route continuait à longer la mer et s'éteignait quelque part, loin, à l'horizon.

– La route de Stora, dit Duruffle. Elle allait aux plages et au Maroc.

La route de Stora était ce ruban desséché jeté au long de la mer. Elle était vide, sans la moindre circulation, sans la moindre construction. Une route morte, comme un bras de fleuve peut être mort.

66

– Morte ? répéta Duruffle.

Une nouvelle fois, ce mot (que, j'en suis sûr, je n'avais pas prononcé) l'avait blessé.

– Pas morte, dit-il. Fermée à titre provisoire. Les convois militaires l'empruntent encore sur les dix premiers kilomètres quand ils vont sur le barrage.

J'étais surpris par Duruffle. Une fois déjà cette nuit, devançant mes paroles, ou bien les formulant à haute voix alors que j'avais cru les garder pour moi, il m'avait pris au piège de ce que j'appellerai ici, faute d'un meilleur mot pour l'instant, sa *clairvoyance*. On aurait dit que cet homme savait lire les pensées.

– Vous auriez dû voir cette route le dimanche ! dit-il. Les Marocains venaient s'approvisionner dans le préside. Les gens de Chella allaient à la plage ou bien cherchaient un peu d'espace au-delà de la frontière. C'est drôle, une belle route de corniche comme ça qui ne conduit plus qu'à un barrage électrifié.

Tual sortit son appareil-photo d'une des poches de sa parka. Il y vissa un objectif qu'il sortit d'une autre poche. Posément, il prit deux ou trois photos.

– Tout cela reviendra, dit-il. On mettra fin à la rébellion. C'est la dernière manche. Le *dernier quart d'heure*, comme ils disent en Algérie.

– Vous croyez vraiment ?

– Il faut bien un dernier quart d'heure.

– Venez au carré, dit Duruffle. On a le temps pour une dernière bière.

A nouveau, la bière jouait un rôle important, presque sacramental, dans la convivialité du capitaine de l'*Athos*. Nous descendîmes tous les quatre : Tual, C & P et moi. Duruffle ouvrit le réfrigérateur de sa cabine avec la solennité attentive de quelqu'un qui a décidé de partager son dernier trésor avec des amis de toujours, et qui, le cœur battant, ouvre devant eux son coffre.

– La prochaine bière, vous la boirez à l'amirauté, dit-il. Ce sera d'ailleurs probablement encore avec moi. L'avantage du transbordement par rapport au wharf, c'est que j'ai le temps de descendre en ville. Cela dit, ma mission de vous emmener à

Chella étant terminée, je vais vous dire officiellement au revoir. Au revoir, messieurs (il salua Coulet et Peufeilloux). Au revoir, aspirant Sérurier. Au revoir, Tual. Nous nous reverrons. Un conseil d'ami : qu'aucun de vous ne fourre son nez où il ne faut pas.

Tual se mit à rire :

– Oui, commandant Duruffle, dit-il. Même ne le voudrait-on pas, on ne quitte pas Chella sans repasser par l'*Athos* et par son commandant. Vivants ou morts, entassés sur le pont ou empilés dans des cercueils au fond des cales, c'est vous toujours qui ramenez les soldats des présides...

Duruffle prit l'air mélancolique :

– Ils veulent doubler le service des avions entre l'Algérie et Chella.

– Ça m'étonnerait, dit Tual. Pour remplacer l'*Athos*, il faudrait dix services de DC-3 par jour... Ça n'est pas demain la veille. Hélas, l'*Athos* nous repiquera obligatoirement tous à la sortie !

– J'y compte bien, dit Duruffle. Je suis là pour ça. A bientôt !

Il eut un salut familier. Comme un acteur qui salue un public d'habitués.

Tual et moi nous penchâmes sur la rambarde. L'équipage de l'*Athos* s'activait à assurer la coupée. La chaloupe grise venue de la terre attendait à quelque distance. Deux matelots en blanc, impeccables, la manœuvraient, attentifs à ce que le mouvement des vagues ne les jettent pas sous notre bâtiment. Leur jeu me fascinait, un jeu d'équilibre et de balance dont ils semblaient avoir la pleine maîtrise, alternativement à porter la chaloupe à une crête, puis à l'écraser dans le fond d'une vague.

Duruffle eut un petit sifflement :

– Tss. Le pacha lui-même dans la chaloupe. Vous devez bigrement l'intéresser.

– Eh bien, c'est réciproque, dit Peufeilloux.

Assis dans la chaloupe, en bleu de drap, toutes ses décorations épinglées sur la poitrine, la fourragère rouge des fusiliers marins sur l'épaule gauche, son abondante chevelure grise bien prise sous la casquette, Acaton avait une allure royale.

Le doge rendait visite à sa flotte de haute mer.

Sans attendre ses bagages, suivi de Coulet, Peufeilloux dévala la coupée de l'*Athos* pour gagner la chaloupe d'Acaton. Coulet sauta derrière. La chaloupe n'attendit pas plus d'une seconde. Dans un long sillon courbe et insolent, elle vira de bord et mit le cap sur l'amirauté.

Tual se mit à rire :

– Largués. L'aspirant et moi prendrons le chaland.

Le chaland arrivait. La baie ensoleillée et glaciale s'étendait autour de nous. Embarquèrent les territoriaux et leurs familles, les matelots de relève, le moqqadem et ses fils, Tual et moi : en tout, la cinquantaine de passagers destinés à Chella. De la passerelle, Duruffle nous fit signe.

A ce moment, une seconde fois, j'allais être largué. Nous entendîmes un bruit de moteur, et une barque civile toute blanche, venue elle aussi du port, surgit dans une gracieuse trajectoire.

Je fus interloqué. Emmitouflés d'écharpes et de manteaux civils élégants, un garçon et une fille la conduisaient. Des mèches brunes s'échappaient de son bonnet et fouettaient le visage de la fille. Ils firent des signes à Tual.

– Ah ! dit Tual.

Puis, voyant que je m'étonnais :

– Des amis, dit-il.

J'étais de plus en plus étonné. Il ne m'avait pas parlé d'amis qu'il eût à Chella, mais Tual devait avoir la spécialité de connaître des amis partout.

Un passager civil regardait la vedette blanche. Il s'indigna à la cantonade :

– Il est interdit aux bateaux civils d'approcher l'*Athos* dans la rade.

– C'est une vedette du Yacht Club, dit un autre.

– Depuis la guerre, il n'y a plus de Yacht Club.

– Heureusement que tout le monde ne fait pas la guerre et qu'il y a encore quelque part des jolies filles et des bateaux de plaisance, dit Tual à mi-voix.

Il semblait embarrassé.

– Désolé, mon vieux, continua-t-il. Je vais vous laisser. De toute façon, un militaire ne pouvait pas débarquer au port sur une vedette civile. A bientôt !

Sans doute parus-je décontenancé :

– Ne vous en faites pas, dit-il.

– Je peux vous joindre quelque part ?

– Non, dit-il. A la réflexion, nulle part. Je ne passe qu'une semaine à Chella. Il y a cette enquête pour *L'Express*. Je vais être très occupé. Comment se retrouver ? Sauf... sauf...

Il haussa les épaules. Puis, avant de sauter dans la vedette :

– Librairie Azéma, rue Mimouni-Haddèche, vous connaissez ?

Le mot d'Azéma n'évoqua rien alors pour moi. Pourtant le livre que j'avais acheté chez Clavreuil était signé de ce nom.

– C'est la seule librairie du préside, dit-il d'un air impatient. Plateau Sollier, sous les arcades. Mon ami (il montrait le garçon qui pilotait la vedette), mon ami est le fils du type qui la tient. Téléphonez. Vous m'y trouverez vers le soir.

Il jeta à la volée son sac de toile à l'intérieur de la vedette. Puis il s'embarqua.

– Sans garantie ! cria-t-il à mon intention.

Tual, feu follet.

Je le vis serrer la main du garçon, embrasser la jeune fille sur le front, s'asseoir près d'elle. Sur l'eau, la vedette prit son élan. Le même rail élégant et invisible, le même coup de rasoir précis que celui de la chaloupe de l'amirauté tout à l'heure la mit sur orbite vers Chella. Abandonné parmi les autres passagers, je restai debout sur le chaland.

Le chaland s'éloignait maintenant de l'*Athos*. Je pris mentalement congé de la casquette galonnée de Duruffle enfoncée jusqu'aux oreilles, de sa capote de drap bleu au col relevé, de son écharpe blanche, de son gros regard d'homme bon.

Étrange impression. Je le connaissais mal. Cette nuit, sur l'*Athos*, je l'avais surtout écouté parler avec Peufeilloux et Tual. A peine avais-je risqué quelques paroles avec lui. Toute la nuit pourtant, son regard – bienveillant ? – s'était posé sur moi.

– Au fond, me disais-je, j'aurais dû lui confier, lui demander quelque chose.

Mais quoi ? Il était trop tard. D'ailleurs, la silhouette de Duruffle décroissait. Elle s'éloignait.

Moi aussi, je m'éloignais.

A quoi me faisait-il penser ? Je cherchais et je ne trouvais pas.

A Paris, mon père vivait encore à ce moment-là. Professeur de français-latin-grec comme cela se faisait à l'époque, grand conteur devant l'éternel, passionné de mythologie antique sur laquelle il avait d'ailleurs écrit le *Dictionnaire* qu'ils vendent toujours chez Larousse (mais en livre de poche), il m'avait, lorsque j'étais enfant, cent fois décrit le périple des morts de la fable grecque, lorsque la barque du nocher Charon les transporte pressés les uns contre les autres, drapés dans leurs suaires, la pièce de monnaie dans la bouche pour payer le péage, vers la rive adverse de l'Achéron.

Mon père, donc, m'emmenait aussi au premier étage de la galerie du Louvre voir la procession des mêmes vieux morts peinte en noir et blanc sur le flanc rouge des vases grecs et romains, à moins que ce ne soit en noir sur fond rouge.

Dans mon souvenir, les parquets cirés de la galerie du Louvre craquent sous nos pas alors que nous marchons, mon père et moi. Je suis encore un enfant. Les salles communiquent l'une avec l'autre. Dehors la coulée de lave grise de la Seine barrée par les arches de la passerelle du pont des Arts et du Carrousel s'étale du pont Neuf au pont Royal. Je me penche avec mon père sur les vitrines fermées à clef où les énigmes dorment.

Car maintenant j'avais trouvé : Duruffle me faisait penser à Charon.

Charon, vous saviez donc, vous vous souveniez ? Charon de

71

la mythologie antique, le nocher de la barque, le passeur des morts sur le fleuve Achéron, celui de la porte des Enfers !

Pas tout à fait cependant. Car le Charon de la mythologie grecque est une créature de dessous terre, un être haineux et déprimant, bien différent du pacifique et bonhomme Duruffle qui nous avait amenés à Chella. Croyez donc que ce n'était qu'une image, que le Duruffle vivant, complètement prosaïque que je voyais s'éloigner (et tel que je le retrouverais sans doute dans peu de temps devant une bière à l'amirauté), n'avait rien à voir avec la mythologie ou avec le royaume de Charon ! Croyez qu'il n'y avait aucune idée funèbre ou macabre dans mes réflexions.

Que c'était juste une comparaison.

D'ailleurs, j'ai ma propre version. La voici : Charon nocher est le passeur, l'intermédiaire (est-il mort, est-il vivant ?), celui qui mène les morts au royaume d'Hadès, qui leur fait franchir le fleuve qu'ils ne refranchiront plus.

La voici encore : Charon a accompli sa mission, il a conduit ses passagers chez Hadès, mais maintenant il faut bien qu'il s'en retourne chercher les autres. Certains de ceux qu'il a transportés ont déjà les yeux vidés dans les orbites par les oiseaux ou par les vers. D'autres sont presque certainement encore vivants. Charon salue ceux qu'il vient de déposer sur la rive. Il leur sourit, il leur dit d'avoir confiance. Il va revenir dans une petite demi-heure, avec les autres camarades. Il reprend ses rames et s'en retourne paisiblement, seul, vers l'autre rive.

Un peu de temps s'écoule. On distingue encore la barque et surtout, en tendant très fort l'oreille, on entend le bruit tranquille des rames qu'il plonge régulièrement dans l'eau. Ce bruit même s'éteint. La plupart des passagers abandonnés sur la rive sont calmes et se résignent. Certains s'éloignent du fleuve. D'autres voudraient s'échapper, retourner, essayer de nager ou de trouver une autre embarcation. Ils crient et pleurent. Ils demandent à Charon de revenir les chercher. D'autres enfin, les courageux, s'organisent : ils décident de partir à plusieurs en exploration sur ce territoire obscur où on les a laissés. Mais c'est aussi un piège.

Enfin, tous comprennent, mais c'est trop tard : en réalité, ce n'est pas Charon qui s'éloigne, ce brave Charon qui leur fait de loin ces signes amicaux et inconscients, c'est l'endroit où ils sont parvenus qui dérive. Ils se sont ébranlés vers on ne sait où. Le plus drôle est qu'ils ne savent pas comment.

Oui : bien naturellement, cette période de service militaire plutôt prosaïque dans le préside de Chella n'avait rien à voir avec ce personnage et cette mythologie. C'est pourtant de ce moment de mon arrivée dans les Comptoirs du Sud et dans la banalité des premiers jours qui suivirent que commença ce phénomène bizarre. Le décor que j'avais devant les yeux n'était pas fixe – il dérivait, il s'était mis imperceptiblement en mouvement.

A ce curieux sentiment – de flou, d'inconnu, d'insécurité – qui m'envahissait, je découvrais que, moi aussi, je commençais à m'éloigner. Cette sorte d'île – ce continent que je venais d'atteindre à si grand-peine – s'était à son tour mise en marche.

VI

Quelques-uns des fils
qu'il fallait couper (*suite*)

Une autre histoire sur Catherine à Paris. Celle-là se passe beaucoup plus tard, toujours après qu'elle eut disparu d'Alger, après que je fus allé à Paris en permission, après même ma traversée sur l'*Athos* vers les Comptoirs du Sud. Autant dire tout de suite que, justement peu de temps après cette arrivée à Chella, ma tête cessa de plaire à Collet et Peufeilloux. Ils demandèrent ma mutation, et je fus remplacé par un autre aspirant.

Je connaissais très bien l'aspirant en question. C'était Dodeman, mon ancien camarade de chambrée à Cap-Matifou, le garçon avec qui j'avais failli être tué par la grenade sur le pas de tir de l'amirauté. Nous avions été incorporés ensemble sur le *Richelieu,* nous avions été élèves officiers ensemble, à Matifou, à Cherchell, partout.

De fait, Dodeman était le seul aspirant disponible de la dernière promotion. Il achevait sa convalescence après avoir été stupidement blessé en un accident de la route dans un convoi en Algérie peu après notre départ de l'École. Il fut désigné pour aller à Chella, où il me rejoignit quelques semaines après ma propre arrivée.

Dominique Dodeman et moi étions amis. Nous faisions toujours équipe. L'affaire du pas de tir nous rapprocha encore. Par moi il rencontra Catherine quand elle vint me rejoindre quelques semaines à Alger. C'était l'époque où Catherine et moi étions, déjà ou encore, en période de *recollage* (mot affreux), et au fond, comme il arrive souvent dans ces cas-là, Dodeman était utile, sa présence inoffensive masquant les désaccords qui renaissaient quand Catherine et moi nous retrouvions seuls.

75

Cela dit, cette période coïncida aussi avec un étonnant renouveau de tendresse entre Catherine et moi. Dominique Dodeman en fut le témoin. A Cap-Matifou je ne pensais qu'à elle. Dès que j'avais une soirée de permission, je sautais dans le convoi d'Alger, et Dodeman m'accompagnait.

Une ou deux fois par semaine, quand nous avions la permission du soir, Dodeman et moi passions hâtivement une « inspection de tenue » à la sortie du camp, puis, par le convoi militaire escorté d'une automitrailleuse, nous quittions l'École vers cinq ou six heures pour retrouver Catherine à Alger, et aller dîner tous les trois dans un petit bistrot.

Dodeman rentrait le même soir par le convoi de minuit. Moi-même, au petı matin, l'estomac serré, le cœur assez chancelant (j'avais très peu dormi, je l'avais baisée toute la nuit), je me retrouvais dévalant les escaliers et les rampes qui descendaient du Télemly, je piquais des hauteurs d'Alger en direction de la mer, vers l'immeuble Maurétania, là où le convoi prenait son départ vers Fort-de-l'Eau et vers Cap-Matifou.

Après que Catherine eut fichu le camp et que moi j'eus appris que j'étais affecté à Chella, Dodeman eut son accident. Il fut soigné quelques semaines d'abord à l'hôpital Mustapha d'Alger, ensuite au Val-de-Grâce, à Paris.

C'est à Paris qu'il la revit un soir. Et c'est de son témoignage maladroit, aveugle, chaleureux (mais ainsi était Dodeman) que je tire la dernière vision sûre que j'ai de Catherine. Je dis « vision sûre », parce que, comme on le verra par la suite, je ne suis pas totalement convaincu de la validité de celles qui suivirent.

Je me souviens. Dodeman venait d'arriver à Chella depuis quelques jours, et moi depuis quelques semaines. Il portait encore un bandage à l'épaule, vestige de son passage au Val-de-Grâce. Il le camouflait sous le treillis vert de combat qu'il venait de toucher et dont il était très fier.

Notre service à l'amirauté achevé, nous avions décidé d'aller dîner ensemble en ville dans un petit restaurant du plateau Sollier où l'on servait des brochettes.

Nous marchions vers la ville européenne. Les vieux remparts de Charles Quint longent le petit port. On les suit, puis on coupe sous les arbres à travers le Paséo, l'ancienne place d'armes des Espagnols, avant de monter vers le plateau Sollier.

Dodeman parla.

La douleur à vingt-cinq ans est une vierge. Elle est ingénue, égocentrique, exclusive, intransigeante. Ce que, peut-être avec l'intention de me consoler, Dodeman essayait de m'expliquer ce soir-là était tout simplement que le temps faisait son œuvre et que chacun s'arrangeait autour de moi. Or ce que je souhaitais entendre était juste le contraire. Dans mon malheur, avec ma plaie ouverte, aussi absurde que cela puisse paraître, je souhaitais justement que *les choses ne s'arrangent pas.*

Que personne, après moi, ne puisse se proclamer heureux.

J'entendais Dodeman me raconter son histoire, et, à mesure qu'il parlait, une voix imbécile criait dans mon désert : et moi ? J'essayais de me raisonner. Tout, miséricordieusement, était fini avec Catherine. Pas d'enfants, pas de biens à partager, pas d'intervention des familles. Elle avait voulu partir et j'avais accepté qu'elle parte. Pour être délivré d'elle, ce qu'il fallait justement était entendre les gens parler d'elle, opiner sur sa nouvelle vie, ne plus ressentir d'amertume et moi me tirer ailleurs. Avec quelqu'un d'autre. Ou même avec personne.

– A vrai dire, dit Dodeman, j'ai eu des nouvelles de Catherine. Je l'ai revue à Paris.

Ah, Dodeman, triple traître ! Je pris le nom de Catherine en pleine poitrine.

– A Paris ? demandai-je.

– Oui, dit Dodeman.

Il me considéra avec attention. Comme on considère un sujet en expérimentation avant de pousser encore un peu plus loin dans l'expérience.

– Devine chez qui ? Chez Rabier. Il y avait plein de monde.

Rabier était notre ancien officier instructeur à Cap-Matifou qui venait d'être muté à Paris. Lui aussi avait connu Catherine lorsqu'elle était à Alger, et donc ils s'étaient revus...

Rabier avait été décoré à vingt-cinq ans de la Légion d'honneur pour être resté le seul survivant d'un petit ravitailleur de postes mitraillé par les Viets sur un fleuve d'Indochine. En somme, il était un héros, mais, sans qu'on sût si son éthylisme était la cause ou le fruit de son coup d'éclat, tout de suite après sa décoration, il s'était mis à boire. Durant notre instruction, les moments où il n'avait pas été saoul étaient plutôt rares mais sa Légion d'honneur à vingt-cinq ans excusait tout. A Paris, il n'avait pas perdu de temps pour retrouver Catherine !

– Rabier donne des soirées maintenant ?

– En quelque sorte, dit Dodeman. Enfin, un pot chez ses parents, dans un bel appartement avenue Paul-Doumer. Rabier est un bourgeois. Les sucres Rabier ou quelque chose. Je n'aurais pas cru mais c'est ainsi. Il est idiot qu'il continue à boire. Ce doit être le sucre.

– Rabier est un bourgeois. Catherine va chez les bourgeois ?

– En somme oui.

– Mais Catherine n'aime pas les bourgeois.

– Que sais-tu de Catherine ? As-tu jamais su ce que Catherine aimait exactement ?

– Non.

Il l'avait vue et je devais l'entendre.

– Elle est comment ? dis-je.

– Bien, absolument bien. Si tu étais inquiet pour elle, ne le sois plus. C'est plutôt toi qui m'inquiètes, Sérurier. Tu es blanc comme un linge. Tu as un malaise ?

Ce n'était pas un malaise, c'était de la haine. Ma gorge s'était desséchée.

– Oui, reprit Dodeman. Elle a trouvé un bon job. Elle voit beaucoup de monde. Elle est... comment dit-on ? Lancée.

Coups de poignard l'un après l'autre. En vérité, je mesurais tout d'un coup qu'après l'avoir aimée je la haïssais. Mais si chaque fois l'idée de son départ devait soulever en moi l'immonde sensation de jalousie que j'éprouvais, alors mieux valait qu'elle m'eût quitté une fois pour toutes.

– Ce n'est rien, dis-je à Dodeman. Je n'étais pas vraiment inquiet. A court terme, elle se débrouillera toujours mieux que moi.

78

Je n'aimais plus Catherine et pourtant, quelque part, je ressentais toujours de la peine. Cette imbécile envie de savoir, de protéger, d'être encore inquiet, alors qu'il n'y avait plus rien, ni à protéger, ni surtout, hélas ! à savoir. Les animaux à qui on a pris leur petit le cherchent aussi au début. C'est surtout ça qui est dégueulasse dans les histoires de veaux.

– Non, dit Dodeman (comme s'il avait entendu ce que je pensais), ce qui est dégueulasse, c'est qu'elle t'a plaqué pour rien et pour personne.

Cela non plus n'était pas vrai. Car, à Alger, il y avait eu un certain Drick, un employé d'Air-Algérie qui tournait autour d'elle. Il ne semblait pas du tout son genre au début. A force de n'être pas son genre et de s'obstiner, à l'usure, il avait gagné.

– Drick ? Ça n'a duré que quelques jours avec Drick, peut-être même pas vingt-quatre heures, dit Dodeman. Elle l'a plaqué et a fichu le camp presque tout de suite à Paris. L'épatant avec Drick, c'est qu'il n'a pas semblé une seule seconde perturbé. Il s'est remis avec la fille avec qui il était avant, une hôtesse d'Air-Algérie, très sympa d'ailleurs. Plus jamais il n'a reparlé de Catherine.

« Leur coup fait, pensai-je, ils se sont tirés l'un et l'autre chacun de leur côté. Deux types qui ont fait un casse et qui se séparent, pour avoir plus de chances de s'échapper. »

Même cette façon de penser avec amertume était fausse. Connaissant Catherine, j'étais sûr que ça n'était pas la version correcte. Elle n'avait eu aucun besoin d'aimer Drick pour prendre la décision de me quitter.

– Un beau gâchis, tu ne trouves pas ?

– Je ne sais pas.

Il leva les yeux vers moi avec étonnement.

– Attends. Quelques jours après qu'elle t'eut quitté, elle fiche le camp chez Drick et elle s'installe chez lui. Puis elle plaque Drick, mais toi, tu as déjà quitté Alger pour Paris, et de là pour Chella. Alors elle rentre à Paris. Elle laisse tout dans le studio d'Alger. Partie à la... (il hésita sur le mot) à la cloche de bois.

En fait, il n'y avait pratiquement rien à nous dans le studio. C'était un meublé.

– Le propriétaire du boulevard de Télemly, poursuivit Dodeman, apprend que Catherine t'a quitté et que tu es parti en affectation. Ne voyant plus rien bouger, il téléphone à Matifou. J'avais une clef. Spectacle incroyable. Tout sens dessus dessous, un état innommable. Les meubles étaient renversés, la moitié de ses affaires et de tes affaires jetées sur le plancher. Comme si elle avait eu une crise de violence. Tu crois qu'elle se droguait ?

Explication bienheureuse. Ce n'était pas ça non plus. Elle ne se droguait pas. Ou bien ça n'avait pas de rapport.

– J'aurais su, dis-je.

– Il paraît qu'on peut vivre longtemps avec les gens sans soupçonner qu'ils se droguent.

– On vit aussi longtemps avec les gens sans soupçonner ce qu'ils pensent.

Sacré Dodeman ! Tout d'un coup, j'eus un accès de tendresse pour lui. La situation l'affectait plus que moi. Avec ses côtés exemplaires de *moralisateur suisse*, qui, quoi qu'il arrive, sera toujours pur, protégé qu'il est par son égoïsme, il souhaitait sincèrement une chose : que je sois heureux. Le malheur était que sa sollicitude était finalement plus assassine que la malignité des autres.

Je lui dis :

– Mon histoire me fait de moins en moins de peine. Tu crois que c'est normal ?

– L'usure, dit-il.

Je continuai à mentir :

– Tout me fait du bien, dis-je. En parler ou ne pas en parler. En rêver. Oublier. Me souvenir. Dans ton récit, il y a un truc qui m'a fait plaisir alors que je suppose qu'il aurait dû me faire de la peine. En fichant le camp, elle a eu une crise, elle a saccagé le studio. Si tu casses les casseroles avant de partir, c'est quand même que tu ressens un peu de regret.

– Rabier raconte qu'en débarquant à Paris de la Caravelle d'Alger elle n'avait pas cinquante francs en poche. Pas un bagage. Rabier a la générosité des ivrognes, et elle, elle se fout de l'argent, qu'il soit à prendre ou à donner. C'est donc parfaitement tombé. Elle lui a emprunté de l'argent. A la soirée rue Paul-Doumer, elle portait une robe offerte par Rabier. Un mois de solde. Superbe.

Je la voyais, mon aventurière, débarquer à Paris !

— Après son retour à Paris, c'est curieux, mais ceux qu'elle recherchait, c'étaient plutôt tes anciens amis. Elle s'est pointée à l'improviste chez un certain nombre d'entre eux. Naturellement, au début, aucun ne savait ce qui était arrivé. S'ils ne posaient pas de questions, elle ne disait rien. S'ils en posaient (il y en eut qui en posèrent), elle disait qu'elle s'était aperçue qu'elle ne voulait plus vivre avec toi, que ce service militaire était trop long, etc. Qu'est-ce que tu dis de tout ça ?

— Rien, dis-je. C'est quoi, son travail ?

— Un travail de public relation ou de pub, je ne sais plus. Ça lui plaît. Elle est payée au minimum mais elle s'en fout puisque Rabier l'entretient et qu'il dit qu'il lui trouvera une autre place : attachée de presse dans un ministère ou quelque chose comme ça. Je les ai vus tous les deux, était-ce assez comique ! Peut-être à cause de l'argent qu'il lui donnait, peut-être parce qu'il est plus âgé que nous et qu'il a été, après tout, notre instructeur, peut-être parce qu'il commençait vraiment à l'aimer ou tout simplement parce qu'il est con, Rabier posait réellement au protecteur. Mais la concurrence pointait derrière. Un type brun et frisé dont je ne sais pas le nom, un de tes anciens copains paraît-il, ne la lâchait pas d'une semelle. Les jours de Rabier étaient comptés.

— Tant mieux. Ça m'aurait embêté qu'il reste avec elle.

— En tout cas, ce soir-là, chez Rabier, c'était extraordinaire. Il connaît peu de monde à Paris, alors c'est visiblement elle qui avait fait les invitations. Une fois de plus, ceux qu'elle avait invités, c'étaient des amis à toi. Personne ne mentionnait ton nom, mais c'est quand même toi qui faisais le lien. Tu étais le seul à manquer.

— J'apprécie.

— Remarque, je suis sûr que ce n'est pas du mal qu'elle te veut. Mais à Paris comme ailleurs, tout se joue par la chaîne des relations. Alors elle démarre avec les tiennes. Progressivement, par le jeu naturel de l'élimination, elle en sortira. Un jour, tu t'apercevras que vous ne partagez plus ni les mêmes amis ni les mêmes ennemis. Tu seras délivré.

– Oui, dis-je. Le jeu naturel. La sélection naturelle. Je suis justement pour ça.

– Pour elle aussi, le jeu est cruel.

– J'espère qu'il le sera.

« Un jour, me dis-je, la vieillesse, la laideur la frapperont. Elle souffrira alors. Elle souffrira plus que moi. Et avant ? Que quelqu'un qu'elle aime l'abandonne. Oui, que tous l'abandonnent. »

Dodeman et moi avions fini le tour du port. Le port de l'amirauté à Chella est bien tracé et ses côtés se coupent à angle droit. Un renégat français, ancien ingénieur du roi, l'a dessiné au XVIIe siècle pour les pirates barbaresques.

Sauf deux vedettes de l'amirauté et la barque du presque défunt Yacht Club, il n'y avait plus de bateaux à l'ancre. Derrière des murs en sacs de sable, les factionnaires de la marine veillaient pour un improbable débarquement de rebelles ou je ne sais quoi. Au sommet de la grosse tour à l'angle de l'amirauté, il y avait aussi un fusil-mitrailleur en batterie. Avec ce seul FM, guetteur d'un nouveau genre, on pouvait tenir sous son feu tout le port et tout le quai.

Nous arrivions au Paséo. Sur le Paséo, des orangers bien alignés font penser à des soldats en parade. Les quelques oranges sauvages qui sont restées hors de l'atteinte des passants sont les fruits d'un jardin interdit. Une statue de bronze, celle de l'amiral Silhiol, trône au milieu de la place. Silhiol est l'amiral qui établit la France à Chella en lieu et place des Espagnols au début du siècle. C'est un gros monsieur de bronze qui porte un bicorne en bataille, un profil néronien et d'énormes favoris en côtelettes au-dessus des oreilles. Pendant une des manifestations des Européens contre la politique du Gouvernatorat, son bras a malheureusement été cassé par une pierre. Il n'en continue pas moins à brandir son moignon dans une attitude sans doute plus impressionnante que celle qu'avait le bras.

Et tout d'un coup, alors que nous marchions sous les orangers, une espèce de colère m'envahit. Je me mis à penser à ces deux ans imbéciles qui m'attendaient, à ces échanges de confidences avec Dodeman ou avec un autre, à cette guerre, à cette équipée à Chella qui ne me concernait en rien, moi qui n'étais ni Français d'Afrique du Nord, ni Maure, ni militaire de carrière. Alors, me disais-je, que j'aurais dû tout lâcher, courir à Paris, que j'aurais dû, que j'aurais voulu, qu'il aurait fallu... qu'il aurait fallu... Mais, au fait, qu'est-ce qu'il aurait fallu ? Dodeman posa sur moi ses bons gros yeux de chien.

– Finalement, Pierre, tu te débrouilles très bien.

– Tu crois ?

– Au point où en sont les choses, s'il faut attendre, tu es mieux à Chella.

– J'étais justement en train de penser le contraire. Je me disais exactement ceci : si seulement j'étais à Paris !

– Tu ferais quoi à Paris ?

Il avait raison. Rien.

– Pierre, reprit-il. Je voudrais te raconter encore quelque chose. Même si elle est désagréable – pour toi et pour moi. Tu es mon ami.

« Au diable les amis », pensai-je.

– Ça explique peut-être tout, mais le soir ou j'ai été invité chez Rabier, j'avais un peu bu, et Catherine était formidable. Formidable. Si formidable que je n'ai pu me retenir. Quand je suis parti de la soirée, un peu tôt je dois le dire, elle m'a raccompagné à la porte, c'était elle, la vraie maîtresse de maison chez Rabier. Alors, en la quittant, j'ai essayé de l'embrasser. Elle était plutôt surprise. Elle a dû croire d'abord que c'était un excès de tendresse, puis tout d'un coup elle s'est rendu compte que je l'embrassais réellement sur les lèvres. Ça a duré même un peu. Pour m'excuser, je lui ai dit que je la trouvais formidable.

– Tu aurais pu te retenir.

– Non, dit-il. D'ailleurs il n'est rien arrivé d'autre. Elle m a remis aussitôt en place. Rabier nous observait de loin. L'autre type brun et frisé également. Elle m'a bien regardé dans les yeux, elle m'a dit : « Vous aussi, mon petit Dominique. Vous étiez pourtant son ami. Il n'en a pas tellement. – Je le suis encore, Catherine. – On ne trahit pas son ami. Si vous êtes son ami, Dominique, vous devez ficher le camp et n'avoir plus rien à faire avec moi. »

Dodeman continua :

– Après ça, je ne savais pas trop quoi faire. J'allais partir, assez à l'anglaise je dois dire. Elle me rappelle dans l'escalier : « Vous allez revoir Pierre, n'est-ce pas ? – Oui, c'est drôle, on ne se quitte littéralement jamais : je suis affecté dans la même zone que lui, à Chella, un des présides français du Maroc, dans les Comptoirs du Sud. » Elle hausse les épaules comme si ça ne lui faisait rien. Puis elle dit : « Dominique ? – Oui ? – Comme vous allez le voir, quand vous le verrez, racontez-lui très exactement la scène qui vient de se passer. Très exactement. Dites-lui que vous avez essayé de m'embrasser, etc. » Je lui ai dit : « D'accord, je lui raconterai, je vous le promets. Très franchement, Catherine, à quoi ça sert ? » Elle met un doigt sur ses lèvres : « Chut ! A moi, rien. Juste promettez. » Elle allait revenir vers Rabier ou vers l'autre. J'ai promis.

Ah, Catherine, tueuse ! Ton message est clair. Tu ne laisses pas de blessés derrière toi. Au contraire, quand tu as fini, tu te retournes et tu achèves tes victimes. Jamais la moindre chance.

– Catherine n'est plus à moi, dis-je.

Le visage de Dodeman brillait de loyauté. Une bougie qui illumine l'intérieur d'un lampion.

– Tu ne m'en veux pas ?

– Non, bien sûr que non.

En vérité, même de cela – ne pas le haïr – je n'étais pas sûr. Ce soir-là, dans le petit restaurant sur le Paséo, je ne voulus pas prolonger la conversation. J'eus peur de partir dans une exploration qui m'aurait mené plus loin que je ne le voulais. Le terrain est dangereux et subtil. Mystérieusement, la confiance et la trahison y cohabitent.

VII

Le sixième comptoir
de l'Inde

Le jour où je débarquai à l'amirauté était un dimanche, et, comme dans n'importe quelle ville de France ou de Navarre, tout était fermé. Le commandant Acaton ayant disparu avec mes deux patrons, c'est l'officier de semaine, un lieutenant de vaisseau tout en longueur nommé Giansily, qui m'accueillit à l'arrivée. Il siégeait dans un petit bureau, sorte de réduit sans air enterré au fond de l'amirauté, éclairé du plafond par un puits de lumière qui avait bien trois mètres de haut. Ce bureau devait devenir plus tard le mien puis celui de Dodeman, mais naturellement je ne le savais pas encore.

Alors que je montais vers les bâtiments administratifs, je croisai quelques matelots et quelques gradés qui feignirent de ne pas me voir. Inoccupés comme on l'est réglementairement un dimanche dans une garnison, ils traînaient, vêtus de ce treillis de combat vert foncé qui était l'uniforme ordinaire des fusiliers marins en Afrique du Nord et qui, de loin, ressemblait curieusement à un uniforme allemand.

Ils arboraient naturellement les signes distinctifs de leur espèce, casquettes ou bonnets à pompon rouge de la marine, fourragère à l'épaule gauche, souvenir de batailles livrées par le régiment quelque part en 1914 sur l'Yser, avec, cousu sur la manche gauche, le grand écusson bleu et rouge orné des deux ancres à jas croisées des fusiliers marins. En outre (attribut particulier aux troupes du préside de Chella, d'un effet très étudié, mi-Sahara, mi-marine), ils avaient autour du cou une sorte de foulard de toile beige sable, roulé en torsade. Je le portai bientôt moi aussi. Il était si long qu'il entourait deux ou trois fois le cou avant de venir repasser ses extrémités dans le ceinturon.

Giansily, Corse ou Pied-Noir – ou les deux à la fois, je ne l'ai jamais su –, avait la trentaine et le cheveu noir calamistré, bien tiré, un air trop rapide, trop astucieux, trop ironique pour ce qui restait en somme une garnison de province. Alors qu'il m'attribuait une des chambres « de passage » au-dessus du carré des officiers, le téléphone sonna. Il répondit avec une componction exagérée et des clins d'œil entendus à mon endroit. Je compris qu'à l'autre bout de la ligne le commandant Acaton lui demandait d'organiser deux chambres pour Coulet et Peufeilloux.

Un matelot, préposé aux fonctions de maître d'hôtel du carré, monta ma cantine dans mon futur logis.

En haut d'un escalier de bois qui débouchait sur un grand couloir, il y avait une douzaine de chambres monacales passées à la chaux, meublées d'un lit, d'une chaise et d'une armoire de fer. De petites fenêtres à croisées s'ouvraient sur la dégringolade des toits et des terrasses de l'amirauté, sur les touffes de figuiers de barbarie et d'agaves, sur une rangée d'eucalyptus, puis, en bas, sur les remparts, et enfin sur la mer.

J'ouvris mon paquetage. Un paquetage est l'instantané d'une vie réduite à l'essentiel. Son inventaire est plutôt mélancolique chez un soldat. Du linge, des livres, une lettre de mes parents, une brosse à dents, tel était mon quotidien pour encore longtemps. J'étalai tout sur la couverture brune du lit.

Je redescendis dans le bureau de Giansily. D'un œil ironique et curieux, celui-ci parcourut mon ordre de mission.

– En somme, me dit-il, vous n'êtes pas affecté à la garnison. Vous restez à la disposition des deux officiers qui viennent d'arriver.

– Oui, fis-je, prudemment.

– C'est clair quand on lit votre papier.

Sa plume courait sur la fiche qu'il remplissait. Elle s'arrêta un instant. Il inscrivit dans une case : *passage.*

– Il y a des gens ici qui ne vont pas être trop contents. Dans les postes, ils attendent la relève. Le commandant Acaton avait demandé deux aspirants. Il ne les a pas.

– Je n'y suis pour rien.

– Allez demain au magasin, faites-vous habiller sérieusement. Quant au chèche (il montrait alors l'étrange foulard kaki pâle qui s'enroulait autour de son cou et descendait se prendre dans son ceinturon), allez vous en faire couper deux mètres demain chez le tailleur du souk en ville. Pour votre visite protocolaire au commandant Acaton, je vous prêterai un sabre. D'ici là, visitez l'amirauté.

Le lendemain donc, je visitai l'amirauté.

Ancienne forteresse espagnole devenue antre de pirates barbaresques, puis espagnole encore, l'amirauté abritait depuis le début du siècle les services somnolents de la minuscule base navale française de la Côte de Barbarie.

Avant que finalement je ne fusse muté dans l'intérieur du préside, j'habitai bien deux mois à l'amirauté. J'y retournai ensuite une ou deux fois vers la fin et j'y vécus chaque fois encore quelques jours. Pourtant, je n'arrivai jamais à avoir une idée précise de sa disposition et de son organisation réelle.

Je doute d'ailleurs si quelqu'un y arriva jamais. Car, au propre comme au figuré, aussi bien par l'empilement incroyable des bâtiments de toutes origines qui s'y trouvaient que par les intrigues qui s'y déroulaient, l'amirauté était un véritable dédale où chaque époque avait laissé sa strate.

Il y a quelques années encore, rapporter ce que je sais de l'histoire tourmentée des Comptoirs du Sud eût été inutile et presque injurieux. Car, racontée dans les manuels scolaires de la période coloniale, enseignée en cours primaire, elle faisait partie de la mémoire collective des Français. Elle a disparu maintenant et c'est justice : autant faire une croix sur ce qu'on a perdu.

Nador, Albaceite et toi, *Chella !* Vos trois noms, autrefois accompagnés de la mention « phosphate », figuraient glorieusement sur les cartes murales affichées dans nos écoles à côté du tableau noir et colorées de l'élégant rose saumon pâle réservé à nos colonies. Comme y figuraient également, hélas ! – autre orgueil de l'Empire lui aussi disparu dans les oubliettes de l'Histoire – les noms des six fameux « comptoirs de l'Inde » : *Pondichéry, Mahé, Yanaon, Chandernagor, Karikal* –

et le sixième. Mais au fait : y eut-il un sixième comptoir de l'Inde ? S'il exista, quel fut son nom ? Et qui s'en souvient, à part quelques amateurs de philatélie, quelques fabricants de mots croisés à la recherche du mot rare, quelques misérables nostalgiques de l'Empire ?

Mais vous : Nador, Albaceite, Chella, présides français de la côte orientale du Maroc, arrachés aux Barbaresques puis à l'Espagne, victimes d'une mini-guerre coloniale qui vous dépassait, vous avez bien existé, je puis en témoigner, j'ai vécu de longs mois dans le plus grand d'entre vous, ô Chella !

Minuscules et désuètes enclaves ancrées dans les parages austères que les anciens appelaient, comme pour les conjurer, « Côte de Barbarie », enfants mal aimés de l'Empire colonial de la République, déchets de la mythologie patriotique, peu reliés à l'Algérie ou à Marseille par d'incertaines lignes de navigation, vous vous échelonniez à cinquante kilomètres les uns des autres entre les possessions espagnoles de la même côte, les présides de Melilla et de Ceuta.

Aujourd'hui, vos noms ont été rayés de nos atlas et de nos cartes. Vous fûtes pourtant les escales des navigateurs phéniciens lors de leurs périples autour de l'Afrique. Ulysse s'y réfugia dix ans, et l'une des grottes de votre côte, tout près de Chella, s'appelle encore du nom de la nymphe amoureuse qui l'hébergea, « grotte de Calypso ». Avec l'aide de ladite nymphe amoureuse et quelques arbres du rivage, l'homme rusé y construisit son radeau et s'embarqua pour ce qui devait être son *Odyssée*. D'autres textes anciens placent là, à l'orée des fameuses « Colonnes d'Hercule », une des entrées des Enfers. Numides, Romains, Arabes (ou Maures comme, à l'espagnole, on continuait de dire à Chella), Portugais, sultans almohades ou almoravides, Espagnols de Charles Quint, Turcs, s'y succédèrent. Les présides ensuite échurent à un renégat maltais qui se faisait appeler Ibrahim-Bey et gouverna au nom du sultan.

Ibrahim-Bey transforma Chella en un repaire de pirates. C'est lui qui construisit le port de pierre et bon nombre des bâtiments de l'amirauté. Ô pauvre Acaton, imposteur en somme, puisque, quand j'habitai l'amirauté, tu n'étais pas amiral, mais simple capitaine de vaisseau de la marine nationale française ! Car ne vécut jamais à l'amirauté d'autre amiral que l'Ibrahim-Bey du XVIIᵉ siècle.

C'est au large de la Côte de Barbarie, dans les eaux mêmes de Chella, que Cervantès fut fait prisonnier par les Maures. Il n'avait pas encore écrit le *Don Quichotte*. De même, un peu plus tard, le futur saint Vincent de Paul y devint-il esclave et travailla-t-il aux bâtiments de la forteresse. Quand j'y habitais moi-même, et que, du réduit où était mon bureau jusqu'à celui d'Acaton, je dévalais le labyrinthe des couloirs ou des escaliers pris dans la masse des murs, je ne pouvais m'empêcher de penser aux captifs chrétiens qui, si nombreux, avaient prêté leurs mains à sa tortueuse construction et y avaient passé leur vie.

Les actes de piraterie des barbaresques, successeurs d'Ibrahim-Bey, se multipliant, Louis XV, roi de France, s'en mêla. Son ministre Choiseul envoya une expédition qui canonna Chella, Nador et Albaceite. Les présides devinrent français pour la première fois. Respectueux du Pacte de Famille, Choiseul les rendit aux rois Bourbons d'Espagne.

Nelson les occupa quelque temps avant Trafalgar. L'Allemagne aussi s'intéressa aux présides et les manqua de peu. Lors de la fameuse crise de Tanger, Guillaume II, empereur d'Allemagne, y fit une superbe entrée à cheval. Il avait ses fameuses moustaches relevées en croc, il était vêtu d'un grand burnous blanc et d'un casque à pointe dorée et couvre-nuque spécialement conçu contre les ardeurs du soleil. Le croiseur *Panther* croisa longuement devant la Côte de Barbarie.

Enfin, les obscures tractations anglo-franco-espagnoles qui préludèrent à l'occupation du Maroc réattribuèrent les trois présides à la France.

La République fut une bonne mère pour eux. Elle construisit le wharf *Jules-Cambon*. Puis dans un style néo-arts déco-franco-hispano-mauresque créé pour la circonstance (un vrai style colonialiste !), elle construisit la grande poste, l'hôpital Léon-Gozlan et la cité européenne qui couvrit bientôt tout le plateau Sollier.

Mais sa plus belle réalisation offrit la particularité d'être en plâtre et de n'avoir point été édifiée sur le sol africain : ce fut l'éphémère pavillon de Chella, construit à Paris au bois de Vincennes pour l'Exposition coloniale de 1932. Des artisans maroquiniers maures importés pour la circonstance y cousirent des babouches jaunes et des portefeuilles de cuir sous les yeux ébahis des Parisiens. Lyautey l'inaugura avec le roi d'Angleterre. Le pavillon était situé à côté de celui de la Guyane et fut détruit peu après, comme il est naturel pour un monument d'Exposition coloniale. Il rata de peu la médaille d'argent mais eut la médaille de bronze.

On aimerait bien s'arrêter dans cette atmosphère somme toute louable, où l'ambition consistait à figurer honorablement au palmarès des Expositions coloniales – et naturellement, cela va sans dire, quand la mère patrie était menacée par le voisin allemand, à fournir des contingents de troupes indigènes, « turcos » et autres, disponibles au vingtième jour de la mobilisation.

Pourquoi pas, après tout ?

Aux velléités d'indépendance qui se développèrent avant la guerre, personne ne comprit rien, surtout, probablement, les indépendantistes eux-mêmes. Les Européens de Chella furent pétainistes, mais qui ne l'était pas en Afrique du Nord en 1941 ? En 1942, les Américains du général Clarke avaient débarqué à Chella. Les présides fournirent une grande partie des contingents de *tabors* au corps expéditionnaire français qui débarqua à Naples. Beaucoup de ces tabors, issus des tribus de Chella, sont enterrés dans le cimetière allié du mont Cassin, celui qui est situé sur le plateau, près des parkings, en dessous du monastère.

Ceux-là, au moins, resteront français.

Le retour des survivants et des victorieux fut célébré dans un optimisme de bon augure. Il y eut des prises d'armes sur le Paséo, des distributions de pensions militaires, de bureaux de tabac. Des médailles s'épinglèrent sur les burnous. Des *dar el-askri*, rustiques maisons du soldat tenues par d'anciens combattants où l'on fournissait du thé à la menthe, furent installées dans les villages. Ce furent autant de foyers où les légendes et la guerre étaient racontées et où l'image d'une France forte et généreuse était développée. On en avait pour mille ans.

En 1954, en Algérie, la rébellion armée éclata. Rien de semblable n'arriverait jamais dans les présides de Chella ! Mais les deux voisins des présides, le Rif et le Maroc, veillaient. Ils voulaient bien que les présides demeurassent français, mais si les Français devaient partir, aucun d'eux, naturellement, ne voulait que l'autre État frère s'y installât. A tout hasard, chacun ouvrit ses « camps de réfugiés ». On s'inscrivit. Les premières bandes de rebelles opérèrent au départ de leur territoire.

En 1954, donc, cette microcivilisation débonnaire (et peut-être inoffensive) des présides français de la Côte de Barbarie plongea dans la guerre. Oui, tout plongea, même ce qu'elle pouvait peut-être, à sa manière, apporter d'heureux : les marchands vendant sur le port les moules au piment enveloppées dans le papier de journal de *La Dépêche de Chella* (le seul journal des présides) ; les cafés regorgeant de monde à l'heure de l'anisette et des *tapas* ; la distribution de prix avec les livres rouge et doré au lycée ; la musique de la marine tous les vendredis sous le kiosque du Paséo ; les défilés des Anciens Combattants en burnous le 11 novembre.

Tout, le beau et le moins beau : car il y avait aussi les fellahs en haillons dans les champs des colons, les tribus misérables du Fillaoussène, le tutoiement des indigènes, les nouveaux bacheliers maures inoccupés, le phosphate qui s'engloutissait dans les entrepôts métropolitains, quoi d'autre enfin ?

Tout fut dépassé. La guerre se développa. A l'échelle de la ridicule exiguïté du territoire, les événements s'enchaînèrent comme là-bas en Algérie : attentats et répression ; raids rebelles et bouclage des frontières ; arrivée du contingent, construction d'une ligne fortifiée aux frontières, ratissages, extermination des bandes, quadrillage du terrain avec des postes militaires, embauche de supplétifs musulmans, *harkis* ou *moghaznis,* autodéfenses, pacification.

Etc.

Toute la lyre.

Mais revenons aux bâtiments de l'amirauté.

Comme pour rappeler un passé heureux, des reproductions de gravures montraient au mur du mess des officiers des images du temps d'Ibrahim-Bey et des barbaresques. Des galères armées en guerre et ornées de longs *peñones* flottant au vent s'y enlevaient sur la crête des vagues. Des factionnaires en turban armés de fusils arabes effilés veillaient sur les remparts. Dans le lacis des rampes et des ruelles allaient et venaient des Maures en gilets et en gros pantalons bouffants, des femmes en haïks, de petits ânes chargés d'amphores. Des marchands de pastèques avaient installé leurs inventaires sur la placette, devant les bâtiments qui abritaient aujourd'hui l'administration française.

Selon toutes les apparences donc, l'occupation turque fut débonnaire. Ainsi fut celle des Espagnols, puis la nôtre de 1905 à 1954 environ – jusqu'à ce que la première vague d'attentats eût frappé. Désaveuglés, nous découvrîmes tout d'un coup que nous étions dans une situation sans issue.

Les colonisateurs sont comme les maris trompés : jusqu'au bout, ils se croient aimés. Enfin ces candides découvrent leur malheur et c'est le gouffre. Un excès de suspicion succède à l'excès de confiance. De toute façon c'est trop tard, la machine est lancée, tout ce qu'ils essaieront de faire, même de sincère et de désintéressé, ne fera qu'aggraver le processus engagé. Ils n'en seront que, plus sûrement, entraînés vers l'abîme.

Dès les premiers attentats, tout devint différent à Chella. Les Français agrémentèrent la porte d'entrée de l'amirauté, la porte bleue, d'un poste de garde solidement doublé de chevaux de frise. Ils mirent des barbelés et des sacs de sable partout. La ruelle qui serpentait à travers la citadelle fut interdite aux civils. Au lieu d'être le trait d'union qu'elle avait toujours été, l'amirauté sépara désormais la ville indigène et le port.

Bien que défigurée par les barbelés et par un écriteau barré de tricolore – en grand : ZONE MILITAIRE et en plus petit : MARINE NATIONALE. LE CAPITAINE DE VAISSEAU COMMANDANT LA BASE NAVALE ET LES FORCES TERRESTRES DU PRÉSIDE DE CHELLA –, la porte bleue avait gardé grand air : sous un gigantesque arc brisé en pierre de taille, deux battants de bois massif peints du fameux bleu indigo qu'on retrouvait dans toute la ville s'ouvraient sur un quai pavé de galets noirs et blancs traçant sur le sol un entrelacs de festons et de frises. Elle était flanquée de deux énormes tours rondes, d'où partait la ceinture des remparts de Charles Quint, masse éléphantesque de pierres et de briques rousses, semée çà et là de frustes ornements et de sévères blasons sculptés espagnols. Le sommet de la muraille, recoiffé sous les Maures de créneaux lancéolés et depuis lors passablement décrépit, était garni des nids de cigognes ainsi que des grands bouquets d'aloès et des touffes de figuiers de barbarie que j'avais discernés de l'*Athos*.

En grand arroi de guerre, un officier marinier et deux ou trois hommes y montaient la garde. Ils examinaient tout visiteur avec suspicion. Fût-il le gouverneur (il y avait dans les présides un gouverneur civil qui s'était fait progressivement déposséder de son pouvoir par les militaires), ils notaient son nom et son heure d'arrivée sur une feuille de papier fixée sur une planchette par une grosse pince à dessin. Puis ils téléphonaient pour demander des instructions, toutes choses que je n'ai vues nulle part ailleurs à Chella, dont les usages étaient en général bon enfant. Peut-être, tout simplement, plutôt que de préserver la majesté d'Acaton, s'agissait-il de cacher le fait qu'il ne se passait rien de vraiment important derrière la porte bleue de l'amirauté.

Une fois les vantaux de la porte poussés pour vous laisser pénétrer dans l'amirauté, vous vous trouviez devant une ruelle, ou plutôt une rampe escarpée, dite « rampe des galères », pavée des mêmes galets bicolores et glissants qui recouvraient le quai, ce qui n'était pas sans poser problème aux camions militaires qui patinaient en l'empruntant.

Aux yeux du futur initié, les mystères de l'amirauté commençaient alors à se déployer. La rampe était balisée de petits palmiers alignés dans leurs pots, de géraniums comiquement plantés dans des boîtes de conserve, de vieux pneus méticuleusement passés à la peinture blanche. Des écriteaux en noir sur fond gris affichaient la destination supposée des bâtiments qui la bordaient. Ils accréditaient l'existence, parallèle à celle de l'amirauté, d'un mystérieux navire prêt à appareiller qu'Acaton aurait commandé et dont toutes les parties auraient été dispersées de terrasse en terrasse : MAGASINS, CUISINES, ARMURERIE, POSTE DES OFFICIERS MARINIERS, PC TRANS (pour Poste de commandement des transmissions), CARRÉ DES OFFICIERS, PC DU COMMANDANT, PC OPS (pour opérations), NAVIGATION (de quels bateaux ?), ARMEMENT, BATTERIE N° 1, BATTERIE N° 2, PONT SUPÉRIEUR, avec même, tout d'un coup, juste avant la minable terrasse supérieure de l'amirauté, une inscription pointée vers le ciel : *Passerelle.*

La rampe des galères obliquait enfin vers la droite pour accéder à une sorte de petite placette plantée d'arbres qui vous plongeait droit dans le passé barbaresque de la citadelle avec ses bâtiments aux murs blancs et épais et aux allures de hammams ou de maisons maures qui l'entouraient. Des micocouliers y avaient été plantés, sous lesquels se trouvaient garés – j'allais dire paissaient – aussi paisibles que des voitures civiles ou des vaches dans un pré, les trois half-tracks d'intervention de la garnison, mitrailleuses lourdes basculées en direction du sol, ainsi que, faisant un effet étrange dans sa robe civile, rouge et vernie, et ses chromes étincelants, une voiture de pompiers, empruntée un jour à la ville et oubliée là depuis un temps infini.

Au temps que j'y séjournai, il me semble que l'amirauté abritait en permanence une bonne dizaine d'officiers et deux ou trois cents matelots. A l'autre bout de la ville, une caserne devait contenir un autre millier d'hommes et un *garage général* où se trouvait aussi un peloton de gendarmes équipés de véhicules blindés.

Pour des raisons que j'expliquerai plus tard, Coulet et Peufeilloux s'installèrent en ville, sur le plateau Sollier. Je fus moi-même confirmé dans ma chambre de passage à l'amirauté et pris régulièrement mes repas au carré des officiers. Au début, chargé que je fus des liaisons entre le commandant et mes deux officiers, j'allai assez fréquemment dans les bureaux d'Acaton. Un escalier souterrain puis un corridor interminable construits par les barbaresques y conduisaient. Les dalles de pierre résonnaient sous les pieds.

Acaton n'avait pas seulement enfoui son bureau dans la partie historique de l'amirauté, il y vivait aussi, seul, dans quelques pièces proches donnant sur la mer, invisibles du reste de l'amirauté et où naturellement je ne pénétrai jamais. Les autres officiers vivaient dans les bâtiments construits au-dessus, une superstructure moderne qui abritait le carré et les chambres de passage. Eux avaient droit à la lumière, alors que le reste industrieux de l'amirauté était voué à la pénombre. Dans des couloirs interminables et mal éclairés, se croisaient les responsables des différents services : Intendance, Opérations, Transmissions, Renseignements. Assis sur des chaises, des matelots en treillis vert et en comique bonnet bleu à pompon rouge sur la tête servaient de plantons.

Par la petite porte qui débouchait sur la placette, par l'escalier qui partait tout droit, je plongeais dans des profondeurs obscures de fourmilière. Car c'était bien une fourmilière, peut-être même le royaume d'un dieu souterrain. Les couloirs sonores, les escaliers tortueux passés à la chaux conduisaient au bureau du commandant, cellule centrale du bunker. Les murs avaient plusieurs mètres d'épaisseur. Peut-être n'étaient-ils que des parois de caverne. Ils se creusaient de niches, de passages dérobés où des puits de lumière grillagés vers le haut distillaient une lumière secrète. Plus on avançait et plus il semblait qu'on approchât du centre du dispositif, de quelque chose de terrible et d'essentiel, du repaire de je ne sais quelle venimeuse reine de la ruche, d'un être monstrueux et cannibale, embarrassé d'un ventre mou et énorme, d'où serait sortie la chaîne d'œufs nécessaires à la reproduction des ouvrières.

Pauvre Acaton ! L'étonnant était qu'au fond de la ruche il n'y eût que lui. L'ai-je décrit assez sérieusement ? Tantôt, dans ses apparitions à l'amirauté, ce n'était qu'une espèce d'assez gros homme fatigué d'une cinquantaine d'années, avec des cheveux gris bien tirés sous la casquette, avec un visage évasif, volontiers rejeté dans l'ombre de son bureau, et dont il était difficile de percer le secret. Tantôt, cultivant le genre décadent et fatal, il faisait dans le mode maléfique, jouant volontiers l'espion oriental, le félon de cinéma, le « cerveau » d'une bande de malfaiteurs internationaux. Il aurait pu jouer aussi bien le figurant des fumeries d'opium, le doge vénitien de *Volpone*, le sénateur romain décati mais soigneusement replâtré, tel que le voient les films d'Hollywood.

Le visage était lourd, traversé des cycles inexpressifs mais réguliers de ces machines astronomiques qui reflètent le parcours des astres dans le ciel ou les quartiers de la lune sans jamais avoir d'influence sur leur marche. Tantôt il révélait des phases de totale lassitude, tantôt il en montrait d'autres où, comme une peau de tambour mal tendue se retend, ses traits se rechargeaient d'énergie mystérieuse et de ruse. Les yeux avaient été pochés autant par la cinquantaine que, peut-être, par la pratique quotidienne de la dissimulation. La main un peu grasse s'ornait d'un anneau armorié. Pendant qu'il recevait (rarement) à son bureau, elle aimait jouer, négligemment, avec une très belle casquette d'uniforme ornée des cinq galons poivre et sel qu'il posait devant lui ou qu'il coiffait avec la solennité d'un évêque portant sa mitre.

Chez lui, certains jours, un côté pathétiquement inoffensif apparaissait. Il me faisait alors penser à quelque gros poisson dans son bocal. Enfermé comme dans une boule de verre dans le milieu ambigu qu'il affectionnait, il excellait à se maintenir immobile à fleur d'eau, n'ayant besoin, pour corriger de temps en temps son équilibre, que de quelques coups de nageoire imperceptibles. Quand il parlait, le seul mouvement qu'il faisait était de promener sur ses lèvres de petits coups de langue brefs, avec une surprenante mimique de gros matou dont on ne pouvait déceler (mais la vraie force du caractère réside peut-être justement dans une faculté de ce genre !) si c'était la manifestation d'une sorte de gourmandise intellectuelle, d'une finesse psychologique supérieure, ou, tout simplement, s'il venait de terminer son petit déjeuner.

Acaton prenait ses repas dans sa salle à manger à lui, aux étages inférieurs de l'amirauté. Quelquefois cependant, il déjeunait au carré. Sa table alors était un peu en retrait. Personne n'aurait osé l'occuper quand il n'était pas là. Lorsque l'*Athos* faisait escale à Chella, je l'y vis quelquefois inviter Duruffle. Et, dans les premiers temps de leur arrivée, avant qu'ils ne fussent brouillés avec Acaton, Peufeilloux et Coulet y vinrent prendre également quelques repas.

Le soir, ni Acaton ni ses convives n'étaient là. L'atmosphère au carré devenait plutôt drôle. Les officiers qui s'y trouvaient daubaient volontiers sur Acaton. On dauba bientôt sur Peufeilloux et Coulet.

Aucune de ces moqueries n'allait loin. Les aspirants étaient plus préoccupés de leur travail ou des fesses des filles du bordel de la ville que des intrigues de l'amirauté. Du moment qu'on n'était pas affecté dans un poste du barrage ou bien dans les montagnes, on n'était pas si mal à Chella ! Chacun avait une fiancée ou une fille en France. Naturellement, il comptait les mois qui le séparaient de son retour là-bas. Ceux qui pouvaient compter en jours étaient l'objet d'envie.

Un soir, quelques jours avant que Dodeman n'arrivât sur l'*Athos*, les aspirants de la table proposèrent pour le lendemain d'aller sacrifier chez le père Inesta aux deux seules belles de la ville, deux filles maures nommées Zouzou et Hafida. Effectivement, le lendemain, nous y allâmes en bande joyeuse.

Rien du reste ne marcha comme je le pensais. Le bordel d'Inesta était à la lisière de la ville maure, et nous nous perdîmes une demi-heure dans les ruelles de la médina. Il y eut un quiproquo, une confusion dans les présentations, si bien que je ne sus pas clairement avec laquelle je montais, si c'était Zouzou ou Hafida.

Cela n'eut d'ailleurs aucune importance. Car ensuite, quand je me trouvai seul dans cette chambre de la maison Inesta dont les carrelages sentaient l'eau de Javel, face à cette petite sauterelle noire, maigrichonne et pathétique, dont les deux yeux barbouillés de khôl paraissaient de surcroît effrayés, je ne sais ce qui me prit : je lui donnai tout l'argent que j'avais sur moi, et je lui dis que je reviendrais une autre fois, quand je me sentirais mieux.

D'une façon ou d'une autre, la fille raconta cette scène, et l'histoire se sut. Ce qu'on dit de ces filles – qu'elles sont des salopes, qu'elles n'ont d'amitié pour rien – doit être vrai. Car, bien qu'elle et moi n'eussions échangé que deux ou trois paroles, il m'avait semblé qu'elle avait compris le message et

97

qu'elle m'en avait, peut-être, été reconnaissante. Or, elle n'avait pas voulu comprendre et elle se moqua de moi. Les faibles sont les moins pitoyables pour les faibles. Le lendemain, je fus charrié au mess.

Acaton était dans son coin. Il me parut qu'il écoutait l'histoire et qu'elle le faisait sourire. D'ailleurs, une scie courait parmi les aspirants de l'amirauté, selon laquelle lui-même honorait Zouzou (à moins que ce ne fût Hafida) de ses faveurs. On l'aurait rencontré une ou deux fois, le soir, sous les fenêtres du père Inesta, se demandant sans doute s'il pouvait entrer. Après tout, son histoire n'était pas moins ridicule que la mienne. Mais les plaisanteries sur mon compte commençaient à me fatiguer. En plus, c'était le moment où je commençais à avoir des difficultés sérieuses avec Coulet et Peufeilloux. Ils me cherchaient déjà un remplaçant.

Le lendemain matin, je devais réceptionner à l'*Athos* un colis important. En fait, comme je l'appris plus tard, il s'agissait d'un poste de radio de longue portée, qui permettrait à C & P de communiquer directement avec Alger ou Paris sans interférence de l'amirauté. Je me levai donc à l'aube et allai à la rencontre de mon colis. Au moment d'embarquer sur le chaland de l'amirauté, alors que la lourde silhouette du navire se profilait sur la baie, je croisai sur le quai le commandant Acaton. Acaton qui, comme un gros matou, quittait à l'aube son repaire pour aller je ne sais où.

Je le saluai, militairement et dans les règles de l'art. Bien entendu Son Excellence ne daigna pas me reconnaître.

VIII

Quelques-uns
des autres secrets de Chella

Vers cette époque, deux ou trois fois en plein milieu de la nuit, la corneille vint s'abattre contre les carreaux de la chambre que j'occupais à l'amirauté. Sa force était telle qu'on aurait dit qu'elle eût voulu les briser. Je dis « corneille », mais en vérité je ne sais pas du tout de quel genre d'oiseau il s'agissait. C'était un oiseau noir ou plutôt brun foncé, avec une tête noire et un gros bec, noir aussi, solide et effilé comme un soc. Son arrivée était saluée par un bruit d'enfer derrière les carreaux de ma fenêtre, des coups de bec sur la vitre, des battements d'ailes que j'entends encore.

Je me levais, le cœur serré. Je m'approchais du carreau. L'oiseau était là, derrière les vitres. Il s'était posé sur le rebord de la fenêtre, bien visible dans l'étroit faisceau de lumière qui sortait de la chambre. Il me considérait d'un œil fixe et ne s'en allait pas. Il avait la tête de côté et la remuait par saccades. Il manifestait un abominable air d'impatience, une sorte de dureté, d'insolence, d'effronterie, de méchanceté qui ne me plaisait pas. On aurait dit qu'il voulait m'indiquer quelque chose d'important mais qu'il n'y arrivait pas. J'étais trop bête, trop endormi. Ou bien je ne parlais pas la langue. Ou même quelque chose de pis. Il s'impatientait.

J'ouvrais la fenêtre. Il disparaissait dans un bruit d'ailes. De toute façon, je savais que la partie n'était que remise. Il reviendrait.

Que me voulait-il au juste ? A qui m'ouvrir de cette histoire ? A quoi bon ? Quand Dodeman arriva, je ne lui en parlai pas. Du reste, la falaise de l'amirauté était pleine d'oiseaux.

99

Ils y avaient établi des colonies, ils y nichaient par milliers. Le moindre coup de vent saisissait au vol des paquets de mouettes ou de corneilles et les rabattait vers nous comme des feuilles mortes.

La guerre entre Acaton et Coulet et Peufeilloux éclata presque immédiatement. Dans l'envoi inopiné à Chella de ces deux spécialistes des BEL, Acaton voyait le résultat d'intrigues de l'état-major d'Alger et une tentative pour lui souffler au nez ses étoiles d'amiral. Après une phase d'observation qui dura quelques jours et où il essaya en vain de sentir l'adversaire et de le mettre de son côté, il prit brusquement peur et rompit les ponts. Aussitôt C & P rendirent coup pour coup.

Les trois premiers jours, à la table qui lui était réservée au carré des officiers de l'amirauté, le commandant du préside prit ostensiblement deux ou trois repas en tête à tête avec Peufeilloux et Coulet. Il y eut de longs conciliabules faussement entendus. Les trois officiers plaisantèrent même car l'on entendit à certain moment des éclats de rires partagés.

La crise éclata quelques jours plus tard dans le bureau d'Acaton. J'en fus le témoin.

Sur le mur du bureau, il y avait une grande carte épinglée, avec à l'ouest le tracé du barrage qui protégeait le préside côté Maroc et, à l'est, la ligne de montagnes qui gardait la frontière du Rif. Usant d'une bonne grâce qui sans doute aurait mérité meilleur accueil, Acaton, sur la carte, expliquait ses idées.

Boucler hermétiquement ses frontières avec le barrage électrifié ou des zones interdites là où il n'avait pas les moyens de contrôler le terrain ; quadriller au maximum l'intérieur du préside avec des postes militaires ou des autodéfenses maures bien contrôlées ; laisser la ville de Chella aux flics et aux gendarmes mobiles ; tenir ensuite assez longtemps pour pacifier les esprits, enfin lâcher progressivement, mais sous surveillance : telle était sa philosophie.

De temps en temps, une grimace de mépris perçait sous l'expression faussement déférente que les deux interlocuteurs lui montraient. Moins l'exposé d'Acaton rencontrait l'adhésion qu'il avait espérée, plus il tournait au panégyrique personnel et plus il énervait ses auditeurs. L'ensemble du circuit devait nécessairement sauter, ce qui ne tarda pas. Tout d'un coup Peufeilloux n'y tint plus. Il interrompit Acaton au beau milieu d'une phrase :

– Et après, commandant ?

Acaton fut interloqué :

– Après ?

– Sans doute, reprit paisiblement Peufeilloux. Vous nous racontez que, plus ou moins, vous avez asphyxié la rébellion. C'est parfait. Qu'il n'y a plus ni terrorisme ni bandes dans le préside, sauf la petite bande du Fillaoussène. Très bien encore. Mais rien n'est fait quand on a fait ça. C'est une stratégie de maintien de l'ordre, une stratégie de gendarme.

Le rouge de la colère monta au front d'Acaton.

– Une stratégie de gendarme ? Vous en connaissez une autre ?

– Reprenez l'initiative.

– L'initiative, je l'ai depuis longtemps. Mais il n'y a plus personne en face de moi.

– C'est cela justement qui est très dangereux : ce vide militaire et politique qu'instinctivement les Maures font devant nous, dit Peufeilloux. Nous n'avons plus personne avec qui discuter ou signer quoi que ce soit. Il faudrait presque recréer une structure rebelle et l'aider à prendre force, le temps qu'on puisse former quelqu'un de fiable à qui laisser le territoire dans de bonnes conditions. Une sorte de *Troisième Voie* entre la situation actuelle et l'indépendance contre nous. Vous voyez ce que je veux dire ?

– Attendez, dit Acaton. Je viens justement de casser les katibas. Vous voulez en refaire ?

– Pas les mêmes. Des katibas à notre façon. Des gens avec qui on pourrait discuter.

– Je bats l'ennemi, je discute ensuite, dit martialement Acaton.

– Honneur à vous. La guerre est devenue *révolutionnaire*, on ne vous l'a pas dit ? Seuls les gens qui ont compris ça gagnent désormais les guerres.

101

– Si cela est, ce n'est plus un travail pour nous.

Peufeilloux soupira :

– A qui d'autre confier ce genre de travail ?

– Aux hommes politiques.

– Les hommes politiques préfèrent se tenir loin de ça, dit Peufeilloux.

Il soupira à nouveau :

– A leur décharge on peut dire qu'ils n'ont pas pour mission de gagner la guerre d'Algérie. Ils ont pour mission de nous sortir de là, ce qui est tout autre chose. Mais c'est un vaste sujet, commandant, presque de la philosophie. Reparlons-en une autre fois.

– Non, non, parlons-en tout de suite, au contraire !

– Laissez-nous nous habituer un peu à Chella. Nous avons tout notre temps.

Alors, négligemment, il annonça qu'il avait des ordres pour créer à Chella un BEL, un Bureau d'études et de liaisons comme son Bureau 024 à Alger. Il verrait par la suite comment ce bureau devrait s'articuler avec ceux de l'amirauté. En attendant, il s'installerait avec Coulet un peu en dehors, pour ne pas gêner Acaton (sous-entendu, naturellement, pour ne pas être gêné par lui).

Dès lors, tout alla mieux parce que chacun avait reconnu les positions de l'autre et que chacun marcha sur des œufs. Acaton avait entendu parler des BEL d'Algérie et avait très bien compris. Il ne posa pas la moindre question sur leur activité exacte. Il s'enquit des besoins de C & P, leur détacha deux jeeps et une douzaine de harkis de la section d'intervention. Puis, comme il se plaignait de l'exiguïté des locaux de la marine à l'amirauté, mes deux compères saisirent la balle au bond et proposèrent de se loger immédiatement en ville. Ce serait plus commode et moins voyant, dirent-ils, si on procédait ainsi dès le début.

Acaton acquiesça immédiatement et avec soulagement. Moi-même, je me vis charger des « liaisons » entre le Bureau et l'amirauté. Je demeurerais donc à l'amirauté dans une chambre et un bureau qu'Acaton me donnerait. J'inaugurai immédiatement mes navettes entre les deux corps ennemis.

L'entretien était fini. Les sujets de fond furent soigneuse·
ment escamotés mais la guerre entre Acaton et C & P était là
Aucun des partenaires n'avait la moindre envie de clarifiei
une situation qui, de toute façon, ne pouvait pas être claire.
En ville et parmi les officiers de l'amirauté, le sujet fut abon-
damment commenté. Certains essayèrent une ou deux fois de
me tirer les vers du nez. Je ne fus pas d'un grand secours çar je
ne savais rien.

Peufeilloux et Coulet s'installèrent au dernier étage d'un
immeuble 1930 du plateau Sollier, dans un grand appartement
totalement vide, situé 6, rue Mimouni-Haddèche. Deux tables
et trois chaises apportées de l'amirauté formèrent tout le
mobilier apparent. Il devait y avoir aussi au moins deux lits
car les deux hommes logeaient dans les pièces de derrière,
mais je n'eus pas l'occasion d'y pénétrer. Ils disposaient d'un
téléphone mais, lorsqu'il fut évident que tant Acaton que le
Gouvernatorat faisaient surveiller leur ligne, ils découvrirent
qu'avait été expédiée à leur nom une grande caisse venue d'Alger contenant un poste de radio longue portée appelé « C9 »
avec lequel ils se mirent à dialoguer en direct avec Alger ou
ailleurs.

Dans leur appartement de la rue Mimouni-Haddèche, il n'y
avait pour moi aucune espèce d'endroit, même pas une chaise
où j'aurais pu m'installer. D'ailleurs je crois qu'ils l'avaient
fait exprès. A l'amirauté, j'élus domicile dans le tout petit
bureau passé à la chaux où m'avait reçu Giansily, qui retourna
au PC Opérations.

Deux fois par jour, la casquette d'officier de marine bien
vissée sur la tête, le fameux morceau de toile saharienne
autour du cou, le treillis de combat vert à fourragère rouge
(burlesques ornements pour le travail de planton qu'on me faisait faire), je prenais une jeep et sortais de l'amirauté par la
porte bleue. Je traversais la Place d'Armes, longeais la statue
de l'amiral Silhiol et le kiosque à musique, passais l'alignement des terrasses de cafés. Puis, par une des rampes qui permettaient d'accéder au plateau Sollier, je gagnais la rue
Mimouni-Haddèche.

La rue Mimouni-Haddèche, une rue sombre à arcades, était,

dans le quartier commerçant européen de la ville, habituée depuis cinq ans à la guerre et à toutes sortes d'uniformes. Les deux officiers en rupture d'autorité qu'étaient Coulet et Peufeilloux pouvaient y manifester une superbe indifférence pour le qu'en-dira-t-on. D'ordinaire, leurs deux jeeps étaient garées en bas de l'immeuble et mêlées aux voitures civiles. Dans chacune d'entre elles, le nez sur leur pistolet-mitrailleur, sommeillaient à la vue de tous sans que cela surprît personne les harkis d'escorte qu'Acaton avait mis à leur disposition.

Quelquefois, une sentinelle harki, mitraillette en main, croisait dans le hall de l'immeuble. Quelquefois, également, hélas ! des « visiteurs » maures aux mains enchaînées de menottes étaient introduits sans ménagement par les gardes. Des Européens de Chella en civil, des Pieds-Noirs comme on ne disait pas encore, peu soucieux d'être reconnus, se glissaient dans l'escalier. Cela dit, la vie du quartier n'était pas vraiment perturbée par tous ces mouvements. De vieilles dames européennes vêtues de noir contournaient à petits pas les deux jeeps, saluaient la sentinelle au passage et poursuivaient leur prudent itinéraire vers le marchand de légumes du coin. Un cafetier maure avait établi ses modestes accessoires dans le hall même de l'immeuble. De temps en temps, il traversait la rue pour porter sur un plateau de cuivre aux chauffeurs des officiers une microscopique tasse de café. MM. les chauffeurs de MM. les officiers daignaient alors ouvrir un œil. Sans bouger du siège de leur jeep, ils sortaient de leur torpeur pour avaler rapidement le liquide brûlant.

Les jours où l'*Athos* arrivait de Nemours, j'apportais à C & P les journaux d'Alger et de Paris, quelques circulaires et d'hypothétiques messages (les vrais, je le savais bien, ne transitaient point par l'amirauté). Je remportais le courrier officiel, presque toujours réduit à sa plus simple expression. D'autres fois, les jeeps s'envolaient pour quelques jours, et je me heurtais sans préavis à une porte hermétiquement close en haut de l'immeuble. Je ne m'en émouvais pas. Je redescendais vers l'amirauté et le bureau d'Acaton où j'étais supposé rendre compte. Le message que je délivrais chaque fois était qu'il n'y avait rien à signaler, que mes deux officiers n'avaient aucun besoin, sauf de bons d'essence supplémentaires, ou qu'ils étaient partis pour la journée en mission, sans doute quelque part dans le bled.

Acaton savait parfaitement que, de toute façon, n'étant moi-même au courant de rien, je n'aurais jamais quoi que ce soit à lui signaler. Néanmoins chaque jour, il mettait un point d'honneur à me recevoir. Il m'écoutait attentivement. Il hochait la tête avec juste la touche de désappointement désabusé réglementaire qu'il fallait pour *acter* le fait qu'il n'était pas responsable de la campagne de désinformation dont il était victime. Je répétais une fois de plus :

– Rien à signaler, commandant.

Pour être totalement dépourvues d'utilité pratique, mes allées et venues, je m'en rendis compte assez vite, étaient cependant chargées de signification. J'étais l'alibi des deux parties adverses. A la limite même, si, plus tard, un jour, pour je ne sais quelle raison, quelqu'un de l'état-major s'était plaint du manque de liaison entre Acaton et C & P, on aurait pu dire : « Mais c'était de la faute de l'aspirant ! » Ma présence permettait à Acaton de feindre d'ignorer complètement l'activité de Coulet et de Peufeilloux, et, sans se mouiller, d'espérer leur première faute et leur rappel. Pour mes deux oiseaux, c'était encore plus beau. Je les dédouanais totalement, et plus jamais ils ne mirent les pieds à l'amirauté ! A la barbe d'Acaton, sans rendre compte localement de rien à personne, ils pouvaient désormais, occupés d'imprécises activités, parcourir en tous sens la ville et le préside.

Assez rapidement je pris de moi-même la décision de ne plus passer qu'une fois par jour en début d'après-midi rue Mimouni-Haddèche, et personne ne me dit rien. De même, je ne vins plus voir Acaton qu'une fois par jour. Le reste du temps, je le passai dans mon petit bureau de l'amirauté, relisant de vieux numéros de *Bled* ou de *Paris-Match* qui traînaient par là. Par désœuvrement, parce que, aussi, j'aimais bien parcourir les vieux quartiers espagnols autour de la cathédrale Saint-Philippe et que j'avais retrouvé dans mon paquetage le livre sur les présides acquis chez Clavreuil, je me mis dans l'idée (un comble pour quelqu'un qui croyait partir en guerre quatre semaines auparavant !) d'écrire une *Mono-graphie* de Chella.

Quelques jours après mon arrivée à l'amirauté, le standardiste me remit un message : Tual, le journaliste que j'avais rencontré sur l'*Athos* et qui m'avait laissé tomber de si belle manière, m'avait appelé. Il demandait que je le rappelle au numéro qu'il m'avait laissé, et qui était celui de la librairie.

Un peu plus tard j'essayai.

J'avais appelé, et à l'autre bout personne ne décrochait. La sonnerie du téléphone retentissait interminablement sur toute la ligne. Inlassablement, comme une balle qu'on jette et qu'on vous renvoie, elle revenait sans résultat et je la relançais. C'était une sonde, un signal sonore qui, méthodiquement, aurait inventorié des espaces et, les trouvant vides, aurait été renvoyé vers moi, avec rien à chaque fois.

Enfin, quelque part au bout du labyrinthe, le charme cessa. Quelqu'un décrocha. Je retins mon souffle.

J'entendis d'abord une sorte de bredouillis. Puis une voix hésitante, celle d'un vieillard semblait-il, répondit. Je ne sais pourquoi je n'osai pas demander son nom à mon correspondant.

– M. Tual n'est pas là, dit la voix inconnue. Il est en mission.

– En mission ? En ville ?

– Qui est à l'appareil ?

– Un de ses amis.

– En ville ? Non, je ne crois pas. Pas en ville, dit la voix.

A l'autre bout de la ligne, il y eut un moment de silence. Sans doute la voix évaluait-elle la situation et se demandait-elle qui était le mystérieux correspondant qui voulait parler à Tual et ce qu'il fallait lui dire exactement. Enfin elle ajouta que si Tual était effectivement absent, il repassait assez souvent le soir. Le mieux était que je vienne un soir avant le couvre-feu à la librairie.

Deux ou trois jours après, je racontai tout ça à Dodeman (qui, sur ces entrefaites, était arrivé dans le préside).

106

– Sérurier, mon petit vieux, me dit-il, si tu veux mon avis : vas-y, ça tombe bien. Largue-moi ces histoires à la con de rivalité entre Acaton et C & P. On n'a rien à en foutre. Toi et moi, après tout, on est réservistes. Eux ont tout à la clef dans cette affaire : leurs galons, leurs étoiles, leurs médailles, leurs pensions. En plus, si tu veux vraiment écrire ton affaire de monographie sur Chella (ce qui est probablement l'idée la plus intelligente que tu aies eue depuis longtemps !), c'est bien dans cette librairie que tu trouveras les bouquins qu'il te faut.

Ainsi, par ce coup de téléphone, grâce au bon sens de Dodeman, fis-je connaissance des gens de la librairie Azéma.

IX

Au sujet
du bon docteur Meftah

L'étrange était que la librairie Azéma se trouvait située elle aussi dans la rue Mimouni-Haddèche, mais un peu plus loin que l'appartement de C & P, aux dernières arcades de la rue, dans la partie la plus éloignée de la rampe Vallée.

La façade de la boutique était d'un bois peint de bleu et couverte de l'inscription fanée : GRANDE LIBRAIRIE AZÉMA.

Au-dessous, sur la vitrine, une autre inscription portait (car le fonds avait été acheté à un libraire de la période coloniale espagnole) : *ancienne librairie espagnole.* Je revois la vitrine sale, obscurcie par un papier transparent jaunâtre qui était censé protéger les livres d'exposition (des livres scolaires pour la plupart) contre les ardeurs du soleil, le rideau de métal poussiéreux de la boutique à demi fermé par crainte des attentats.

Lorsque vous poussiez la porte, vous déclenchiez une sorte de grelot d'avertissement dont le râle chevrotant et aigre me poursuit toujours comme une espèce de remords des années après.

Quand donc, le premier jour, je poussai la porte de la boutique pour la première fois, le grelot aigre retentit. Dans le fond obscur de la librairie, entre des piles de livres qui montaient presque jusqu'au plafond, à une table de bois blanc couverte de livres et de taches d'encre, se trouvait un vieil homme revêtu d'une blouse grise comme on en voyait aux préparateurs de chimie des collèges d'autrefois, et tellement vieux qu'il paraissait être revenu en enfance.

– Vous désirez ? dit l'homme à la tête de vieil alchimiste.

109

– M. Tual est-il là ?
– M. Tual ?
– Oui, je suis un de ses amis. Est-ce vous que j'ai eu au téléphone ?

Les militaires ne devaient pas souvent passer le nez dans la librairie Azéma. Son propriétaire regardait mon uniforme avec étonnement et hochait la tête, pensivement. A nouveau sans doute, il pesait la situation. Un béret de caricature le couvrait et jouait la calotte de Sainte-Beuve. Des lunettes de lecture en demi-lune, cerclées de fer, étaient posées sur son nez. Il parut sortir d'un songe et en sortait en effet. Il me jeta un regard distrait mais plutôt bienveillant. Montrant du menton un escalier qui grimpait vers l'étage dans le fond de la librairie :

– Il passe souvent là-haut. Montez voir chez mon fils.

Puis, sans me demander quoi que ce soit de plus, il se replongea dans un travail qui semblait l'absorber tout entier – la rédaction, à la plume d'encre, de grandes fiches quadrillées de carton.

Telle fut ma première rencontre avec M. Azéma, ancien principal du lycée Victor-Bérard de Chella, latiniste et helléniste distingué, archéologue amateur, auteur de plusieurs publications sur l'archéologie et l'histoire des présides, propriétaire de la plus ancienne librairie de la ville, père de Philippe Azéma.

Le vieil Azéma (le père Azéma, comme tout le monde l'appelait affectueusement à Chella) exerçait depuis vingt ans la profession de libraire dans cette ville coloniale où personne ne savait ce qu'était un livre, et où, de toute façon, quatre-vingts pour cent de la population ne savaient pas et ne voulaient pas savoir le français. Sa survie financière (et celle de sa seule famille, son fils Philippe) était assurée par la vente des manuels scolaires préconisés par le lycée et de quelques fournitures lorsque venait la rentrée scolaire.

Comme le vieux Clavreuil d'ailleurs, M. Azéma père était un bien étrange libraire. Il pensait (mais, au fond, Clavreuil et moi-même pensions la même chose) que, de même qu'il y a des éleveurs de vins ou des affineurs de fromages, il y a des éleveurs de livres ; que les vieilles librairies sont comme des celliers où, sur des rayons de bibliothèque qui ressemblent à des chais, les livres ont pour destin de mûrir et de se bonifier en vieillissant – sous réserve qu'ils ne soient pas remués et ne soient montrés qu'aux véritables amateurs.

Une fois, j'émis la prétention de lui acheter un des livres que j'avais trouvé sur un rayon – je me souviens que c'était l'*Anthologie de la poésie grecque* de Robert Brasillach que je voulais relire.

Cette fois-là, comme pris de panique, le vieil Azéma me dit qu'il fallait qu'il vérifie son « réassortiment » (naturellement il n'avait aucun « réassortiment »). Finalement, je partis avec bel et bien le Brasillach sous le bras. Mais c'était en prêt, avec la promesse formelle de le lui rapporter dès que possible.

Le paradoxe est que ce livre est probablement tout ce qui subsiste de la librairie Azéma. Est-ce le moment de dire que la librairie a maintenant brûlé, et que naturellement, heureusement, je n'avais jamais rapporté l'*Anthologie* ?

La librairie – j'allais dire la caverne – de la rue Mimouni-Haddèche n'était que la strate inférieure et publique du royaume des deux Azéma. La strate supérieure et secrète était la chambre qu'avait le fils au-dessus de la librairie. Philippe Azéma avait mon âge. C'était l'ami de Tual. Chose étrange, il avait eu la même expérience que moi à Paris, la khâgne, le lycée Louis-le-Grand, l'échec à Normale supérieure mais nous ne nous étions jamais rencontrés avant mon passage à Chella.

Je grimpai l'escalier du fond de la boutique. A l'étage, après un coude à angle droit, une porte entrouverte donnait sur sa chambre. Philippe, debout, se faisait du thé sur un réchaud posé sur un tabouret près de la fenêtre.

– Je cherche M. Tual, répétai-je. Il ne vous a pas parlé de moi ?

– Non, dit-il.

– Je suis officier à la Base. Il voulait me voir avant son départ

111

Nouvel hochement de tête négatif.

Je ne sais pourquoi je devins ami de Philippe Azéma, mais en tout cas je le devins ce jour-là. Dans la mansarde qui surmontait la boutique, ancienne réserve de livres de son père, Philippe s'était fait aménager une sorte de chambre d'étudiant, un grand lit couvert d'une natte du Rif, deux fauteuils bancals, une table couverte de papiers, un lampadaire sur pied dont l'abat-jour jaune ne savait que se mettre de travers, des livres partout en piles sur le plancher, ou bien retournés tout ouverts sur le tapis. La petite cuisine toujours en désordre permettait de se faire du thé ou du café. Un rêve démodé et délicieux pour quelqu'un comme moi dont l'univers était, pour vingt mois encore, celui des casernes et de la guerre.

Les vingt-cinq ans de Philippe étaient mazariniens (au sens des traits du cardinal de Mazarin, mais plutôt, je viens ridiculement de m'en apercevoir, du portrait de Richelieu par Philippe de Champaigne auquel je pensais en réalité), décharnés et aristocratiques. Les yeux étaient cernés de bistre, les mains alanguies et fiévreuses, les cheveux noirs. Avec beaucoup d'obstination, il cultivait l'allure – pas mal vue – de Proust sur son lit de mort dessiné par Helleu, une invisible pointe sèche fouillant le profil aigu et les cheveux.

Il écrivait *un peu*, comme il disait. Mais que veut dire écrire *un peu*, quand on écrit ? Au fond nous avions tous l'idée qu'avec sa culture, les idées libérales qu'il affichait, il deviendrait, une fois son accès de langueur passé, une célébrité – l'Albert Camus du préside.

Pour le moment, gloire locale réformée pour une tuberculose enrayée, il vivait à Chella dans son grenier des Goncourt situé rue Mimouni-Haddèche. Et, de la même simplicité avec laquelle Mme de La Fayette recevait dans sa ruelle de précieuse, il recevait dans cette chambre. En vérité, il y recevait bien d'autres sortes de gens que l'illustre marquise.

A partir de ce jour-là donc, sans chercher à joindre Tual, je passai chez Philippe Azéma la plupart des soirées où je n'étais pas de service à l'amirauté. Le va-et-vient vers sa chambre était incessant. Le scénario était toujours le même : la porte de la librairie s'ouvrait, le grelot résonnait, le père Azéma levait

les yeux sans quitter sa table, puis reprenait ses travaux mystérieux cependant que le visiteur empruntait l'escalier de bois
entre les piles de livres et montait chez Philippe.

Le soir où je vins pour la première fois à la librairie, en
moins d'une heure, trois ou quatre personnes se succédèrent,
s'assirent sur le grand lit, ouvrirent des livres au hasard, se
firent du thé et discutèrent interminablement.

Il se savait de reste à l'amirauté et chez Coulet et Peufeilloux que la librairie Azéma était un déplorable repaire de libéraux. Mais comme je m'en rendis compte assez vite malgré
mon aveuglement politique, c'étaient des libéraux de la plus
infime et de la plus misérable catégorie – celle des idéalistes –
et ils n'inquiétaient personne. Dès le premier soir, je rencontrai presque tous les principaux amis de Philippe. Pour
une raison ou une autre, chacun passa en effet à la librairie. Le
seul qui demeura absent (et cela ne manque pas de me sur-
prendre encore aujourd'hui parce que c'était lui qui, somme
toute, m'avait donné rendez-vous chez Azéma) était Tual. Ce
n'est d'ailleurs qu'au bout d'un certain temps que Philippe
Azéma reconnut qu'il connaissait Tual. Il m'indiqua qu'il
s'était absenté.

– Il est en « contact », dit-il seulement.

En attendant Tual, je m'intéressai aux autres convives. Il y
avait Georges Haby, alors censeur du lycée. Cet être volubile
et pompeux mêlait des anecdotes littéraires éventées et peut-
être inventées (il disait avoir fait à Paris partie du jury d'un
prix littéraire qui s'appelait « les Deux Magots ») à d'autres,
de moindre portée mais plus brûlantes sur les intrigues du
lycée de Chella. Il était alors en froid avec son proviseur, qu'il
soupçonnait d'être socialiste et même franc-maçon.

Il y avait aussi Claude Dru, rédacteur en chef de *La Dépêche
de Chella*. Dru, doté par la nature d'un beau visage buriné par
une quarantaine sans doute ardente, ainsi que d'une voix profonde, homme au cœur généreux, était indiscutablement mal à
l'aise dans un journal voué à la défense des intérêts des colons
traditionnels. Mais il fallait bien vivre. Il se consolait des éditoriaux patriotiques et revanchards que ses lecteurs le for-
çaient à écrire en venant discuter à la librairie et boire de

113

temps en temps le thé d'Azéma, en contrepoison sans doute des anisettes qu'il absorbait tout le reste du temps.

Je me souviens également d'un dénommé Jean Popinet, un jeune avocat juste arrivé de métropole. Pour des raisons tout d'abord purement alimentaires, les causes étant plutôt rares à Chella et réservées aux confrères plus anciennement installés, « maître » Popinet s'était spécialisé dans la défense des Chellasiens, français ou musulmans, soupçonnés d'aider la cause du Front de libération nationale de Chella, le FLNC, parti interdit des indépendantistes du préside. Ce qui avait été au début une simple façon de gagner sa vie s'était mué en une véritable et authentique passion. En même temps que sa haine pour les colons de Chella grandissait, il était devenu, sans l'avoir vraiment jamais voulu, une sorte de spécialiste de la défense de la rébellion.

Les uns à demi étendus sur le lit ou assis sur les vieux fauteuils déglingués, les autres allant dans la kitchenette faire chauffer de l'eau dans la théière mais, par la porte entrouverte, ne perdant pas un mot des conversations et y ajoutant leur commentaire, les membres du Cercle des Colonnes m'admirent facilement. Dès le premier soir, nous restâmes à discuter. Le père Azéma avait depuis longtemps quitté la librairie pour regagner le petit appartement qu'il avait dans la rue Cervantès, au flanc du plateau Sollier. Je sus bientôt tout sur les réalisations et les projets des amis d'Azéma.

De C & P, qui les surveillaient attentivement – « faute de plus gros gibier », me dirent-ils avec la déception de gens qui auraient voulu avoir une forte organisation, un vrai réseau à combattre –, j'appris plus tard que ce groupe d'amis, avant de se rassembler autour d'Azéma, avait été un véritable cercle politique. Il s'était formé vers 1955 avec une série de buts généreux, qui, à l'époque, ne paraissaient pas trop utopiques : « *rassembler les deux communautés, arabe et européenne, promouvoir la justice sociale, ouvrir la communauté musulmane à la culture française* ».

Le groupe se réunissait régulièrement alors dans le vrai café des Colonnes, en plein cœur du Paséo. Philippe Azéma en devint le responsable, tout d'abord parce que, lorsqu'il y avait une défection au moment du paiement des consommations, c'est toujours lui qui réglait la différence. Vers 1955, à la fin de la première année de la rébellion mais avant les grands massacres d'Européens à Saint-Philippe, le groupe comptait jusqu'à une cinquantaine de membres. Il tenait des réunions, avait créé une petite revue où s'essayaient de jeunes écrivains locaux et où Azéma entretenait ce goût des lettres qui l'avait conduit jusqu'à cette impasse de Louis-le-Grand et du Quartier latin que nous avions, sans nous connaître, fréquentée ensemble.

L'association eut même un membre musulman. Un seul, mais un vrai. C'était un certain docteur Meftah, qui un beau jour disparut mystérieusement de Chella sans qu'on sût s'il avait fait tout simplement la malle (il courait sur lui des histoires de dettes et de déménagement à la cloche de bois en direction du Caire), ou si, comme certains le dirent, il avait été clandestinement liquidé par les ultras chellasiens pour ses idées libérales.

Azéma continua longtemps à tenir sa disparition pour provisoire. A chaque parution de la revue, un numéro était soigneusement mis de côté pour l'infortuné docteur.

Toute cette belle organisation vola en éclats dès le début du massacre de Saint-Philippe qui d'ailleurs, curieusement, eut lieu justement le dimanche qui suivit la disparition du docteur Meftah.

Les moins courageux des notables français ou espagnols la fuirent et se défendirent d'y avoir jamais appartenu. Certains, qui avaient vu des proches massacrés lors de la descente des Maures sur la ville européenne, quittèrent le pays ou rejoignirent les rangs des extrémistes. La situation se radicalisant, la police s'en mêlant, le reste des sympathisants avait été décimé au gré des mesures d'intimidation, des arrestations administratives, des expulsions. Au moment où je rencontrai Azéma, ils avaient abandonné depuis longtemps, en même temps que toute action pratique, le café des Colonnes pour l'arrière-boutique obscure de la librairie Azéma.

Des projets fumeux continuaient cependant à tourner dans la tête des membres du Cercle. Ils voulurent faire venir de

Paris un jeune journaliste alors célèbre par ses contacts avec le FLN en Algérie, et ils s'étonnèrent de ne recevoir ni réponse du Gouvernatorat à leur demande de prêt de la salle d'art lyrique au Centre culturel, ni d'ailleurs réponse de l'intéressé lui-même. A cette époque-là, le journaliste en question n'était pas encore devenu le directeur d'un grand hebdomadaire parisien. Il ne lissait pas ses mèches blanches devant les écrans de télévision en parlant des futures élections présidentielles. Le bruit courait à tort qu'on pouvait *se l'avoir* (comme on disait à Chella) pour un billet d'avion aller et retour sur Alger. Ou même pour une fille, mais ça n'était pas le genre du Cercle des Colonnes.

Ils firent aussi reparaître la revue. Avec l'espoir de relations chez des intellectuels de Washington, ils souhaitaient lui donner une diffusion internationale. Ils voulaient y publier des œuvres particulièrement significatives, comme les poèmes engagés d'un jeune poète berbère, nationaliste et socialiste, qu'un appelé secrètement sympathisant avait découvert dans le djebel et qu'Azéma était en train de traduire en français. A cause des idiomes propres aux tribus de Chella, la traduction en était difficile et n'avançait pas.

Tous ces soirs que je passai dans la librairie Azéma, le hasard voulut que je n'y rencontre jamais Tual. D'après ce qu'on me dit, il y vint cependant entre deux étranges missions dont je ne sus rien, mais c'était toujours les soirs où j'étais de service à la Base. J'appris aussi qu'il avait rencontré une ou deux fois Coulet et Peufeilloux dans leur appartement de la rue Mimouni-Haddèche, mais qu'il n'avait pas fourré les pieds à l'amirauté, ce qui eut pour effet de mettre Acaton en rage. Acaton parla de l'expulser puis se décida enfin à le convoquer officiellement. Mais Tual était déjà reparti par l'*Athos* !

Avec Philippe Azéma les rapports etaient faciles. Nous avions derrière nous le même panorama et la nostalgie un peu naïve des mêmes souvenirs à évoquer : les arbres, les façades austères de la cour asphaltée du lycée Louis-le-Grand , les professeurs prestigieux et lointains ; les camarades auxquels nous essayions de prédire un grand destin (lequel, hélas ! s'est dilué dans la vie quotidienne et n'est pas – encore ? – apparu) ; les discussions infinies dans les cafés du boulevard Saint-Michel ou sur les grands boulevards en sortant du théâtre.

Les années qui passent pèsent moins dans la vie que l'extraordinaire changement de mode dont elles sont le témoin. On devient vieux, mais le plus souvent on est démodé avant d'être vieux. A cette époque au fond très peu lointaine encore pour nous, mais déjà extraordinairement désuète, la littérature paraissait aux gens de mon âge (cette vue s'est aussi, hélas ! cruellement démentie) la plus grande chose du monde. Nous en avions, littéralement, les yeux brûlés.

Une conférence de Madariaga, Faulkner ou de Malraux à la salle Pleyel, la parution du dernier Merleau-Ponty, une polémique entre Sartre et Mauriac à propos du *Diable et le Bon Dieu* (que je juge maintenant bien faible avec ses tirades métaphysiques en carton-pâte) nous paraissaient des événements planétaires.

Nous vivions dans la tradition d'une promotion imaginaire de Normale supérieure qui avait compté Sartre, Nizan, Brasillach, Roger Vaillant et Thierry Maulnier, et dont nous saurions plus tard qu'y auraient appartenu des gens comme Pompidou et Léopold Sédar Senghor. Être professeur de philosophie comme Sartre au Havre à l'époque où il écrivait *La Nausée*, le jour fasciner ses élèves (naturellement, ça devait être un lycée de filles), donner dans les cocktails son témoignage d'intellectuel *engagé* sur les problèmes de la cité, écrire dans la nuit au fil de la plume sans rature ni redite une centaine de pages du roman du siècle, ensuite sauter dans une chambre d'hôtel Simone de Beauvoir ou une quelconque jeune fille pour qui l'on prendrait le temps de raconter le cruel détail de ses autres conquêtes, telle nous paraissait l'expression suprême de la réussite humaine et littéraire.

Plus tôt pour Azéma que pour moi, mais autant pour Azéma que pour moi, l'illusion était tombée. Pour *être* (et non pas seulement pour *exister*), il aurait fallu passer par ce monde prestigieux symbolisé par Normale supérieure (qui d'ailleurs est désormais entièrement envahi, honte à 68 ! par l'ENA). Azéma avait compris qu'il ne passerait pas par ce seuil prestigieux et, après deux années vaines de préparation, il avait regagné Chella où son père vieillissait et s'occupait mal de la librairie.

J'avais aussi beaucoup d'atomes crochus avec le père de Philippe, le vieil Azéma. Il avait une passion. C'était l'histoire de Chella, avec une préférence pour la Chella la plus antique, celle des Phéniciens et des Grecs (mais je ressens ici une sorte de panique : ne fais-je pas un amalgame avec les choses qu'aimait, en fait, mon père ?).

Cette passion de l'Antiquité avait fait courir partout M. Azéma, explorer des grottes, topographier les îles et les criques du préside. Il avait même eu à ce sujet son heure de gloire locale, lorsque, quelques années avant la guerre (la Première Guerre mondiale), un insolent et célèbre érudit de la Sorbonne, Victor Bérard, étudiant les lieux décrits par Homère pour les navigations d'Ulysse avait situé l'île de Calypso aux Colonnes d'Hercule, c'est-à-dire au détroit de Gibraltar.

Du haut de son estrade magistrale, et dans toute sa verte gloire de proviseur du lycée Amiral-Silhiol à Chella, Azéma avait carrément répondu à Victor Bérard. Non seulement il situait l'île de Calypso à Chella et non à Gibraltar, mais en plus il avait localisé le lieu exact où les bras de la nymphe avaient retenu prisonnier dix années le héros homérique : d'après lui, c'était l'île du Lazaret, celle dont j'avais remarqué la poivrière en ruine, à l'entrée du port de Chella. Il avait aussi son autre théorie, dont il ne me parla jamais du reste que par allusions, car sans doute tenait-elle encore moins bien la barre que celle de l'île de Calypso. Une anfractuosité des environs du Fillaoussène aurait montré l'entrée des Enfers antiques, ceux que la légende plaçait vers les Colonnes d'Hercule : « Les Enfers d'Hésiode, naturellement pas ceux d'Homère ou de Virgile », me disait-il avec un clin d'œil entendu qui devait se référer à quelque autre querelle d'érudits qui n'évoquait rien pour moi.

Mais l'illustre Victor n'eut cure de la théorie azémique sur l'île de Calypso. Dans les années trente, il foudroya les thèses de l'érudit des provinces coloniales, sans être, d'ailleurs, jamais venu à Chella. Son livre parut, avec la description et les photographies de Gibraltar.

Trente ans après, cette imposture faisait encore vibrer d'indignation les joues du père Azéma. En outre, Bérard était un mauvais Français : n'avait-il pas placé l'île de Calypso dans un territoire contrôlé par des Espagnols ?

Le père Azéma continua pendant des années et des années avec un retentissement de plus en plus faible, à réfuter les thèses de Bérard. Puis, ses quelques lecteurs s'étant définitivement lassés, il se lassa lui aussi et se mit à écrire sur d'autres sujets de la mythologie grecque. Comme tout amour déçu se sublime et devient une obsession, il se mit à essayer de prouver que tous les mythes – Circé, Énée et Didon, l'entrée des Enfers –, tout pouvait être situé à Chella. Il essuya de temps à autre les commentaires méprisants ou apitoyés de ses confrères et bientôt il se heurta à pire : le silence. Mais jamais il ne cessa d'accumuler notes et fiches.

Le comble fut qu'à la mort de Bérard, le lycée Amiral-Silhiol fut débaptisé et nommé (on ne sait d'ailleurs vraiment pas pourquoi) *lycée Victor-Bérard.* Les fonctionnaires de l'Instruction publique ou de l'Éducation nationale ont leurs malices, bien plus meurtrières que d'autres, qui passent naturellement, le plus souvent, inaperçues des ministres et des non-initiés.

X

Sur la zone interdite

Quelquefois, sur la grande carte qui recouvrait le mur du fond du bureau d'Acaton, je jetais un coup d'œil vers la large tache hachurée de rouge qui en couvrait presque toute la partie droite et le bas.

Ces taches hachurées sur la carte – la zone interdite – étaient la réponse que le commandement avait trouvée à l'immensité et au caractère montagneux de la région frontière du Fillaoussène et du Rif. Comme il ne pouvait contrôler celle-ci avec le seul poste d'Arbitral, il avait pris le parti d'en fermer la presque totalité. Hors des sortes de *couloirs* de cinq ou six kilomètres de large qui permettaient tout juste d'aller jeter les coups d'œil nécessaires à l'oued Sbaa, la zone était interdite à tout le monde, même et surtout à la garnison d'Arbitral. Les seuls avions de l'amirauté les survolaient fréquemment, et étaient censés y signaler tout mouvement suspect.

De nuit, parfois (mais depuis combien de temps ne l'avait-elle pas fait ?), l'amirauté dépêchait dans la zone le commando de chasse de Chella ou des unités spécialisées pour y rechercher les traces et vérifier que les fellaghas, eux aussi, respectaient la consigne de n'y point passer.

Cela dit, et d'après ce que j'appris par la suite, le commando de chasse basé à Chella n'aimait pas trop s'attarder dans la zone du Fillaoussène. Il y allait même le moins possible. D'abord les avions rapportaient qu'il n'y passait personne. La petite bande de rebelles qui survivait dans le secteur semblait opérer en dehors, et même employer sagement les couloirs pour se déplacer. Ensuite et surtout, longtemps avant, lorsque la zone interdite avait été créée, quelqu'un avait jugé intelligent d'y placer à certains endroits des champs de mines « sauvages », destinés à écarter les intrus.

Nul ne savait plus exactement où était l'emplacement de ces mines, et Acaton, pour avoir la paix, feignait d'en avoir perdu les plans. Sans doute, d'ailleurs, la réputation de ces champs de mines oubliés était-elle la raison pour laquelle les fellaghas n'y passaient pas !

De temps en temps, qu'un chien errant ou une harde de sangliers en cavale (les sangliers s'étaient mis à pulluler) se fussent égarés dans les champs de mines, une série d'explosions claquait dans la solitude, comme ces éruptions volcaniques qui, dit-on, surviennent sur les planètes mortes. Alerté, l'avion d'observation de l'amirauté faisait un ou deux passages en rase-mottes sur la zone, et tout le monde en restait là.

En charge des opérations militaires dans les présides, Giansily jubilait quand il parlait de la zone interdite :

– Son existence arrange tout le monde, me dit-il un jour. Vous nous voyez courir dans tous les sens sur ces montagnes de l'Est ? Vous voyez les fels sans un endroit pour souffler un peu de temps en temps ? Ce secteur est le plus tranquille de tous les présides et je le tiens avec un aspirant de réserve et soixante fusils, plus deux rondes par jour de l'avion d'observation ! Qui dit mieux ?

En quoi, comme on le verra par la suite, l'optimisme de Giansily était sensiblement exagéré.

Attendant donc je ne sais quoi de nouveau, je continuais à passer assidûment mes soirées à la librairie de la rue Mimouni-Haddèche. Généralement, en fin d'après-midi, quand j'avais fini mon service, je montais de l'amirauté vers la librairie. Je discutais un moment dans son arrière-boutique avec le vieil Azéma immuablement attaché à sa table et à ses travaux mystérieux, tel Sisyphe à son rocher. Puis, par l'escalier tournant, je montais chez Philippe où je trouvais celui-ci le plus souvent avec ses amis.

Par Philippe et les membres du Cercle des Colonnes, j'avais des nouvelles de ce qui se passait en ville. Les austères travaux du père Azéma m'intéressaient aussi. Parfois, stupidement, me venait l'idée que de ces grimoires sortirait peut-être un jour, une sorte de *clef* à la situation où nous étions enfermés.

Une fois, un après-midi que Peufeilloux et Coulet m'avaient libéré plus tôt que prévu, j'entrai, et la clochette résonna dans la librairie obscure et vide. Je jetai un coup d'œil sur la table de travail. Je vis le gros dictionnaire Bailly grec-français couvert de toile rose, la vieille édition Tauchnitz tachée d'encre :

– Les temps actuels sont très difficiles, me dit le vieil homme. Autrefois, vous savez, je courais la campagne pour trouver des souvenirs archéologiques. Maintenant, avec les fellaghas, c'est devenu impossible. J'ai failli être assassiné une fois, mais vraiment assassiné ! Je ne sais pas ce que je leur ai fait. Alors je recommence à traduire Platon. Vous connaissez le Dialogue appelé *La République* ?

– Pas trop, dis-je, prudemment.

– Les traductions qu'on a faites de *La République* sont si... inexactes. Après beaucoup d'années, j'ai pensé... j'ai pensé qu'il fallait faire quelque chose.

Je regardai le vieil homme avec amitié. La terre tremblait à Chella, les Maures allaient probablement foutre tous les Européens dehors, et lui, il traduisait Platon.

– Je ne suis pas jeune, dit-il. Quel rôle croyez-vous que je puisse jouer dans une guerre ?

Il avait raison. Désormais, sans doute, il n'était plus taillé que pour les rôles de victime. Chacun son temps. Avec son bâton Archimède dessinait des figures géométriques sur le sable de Syracuse quand le soldat le tua d'un coup de glaive.

Pour m'aider dans les recherches que je voulais entreprendre sur Chella, j'avais apporté le livre dont il avait écrit la dédicace et que m'avait vendu Clavreuil.

– Vous le reconnaissez ?

– Oui, dit-il. Je l'ai écrit il y a longtemps. Où l'avez-vous trouvé ? Les photos aussi sont de moi.

– Et la dédicace en latin ?

Il regarda encore.

– La dédicace ? Un texte d'Ovide. Auteur païen, contemporain du Christ. Je le faisais traduire à l'époque en rhétorique au lycée.

Je m'assis en face de lui. Je le considérai à nouveau avec affection. Justement il avait retiré ses lunettes pour en essuyer les verres. Il leva les yeux vers moi. Ses yeux étaient gris, limpides, ceux d'un homme qui n'a jamais menti. Un regard d'aveugle.

Un regard de voyant.

– Nous vivons, dit-il, dans un temps à désespérer de tout. Ces attentats, ces gens égorgés, ces Maures qui ne nous aiment plus... Il faut retrouver l'espoir. Dans ces textes que je recopie, il y a peut-être de... des messages. Vous croyez que je me trompe ?

– Sûrement, dis-je. La situation à Chella est comme elle est. Qu'y peuvent de vieux grimoires ?

– Pour en revenir à *La République* que je suis en train de traduire, reprit-il, il y a dedans deux mythes que j'aime bien. Vous connaissez le mythe de la caverne ? Et celui d'« Er » ? C'étaient autrefois les classiques des classiques, tout le monde les avait étudiés, mais on n'étudie plus rien de ces choses dans les classes d'aujourd'hui. On n'y fait même plus de grec.

– Allez-y.

– Eh bien, dans le passage de la caverne, Platon essaie d'expliquer ce qui sépare le sensible de l'intelligible, ou je ne sais plus quoi dans le genre, mais peu importe, ma lecture à moi n'est pas philosophique. Ce n'est pas la philosophie qui m'intéresse, c'est le mythe. Platon imagine des hommes enchaînés dans une caverne, le dos tourné à l'entrée, ne pouvant voir ce qui se passe dehors à cause de je ne sais quoi qui les empêche de tourner la tête. D'autres hommes passent et repassent devant l'entrée de la caverne, ils portent et remportent une série d'objets mystérieux. Tout ce que ces prisonniers voient de ces hommes, ce sont les ombres que ceux-ci projettent sur le fond de la caverne. La seule chose de solide qu'ils sentent derrière eux, c'est justement la roche humide à laquelle ils sont enchaînés, et, devant, il y a toutes ces ombres incompréhensibles et menaçantes qui bougent. Ici, à Chella, dans cette horrible et barbare histoire d'insurrection maure qui nous arrive et que nous ne parvenons pas vraiment à comprendre, nous, les Européens de Chella, nous sommes les hommes de la caverne de Platon : dotés d'yeux, mais incapables de voir ; libres dans nos têtes, mais enchaînés ; sensibles, mais trompés par nos sens. Impuissants et mortellement menacés.

« Bien, pensai-je. Et alors ? »

– Le deuxième mythe, poursuivit Azéma, est le mythe d'Er. C'est encore le classique des classiques des platoniciens, et les commentateurs l'ont mis à toutes les sauces. Sans doute le connaissez-vous déjà, mais écoutez-le parce que, si le mythe de la caverne concerne les habitants de Chella, celui d'Er vous concerne peut-être directement, vous, aspirant Sérurier ! Er, que cite Platon, était un citoyen de Pamphylie qui, dit-on, revint sur terre après avoir fait un long séjour au royaume des morts. Un ressuscité, si vous voulez, encore que les Grecs n'entendaient pas les choses comme nous. Il n'y a jamais chez eux cette distance absurde et démesurée que nous avons introduite entre les morts et les vivants. On va, on revient, c'est tout. Bref. Je passe sur le long récit que fait Er le Pamphylien de ce qu'il a vu au pays des morts, de ses pérégrinations souterraines, des quatre fleuves des Enfers qu'il a traversés, de ses passages chez les différents juges. Vous aussi, un jour, probablement, vous devrez raconter ce que vous avez vu ici. Vous le ferez facilement, ou bien vous inventerez, ce sera encore mieux. Vous écrirez peut-être même un livre, ne rigolez pas ! Mais voici la suite du récit d'Er. Elle vous intéressera, car les âmes que décrit Er ont un périple bien particulier. Après avoir, selon leurs mérites, enduré les plaisirs ou les supplices auxquels leur donnent droit les actes qu'elles ont commis sur la terre, elles boivent l'eau d'un fleuve nommé Amélès – pardonnez-moi, ma langue a failli fourcher, j'allais dire l'*oued Amélès* –, le souvenir de leur passage aux Enfers s'efface, et les voilà projetées à nouveau vers le monde des hommes, où se reproduit alors le mystère de leur naissance.

Je voulais demander au vieil Azéma quelques explications mais la porte de la boutique s'entrouvrit. Philippe Azéma entra.

– Mon père t'embête avec ses Grecs et ses Latins ? Viens, j'ai un paquet à déposer au café Pérez.

Puis, alors que nous descendions vers le Paséo par la rampe Vallée :

– Mon père, dit-il comme pour l'excuser, a toujours eu ce genre de marottes intellectuelles, sans doute pour se préserver de la vie ici. Avant, il voulait faire de Chella le lieu géographique de toutes les histoires de l'Antiquité, l'Atlantide, l'entrée des Enfers, la grotte de Calypso, qu'est-ce qui n'y est pas passé ! Combien de bagarres a-t-il eu avec des érudits de tout poil, dont certains ne furent pas tendres avec lui ! On croyait que c'était une manie, mais en fait c'était sa façon à lui de faire de la politique. En retrouvant à Chella la trace des navigateurs phéniciens, en replaçant Hercule ou Ulysse à Chella, en ancrant les présides dans l'histoire méditerranéenne la plus ancienne, il pensait naïvement résister aux fellaghas en prouvant que la vérité des présides est plus méditerranéenne que musulmane ou maure.

– Rude déception.

– Oui. Mon père s'occupe maintenant – mais ça je comprends moins pourquoi – d'histoires de *Livres des morts*, d'Homère, de Virgile, de Platon, de ces visites aux Enfers de l'Antiquité. Tu as vu les fiches qu'il fait ? Je crois qu'il veut écrire un Guide de l'après-vie. Il collationne tout ce que les Anciens ont écrit sur le sujet, et ils ont écrit beaucoup. Il n'est pas fou. Tu crois qu'il est fou ?

– Non, bien sûr.

– Peut-être, dit-il, ce travail est-il pour lui la dernière façon possible de conjurer ce qui se passe ici.

Peut-être était-ce cela en effet. Ou peut-être était-ce autre chose. Car moi, des années après, et resongeant aux recherches (peu après interrompues) du vieil Azéma, je me dis que rien, *a priori*, n'est fable. Que les cartographes du Moyen Age ou de la Renaissance, eux qui ne sortaient jamais de leurs bibliothèques mais qui collationnaient de seconde main, avec minutie et incrédulité, ce que les capitaines des caravelles voulaient bien leur conter, étaient bien plus fous en leur temps que le vieil Azéma recopiant les *Livres des morts* ou les témoignages des Anciens sur le monde des Enfers.

Après tout, me dis-je encore aujourd'hui, il fut une époque où les gouffres et les monstres marins décrits par les navigateurs, les peuplades étranges gravées sur le portail de l'église de Vézelay, les sirènes ou les indigènes à mains palmées des récits de Magellan, même le grand continent plein d'or reconnu par Christophe Colomb – la *géographie* en somme –, tout cela avait une infinie moindre vraisemblance que les récits nets, sobres, rigoureux, plausibles, clairvoyants, consacrés par l'Antiquité et la tradition, *classiques* enfin, de Platon sur l'Atlantide ou les voyages d'Er le Pamphylien ! Et, finalement, entre les fables des navigateurs et les récits de Platon sur l'Atlantide, c'étaient les fables qui étaient vraies. Un jour, le globe terrestre fut complété, les récits des navigateurs vérifiés, les fous déclarés sages.

C'est la foi qui sauve.

La foi, pas la vérité.

Mais je dépasse naturellement le cadre de mon récit. Car ce jour où Philippe Azéma me parlait ainsi de son père, je ne sus que lui dire, je me tus. Philippe remit un paquet assez gros à un client inconnu sur la terrasse du café Pérez, un paquet lourd, des journaux, des revues ou quelque chose de ce genre, ça aurait dû me frapper, mais ça ne me frappa pas à l'époque. Nous retournâmes à la librairie et à la chambre du premier. L'après-midi se traînait. Tournant autour des vantaux des volets, le soleil traçait des raies mobiles sur le mur du fond. Quelques membres du Cercle des Colonnes étaient déjà là et se faisaient du thé. Je reconnus Haby et Dru.

– Pouah, dit Dru à qui on venait de tendre une tasse de thé. Tu n'as pas quelque chose de plus fort ?

– Vous avez déjà bu au café tout à l'heure, monsieur Dru, dit Haby, d'un air choqué. Et vous devez écrire votre article.

– L'alcool m'inspire, dit Dru. Je n'écris plus bien sans alcool.

– J'ai une bouteille de whisky en bas, dit Philippe. J'irai te la chercher tout à l'heure.

– Ah ! Philippe, dit Dru, la voix pâteuse, c'est toi ? Françoise n'est pas là ? A la réflexion, tu sais, Françoise, elle aussi, m'inspire. Je ne pourrais pas écrire sans elle. Peut-on être amoureux à mon âge ?

Je ne voyais pas qui était Françoise. Haby eut l'air de plus en plus choqué. Il regardait Philippe de biais. Philippe ne sourcilla pas.

127

- Ton article est sur quoi ? demanda-t-il à Dru.
- Je ne sais pas. Demain, comme tous les lundis, Averseng n'est pas là et je fais l'édito. Je mets quoi dedans ?
- Ce que tu veux, dit Azéma.

Tous les amis de Dru au Cercle des Colonnes savaient que ses opinions personnelles ne correspondaient pas aux éditoriaux tonitruants qu'il publiait, mais il n'y avait d'autre place de journaliste dans les présides que celles de *La Dépêche*.

- Décris l'inquiétude des colons européens dans le bled, dit Popinet. Dis que l'armée ne fait rien. Attaque Acaton et le gouverneur. Adjure-les d'agir avant qu'il ne soit trop tard.
- Appelle au rassemblement des énergies. A la solidarité avec les activistes d'Alger, dit un autre.
- Dis qu'il faut impressionner les Arabes. Ils ne comprennent que la force. Ça fait longtemps que tes lecteurs n'ont pas *ratonné*.
- Invoque les mânes de Franco et de Salan, dit Haby. Il est grand temps qu'ils apparaissent.

Dru prit un air comiquement accablé :

- J'écrirai tout ça tout à l'heure chez moi, dit-il. Et comme d'habitude, c'est ma femme qui me dira à la dernière minute ce que je dois écrire.

Dans un autre coin de la chambre d'Azéma, on parlait poésie. Ou, plus exactement, du poète berbère. Quelqu'un se plaignait que depuis qu'il était entré en relations avec le Cercle des Colonnes, il eût perdu de sa spontanéité.

- Ce n'est pas la spontanéité, dit Dru, c'est la frousse. Le poète berbère a peur, je suis renseigné. Le FLNC a menacé de lui couper la gorge (et le reste) s'il continuait à écrire des poèmes pour une revue publiée par des Français. Tout d'un coup, ça a tari son inspiration.
- Les poètes supportent très bien la faim ou le froid, dit maître Popinet. Pas la frousse.
- Le FLNC ne ferait pas cela, dit Haby, ou c'est à en perdre son latin ! Au moment où leur indépendance est en route, au moment où ils ont besoin de tout le monde, vous les voyez égorger leur seul, leur premier poète ?
- Mais bien entendu ! dit Dru. C'est très précisément leur

genre. Cinq cent mille moutons vont être égorgés dans tout le Maghreb par autant de pères de famille lors de la prochaine fête de l'*Aïd*, alors, une gorge de poète de plus ou de moins, qu'est-ce que cela leur fait ? Si votre Berbère collabore avec nous, poète ou pas, il y aura droit (et il se passa rapidement la main à hauteur de la carotide) : « un sourire arabe » ! Personne ne discute avec quelqu'un qui veut vous faire un sourire arabe. Il a raison de se cacher ! Honneur à lui ! Qu'il survive !

— Je suis ennuyé pour la publication, dit l'autre. On devait l'envoyer *via* Jeanson aux *Temps modernes*, à Paris.

— J'ai trouvé un titre pour le prochain recueil du poète berbère, dit Claude Dru, qui poursuivait son idée : « *Sourire arabe.* » Un trait bien rouge, d'une oreille à l'autre, en passant par la gorge. Qu'est-ce que vous dites de ça ?

La théière circulait. Les gens s'étaient habitués à mon uniforme. Pourtant on n'en avait pas vu souvent au Cercle des Colonnes.

— Acaton ne t'a pas convoqué pour te parler de nous ? me dit un jour Philippe Azéma.

— Non.

— C'est mal vu de venir à la librairie.

— Comment saurait-il ?

— Il en a parlé à Giansily.

— Bon !

— Si, si, j'ai oublié de te prévenir. Acaton et le Gouvernatorat savent exactement qui vient et ce qui se dit rue Mimouni-Haddèche. Les Renseignements généraux ont un correspondant ici. Nous n'avons jamais pu savoir qui, bien que ce soit l'un d'entre nous sans doute. C'est angoissant mais ça n'est pas plus grave que ça. C'est comme de vivre avec une tumeur bénigne. Mon père en a une, mais il y est habitué comme on s'habitue à sa femme et finalement il vit très bien avec. L'amirauté sait tout ce que nous disons ou faisons ici. En retour, elle ne nous a jamais inquiétés.

— L'amirauté est bonne fille.

— Sans doute, dit-il. Comme, au fond, la République. Mais

129

on est face à des totalitaires. Ils veulent égorger le poète berbère... Tu sais ce que je pense ? Ça ne peut que très mal se terminer.

L'esprit est une girouette. La seconde d'après, je pensais à
autre chose.

XI

Sur la Troisième Voie
et (*encore*)
sur le bon docteur Meftah

Aucun des soirs où j'allais rue Mimouni-Haddèche, je ne réussis à rencontrer Tual.

Cela devenait étrange. Azéma me répétait qu'il était quelque part *en contact* mais ne m'en dit jamais plus.

Un soir, comme si c'était une chose naturelle et évidente, il m'annonça que Tual était parti vers Paris *via* Oran le matin même, sur l'*Athos*.

– Je croyais que tu étais au courant, dit Azéma. Il a demandé tout le temps de tes nouvelles. Il n'a pas cessé de s'intéresser à toi

– C'est le moins qu'il pouvait faire. Après tout, c'est lui qui m'a amené à la librairie.

– Il n'empêche qu'il est reparti, conclut Azéma. Je ne sais pas ce qu'il a fait exactement ce coup-ci. On l'avait vu davantage la dernière fois. Il n'a pas pris le temps de passer à l'amirauté, il a téléphoné d'ici hier à Acaton, juste pour lui dire qu'il ne pouvait pas le voir. Acaton lui a raccroché au nez.

– J'imagine la scène, dis-je.

Je laissai tomber Tual. J'allais même probablement complètement l'oublier quand, lors d'un de mes passages quotidiens dans l'appartement de mes deux patrons, je fus soudainement cuisiné par C & P à son sujet. Comment le connaissais-je ? L'avais-je vu depuis son arrivée à Chella ? Avais-je entendu dire que, malgré les interdictions, il fût allé dans le bled ? Pourquoi avait-il plusieurs fois essayé de me joindre au téléphone, pourquoi allais-je si souvent à la librairie ?

Je dis que je n'en avais pas idée, et ils ne me crurent pas. Ils connaissaient visiblement sur Tual plus de choses que le peu que j'en savais. Plus, sauf un maillon essentiel, un maillon de base qui semblait leur manquer.

Ce n'est pas tout : car, après m'avoir questionné longtemps sur Tual, ils m'interrogèrent sur le Cercle des Colonnes. Qu'en savais-je ? Et à nouveau : pourquoi y allais-je si souvent ?

Je n'en savais rien moi-même. Je ne sus répondre que des évidences qui les déçurent.

– Croyez-vous, me dirent-ils à un moment, qu'ils pourraient vraiment avoir un contact sérieux, un contact intéressant avec la rébellion ?

Ils rêvaient. Je n'eus pas la présence d'esprit de leur demander ce qu'ils entendaient par un contact « sérieux » ni, surtout, ce qu'ils comptaient en faire. Je revis en moi-même les figures innocentes des membres du Cercle des Colonnes, leurs propos, leurs enfantines conspirations pour promouvoir les œuvres du poète berbère, et je me mis à rire. Ma réaction ne leur plut pas. Pour la première fois je sentis que mes jours avec C & P étaient comptés.

La vérité est que je m'en foutais complètement.

Je ne sais s'il se faisait quelque chose de sérieux au Cercle des Colonnes. En tout cas on y parlait beaucoup et chacun avait sa théorie sur l'avenir de Chella. Après ma conversation avec C & P, je me mis à écouter plus attentivement ce qui se disait dans la chambre d'Azéma.

L'enseignant du lycée, Georges Haby, était pour la manière douce. Il prônait l'exemple, la persuasion, le prêche laïque au tableau noir, l'assimilation culturelle librement acceptée. Sous la Troisième, Jules Ferry n'avait-il pas été simultanément le meilleur ministre de l'Instruction publique et le meilleur ministre des Colonies ? Encourager parmi les jeunes Maures le culte du baccalauréat et l'amour de Corneille – mais Corneille *contre Racine* ? c'était la vraie question – lui paraissait le meilleur moyen de résoudre l'étrange crise que la colonisation et la culture française traversaient depuis un certain temps.

Popinet avait d'autres idées. Il aurait fallu jouer la carte berbère. Il fallait faire une politique berbère, rechercher des intellectuels berbères, les rechristianiser, car les Berbères étaient
d'anciens chrétiens. Ils descendaient de saint Augustin et des
colons romains. Au carrefour de deux civilisations, eux sau-
raient concilier l'inconciliable. Et il citait l'exemple en Algérie
de l'écrivain franco-berbère Jean Amrouche et celui du poète
berbère que le Cercle des Colonnes s'efforçait de protéger.

J'écoutais Popinet. Je pensais que justement, quand j'étais à
l'état-major d'Alger, j'avais entendu dire que les plus durs
combats que nous ayons eu à livrer en Algérie étaient en
Kabylie, en pleine région berbère. Si Popinet disait vrai,
quand les Berbères comprendraient-ils qu'ils auraient dû être
avec nous, qu'ils avaient été faits cocus en nous chassant ?

Dans vingt ans ? Dans trente ans ?

Trop tard pour nous.

J'eus tout de suite une grande sympathie pour Claude Dru.
Il avait le cheveu court taillé en brosse, le teint noir. Les nuits
blanches à écrire ses articles, un passé amoureux agité qu'il
aimait évoquer, un goût exagéré pour le whisky et les paquets
de cigarettes Bastos qu'il allumait l'une après l'autre avaient
poché de brun le dessous de ses yeux perpétuellement
vibrants.

A l'époque où je le connus, et où il fréquentait le Cercle des
Colonnes, c'était un écartelé vivant. A-t-il jamais cessé de
l'être ? Écartelé (d'après ce qu'on disait) entre deux femmes,
écartelé entre sa fidélité à une métropole libérale et généreuse
qu'il avait peut-être rêvée et les lecteurs réactionnaires du
journal qui le faisait vivre, écartelé entre ses convictions libérales et les idées qu'il lui fallait défendre, entre les Arabes qu'il
aimait et blâmait à la fois, Dru est mort au début des années
soixante-dix à cinquante ans d'un arrêt du cœur alors qu'on
l'opérait d'un cancer, près de Montpellier où il s'était réfugié.
Faiblesse du cœur, cancer ? Là encore il fallait s'accommoder
des deux. Dans la phase finale, je suis sûr qu'il eut du mal à
choisir.

Les éditoriaux de *La Dépêche de Chella* étaient donc alors
écrits par Dru et financés par le plus gros et le plus réaction-

naire des propriétaires agricoles du territoire, le colon Jean Averseng que Dru devait servir et qu'il haïssait en même temps. On avait beau être prévenu au Cercle des Colonnes, la violence des éditoriaux alimentaires de Dru dans *La Dépêche* faisait toujours un drôle d'effet. La seule défense qu'il présentait était la constatation, pitoyable mais hélas justifiée, qu'il fallait bien vivre...

Acquitté.

Car, une fois pour toutes, au Cercle des Colonnes, nous avions donné l'absolution à Claude Dru. Quand, chaque soir, cinq minutes avant le couvre-feu, il quittait la rue Mimouni-Haddèche où il avait brassé (toujours en les arrosant de pastis) de généreuses idées de réconciliation, nous avions pitié de lui.

Nul, à sa façon, n'était plus attaché aux présides que lui. Une enfance pauvre, un père socialiste et employé des Postes, une mère qui, comme celle de Camus, avait fait des ménages (telle était souvent en Afrique du Nord la vie des petits colons) l'écartelaient entre son libéralisme qui lui faisait comprendre mieux qu'un autre le désir de liberté des Maures et la peur panique d'une indépendance maure obtenue dans la violence d'où, il le sentait bien, il serait exclu pour toujours.

– Ma mère faisait des ménages ! s'exclamait-il *(comme si avoir une mère qui faisait des ménages à Oran rendait innocent du péché de colonialisme).* Pourvu qu'ils me laissent ici gagner un peu ma vie, je suis prêt à tout ce qu'ils voudront et à n'importe quelle évolution politique !

Même cela ne lui serait pas accordé.

Et le lendemain, un article de *La Dépêche* signé Claude Dru fustigeait un attentat qui avait eu lieu dans le bled. Les autorités ne faisaient rien, les Européens devaient se faire justice eux-mêmes, etc.

Ô interminables débats de la rue Mimouni-Haddèche ! Ô belles soirées où s'assemblaient les idéologues chez Philippe Azéma ! La fumée des cigarettes envahissait la chambre et traçait de longues volutes vite dissipées, sinueuses comme les idées qui étaient émises autour de la lampe pâle qui éclairait la pièce. Qu'il fallait avoir l'esprit tordu de Coulet et Peufeilloux pour imaginer que des complots précis pussent s'y organiser !

L'idée la plus récente de Dru (idée peut-être de *désespoir* qu'il avait d'ailleurs fait passer à presque tous les idéologues du Cercle des Colonnes), c'était que, pour sortir de l'impasse où la dureté des temps avait mis toutes les communautés des présides, il fallait trouver une Troisième Voie. Il ne savait pas exactement quelle était cette Troisième Voie, mais ce fut tout de même le titre d'un de ses éditoriaux, et tout le monde commença à en parler.

Ce qui est beau en France, c'est que, dès que vous avez trouvé le mot, vous n'avez plus besoin de l'idée.

Probablement fallait-il rejeter les extrêmes des deux bords, ultras français et terroristes du FLNC. Il fallait aussi écarter les convoitises rivales du Rif et du Maroc. Puis calmer enfin les Nations unies et l'opinion internationale.

– Dans votre Troisième Voie, dis-je un jour à Dru, les Maures et les Européens sont à égalité ?

– Naturellement, répondit-il.

– Mais y a-t-il des Maures dans votre affaire ?

– Absolument. Comme dans notre organisation.

– Dans votre organisation ? dis-je. Attendez : où sont les musulmans dans votre organisation ?

Le silence fut épais.

– C'est vrai, reconnut finalement Dru. Il faudrait arriver à recruter des Maures modérés.

– Ne serait-ce qu'un, dit Azéma.

Dru parut découragé.

– Sérurier a raison, reconnut-il. Il faut à nouveau en rechercher.

– Autrefois au moins, dit tout d'un coup Dru, nous avions le bon docteur Meftah.

L'histoire de ce « bon » docteur Meftah est la plus drôle – ou la plus amère – de toutes les histoires que j'entendis sur Chella et la Troisième Voie.

Ce docteur Meftah, donc, avait effectivement largement fréquenté la librairie d'Azéma et le Cercle du café des Colonnes quelques années auparavant. C'était un Maure cultivé, un

135

médecin originaire du Rif, résidant depuis plusieurs années à Chella. Ayant étudié en Égypte, il n'avait pas les diplômes français et n'exerçait pas. Nul ne pouvait dire de quoi il vivait, mais il vivait apparemment assez bien, d'une vie mystérieuse et méthodique. Je ne l'avais jamais rencontré, puisque cette histoire se passait il y a plusieurs années, mais j'entendis souvent dire que, malgré son peu d'apparence, il avait été un moment l'espoir du Cercle des Colonnes.

En ce temps-là les points de contact entre les musulmans et les Européens étaient rares. Par timidité, ou peut-être pour toute autre raison, le docteur Meftah ne prononçait jamais un mot, ce qui, sans doute, compte tenu du bavardage ambiant, était préférable pour tout le monde. Les gens se souvenaient d'un regard extraordinairement brillant quand il souriait ; de dents étincelantes sous une moustache bien taillée. Là encore, mystère : timidité extrême ou extrême passion ?

Je ne saurai jamais en tout cas – puisque, paraît-il, il se taisait toujours – comment il avait acquis cette réputation de libéral. Mais il passait pour tel. Azéma et Dru pensèrent sérieusement à le pousser vers la politique. Averseng, le terrible propriétaire de *La Dépêche de Chella*, était presque convaincu et faisait préparer des articles. On aurait vu alors ce qu'on aurait vu. Une solution libérale, poussée par le journal d'Averseng, et incarnée par le doux docteur Meftah, ç'aurait peut-être été *la* solution !

Telles étaient donc les idées roses qui tournaient parmi les membres du Cercle du café des Colonnes quand, tout à coup, mystérieusement, le docteur Meftah disparut !

Oui. Il disparut comme je le dis : un beau soir, le bon docteur Meftah quitta la librairie Azéma vers neuf heures en disant au revoir à tout le monde. Le lendemain, il ne revint pas, et nul ne le revit jamais, du moins à Chella.

Le docteur Meftah n'avait pas de famille apparente. On ne trouva dans le meublé où il vivait que la trace d'une vie pauvre et rangée. Quelques jours après cette mystérieuse disparition, il y eut le fameux massacre des Européens à la sortie de la cathédrale Saint-Philippe. La police eut d'autres chats à fouetter. Elle ne reprit pas l'enquête.

Certains supposèrent que le docteur Meftah avait été supprimé par une faction d'Européens d'extrême droite. A l'époque, ils étaient bien capables de l'avoir tué. Qu'un musulman puisse être pressenti pour une carrière politique ne plaisait pas à tout le monde.

D'autres pensèrent qu'il avait été victime des indépendantistes maures du Front de libération nationale de Chella, le FLNC. Telle était, une fois que je lui en parlai, la théorie du commandant Acaton. Il avait du reste rencontré une ou deux fois le brave docteur Meftah lorsque celui-ci se promenait, parapluie au bras, dans les rues européennes de Chella, et en avait été impressionné.

D'autres enfin pensèrent que le docteur Meftah avait eu tout simplement des difficultés financières. Larguant ses créanciers du préside, il avait fichu le camp en Égypte ou au Rif, et rouvert là-bas un cabinet médical !

Telle était la théorie de Popinet et de Dru. Telle fut longtemps la mienne.

J'avoue que cette histoire du bon docteur Meftah, comme elle me fut racontée deux ou trois fois par Claude Dru ou Popinet (et une fois par Acaton, je ne sais plus quand), avait de quoi vous faire pleurer et même vous faire rire ! Car ce que, cet hiver de mon arrivée à Chella, tout le monde, militaires comme civils, cherchait avec tant d'anxiété, cette Troisième Voie introuvable qui permettrait peut-être de survivre, ils l'avaient eue sous la main quelques années auparavant, puis ils l'avaient perdue... en la personne de ce brave docteur Meftah qu'ils rencontraient et saluaient tous les jours dans les rues lorsque, tout fier de ses amitiés européennes, celui-ci déambulait sur la place d'Armes ou sous les arcades de la rue Mimouni-Haddèche !

XII

Mort de l'aspirant
Erlahcher

Sur ces entrefaites, la nouvelle se répandit dans tout le territoire : Erlahcher, l'aspirant qui depuis plusieurs mois commandait Arbitral et dont j'avais si souvent entendu parler, Erlahcher fut retrouvé par ses harkis assassiné d'un coup de fusil à chevrotines, un matin, à une dizaine de kilomètres de son poste.

Cette affaire fit beaucoup de bruit. D'abord c'était la première fois qu'un attentat avait lieu depuis longtemps dans les présides. Ensuite l'aspirant, parti un soir seul et sans ordres, fut retrouvé le lendemain en zone interdite, tué à bout portant, toutes traces des assassins ayant disparu. Comme il était entré clandestinement en zone interdite, personne n'aurait dû savoir où il pouvait se trouver. Or, lorsqu'ils constatèrent sa disparition, les harkis d'Arbitral n'eurent pas une seconde d'hésitation : ils allèrent le chercher droit où il était.

A croire qu'ils savaient tout. Qu'ils étaient tous de mèche.

Giansily monta à Arbitral puis en redescendit. Il fit un rapport. Un des aspirants de l'amirauté nommé Ségret, que je connaissais un peu, fut envoyé en intérim.

Moi-même, quelques semaines après, je fus convoqué par C & P puis par Acaton. J'étais affecté à Arbitral. Ségret ne pouvait y rester davantage, étant rappelé à Paris. Dodeman me succéderait auprès de C & P.

En fait, c'était clair : j'avais cessé de plaire aux deux parties que j'étais censé servir.

J'avais déçu.

D'abord j'avais déçu Acaton parce que, malgré le rôle de

139

liaison que j'étais censé assumer, je ne lui apportais aucun des renseignements qui l'intéressaient sur les activités de C & P.

Déjà (sans que je sois au courant et suivant leurs méthodes d'Alger) mes deux sbires avaient commencé à tisser un réseau d'informations tous azimuts sur l'ensemble du préside. Cela irritait au plus haut point le commandant de l'amirauté. Il n'était pas de jour où, par ses propres sources, il ne reçût un rapport plus ou moins bien intentionné sur tel ou tel de leurs contacts ou telle ou telle de leurs équipées clandestines ! Dans ces conditions mes « rien à signaler, commandant ! » optimistes et inspirés lui sortaient par les yeux. Il me crut même sans doute complice. Lorsqu'il me convoquait dans son bureau, de moins en moins fréquemment à vrai dire, il faisait pivoter son fauteuil tournant et m'examinait d'un air aussi malveillant qu'impatient.

J'avais, hélas ! déçu également Coulet et Peufeilloux. En vérité, mon innocence, dont on pouvait se demander si elle était sincère ou affectée, les fatiguait depuis longtemps. Mes fréquentations au Cercle des Colonnes ne leur plaisaient pas davantage, non parce que je m'y affichais ou pour ce que je pouvais y faire (grâce à leur informateur des Renseignements généraux tout était sous contrôle), mais parce que je n'avais pas été capable de leur fournir le moindre renseignement sur les enfantines manies de mes amis. Ils connaissaient tout d'Azéma et compagnie, mais mon parti pris de ne rien voir les empêchait, comme ils aimaient à le faire, de recouper leurs renseignements. De recouper aussi, d'une certaine façon, ma propre loyauté à leur égard.

Les derniers jours, avant que je ne laisse la place à Dodeman, je vis bien que cette affaire du petit aspirant assassiné par la bande de Si Hamza en un endroit de la zone interdite où ni lui ni les autres n'avaient rien à faire plongeait C & P dans une étrange agitation. N'était-ce pas un début de piste ? L'événement *déclencheur* qu'ils cherchaient depuis si longtemps ? Ils m'envoyèrent à l'amirauté prendre copie du dossier d'Erlahcher. Acaton ne put me le refuser, mais je vis clairement qu'il en avait gros sur le cœur et il me sembla même qu'il retint par-devers lui certains des papiers concernés. Ils interrogèrent ensuite au carré un ou deux officiers qui avaient connu l'aspirant d'Arbitral. Ils virent Averseng, patron de Dru et propriétaire de *La Dépêche de Chella*. Averseng possédait une des fermes européennes abandonnées du Fillaoussène, et Erlahcher lui fournissait une escorte de harkis lorsqu'il montait surveiller ses récoltes.

Ils attendaient aussi beaucoup de l'enquête qu'Acaton fit effectuer à Arbitral sur les raisons qui avaient pu pousser Erlahcher à se rendre en zone interdite. Malheureusement pour eux, si raisons il y avait eu, l'aspirant les avait emportées dans la tombe. On ne trouva rien, ni dans le témoignage des harkis, ni dans le *Cahier d'opérations*, ni dans différents papiers qui leur furent remis après l'enquête.

Ensuite, mes deux sbires essayèrent d'aller mener leur enquête personnelle à Arbitral, mais Acaton, prétextant que leur passage ne ferait que compliquer l'investigation déjà en cours, s'y opposa carrément. Quand je cédai à Dodeman mon poste au Bureau d'études et de liaisons, C & P étaient justement en train de chercher les moyens de passer outre et d'échanger sur leur radio des messages avec Alger et Paris.

Cette mutation à Arbitral faisait mon affaire. Je commençais à être fatigué de tous ces va-et-vient, de toutes ces escarmouches florentines entre l'amirauté et l'appartement du 6, rue Mimouni-Haddèche. Bien prévenu par moi, Dodeman n'appréhendait pas son nouveau poste. Je le soupçonnais d'ailleurs de commencer quelque amour en ville et de n'être pas fâché de rester à Chella.

La pensée de passer quelques mois de solitude sur les hauteurs d'Arbitral ne me déplaisait pas. Je me fis l'idée romanesque et absurde que j'y écrirais ma monographie de Chella et que je réfléchirais un peu à moi – à Catherine et à moi, voulais-je dire.

Je commençai à livrer les indigentes consignes du Bureau d'études et de liaisons à Dodeman. Puis je fis un stage dans les différents services de l'amirauté pour prendre celles d'Arbitral. J'appris ainsi la procédure radio, le chiffre des messages, la périodicité des convois, la règle des opérations et des patrouilles, toute la machinerie administrative de mon nouveau travail. Le type qui était là-haut, l'aspirant Ségret (sorti de Matifou deux promotions avant moi et donc en fin de temps dans le préside), se tirait plutôt bien, semblait-il, de son intérim. Mais il était pistonné et on l'attendait au ministère à Paris, ou ailleurs, pour ses derniers mois.

J'examinai aussi le fichier des rebelles ainsi que la liste et les dossiers des harkis que j'aurais à commander.

La veille de mon départ, alors que j'avais fini ce stage, je revis par hasard mes deux supérieurs – allais-je dire mes deux bourreaux ?

Je ne sais pourquoi j'étais sorti de l'amirauté, sans doute tout simplement me rendais-je rue Mimouni-Haddèche. Tout d'un coup, sur le Paséo, entre deux orangers, je les vis à la terrasse du café Pérez. Assis à une même table, Coulet, Peufeilloux et Duruffle devisaient tranquillement.

C & P étaient presque tous les jours à ce café. Quant à Duruffle, c'était le jour où, dans sa trajectoire, l'*Athos* observait quelques heures d'escale avant de continuer vers Nador et Albaceite, ou bien vers Nemours. Les trois hommes avaient dû se rencontrer je ne sais où. C'est Duruffle qui me héla. Je vins m'asseoir auprès d'eux.

– Salut, Sérurier, me dit-il.

– Bonjour, commandant Duruffle.

Son regard comme toujours était à la fois bienveillant et inquisiteur :

– Alors, aspirant Sérurier, paré pour les neiges du Fillaoussène ?

– Paré, dis-je.

– Faites attention. Ne recommencez pas les conneries de votre prédécesseur. Que prenez-vous ? Un café ?

– Oui.

– On dit qu'il n'allait pas bien, vers la fin. Qu'il soliloquait à la radio. Qu'il négligeait son service. Qu'il allait se promener tout seul n'importe où. Cette affaire est incompréhensible.

– L'enquête continue.

– Ils ne trouveront rien. S'il y avait eu quelque chose à trouver, ces deux messieurs que voilà, MM. Coulet et Peufeilloux, l'auraient déjà trouvé. Vous ne croyez pas ?

– Nous viendrons vous voir à Arbitral, dit Peufeilloux d'un air engageant et aimable. Nous nous intéressons vivement à cette affaire.

– A vos ordres.

– Que diable, dit burlesquement Duruffle (il avait pris exactement le ton de la comédie), que diable allait-il faire en zone interdite ?

– A force d'être interdites, répondit Peufeilloux, les zones ont sur les gens un effet d'appât. Comme la glu pour les moineaux.

– Vous entendez, aspirant Sérurier, dit Duruffle. Méfiez-vous de la glu du Fillaoussène.

Puis, changeant de sujet :

– Dites donc, Hafida !

Il prit un accent lamentable.

– Hafida ?

– Hafida, oui, la petite pute maure qu'il y avait chez le père Inesta. Vous vous souvenez ?

Je ne me souvenais pas.

– Si, répéta-t-il, Hafida, la petite pute mauresque. Rappelez-vous : les deux putes mauresques chez Inesta : Zouzou et Hafida.

– Attendez, dis-je. Hafida, c'est laquelle, la grosse ou la maigre ?

– La maigre, celle qui a la peau sur les os et les tout petits seins.

Tout d'un coup, je me rappelai : la chambre qui sentait l'eau de Javel, la petite sauterelle noire qui avait l'air si effrayé, l'argent que je lui avais donné.

– Eh bien, Hafida ?

– Le père Inesta l'a emmenée ce matin à la police. C'est incroyable. Elle cachait des armes pour les fellouzes.

– Où ?

– Dans sa chambre, je suppose, tout en haut. Remarquez, c'est une bonne question. On ne cache pas comme ça des trucs chez le père Inesta. Je la connaissais bien : je l'ai sautée plu-

143

sieurs fois. Attention ! ajouta-t-il, ne croyez pas : au tarif, pas de cadeau ! Qu'est-ce qui lui a pris ? Elle n'était pas heureuse comme ça ?

— Inesta est un vieux saligaud. Elle a dû avoir des problèmes avec lui.

— Non, non, dit Duruffle (il avait l'air sincèrement affligé), c'est pire. Le ver est dans le fruit. Les Maures désormais nous haïssent. Même dans les bordels, ils ne veulent plus cohabiter avec nous. La politique.

— Je ne vois pas ce que la trahison d'une petite putain maure a à voir avec la situation politique du préside, fit remarquer sèchement Peufeilloux. Si vous voulez baiser chez Inesta, vous n'aurez qu'à baiser l'autre, la grosse.

— En un sens, dit Duruffle, les cuisses d'Hafida, c'était la réconciliation entre les Maures et les Européens, la Troisième Voie que tout le monde cherche.

— Pourquoi pas ?

— Dans cette guerre, interrompit Coulet, un mot chasse l'autre. J'ai connu successivement (il affecta de compter sur ses doigts) : le « retour à l'ordre » ; la « pacification » ; la « paix des braves » ; le « dernier quart d'heure », etc. De quart d'heure final en quart d'heure final, on en est toujours où on en était, et le petit aspirant Erlahcher vient d'être tué. Voici désormais la Troisième Voie.

Duruffle prit un air ironique et pincé :

— Selon les Européens d'ici, l'armée ne fait que des conneries. Si elle s'en va, disent-ils, et si Paris les laisse tranquilles, ils s'arrangeront avec les Maures.

— Ce sont les mêmes Européens qui nous ont appelés au secours il n'y a pas si longtemps, en 1954, dit Peufeilloux. Qu'ils aillent se faire foutre. Et qu'ils n'espèrent pas s'arranger avec les Maures. Personne ne s'arrange avec les Maures. Il n'y aura pas de solution juste à Chella. Ils choisiront comme ils disent déjà : entre la valise et le cercueil.

— Ou bien la Troisième Voie, dit Coulet.

Il répéta ce mot avec une patience ironique et irréprochable.

Duruffle haussa les épaules.

144

De cette Troisième Voie qui n'avait pas le plus petit début d'existence, chacun, au fond, parlait selon sa propre nature et ses propres rêves de rechange. Il y avait la Troisième Voie des gens du Cercle des Colonnes dont j'avais souvent parlé avec Dru ou Popinet. Elle passait par un naïf et évangélique rêve de fraternité, par un « bon » docteur Meftah ressuscité et influent ainsi que par la publication des œuvres du poète berbère. Celle d'Acaton transitait sans doute par ses étoiles d'amiral et une sinécure au ministère de la Marine à Paris. Plus tortueuse et plus incertaine, celle de Peufeilloux et de Coulet menait peut-être jusqu'aux pentes du mont Fillaoussène à moins qu'elle n'allât *via* Azéma, Tual ou le Cercle des Colonnes. Celle de Duruffle conduisait du pont venté de l'*Athos* jusqu'à sa maison de retraite en Bretagne, à moins qu'elle ne s'aventurât encore plus loin, en quelque lieu inconnu et maléfique que je n'avais pas identifié mais dont, certains jours, j'avais l'impression qu'il ne manquait qu'un fil pour qu'il m'y entraînât.

Claudiquant par les temps révolus et les vieilles cités antiques, il y avait aussi la Troisième Voie du père Azéma.

— La Troisième Voie de Tual, dis-je tout haut sans y réfléchir, c'est la place de rédacteur en chef à *L'Express* (il l'eut en effet quelques années plus tard).

— Et la vôtre, mon vieux ? dit Duruffle. Après tout, de nous tous, c'est vous qui en avez le moins à foutre de Chella.

— Je ne sais pas, dis-je.

J'étais sincère.

— Eh bien, repris-je au bout d'un certain temps, ce que je souhaite, c'est que vous, avec votre vieil *Athos*, vous me sortiez un jour intact de toute cette histoire.

— C'est prévu, dit Duruffle.

— Je voulais aussi oublier quelque chose, mais cela vient seul déjà.

— Vous demandez beaucoup, dit Duruffle.

Tout le monde se tut. Un vol d'oiseaux passa au ras de nos têtes. Il tournoya sur lui-même puis plongea vers la mer.

— Ces oiseaux ne sont pas croyables, dit Peufeilloux. D'où croyez-vous qu'ils viennent ? Il y en a des nuées. A certaines heures, ils envahissent le ciel de la ville.

Tout d'un coup, je me souvins de la corneille qui, ces derniers temps, frappait obstinément derrière la fenêtre de ma chambre.

– Les Anciens pensaient que les oiseaux étaient porteurs de messages, dit Duruffle. Les prêtres observaient le vol des migrateurs. Ils ouvraient les entrailles des poulets. On ne sait plus rien faire proprement aujourd'hui ; ni lire ces signes, ni même simplement découper un poulet en famille comme il faut.

– Il n'y a rien à lire dans ces vols d'oiseaux de l'amirauté, dit Peufeilloux. Les oiseaux nichent dans la falaise et viennent chercher leur nourriture dans la ville.

Comme la corneille ? Au moment où, pour la deuxième fois, je pensai à ma visiteuse, Duruffle me regarda bien droit dans les yeux. Peut-être me sourit-il. Puis la lueur qu'avait allumée le sourire dans ses yeux s'éteignit sans que je sache ce qu'elle avait signifié. Duruffle se leva pesamment de sa chaise. A l'habitude, il faisait ses adieux :

– Eh bien, dit-il, messieurs, je suis bien content de vous avoir revus. Monsieur Coulet, monsieur de Peufeilloux, je vous salue. Quant à vous, monsieur l'aspirant, bien du courage dans vos montagnes.

Tout naturellement, le soir qui précéda mon départ vers Arbitral, je me rendis chez Azéma. Le Cercle des Colonnes était en pleine aventure intellectuelle. On n'y connaissait pas l'aspirant d'Arbitral, mais le récit de sa mort avait secoué tout le monde. Comment faire cesser cette guerre absurde ? Fallait-il ou non s'engager au-delà des idées ? Devait-on envisager de commencer à aider pratiquement les fellaghas ?

Je ne reconnaissais plus l'Organisation. Il est vrai qu'à Paris, quelques intellectuels français avaient maintenant choisi. Certains avaient transporté des fonds pour le FLN, hébergé des rebelles. On les avait arrêtés. D'autres avaient signé des manifestes. Rue Mimouni-Haddèche, le consensus avait été qu'en tout état de cause, dans une zone de combat comme les présides, tout acte précis comme des transports de vivres ou d'armes était exclu.

Haby suggéra qu'on misât sur l'éducation des rebelles. Pourquoi ne pas faire parvenir au djebel des journaux ou des livres, afin de former les fellaghas à la culture politique dont ils avaient sûrement besoin ? Ceux qui savaient lire manquaient d'informations.

— Et la littérature ? Et les poèmes berbères ? demanda Popinet.

— Oui, dit Haby. On créerait ainsi un début de patriotisme chellasien, qui, il faut bien le dire, manque encore au pays. Avez-vous entendu parler des poésies clephtes ? Elles ont fait l'indépendance grecque.

— Je ne savais pas, dit Popinet. Je croyais que c'était en tuant les Turcs que les Clephtes gagnèrent leur indépendance, non en écrivant des poèmes !

— Il faut de tout, dit Haby.

— Pourquoi ne pas leur envoyer aussi des instruments de musique ? ajouta Claude Dru d'un ton sarcastique. Ils mettraient les poèmes berbères en musique.

Azéma fit tout d'un coup comme s'il prenait sa respiration et plongeait très profond, quelque part :

— Arrêtons d'éluder le problème. Si nous voulons les aider, il n'y a qu'une chose utile : leur passer des armes.

La phrase tomba. Elle créa tout d'un coup une zone de silence. Je pensai soudain que si, par malheur, l'agent des Renseignements généraux était là...

— Tu es dingue, dit Dru.

— C'est de la pure théorie ! Azéma n'a jamais dit vraiment qu'il fallait le faire, dit précipitamment Haby.

— Si, si, reprit Azéma. Si on veut être logique, il faudra bien qu'on aille jusque-là.

— Plus tard, dit quelqu'un.

— Pourquoi rechercher de la logique dans ce qui n'est qu'une histoire de fous ? dit quelqu'un d'autre.

— En tout cas, ne faisons rien tout de suite, dit un troisième avec un ton de conspirateur.

Un quatrième passa du thé. Azéma alluma la lumière de la pièce. La nuit était tombée. Dehors il y avait un petit balcon d'où l'on voyait quelques toits de la ville. Je sortis sur ce balcon. Derrière les immeubles du plateau Sollier, sur la gauche, le ciel était noir et rouge. Comme tout à l'heure, un vol d'oiseaux passa. Un fond de palmiers et de terrasses rappelait qu'on était en Afrique. Quelques fenêtres s'éteignirent. La ville européenne s'endormait.

Alors, du côté de la ville indigène, vers la droite, une rumeur monta. On entendait des tambours, des sifflements rythmés, des cris aigres, peut-être tout simplement une radio arabe, très lointaine.

A mesure que la nuit devenait plus noire, la rumeur se développait. Pendant la journée (comme tous les jours de ce temps-là), dans le décor précairement planté par les Européens de Chella, de l'amirauté aux cafés de la place du Paséo, dans nos querelles imbéciles et nos uniformes d'opérette, nous avions oublié qu'elle existait à côté de nous, cette ville arabe. Et maintenant, avec la nuit et sa rumeur, la tueuse se rappelait à nous ! Tous, nous savions bien pour qui battaient ces tambours. Troisième Voie ou pas, un jour comme il y avait deux ans, les Maures armés de couteaux descendraient sur Chella. Cette fois-là, ils ne nous rateraient pas.

Quelqu'un éteignit la lumière. Nous écoutions ces bruits qui venaient de l'est.

Tout d'un coup, Haby s'exclama :

– Le couvre-feu !

Comme tous les soirs à Chella, il y avait couvre-feu à neuf heures. Nous l'avions oublié. La police en ville ne badinait pas. Les civils écopaient d'amendes, les militaires de jours d'arrêt. Ce fut l'affolement général.

En plus, la veille de mon départ ! Je regardai ma montre : cinq minutes encore avant neuf heures. Il ne restait plus qu'à me précipiter dans l'escalier et filer sans dire au revoir à personne.

Ce que je fis.

Je faillis la bousculer. Elle se tenait dans l'ombre de l'escalier qui descendait vers la librairie. Elle attendait, assise ou debout, je ne sais plus.

<del>148</del>

Elle avait dû vouloir monter chez Azéma juste avant le couvre-feu. Probablement étonnée de nous trouver encore à cette heure-là, elle s'était arrêtée un instant, dans l'escalier, pour écouter, et c'est comme ça que je l'avais surprise.

Je me souviens : l'escalier était tout ombres et obscurité, éclairé par une mauvaise ampoule au bout d'un fil. Elle monta encore une marche lentement, silencieusement, les yeux fixés vers le sol. C'était la première fille que je voyais vraiment depuis le départ de Catherine. Sans me regarder, elle s'effaça pour me laisser passer. Je la heurtai légèrement au passage. De côté, elle me jeta un coup d'œil qui était comme un battement d'ailes d'oiseau. Je sus que je n'oublierai jamais son visage.

J'étais amoureux.

Je n'eus le temps de rien lui dire ni rien faire. Pas même de lui demander qui elle était. Sous les arcades noires de la rue Mimouni-Haddèche, je me mis à courir vers le Paséo.

A mesure que je descendais les escaliers et les rampes désertes du plateau Sollier, j'essayais de préserver cette image telle qu'elle m'était apparue. En vérité, c'était horriblement difficile. C'était comme de dévaler une pente une bougie à la main et d'empêcher le vent d'en souffler la flamme. Qui l'aurait pu d'ailleurs ? L'image avait été si brève, l'espace d'un échange de regards, qu'elle s'affaiblit aussitôt.

Je la perdis complètement au moment où j'atteignis la porte de l'amirauté et où je distinguai la silhouette massive de l'officier marinier, engoncé dans sa capote kaki, comptant les minutes avec l'espoir sans doute de pouvoir se payer le luxe de me la fermer au nez. L'image perdue, une autre survint et c'était la même : car, je m'en souvenais maintenant, la jeune fille de l'escalier était celle que j'avais vue sur la baie de Chella, dans le canot qui était venu chercher Tual à l'*Athos*. Et le jeune homme que je ne connaissais pas encore, mais qui, ce jour-là, était avec elle sur le canot, je m'en rendais compte seulement aujourd'hui, n'était autre que Philippe Azéma.

Philippe Azéma.

Déjà, en moi, la jalousie mordait de ses dents amères. Car je réalisai tout d'un coup que, compte tenu de l'heure où elle s'était présentée à la librairie et du couvre-feu qui était imminent, elle ne pouvait l'avoir fait qu'avec l'idée de coucher à la librairie. Si elle couchait à la librairie, elle était donc la maîtresse d'Azéma !

J'eus un imbécile éclair de colère. Plus tard, dans ma chambre, j'essayai de retrouver son visage. Je m'endormis sans y parvenir. Au petit matin, lorsque je me réveillai pour prendre le convoi d'Arbitral, déjà je ne savais plus rien d'elle, sinon ceci : qu'elle était belle, qu'elle avait les yeux verts, et qu'elle était probablement la maîtresse d'Azéma.

DEUXIÈME PARTIE

Les hauteurs d'Arbitral

XIII

Je monte à Arbitral

Le jour de mon départ, le convoi d'Arbitral était composé en tout et pour tout du camion descendu la veille du poste, un GMC qu'accompagnait un scout-car d'escorte de l'amirauté. Avant que le jour se lève, je descendis sur la placette. Le GMC était en cours de chargement et avait mis son moteur en route. Le vacarme et la fumée remplaçaient les effluves de la mer qui d'ordinaire régnaient sur l'amirauté. Sous les projecteurs, une équipe de matelots faisait la chaîne entre le magasin et le camion. Passèrent un sac de pommes de terre, un quartier de viande entouré de linges sanguinolents, un cageot de salade, des boules de pain, une clayette de cannettes de bière.

Le rythme se ralentit. Vinrent alors un sac de ciment, quelques parpaings de béton gris, une roue de fils de fer barbelés, deux gros fûts d'essence, un pneu de secours de GMC. Enfin une dizaine d'hommes apparurent, portant avec précaution des caisses de bois peintes de vert et chargées d'inscriptions et de numéros – nature et numéro du lot, date de péremption. C'étaient des obus de mortier.

Par-derrière, quelqu'un me toucha l'épaule. Seul de tous les officiers de l'amirauté, Dodeman, en gros pull, mains dans les poches, ébouriffé, s'était levé pour me dire au revoir.

Le fourrier de l'amirauté sortit du poste des transmissions. Il portait quelques lettres et un journal, tout le courrier d'Arbitral. En marchant, il vérifiait les enveloppes. Au même moment le chauffeur du GMC descendit de son siège et grimpa à l'arrière de son camion. C'était un harki maure d'une quarantaine d'années portant des galons dorés de sergent sur un battle-dress kaki rapiécé, avec sur la tête une casquette

153

noire d'officier marinier. Il attrapa le paquet de courrier à la volée et le jeta sur la banquette.

J'approchai :

– C'est moi le nouvel aspirant d'Arbitral, l'aspirant Sérurier.

Le sergent maure me considéra un moment avec circonspection. De l'intérieur du GMC, une autre voix appela, une forte voix maussade, avec le même accent guttural :

– Smi-ili ! Smi-ili ! disait la voix.

– La paix, fit le chauffeur.

Puis, à mon intention :

– Lieutenant, tu as un paquetage ?

Il se tourna vers l'intérieur du camion :

– Mostefa ! Guendouz !

Rien ne bougea.

– Allez chercher le paquetage du nouveau lieutenant !

A l'arrière du GMC, derrière le matériel qu'on venait de déverser, quelque chose – un paquet de couvertures, un tas de vieux sacs ? – remua. Deux formes humaines, deux soldats maures crasseux et ensommeillés, surgirent. Ils avaient dû passer la nuit dans le camion d'Arbitral.

Ils sautèrent sur le sol. Maintenant ils se tenaient debout devant nous dans la tenue même où, sans doute, ils s'étaient endormis la veille : djellaba brune rayée de blanc toute froissée, ceinturon et cartouchières de cuir, chèche légèrement dénoué, fusils – de vieux MAS 36 – leur pendant sur l'épaule, à croire qu'ils les avaient gardés toute la nuit en bandoulière.

– Portez les affaires du lieutenant dans le GMC ! dit le sergent maure. Pas gymnastique, que ça saute, exécution !

Traduite avec la prononciation approximative du sergent, cette exhortation militaire donnait plutôt quelque chose comme : *padzimnastik, eksasot, ixicution*. Mes bagages furent jetés sans ménagement dans l'intérieur du GMC. Les deux harkis qui les avaient portés grimpèrent à nouveau dans le camion et se blottirent dans les couvertures.

– Feignasses ! grommela le chauffeur. Fellouzes pris sur le barrage, jamais réveillés depuis !

Il se tourna vers moi et esquissa un salut :

154

– Sergent Smili, ancien caporal tirailleur, médaillé militaire.

– Bonjour.

L'officier marinier responsable du départ du convoi passa.

– Ils ont fini de charger, dit-il. Renvoyez-moi tout de suite le scout-car d'escorte car j'en ai besoin à l'amirauté pour midi. Attention à ces zozos ! (Il parlait à mi-voix et me montra d'un regard soupçonneux et condescendant les deux Maures dans le camion et même, si je ne me trompe, le sergent Smili lui-même.) Le sergent est bon, mais les deux autres sont d'anciens fellaghas récupérés sur le barrage, en principe retournés, vous voyez le genre ?

– Comment était-ce hier en haut ? demandai-je.

– En haut ?

– Ils ont vu du monde sur la route ?

– Rien. Comme d'habitude, hein, Smili ?

– Il n'y avait rien, dit le sergent. Fini, les fellaghas.

Le regard de l'officier marinier chargé du départ se durcit :

– La bande de Si Hamza est très forte pour assassiner une nuit un petit gamin tout seul comme l'aspirant Erlahcher. Mais un camion armé de trois fusils, ça, jusqu'à nouvel ordre, elle n'ose pas attaquer ! J'espère que vous allez enfin les descendre un de ces jours, comme on a fait des autres bandes.

– Je ne sais pas. J'essaierai.

– Le scout-car arrive. Grimpez dedans.

– Non, dis-je. Je prendrai le camion d'Arbitral.

– A vos ordres, dit l'officier marinier.

Et il toisa avec dédain la silhouette cabossée et boueuse du GMC.

Entouré d'une fumée qui semblait lui sortir des naseaux, le scout-car d'escorte surgit de l'ombre et avança de quelques mètres. Ses quatre gros pneus écrasèrent au passage les galets délicats de la placette. Le nez de sa mitrailleuse avait basculé vers le sol. Sa longue antenne radio flexible ondulait comme un roseau au vent. Au-dessus de ses flancs blindés, cinq hommes, le visage endormi et mal rasé sous le casque lourd, préparaient leur équipement pour la route. Ils engageaient des munitions dans des bandes de toile grise.

L'équipage d'un voilier qui appareille.

Je sentis la main de Podeman dans la mienne et j'eus à peine le temps de la lui serrer. Je lui criai ce qu'on crie sans doute dans ces occasions, bonne chance, fais attention, ne fais pas le con, on les aura, on se reverra, etc. J'aurais voulu aussi lui demander d'obtenir d'Azéma le nom de la fille que j'avais vue la veille, mais c'était trop tard.

J'étais fait. On m'entraînait.

Un instant, les pneus usés de notre GMC patinèrent sans mordre sur les galets et ça y était : nous descendions les pavés de la rampe aux galères, nous *quittions le port.* Le quartier-maître de faction esquissa un salut au passage. La brume masquait ce qu'il y avait derrière la porte bleue, puis, tout d'un coup, quand nous fûmes sur le quai, elle disparut, et je trouvai devant moi un ciel déjà pâli prêt à s'habiller en bleu et rose – sa grande tenue de l'aurore.

Le scout-car prit la tête. Devant nous son pot d'échappement était ce petit cratère rougeoyant crachant dans l'obscurité.

Nous longeâmes le flanc sonore des remparts sur le quai désert de l'amirauté. A travers la ville endormie, nous prîmes notre élan.

La cabine du GMC était ouverte. Il faisait froid. A notre droite fila le petit port ourlé de dalles de pierre, ses barques de pêche assoupies, ses lampadaires qui allaient bientôt s'éteindre et qui se reflétaient dans l'eau. Les orangers du Paséo sortirent de l'ombre. Les réverbères distillaient une lueur tranquille. Arrêté dans son élan comme si brusquement il venait d'être changé en statue de sel, l'amiral Silhiol retenait un bras qui semblait juste avoir été brandi et juste cassé. Immobiles dans l'obscurité, prêts à se gonfler au premier souffle du jour, les stores des cafés ressemblaient à des voiles de bateaux en panne de vent.

Notre vacarme était si brutal, si impérieux, il avait tellement l'éclat des trompettes finales qu'il me sembla qu'après notre passage cette ville paisible et vide dût voler en éclats. Je la regardai comme si, pour la dernière fois, je la laissais intacte derrière moi. Ainsi peut-être Lot jeta-t-il sur Sodome et Gomorrhe le regard qui les voua à l'enfer.

Au ras d'une forme carrée et massive de pierres brunes, nous virâmes à angle droit. Les pneus du GMC crissèrent.

Je reconnus la nef, l'immense baie en ogive, le gigantesque arc de pierre de Dar el-Bahar, la porte fortifiée qui à Chella sépare la ville maure de la ville européenne.

Lors de je ne sais quel siège mené par les sultans mérinides, les battants de cette porte avaient brûlé. Ils étaient si grands, si massifs, si lourds, si coûteux, si je ne sais quoi, que jamais on n'avait réussi à les remplacer. Il avait fallu murer la porte, et encore la hauteur à boucher était-elle si considérable que le mur s'était arrêté à mi-chemin.

Glorieusement donc, Dar el-Bahar sortit de l'ombre comme, en route sur la mer, un grand navire surgit du brouillard. Puis l'avenue tourna abruptement et la porte disparut, emportée comme l'amirauté à des milliers d'années-lumière derrière nous.

Passé le quartier des Orangers, passé l'hôpital Léon-Gozlan, passé la route de Port-au-Sel, nous sortîmes de la ville.

Nous prîmes de la vitesse. Résignés, dans le fond de notre véhicule, les harkis s'étaient pelotonnés. A peine voyait-on dépasser le sommet d'un casque ou la pointe d'un fusil.

D'abord la route filait droit vers le sud en direction des montagnes. Elle traversait des oliveraies et des orangeraies immenses, autrefois sans doute orgueil du préside. Sur des kilomètres et des kilomètres les travées vert sombre ou vert argent, épargnées par l'hiver, se succédaient. Lorsque nous passions à leur hauteur, elles s'arrêtaient un dixième de seconde puis viraient avec la précision des rayons d'une gigantesque roue de cycle qui aurait tourné autour de nous et dont la force centrifuge nous aurait entraînés je ne sais où, probablement au plus profond de la terre. De temps en temps, sur le sommet d'une colline, de petites fermes européennes ou des groupes de *mechtas* se tassaient les unes contre les autres comme des troupeaux de moutons.

Ces maisons avaient été habitées. Même, à en juger par les amorces de clôtures en parpaings, les fils de fer barbelés ou les sacs de sable qu'on voyait çà et là, les Européens avaient essayé de les défendre. Puis sans doute la peur avait été la plus

157

forte et ils s'étaient repliés sur la ville. Quant aux Maures qui étaient restés sur place, on avait reconstruit leurs maisons sur les collines, dans des Regroupements où on avait dû essayer d'organiser pour eux une défense collective.

Une ligne de cactées grises servait de clôture à une maison, avec des feuilles en forme de raquettes bizarrement en quinconce.

– Figues de Barbarie, cria Smili dans ma direction.

– Quoi ?

– Figues de Barbarie. Partout les Maures mettent ça autour des mechtas. Grande saloperie. Les épines (il prononçait : *lizipines*). Le lieutenant d'avant... lieutenant Erlahcher.

– Quoi, le lieutenant Erlahcher ?

– Lieutenant Erlahcher, lui qui a été tué en zone interdite. Il est mort près d'une haie de figues de Barbarie comme celles-là.

– Tu étais avec ceux qui ont été le chercher ?

Smili haussa les épaules :

– C'est moi qui les commandait, dit-il simplement.

Au kilomètre vingt, au pied des montagnes, la route goudronnée cessait. Elle faisait place à une étroite piste de terre tracée au bulldozer qui s'engageait dans la montagne et se mettait à serpenter ferme.

Derrière le scout-car jaillit un nuage de poussière. Le soleil était levé et d'un seul coup tout se poudra de rose lumineux autour de nous. Joyeusement, comme un jockey enlève son cheval par-dessus un obstacle, Smili se pencha. Il mit en marche les quatre roues motrices du GMC qui commença lourdement à louvoyer pour éviter les nids de poule. Devant nous, noyé dans la brume rose, le scout-car menait son train d'enfer.

– Et la radio ? dit Smili.

D'un coup de main d'expert, il tourna le bouton du gros poste monté sur un chassis métallique peint en vert qu'il avait à côté de lui. Le voyant rouge s'alluma, un grésillement se fit entendre.

– Mobile 1, de Mobile 2, dit Smili.

– J'écoute.

– Au prochain virage, il y a un petit barrage de pierre mal dégagé sur la route. A vous.

– OK, dit le scout-car. On l'enlèvera au retour. Terminé.

Au tournant suivant, nous manquâmes de rentrer dans ce petit muret grossier posé sur la route. Des pierres barraient malhabilement la chaussée. Qui les avait disposées ? Les fellaghas ? Des paysans ? Ou bien, tout simplement, les services de l'amirauté pour ralentir la vitesse des convois ?

Derrière, les harkis faisaient grise mine.

– Ça va ? leur cria Smili par-dessus son épaule.

– Smili, tu vas trop vite. Tu vas toujours trop vite.

– Attendez, les gars.

Et il appuya encore sur l'accélérateur. Le moteur du GMC fit entendre une pétarade de cuivre qui s'accompagna d'une espèce de raté qui ne présageait rien de bon. Les Maures se mirent à rire. Comme un liséré d'écume frémit sur le sable quand une vague se retire, leurs dents pointues et cruelles étincelaient sous les moustaches.

Je me retournai :

– Bonjour, leur dis-je pour la première fois. Ça va ?

– Ça va.

– Ça va encore ?

– Ça va un peu. Pas beaucoup.

– Ça va quand même ?

– Ça va, ça va *chouïa*.

Smili se mit à rire :

– Attention, lieutenant ! S'ils disent que ça ne va pas, ça va. S'ils disent que ça va, justement, ça ne va pas. Anciens fellouzes toujours menteurs.

Et, lâchant un instant son volant, il alluma une cigarette de troupe puis balança son allumette à travers la porte du GMC. Nous commencions l'escalade de la première falaise du Rif.

A cet endroit, la piste, taillée dans le roc, s'enlève en de périlleuses épingles à cheveux au-dessus d'un majestueux paysage : la plaine verdoyante d'arbres plantés au cordeau, la traînée grise d'un fleuve qui la coupe, la masse blanche et déjà lointaine de Chella, enfin la couronne de la mer, encore plus loin, qui ferme la plaine.

Un tournant emporta tout. Ainsi se décolle et disparaît la feuille de calendrier du jour.

Maintenant la piste d'Arbitral grimpait parmi des rochers, des pins et des genévriers noirs. De petits chênes noueux apparurent sur les crêtes. Un écriteau à demi effacé indiqua : FERME-AVERSENG. Une seconde piste se détacha sur la gauche.

Ce nom d'Averseng sonna dans ma tête. Je me rappelai que le patron haï de Claude Dru, Averseng, avait une ferme dans les montagnes.

– Ferme-Averseng est loin ? demandai-je à Smili.

– C'était l'ancienne piste. On n'y passe plus. Maintenant la Légion a construit une nouvelle piste entre Arbitral et cette ferme.

– La nouvelle piste est longue ?

Il réfléchit :

– Pas trop. Six kilomètres.

– Quelqu'un y habite ?

– Personne, dit-il, sauf des Arabes (comme si pour lui les Arabes n'eussent été personne). Il y a les ouvriers de la ferme et l'intendant maure. Autodéfense. Le propriétaire européen, M. Averseng, vient de temps en temps. Lui aussi, sûrement, pour avoir la paix il paie en douce l'amende aux fellaghas.

Après le carrefour, la piste s'élevait longtemps dans la montagne. A notre gauche, en contrebas, une vallée escarpée succéda à une autre. Tout d'un coup, devant nous, au détour de la route, le scout-car s'arrêta. Il promena lentement sa mitrailleuse, d'abord vers l'espèce de précipice que nous longions puis, méthodiquement, vers la falaise de l'autre côté.

Comme deux Martiens s'aventurent au-dehors de leur engin spatial, deux silhouettes précautionneuses et souples, deux matelots de l'escorte, sautèrent du scout-car. Pistolet-mitrailleur braqué devant eux, ils firent lentement une centaine de mètres devant le véhicule.

Dans le fond du ravin, à deux ou trois cents mètres en contrebas, il y avait le cadavre calciné d'un camion militaire. Il y en avait un autre, et encore un autre un peu plus loin, et peut-être même un quatrième. Les carcasses renversées étaient à demi recouvertes par les arbres et les buissons.

– Autrefois, dit Smili, ici, grande bataille. Peut-être deux cents, trois cents fellaghas attaquent un convoi. Ils tirent au bazooka de là (il montra une crête). Des camions tombent dans le ravin. Beaucoup de soldats français morts pour récupérer les bazookas. Beaucoup de fellaghas morts aussi (à voix basse, comme pour les conjurer, il psalmodia toute une série de noms, sans doute ceux des fellaghas tués : *Zidouri-le-Jeune, Zidouri-le-Vieux, Mokhtar, Aïdouni Mohammed, Fekhiri « parisien », Berrabah Mostefa*, les autres encore...). Maintenant, conclut-il tout d'un coup, c'est fini.

Déjà, là-bas, les deux hommes en patrouille avaient fait signe que la route était libre et nous nous remîmes à rouler doucement vers le scout-car. Celui-ci reprit de la vitesse. Sans ralentir, arrivé à hauteur des deux hommes, il les hissa à bord. Puis il accéléra. Une demi-heure passa encore, le surplomb de rochers cessa et la piste déboucha sur une espèce de plateau.

La radio grésilla :

– Mobile 2, de Mobile 1, dit le scout-car. Rien à signaler, *R.A.S.* Je rentre. Vous êtes à deux kilomètres du poste. Passez sur son canal radio et établissez votre liaison avec lui.

Quelqu'un, ailleurs, écoutait sur la ligne. Il parla :

– Ici, Arbitral, dit la voix inconnue d'un Européen. Mobile 1, bien noté votre position. Mobile 2, je vous reçois trois sur cinq. Allez sur *channel* 7. Je vous recevrai mieux.

Devant nous le scout-car vira à cent quatre-vingts degrés, puis repassa à notre niveau. L'équipage était pressé de descendre. Il nous salua au passage puis disparut. Nous continuâmes à monter.

– Tout ce qui intéresse ces salauds, dit Smili, c'est d'être rentrés à l'amirauté pour la soupe – *por la sop*, répéta-t-il deux ou trois fois pensivement avec son accent guttural.

Dès qu'elle eût franchi le rebond du plateau, la route devenait facile et se mettait à filer tout droit. Aux arbres et à la falaise avait succédé maintenant une grande plaine parsemée d'herbes sèches et de pierres, une étendue cruellement dénudée par le vent et le froid, teintée de jaune par un curieux soleil d'altitude. Et non seulement le paysage s'était métamorphosé pour faire place à cette espèce de désert, mais

161

encore la lumière avait changé. Elle dessinait différemment le visage de Smili et des deux *moghaznis*, découpait les formes en silhouettes noires et frileuses, obscurcissait les ombres, illuminait les blancs, creusait plus profondément les orbites, rendait plus aiguë l'arête des nez, faisait briller les yeux davantage.

Tout autour de moi – mais telle serait désormais l'atmosphère habituelle d'Arbitral dans laquelle j'allais vivre – prenait une allure plus fiévreuse, plus acide, une plus étrange acuité. Lumière cruelle, ombres accusées, air vif, fond de décor tourmenté, dramatique et en même temps austère : en quel endroit arrivais-je ?

A ce moment, curieusement, comme pour répondre à ma question, un écriteau apparut. C'était un vestige des temps meilleurs, des temps où les gardes forestiers espéraient sans doute attirer du tourisme autour du mont Fillaoussène. L'écriteau disait : COL DU LÉGIONNAIRE, ALTITUDE 2 000 MÈTRES. SENTIER FORESTIER DU FILLAOUSSÈNE, et était à demi déraciné. Derrière apparaissait un nouveau surplomb de rocher, un dernier seuil à franchir.

La piste repartait à l'assaut. Là, pour la première fois j'aperçus un bref instant la silhouette d'Arbitral.

Elle était, je m'en souviens, tapie sur une hauteur devant nous, prête à disparaître dès que le GMC aurait avancé. C'était cette chose couchée qui nous attendait au sommet de la colline en face, une masse d'un brun ou plutôt d'un roux sombre, cette casemate aplatie surmontée de l'inévitable antenne de radio et du pavillon déchiré claquant au vent.

– Arbitral, dit Smili.

Il eut une sorte de soupir.

– On va arriver juste pour la soupe, dit un des harkis derrière nous.

Toujours la *sop*. Le mot me rappela que j'avais faim.

La chose de pierre disparut au détour d'un virage alors que nous entamions les dernières épingles à cheveux avant Arbitral. Alors, de la colline de droite, les premiers coups de feu claquèrent.

Tout d'abord, je n'eus pas la moindre idée de ce qui arrivait. Ce n'était pas seulement ce nouveau bruit devant nous (le GMC en faisait bien d'autres), mais le rythme des balles, ces coups de hachoir méthodiques réglés au dixième de seconde.

La série de détonations claires avait claqué à droite. Elle venait du buisson que j'étais en train de regarder. Quelqu'un – je distinguai parfaitement le fusil, la djellaba, le chèche brun – fit un prodigieux bond. Il disparut derrière un rocher. Puis, d'un autre rocher, une autre rafale sèche, celle d'un fusil-mitrailleur, se fit entendre. Sur la piste juste devant nous, une ligne de grosses gouttes de pluie avançait en crevant sur le sol.

D'abord je pensai au début d'un orage ou à je ne sais quoi. Mais il était clair que c'était un impact de balles qui progressait juste devant nous. On nous tirait dessus. Une balle miaula sur la tôle du capot. La giclée s'arrêta net. Le bout de tôle du camion qui avait été atteint gémissait encore que tout déjà était fini. La silhouette – toujours la djellaba blanche, le chèche brun – bondit. Une autre suivit. Toutes deux grimpaient vers le petit col qui se trouvait au-dessus. Notre GMC avait calé net. Maintenant les silhouettes avaient disparu et c'était comme s'il n'y avait jamais rien eu autour de nous. Sauf, dans nos oreilles, ces vibrations, reflets de ce qui avait été des coups de feu.

– C'est fini, dit Smili. Il a filé.

– Ils étaient deux.

– Ce n'est rien.

– Comment, ce n'est rien ? Deux types avec un fusil-mitrailleur !

A ce moment, la voix inconnue se mit à parler à la radio. Je reconnus la voix de Ségret, l'aspirant que j'avais connu à Chella.

– Ici, Arbitral, dit la voix. Qui a tiré ?

– Rien, répéta Smili. Un fellouze tout seul. Il a filé par le haut.

– Halte au feu, dit Ségret. Surtout ne bougez plus. J'arrive.

La radio se tut.

Maintenant il ne restait plus qu'à attendre. Toute la matinée j'avais eu dans les oreilles le fracas du GMC. Puis les rafales de FM avaient cassé ce rythme et maintenant il y avait un silence insoutenable : le souffle du vent autour de nous à peine coupé, de temps en temps, par un tressaillement du métal du GMC dont le moteur était encore chaud.

Derrière moi j'entendis un drôle de bruit. Une sorte de gloussement, une bouteille qui se viderait. Un des Maures, assis immobile dans le camion, s'était mis à rire silencieusement. Le Maure riait par saccades, il prononçait un mot en arabe, il le traduisait en français, il en prononçait un autre, il le répétait inlassablement et doucement. On aurait dit qu'il dévidait un secret, un secret irrésistible, quelque chose qu'à la fin il ne pouvait plus contenir et qu'il devait épancher. C'était dit avec tendresse ou plutôt comme une sorte de lamentation tendre. Puis je compris – peut-être : *mah-boul*, mah-boul disait interminablement le Maure, lieutenants d'Arbitral tous mah-boul, le nouveau lieutenant d'Arbitral il est mah-boul, comme lieutenant Erlahcher il était mah-boul, *coulchi mah-boul*, tous mah-boul, tout le monde est fou, tout le monde il est fou, ils sont tous fous...

Il psalmodiait encore que tout à coup, à trois mètres devant nous, comme dans *Macbeth*, la forêt se mit à marcher. Les buissons bougeaient, bruissaient, et s'en extrayait une étrange troupe, la plus étrange que j'eusse vue depuis mon arrivée à Chella. Une vingtaine d'hommes déguenillés et armés avaient investi le GMC. C'était la patrouille des harkis d'Arbitral.

A elles seules, les armes qu'ils portaient formaient un extraordinaire mélange, à croire qu'ils se les fussent procurées dans un impossible marché à la ferraille. L'un arborait avec désinvolture un vieux fusil MAS 36 dont la crosse avait été, sans doute pour lui permettre de tirer plus commodément ses grenades, matelassée de chatterton. Un autre tenait un fusil de chasse tout rouillé dont le canon avait été scié. D'autres avaient, suspendus autour de leur cou avec des ficelles, des pistolets-mitrailleurs dont le brunissage était éraillé. Comme autant de tresses d'ail, des chapelets de grenades et de cartouches de chasse multicolores sans doute chargées à chevrotines leur faisaient des colliers. Des chargeurs de PM en acier dépassaient de leurs poches de treillis.

Quant à leurs vêtements, dans quel surplus, dans quel souk à la fripe se les étaient-ils procurés ? Je me pinçais pour y croire. Treillis verts délavés, vieilles djellabas à raies brunes et blanches en lambeaux, chèches, casquettes de paras, tours de cou de laine portés comme un bonnet de forçat, ignobles bonnets de marin aplatis et sales, ils portaient n'importe quoi.

Pourtant, superbement hétéroclite comme il était, cet équipement ne manquait pas de classe. D'une certaine façon il montrait la suprême élégance des dandys – celle des gens qui s'en moquent. Quelle troupe de danseurs les harkis d'Arbitral me rappelaient-ils ? Car c'était bien ça : la harka d'Arbitral était une troupe de danseurs. Efflanqués, souples, habiles à se déplacer collectivement, miraculeux d'entraînement, d'équilibre collectif et de coordination, agiles, fureteurs, silencieux, superbes et romantiques dans la gloire et la misère de haillons de théâtre à la *Capitaine Fracasse*, ils surgissaient des buissons d'Arbitral comme d'un fond de décor et se projetaient vers l'avant de la scène, vers les feux de la rampe, vers les lumières, vers finalement le public médusé que j'étais.

Dans cette troupe à la fois élégante et patibulaire, le moins surprenant n'était pas l'officier qui les accompagnait – j'allais dire le maître de ballet. Il était reconnaissable à sa casquette bleue, au galon d'enseigne de vaisseau qui l'entourait et qu'on retrouvait sur les pattes d'épaules, à son treillis vert impeccable et frais repassé – à croire qu'il y avait un blanchisseur à Arbitral. Il portait une carabine légère américaine à bretelle de toile avec la désinvolture de quelqu'un qui porte une canne de golf. Je l'avais vu une ou deux fois à Chella et je le reconnus : Ségret. Tout juste avait-il un nouvel air d'excitation et de mystère, un air d'*initié* que je n'avais jamais vu à personne à l'amirauté.

– Sérurier ? dit-il.

– Ségret ?

– Le monde est petit.

– Vous avez les salutations de l'amirauté.

– Que l'amirauté aille se faire foutre. Alors, on vient de vous allumer ?

– Regardez le capot du GMC.

– Le type a tiré et a foutu le camp, dit Smili qui s'était approché. Les deux harkis disent que c'est Haïddouche Barbacane mais je n'ai pas bien vu.

– Ce n'est rien, dit Ségret.

– Vous ne poursuivez pas ?

– Le temps qu'on commence à lui cavaler derrière, dit Ségret en haussant les épaules, il sera déjà à la frontière du Rif ou en bordure de la zone interdite.

– On pourrait appeler l'avion d'observation de l'amirauté.

– Trop tard, dit Ségret. De toute façon, ce type, s'il existe, n'est pas dangereux. Si vous appelez l'amirauté, vous allez faire des ennuis à l'équipage du scout-car. Après tout, il vous a lâchés en route. Ça ne vous rendra pas populaire là-bas.

– Les fels étaient deux et non un. Les balles ont rasé le capot du GMC. Ils avaient un fusil-mitrailleur.

– D'accord, dit Ségret. On vérifiera.

Il s'assit à ma gauche dans le GMC qui redémarra. Derrière nous le soleil se couchait et éclairait la route d'une lumière rasante – encore comme au théâtre. Nous doublâmes l'équipe du poste qui remontait à pied vers Arbitral.

Beau spectacle en vérité. Deux hommes étaient en voltigeurs à l'avant. Quatre autres fourrageaient dans les buissons, sur les côtés de la piste, sans que je puisse savoir s'ils cherchaient des fellaghas ou s'ils voulaient lever des perdreaux. Le reste de la troupe suivait en silence, au pas souple des pataugas, l'arme posée à plat sur l'épaule.

La voix de Ségret qui me posait des questions sur l'amirauté et sur moi résonnait à mon oreille. Elle était à la fois cordiale et réservée, elle sonnait à la fois juste et faux. Quelle était donc la vérité de Ségret et celle du monde d'Arbitral ? Quand nous doublâmes la harka sur la piste, aucun des harkis ne daigna nous jeter un regard. Indifférence ? Dissimulation ? Je ne pus décider.

Mais tout désormais irait ainsi. Dès ce premier contact, je sentis que l'ambiguïté était la règle à Arbitral. Devais-je être dupe ? Devais-je être complice ?

Pour ce jour-là, je choisis : dupe.

Et ainsi fis-je avec Ségret et le GMC mon entrée à Arbitral.

Une entrée peu glorieuse, peu conforme sans doute à mes futures dignités de commandant du poste. Une entrée qui, dans mon innocence, dans mon malheur peut-être, se révéla la plus appropriée à ma situation : une entrée ambiguë. Une entrée mi-figue mi-raisin.

Ça, exactement : mi-figue, mi-raisin.

XIV

Les hauteurs d'Arbitral

Forme noire, forme grise, forme basse, forme menaçante accroupie devant la silhouette majestueuse du massif du Fillaoussène, tapie comme est tapi (dit-on) le Sphinx d'Égypte devant les deux pyramides qu'il surveille, parallélépipède de rocailles austères construit sur une surface lunaire et blanche sans la moindre trace d'arbre ou de verdure, le poste d'Arbitral était, quand on s'en approchait, une bien étrange chose.

En vérité, de l'extérieur, l'ensemble était très impressionnant : c'était Mycènes, c'était Ninive, c'était un *zigoûrat* mésopotamien, c'était un vaste champ de fouilles, c'était un amoncellement de terrasses, de murs de pierres sèches et de pisé, de bâtiments construits de parpaings et de pierres posées à la hâte.

Dès le début de l'insurrection, alors que chacun pensait à une intervention rifaine imminente dans le Fillaoussène, la Légion étrangère avait tracé une piste dans cet endroit où personne n'allait jamais, et commencé à construire un très gros poste en pleine montagne. Puis, l'alerte passée, rappelée en Algérie pour d'autres tâches, elle l'avait abandonné à moitié achevé. Une section de soixante-douze harkis mal armés – non de cinquante, comme on m'avait dit – tenait désormais un monstre conçu pour abriter plusieurs centaines d'hommes et plusieurs échelons de cavalerie et d'artillerie.

Seul le long rempart de près de trois mètres de haut et percé de meurtrières qui le ceinturait avait été entièrement terminé ; les quatre tours carrées qui étaient censées le flanquer avaient été abandonnées à mi-hauteur, leur sommet provisoirement consolidé avec de grosses pierres et des plaques de tôle sur lesquelles le vent s'était acharné et qu'il avait déglinguées. La surveillance des alentours du poste et du village où l'on avait *regroupé* les nomades, en bas, s'effectuait désormais d'un petit mirador de métal planté d'une antenne radio et du pavillon français, hâtivement monté à côté de l'entrée.

Vue de l'intérieur, hélas, l'illusion fléchissait. Mal empierrée, défoncée d'ornières et de flaques d'eau, la piste passait sous le mirador. Elle franchissait une entrée en chicane où le harki de garde tirait devant vous une herse en tréteaux et en barbelés, puis arrivait dans une cour d'une centaine de mètres de côté sillonnée de traces de roues de GMC et entourée d'une dizaine de bâtiments construits en parpaings ou en préfabriqué, coiffés à la diable de toitures de roseaux ou de tôle qui, parfois, débordaient en auvent au-dessus des portes.

En vérité, cette cour avait la tristesse et le délabrement d'une cour de ferme livrée quatre mois à la boue d'un hiver interminable puis huit autres mois à la poussière et aux feux acharnés du soleil. Cette allure d'exploitation agricole abandonnée était entretenue par les deux ou trois carcasses rouillées en forme d'instruments agraires qui y traînaient (c'étaient en fait les restes d'engins de la Légion qui avaient servi à la construction du fort), et par les quelques animaux faméliques qui y erraient.

Ordinairement, en effet, deux ou trois poules crottées et maigres, venues du Regroupement indigène d'en bas, filaient devant vous. Ou bien le chat du poste traversait la cour comme une flèche. Ou bien encore, dressée au sommet d'un tas de détritus (tracé bien entendu militairement, au carré), une chèvre squelettique et probablement possédée qui se prenait pour la vestale du foyer, vous défiait d'un œil critique en vous regardant avancer.

La première fois que j'entrai dans la cour, Arbitral me parut être plus qu'un poste : un *fantôme de poste*. Beaucoup de bâtiments étaient abandonnés. Leurs portes ou leurs fenêtres béantes faisaient l'effet d'orbites dans des crânes vides. Seules la bâtisse centrale et ce qui paraissait son annexe avaient l'air raisonnablement habitées. Deux minces filets de fumée charbonneuse s'échappaient des toits par deux tuyaux de poêle plantés de travers, évoquant ces feux misérables qui, sur les photos de la guerre de 14-18, se tortillent comme des fumées de mégots au-dessus des *cagnas* du front.

Le GMC s'arrêta devant une sorte de terrasse recouverte d'un auvent qui menait au grand bâtiment.

– Voilà le palais, dit Ségret.

Ce que Ségret désigna comme le palais et que moi j'avais jugé misérable et appelé intérieurement une cagna était le carré de l'officier d'Arbitral et mon futur logement.

Avec un soin méticuleux, Ségret essuya ses semelles souillées de boue sur une sorte de grattoir artistement fait d'un vieux ressort de camion planté dans la chape de ciment. Puis il appela :

– Bourbaki !

La porte s'ouvrit. Un vieux harki à moustaches en crocs, à figure bougonne et affairée, coiffé d'un bonnet de marin crasseux et vêtu d'une burlesque veste blanche empruntée à je ne sais quel restaurant ou quel mess de la marine et portée sur un pantalon kaki en haillons, sortit sur la terrasse. Avec l'allure gourmée des valets de chambre des comédies de Feydeau qui se saisissent avec componction du parapluie ou de la canne de leur maître pour aller les ranger dans les coulisses, il prit la carabine de Ségret et disparut avec elle.

Car telle était la marine en Afrique du Nord de ce temps-là. Elle vous envoyait seul à vingt-cinq ans commander un poste du bout du monde avec soixante-douze harkis récupérés sur la frontière on ne savait comment et payés trois cents francs par mois, elle vous ravitaillait avec de vieux GMC rafistolés, elle vous logeait dans un gourbi à moitié en ruine, elle vous faisait cavaler dans une montagne polaire après dix Maures en guenilles armés de fusils de chasse, mais elle vous permettait d'organiser un « carré des officiers » et d'avoir un maître d'hôtel !

– C'est l'ancienne ordonnance d'Erlahcher, dit Ségret. En vérité, il ne s'appelle pas Bourbaki mais Ben Ghaldi Miloud ou quelque chose comme ça. L'officier qui commandait autrefois l'antenne de la Légion, un polytechnicien dingue, lui a donné ce nom, et c'est resté. Il n'est pas terrible comme maître d'hôtel mais il est trop vieux pour aller en opérations et je l'ai repris. Vous en ferez ce que vous voudrez.

171

La pièce où j'entrai – le « carré des officiers » – était la seule partie ancienne du poste, en fait l'ancien *bordj* qui, avant les événements, abritait la tournée annuelle que l'administrateur civil effectuait à cheval dans le Fillaoussène. C'était une grande et banale pièce pavée de dalles noires et blanches, avec un plafond recouvert de roseaux et une grande cheminée devant laquelle était installé un poêle allumé. Au fond de la pièce, une sorte d'échelle de meunier conduisait à un grossier balcon intérieur où donnaient les portes de chambres. A droite de la cheminée, une autre petite porte peinte en bleu menait à la cuisine où, maintenant, Bourbaki faisait retentir un studieux et ostensible bruit de casseroles et d'assiettes.

Une grande table sur tréteaux, une chaise en osier et trois fauteuils de jardin récupérés je ne sais où voisinaient avec une espèce de canapé-sofa grossièrement revêtu d'une couverture maure à motifs blancs et bruns. Dessus avaient été jetés trois coussins des tribus du Fillaoussène, objets que je retrouve quelquefois encore aujourd'hui dans les magasins de « souvenirs » et d'artisanat de Paris, et dont je puis attester l'authenticité, ayant dès cette époque vu leurs broderies rouge vif et leurs curieuses incrustations de petits fragments de miroir.

Une chose, je me souviens, me parut dès l'abord surprenante. Ce furent quelques exemplaires défraîchis et apparemment souvent feuilletés d'un magazine féminin, *Elle*, qui traînaient dans un coin. Il y avait aussi une sorte de voile, un *haïk* maure, jeté sur le sofa.

– Tu as fait le dîner ? cria Ségret à Bourbaki.

– Oui, commandant, dit Bourbaki en roulant de gros yeux.

La tradition dans la marine – en mer – consiste à appeler « commandant », quel que soit son grade, tout commandant de bâtiment, si petite et misérable l'embarcation soit-elle.

Pour la marine donc, Arbitral restait un bateau. Mis à part ce petit et loufoque détail d'étiquette, tout paraissait débonnaire dans l'organisation du « carré des officiers » à Arbitral. Bourbaki s'occupait des affaires domestiques, confectionnant attentivement une abominable cuisine avec le sommaire ravitaillement qu'envoyait chaque semaine l'amirauté. Restait le mystère de ces magazines féminins souvent feuilletés et du haïk qui traînait sur le sofa.

172

Nous nous mîmes à table. De la cuisine, Bourbaki apporta une grande écuelle d'argile sur laquelle se trouvaient collés dans un fond de gelée ou de sauce des haricots rouges froids et du corned-beef.

– Jamais je n'ai vu quelqu'un cuisiner aussi mal que Bourbaki, me dit Ségret. Je me demande comment Erlahcher s'en tirait. C'est d'autant plus curieux que, pour le reste, il avait parfaitement organisé son affaire. Arbitral marche très bien, vous verrez. Il devait se foutre de la bouffe, c'était son genre. J'en arrive à regretter le mess de l'amirauté.

– Lieutenant Erlahcher toujours très content de moi, dit Bourbaki qui avait entendu. Toujours reprendre des haricots.

Imperturbable, il représenta les haricots.

– Fethna n'est pas là ? lui demanda Ségret.

– Elle est partie au Regroupement.

– Tu diras à Fethna qu'elle peut revenir. Le nouveau lieutenant n'a pas l'air... (Ségret me considéra avec attention, chercha un instant ses mots, soupira) le nouveau lieutenant n'a pas l'air méchant. De toute façon il faudra bien qu'elle le rencontre.

Déjà les images de la route vers Arbitral – la giclée de balles au ras du capot, cette espèce de gros hanneton blanc en train de courir entre les buissons, le type derrière lui, mais y avait-il un type derrière ? – étaient moins nettes dans mon esprit.

– C'est drôle, dis-je. Je n'arrive plus à croire que nous avons été attaqués.

– Avez-vous été attaqués ?

– Oui, dis-je. Les balles sont venues au ras du capot.

– Peut-être ne voulaient-ils pas vraiment vous tuer ? Peut-être savaient-ils que le futur chef du poste d'Arbitral se trouvait à bord et voulaient-ils l'impressionner.

– Comment auraient-ils su que j'étais à bord ?

– Vous seriez étonné de ce qu'ils savent. Ils savent tout. A croire qu'il y a des fuites quelque part.

– Les harkis ? La radio ?

– C'est vrai qu'ils captent une partie de nos conversations avec l'amirauté, et ils ont sans doute des contacts avec les harkis. Mais en plus, de temps en temps, ils savent des choses que les harkis ne savent pas et dont on ne parle pas à la radio.

173

– Des fuites à l'amirauté ?
– Pourquoi pas ?
Il me regarda tout d'un coup avec lassitude :
– En vérité je n'en sais rien, ajouta-t-il.
– Tout à l'heure, dis-je, vous n'avez pas prévenu l'amirauté
que nous avions été attaqués. Les ordres sont pourtant for-
mels.
Même lassitude dans le sourire :
– Sérurier, dit-il, quand vous serez en charge, vous ferez ce
que vous voudrez. Moi je ne suis ici qu'en intérim. Voici ma
théorie, qui en vaut une autre, et qui d'ailleurs est probablement celle qu'avait Erlahcher : quand il y a une petite affaire
et que je dois prévenir l'amirauté et ses gros sabots, je me sens
fatigué d'avance, je ne la préviens pas. Si j'alerte Acaton, la
première chose qu'il va me demander, c'est de suspendre tout
mouvement. Après, il mettra en place ses avions T-6, ses héli-
cos, son commando de chasse, ses Coulet et Peufeilloux,
toutes ses conneries, et il se sera écoulé combien ? cinq
heures ? six heures ? toute la nuit ? Il aura fait tant de bruit
que les fels auront foutu le camp au Rif pour six mois au
moins et que ni vous ni moi ne pourrons plus jamais les coincer. Si nous voulions vraiment prendre Si Hamza, c'est encore
seuls, avec les harkis, que nous aurions le plus de chances. Ce
soir, demain, après-demain, dans dix mille nuits peut-être s'ils
nous laissent encore dix mille nuits ici ! Vous voyez ce que je
veux dire ?
– Oui.
– Bref, c'est exprès que je n'ai pas prévenu l'amirauté.
– Erlahcher est tombé avec des raisonnements comme ça.
– Écoutez, mon vieux. Pourquoi exactement Erlahcher est
tombé, ni la commission d'enquête ni moi ne l'avons trouvé.
Le secret est quelque part, mais n'est contenu ni dans les
papiers du poste ni dans le témoignage des harkis. Le seul fait
clair est qu'on a découvert Erlahcher mort un certain matin à
un endroit où il n'aurait pas dû être, et qu'il n'avait dit à personne pourquoi il se rendait par là. Peut-être aimait-il les pro-
menades à pied dans les lieux peu fréquentés et interdits, peut-
être avait-il découvert une sorte de piste qu'il ne fallait pas

174

qu'il découvre, peut-être avait-il rendez-vous avec quelqu'un, peut-être y a-t-il aujourd'hui même ici un piège caché quelque part qui se refermera sur nous, qui sait ? Vous découvrirez tout ça vous-même, puisque, dit-on, vous aurez tout le temps pour réfléchir à la situation !

– J'essaierai.

– Votre chambre est la porte à droite en haut. J'emmène cette nuit une patrouille sur les lieux de votre embuscade. Juste un petit tour. Je ne ferai pas de bruit en rentrant.

– J'aimerais aller avec vous.

– Non, dit-il. Une aventure, c'est assez pour la journée.

Dehors, la nuit était tombée. Un bruit de moteur retentit dans la cour et l'ampoule électrique qui pendait au plafond se mit à briller avec de drôles d'à-coups et de saccades. C'était le groupe électrogène qu'on avait mis en marche.

– On verra demain, répéta Ségret.

Il regarda sa montre et se leva.

– La patrouille est là, dit Bourbaki.

– Réveille Piti.

Puis, pour moi :

– Vous ne l'avez pas encore vu, mais j'ai un radio européen ici. Il sait quoi faire s'il y avait un problème. Avec moi, c'est le seul métropolitain du poste. Un matelot réserviste appelé Petit, *Piti,* comme prononcent les Maures. Il dort, mais Bourbaki ira le réveiller. L'itinéraire de la patrouille est porté sur le *Cahier d'opérations.*

Il ouvrit la porte du carré. Dehors, dans l'obscurité, comme des réfugiés dans une neige, une dizaine d'ombres alignées, celle des harkis de la patrouille, attendait. Le froid et la nuit pénétrèrent dans la pièce.

– On reparlera de ça, dit-il. Il y a un avantage ici : c'est qu'on a tout son temps.

Il referma la porte.

Il rentra très tard dans la nuit.

XV

Vue rapprochée
sur le seigneur d'Arbitral

La pluie commença à tomber le lendemain de mon arrivée à Arbitral. Elle enveloppa d'ouate grise les montagnes qui nous entouraient, elle traça des coulées huileuses et noirâtres sur le ciment des façades des baraques, elle transforma la cour du poste en une plaque de lave luisante. Les roues du GMC dessinaient dans la boue de longs sillons liquides. Les gouttes d'eau sonnaient en dégoulinant des toits de tôle.

Un Maure est aussi peu fait pour la pluie qu'un chat pour la mer ou un nègre pour les grands froids. Leurs chèches ou leurs chapeaux de brousse détrempés sur la figure, leurs corps engoncés dans des toiles de tente, un tortillon de tissu planté à la verticale dans le canon de leur fusil pour le protéger de l'humidité, les harkis me firent penser à un parti de naufragés, incapable de reprendre haleine ou d'esquisser un geste tant qu'un peu de soleil n'aurait pas jailli du ciel ou qu'une allumette miséricordieuse n'aurait pas allumé un feu pour réchauffer leurs membres.

L'équipe du matin vint prendre son service. Une dizaine de harkis détrempés s'aligna devant le mirador. D'un air dégoûté, elle monta les couleurs. Ségret s'était levé et considéra avec philosophie leur allure lamentable.

– Que la patrouille rentre au Regroupement, dit-il. Les fels ne bougent pas quand il pleut. On repérerait leurs empreintes et leurs caches. On reprendra quand ce temps de merde sera passé.

Tel un échassier qui se repose sur l'une puis sur l'autre de ses jambes, et secouant chacune de ses babouches pour en enlever la boue, Bourbaki s'avança, une casserole à la main.

– Bourbaki, va allumer le poêle du bureau !

Le bureau (« *el biro* », disaient les Maures) était le bâtiment administratif du poste. C'était une baraque de planches et de tôle située en face du carré. Ce jour-là, il ressemblait à une Arche de Noé en cours de naufrage. Sous l'auvent, un groupe de Maures déguenillés et trempés attendait des laissez-passer.

– *Balek*, dégagez, les gars ! dit sans ménagement Bourbaki alors que nous passions. Pas de « *dministration* » aujourd'hui. Ce lieutenant-là occupé avec l'autre lieutenant. Revenez demain.

Dans le bureau l'eau suintait et le poêle ronflait. Ségret me montra les pauvres archives du poste. Les dossiers s'entassaient sur des rayonnages de bois grossier. Des carnets de laissez-passer à souche, un tampon encreur, deux bacs à fiches traînaient sur une table.

– Voilà le travail, dit-il. Il suffit de relever le nom des nomades sur des fiches, de leur donner un récépissé du carnet à souche, ensuite de les contrôler sur le terrain. Par différentiel vous avez les suspects. Vous envoyez les suspects à Chella par le premier camion.

Il ouvrit un des bacs à fiches. Sur les morceaux de carton blanc il y avait autant d'écritures différentes que, sans doute, le poste avait eu de responsables.

– L'écriture bleue est celle d'Erlahcher, dit-il. L'aspirant Erlahcher écrivait beaucoup.

De fait Erlahcher semblait avoir beaucoup travaillé et la grosse écriture bleue couvrait la plus grande partie des cartes. Chaque habitant du Fillaoussène, homme ou femme, avait sa fiche avec le plus souvent une photo agrafée. Un photographe de l'armée venait au poste de temps en temps prendre les clichés des nouveaux recensés.

– Je crois que je n'aimerai pas ce travail, dis-je.

– Vous croyez que je l'aime ? On ne peut rien contrôler sans ça. Vous aussi, vous vous y mettrez à ces foutues fiches !

Il alla vers le mur du fond. Je reconnus la carte qui y était punaisée. C'était la partie droite de la grande feuille au

178

50 000ᵉ qui, à l'amirauté, était dans le bureau d'Acaton. Un lavis bleu délimitait la zone interdite. En fait, il y avait même plusieurs teintes de bleu, chacune correspondant à différentes phases d'extension sur la frontière. Maintenant le lavis couvrait presque tout l'est et le sud d'Arbitral, à l'exception de deux sortes de chenaux de quatre ou cinq kilomètres de large, les « couloirs », dont l'un partait de la ferme voisine, Ferme-Averseng, et continuait jusqu'à l'oued Sbaa, et l'autre partait d'un carrefour de la piste près du poste pour aller jusqu'à un endroit marqué : MARABOUT DE SIDI MOHAMMED EL-KHROUANE.

– Cette zone interdite est indispensable pour tenir la frontière, dit Ségret. Mais elle retire beaucoup d'intérêt à Arbitral. Dire qu'on est à l'étroit dans le plus grand secteur du préside !

Il ouvrit un gros cahier recouvert de toile brune kaki. La grosse écriture bleue d'Erlahcher s'y était posée.

– Son *Cahier quotidien d'opérations*. Bien tenu, réglementaire, tout ! Les lieux sont minutieusement notés, il va toujours dans les coins autorisés où naturellement il ne rencontre jamais de rebelles. Le soir de sa mort, il marque méticuleusement la destination de sa patrouille, un point situé hors de la zone, droit vers le sud. Il copie le nom des cinq hommes qu'il emmène avec lui. Le seul problème est que tout ce qu'il écrit, sans exception, est faux. Il ne va pas au sud, il va à l'est. Il part seul, sans les harkis. Le lendemain on le retrouve mort en zone interdite. Qu'est-ce que vous dites de ça ?

Il referma le *Cahier* et prit une seconde boîte de fiches :

– Celle-là contient le grand fichier, le fichier à fellaghas. *Top secret*, ajouta-t-il avec ironie.

– J'en ai vu le double à Chella.

– Ils ne s'en servent pas comme ici. Ces deux bacs-là sur la table sont les deux manches d'une paire de tenailles. Si vous ne les lâchez pas, si vous les manœuvrez doucement en même temps, vous contrôlerez toute la situation. De temps en temps, il peut arriver qu'un type du fichier POPULATION passe à la rébellion. Alors vous faites glisser sa fiche du bac POPULATION dans l'autre bac, le bac FELLAGHAS. Un fellagha est pris, il se rallie, l'amirauté vous le renvoie : vous remettez sa fiche dans le bac POPULATION. Il est tué, il meurt, vous barrez la fiche d'un

179

double trait mais alors vous la laissez dans le bac FELLAGHAS. Si vous avez fait passer toutes les fiches du fichier FELLAGHAS dans le fichier POPULATION, ou bien si vous avez pu toutes les biffer d'un double trait, vous avez gagné ! Voilà à quoi on joue le soir à Arbitral. Pour le reste, vous ferez les patrouilles et les embuscades ordinaires.

Il sortit un papier agrafé à une fiche.

– Heureusement que ces fels sont aussi paperassiers que nous, sinon que comprendrait-on à la situation ? ! Le travail de Si Hamza et de sa bande est de même nature que le nôtre. Il s'agit de parcourir en tous sens le secteur, de frapper la nuit à la porte des mechtas, de se faire donner l'impôt, de punir les traîtres, de démontrer que les Français s'essoufflent et que les fellaghas restent maîtres du terrain. Regardez ce papier qu'on a trouvé sur un nomade : c'est un laissez-passer établi par moi. Voici ma signature et le tampon du poste. Regardez cet autre, trouvé dans l'autre poche du même nomade : c'est un laissez-passer établi par Si Hamza lui-même, voilà sa signature et son tampon, un tampon fabriqué d'ailleurs en bas à Chella, il faudra que je demande à C & P d'aller voir dans quelle papeterie ! Le type qu'on a contrôlé s'est trompé de poche et nous a montré d'abord le laissez-passer de Si Hamza qui était venu collecter des fonds la semaine d'avant. J'ai expédié le nomade à Chella pour interrogatoire. Il a dû atterrir chez Coulet et Peufeilloux. Cela me fait penser qu'il faut que je vérifie s'il est bien remonté.

J'examinai les fiches. Le nom de chaque homme y était inscrit. Le patronyme s'y lisait en lettres capitales, et, éventuellement, le surnom. Je déchiffrai lentement :

– *Mahdi Lacène. Abderrahmane Lakhdar. Slimane Amissa*, dit « *le gros* », ou encore « *lézard* ». *Ben Snoussi*, dit *André Citroun*. André Citroun ?

– Ancien ouvrier chez Citroën, quai de Javel à Paris. Voici la copie du certificat de la direction du personnel de l'usine. « *Excellent ouvrier, quitte l'usine pour raisons de santé. A réembaucher en priorité.* »

Dans le coin de la fiche, il y avait généralement une photo d'identité. Si elle manquait, la place en avait été réservée au crayon.

Je me penchai. Les photos montraient de bonnes têtes de bergers ou de paysans, des moustaches en croc, des yeux naïvement figés en direction de l'appareil-photo, avec encore quelquefois la petite lueur du flash dans les prunelles. Sur certaines fiches, la photo manquait car on n'avait pu s'en procurer. Sur d'autres, la fin de l'enquête avait sonné en même temps que celle du titulaire – celui-ci avait été tué, et la photo d'identité de la fiche était celle d'un mort, yeux à demi fermés, dents serrées, sinistre rictus. La seule fois où on avait pu le photographier était le jour où, abattu, on l'avait identifié.

En dessous des photos, sur les fiches, les écritures s'étaient succédé pour collationner les renseignements au fil du temps où ils avaient été découverts – antécédents scolaires ou professionnels, date présumée de l'entrée dans la rébellion, grade, caractéristiques et numéros des armes qu'ils étaient censés avoir, nombre de cartouches, etc. Les différentes actions où la participation du fellagha était prouvée étaient aussi enregistrées.

– Cet Erlahcher a vraiment extraordinairement travaillé, dit Ségret. Comment peut-on montrer tant d'acharnement à remplir des fiches ? Son stylo est là, je voudrais le renvoyer à sa famille. Il a bien une famille !

Il prit une fiche couverte de l'écriture bleue et barrée de deux coups de crayon. La photo montrait un gros homme souriant, la tête couverte d'un chèche comiquement mis de travers. Incrédule, je lus successivement ce qui sonnait comme un palmarès universitaire, une sorte de *cursus* du terrorisme : *Incendie de la ferme de la Femme-Sauvage, participe à l'assassinat de son propriétaire, M. Milande, assassinat du garde champêtre de la commune des Traras, embuscade de la cote 113 sur la route de Bordj-Herrera.* Puis cette mention : *très dangereux.* Enfin une autre : *Abattu le 12-6-59 près du col de Beni-Rhmel. Arme disparue mais récupérée auprès du corps de Boudiouf Abderrahmane, lui-même abattu le 21-4-60 sur le barrage près du poste d'Honaïne.*

– Ces armes ont une vie intéressante, plus parfois que les hommes, dit Ségret. Elles passent d'un camp à l'autre, elles sont infidèles, elles survivent à leurs maîtres, elles en deviennent les veuves. Savez-vous comment Erlahcher appelait sa carabine Garant, qu'il avait prise à un fellagha et que j'ai gardée ? *La veuve.* De fait, elle est plusieurs fois veuve, et de lui en particulier.

Je me penchai à nouveau avec curiosité sur la photographie comme on se penche sur un miroir. La figure était souriante. Une moustache débonnaire et bien taillée, remontant un peu en croc, la barrait. Pourquoi cette figure de garçon pâtissier, cette moustache de 1914-1918, cette tête de *bon bougnoule* était-elle mêlée à cette mortelle et folle affaire d'insurrection, d'indépendance, de zone interdite, de Si Hamza ? Comment le système somme toute innocent auquel des gens comme Ségret ou moi appartenions nous avait-il menés là ? Qu'était-ce que toute cette histoire ?

La dernière fiche était la plus chargée de notations et de ratures. Y étaient agrafés des documents et des notes en liasse. L'écriture bleue d'Erlahcher couvrait des pages et des pages. Je la pris. L'œil de Ségret jeta une sorte d'éclair :

– Cette fiche-là, dit-il, c'est celle de Si Hamza, le chef de la bande.

Sur la photo un homme aux maxillaires minces regardait l'objectif. Le photographe avait allumé dans ses yeux l'étrange petite flamme habituelle, la lumière du flash restée captive dans les prunelles.

– J'ai déjà vu cette photo à l'amirauté. Il ne ressemble pas à ses camarades.

– La photo est mauvaise. Nous n'en avons pas d'autre. On n'est même pas sûr que ce soit lui. Certains disent que c'est une photo de son frère.

– Vous avez déjà vu Si Hamza ? demandai-je.

– Non, non, naturellement. Erlahcher l'a tenu, paraît-il, au bout de son fusil une bonne dizaine de fois, mais trop loin, il n'a pas pu tirer, l'autre lui a toujours filé entre les pattes. D'après les harkis, dans les derniers temps, avoir Si Hamza tournait à l'obsession chez Erlahcher. Comme s'il savait qu'il ne l'aurait jamais. Jour après jour, nuit après nuit, il lui a cavalé au cul sans jamais l'atteindre, et le plus drôle est que c'est finalement Si Hamza qui a descendu Erlahcher ! Moi aussi, j'ai essayé. Pendant mes quelques semaines ici, j'ai fait le maximum de patrouilles et d'embuscades. Il est injuste de penser que c'est vous qui l'aurez et pas moi.

– Si ça vous intéresse tant de descendre Si Hamza, pourquoi n'avez-vous pas demandé à rester ?

Il haussa les épaules mais je vis bien que c'était une question qu'il s'était posée.

– Je ne resterai pas ici, dit-il. Les parties qui traînent finissent toujours mal. Je me méfie. Vous, vous aurez plus de chance que moi.

Était-ce si sûr ?

Le même soir, quand Ségret me laissa, je me mis à lire le dossier de Si Hamza. La plus grande partie était constituée de copies d'archives de l'amirauté faites par Erlahcher. Il y avait aussi le double d'une enquête de la gendarmerie, ainsi qu'une lettre d'Acaton demandant communication de certaines pièces à Alger et divers papiers.

Je pris le stylo d'Erlahcher, une feuille, et commençai à écrire. En vérité, hélas ! Ségret avait eu raison dans ses prédictions.

L'horreur. Mon premier travail à Arbitral fut de *faire une fiche.*

FICHE

DE L'ASPIRANT SÉRURIER
SUR
LE CHEF DE BANDE SI HAMZA

[Document reconstitué après coup]

Berrabah ould Boumédienne (dit SI HAMZA) appartient à une famille relativement aisée de la tribu des Ouled Ben Tata qui élevait des troupeaux de chèvres et de moutons dans le Fillaoussène. Remarqué à dix ans par un fermier européen des environs puis par l'Administrateur civil français lors d'une de ses tournées, il obtient une bourse. Envoyé chez un de ses oncles, caïd de Bordj-Herrera, pour faire des études primaires à l'école indigène française. Au bout d'un an, s'enfuit de l'école indigène et retourne dans sa tribu. Il parle alors français mais le lit et l'écrit mal. Plus tard, on ne trouve pas trace de son service militaire. On ne sait s'il en a fait un. *A vrai dire, on ne sait pas ce que Si Hamza a fait entre, disons, vingt et trente-cinq ans.*

Quand éclate la grande rébellion du printemps 1955 dans le Fillaoussène, Si Hamza a trente-cinq, quarante ou peut-être même même quarante-cinq ans. Tout de suite après la répression qui suit, il prend le djebel. Un des premiers il court la montagne accompagné d'une dizaine de partisans (qu'on appelle *hors-la-loi*, et pas encore *fellaghas*), armés de trois ou quatre fusils de chasse.

Sa bande terrorise la population. Il collecte des fonds pour la rébellion et tue le garde champêtre musulman francophile d'Hennaya. Il égorge également une famille de caïds de Bordj-bou-Arreridj (viol des femmes). *C'est le premier moujahidine dont le nom commence à être célèbre à Chella.*

A la veille de la première opération de ratissage, il disparaît soudainement, échappant ainsi aux grandes battues de la Légion. A l'époque, cette disparition providentielle paraît curieuse. On invoque la complicité de certains Services français qui l'auraient prévenu et fait à temps quitter le préside. En tout cas, il n'est pas tué avec la première génération de rebelles. *A noter que ses camarades, eux, moururent tous.*

D'après certaines informations, « retourné » par les Services secrets français, Si Hamza effectue alors plusieurs missions au Rif en milieu rebelle pour le compte de ses nouveaux employeurs. D'autres informations indiquent qu'il est en fait un agent double. Lâchant les Français, il passe clandestinement en Algérie, prend contact avec les fellaghas et bien que non-Algérien se voit, sous la fausse identité d'Ahmed Larbi, confier des postes importants dans la rébellion. En willaya V, puis en zone autonome d'Alger, il est chargé d'un comité zonal.

Arrêté par les paras de Bigeard au moment de la bataille d'Alger dans une des caches en casbah d'Ali-la-Pointe, il est, sur la demande de ceux-ci, transféré aux Services spéciaux français. Deuxième évanouissement dans la nature. Il ne refait surface que neuf mois plus tard, cette fois dans le préside de Chella, où il organise une série d'attentats, puis, à la suite semble-t-il d'un désaccord avec les éléments rebelles locaux, prend le maquis avec une petite troupe. Mal armée au départ, celle-ci s'équipe rapidement de fusils et de pistolets-mitrailleurs (embuscade sur la route de la Femme-Sauvage de deux voitures de gendarmerie dont il récupère les armes).

Depuis ce temps, Si Hamza opère dans la région du Fillaoussène autour du poste d'Arbitral. Il collecte l'impôt pour le FLNC (Front de libération nationale de Chella), mais certains documents interceptés au Rif font croire que les fonds collectés ne sont pas tous transmis à leur destinataire. Les garderait-il pour lui ? Une lettre du FLNC saisie sur un passeur semble s'en plaindre *(pièce jointe)*.

Bien que la garnison d'Arbitral soit chargée de sa capture et qu'elle lui donne effectivement la chasse avec régularité, Si Hamza échappe à toutes les embuscades et contrôles. Il continue à battre la région. Après un accrochage le 12 janvier 1959 où elle perd deux hommes, la bande se stabilise à une dizaine de permanents.

La bande de Si Hamza possède les armes suivantes : un fusil-mitrailleur français 24/29 (matricule 17.224 A4 volé le 21/2/60 dans un dépôt d'armes à Arzew – département d'Oran), deux fusils allemands Mauser, un fusil américain Garant de 7,65 dont l'origine n'est pas connue, un fusil français MAS-37 susceptible de lancer des grenades, deux pistolets-mitrailleurs français MAT-49 (matricules M 67.032 et M 65.304), deux fusils de chasse à canons sciés chargés à chevrotines. C'est l'une de ces deux dernières armes qui a été utilisée pour le meurtre de l'aspirant Erlahcher.

A noter qu'aucune mention n'est faite depuis un certain temps du fusil-mitrailleur 24/29 17.224 A4. Il est possible que la bande s'en soit dessaisie.

La bande de Si Hamza est complétée occasionnellement par une vingtaine de complices, ravitailleurs ou *choufs* (guetteurs), dont certains ont été appréhendés, puis relâchés, faute de preuves, et vivent dans le Regroupement d'Arbitral. Un de ces choufs nommé Mostefa Bellarbia, âgé de dix-sept ans environ, est actuellement détenu comme *PIM* (Prisonnier interné militaire) au poste d'Arbitral. *(Suivent les noms et description des complices.)*

S'il est prouvé que Si Hamza dispose d'une base de ravitaillement en territoire rifain (lieu-dit « Camp-des-Réfugiés »), les relations qu'il entretient avec les autorités rifaines et les responsables du camp, comme d'ailleurs avec les autorités marocaines, sont relativement distantes et empreintes de méfiance réciproque. Alors qu'il lui aurait été facile de s'établir derrière la ligne frontière, et, en toute impunité, de harceler les positions françaises, il met une sorte de point d'honneur à quitter au minimum le territoire du préside. Il nomadise en permanence avec sa bande, d'un abri à l'autre, grosso modo dans le rayon de 30 kilomètres qui entoure Arbitral. Un certain nombre de ses caches ont été identifiées.

(Jusqu'à la récente affaire Erlahcher, par crainte des champs de mines sauvages ou pour toute autre raison, Si Hamza ne semblait pas pénétrer dans la zone interdite. En tout cas aucune trace n'y avait jamais été relevée.)

L'âge de Si Hamza est donc de quarante ou cinquante ans environ. Marié une première fois, divorcé. Sa seconde femme est morte en 1952 *(acte joint)*. On n'a pas d'autre photographie de lui que celle agrafée à la fiche. Cette photographie de mauvaise qualité est ancienne puisque le sujet représenté ne paraît pas dépasser la trentaine d'années. Il est aussi possible qu'elle représente, non pas Si Hamza, mais un de ses frères, mort il y a une dizaine d'années.

Dans le dossier de Si Hamza au poste d'Arbitral, il y a aussi copie d'une lettre intéressante du commandant Acaton. Sachant que Si Hamza, après sa capture à Alger par les parachutistes, avait été détenu un moment dans les prisons françaises, le capitaine de vaisseau Acaton écrit à Alger pour qu'on lui expédie copie du dossier qu'on constitue normalement sur chaque prisonnier. Il lui est répondu que Si Hamza a bien effectivement été arrêté dans la casbah d'Alger le 12 septembre 1957 et détenu quelque temps à Maison-Carrée (département d'Alger), mais que, pour des raisons inconnues, le dossier – comme l'intéressé – a malheureusement disparu.

Circule sur le territoire du Fillaoussène dans la région d'Arbitral. *Très dangereux.* Auteur présumé de l'assassinat de l'aspirant Erlahcher en zone interdite.

[etc.]

XVI

Intermède à la Sénia
du poste d'Arbitral

(Carnets de l'aspirant Sérurier reconstitués après coup)

Quelques jours après mon arrivée à Arbitral, la pluie ralentit un peu puis s'arrête. Ségret décide de m'emmener à l'extérieur du poste. Vers la fin de la journée, juste avant le couvre-feu, les gens vont à la corvée d'eau au puits de la Sénia. Nous descendons vers le Regroupement. C'est mon premier contact avec les nomades du Fillaoussène.

Tout est plus facile que je n'avais pensé et au fond les choses sont assez simples avec ces gens. Quelles que soient les pressions exercées sur eux par les rebelles, quelles que soient leurs véritables pensées sur la situation, ils attendent de moi ce qu'ils ont attendu de mes prédécesseurs : que j'assure la sécurité autour du Regroupement ; que ni moi ni les harkis ne leur fassions de mal inutile ; et, puisque je suis là pour ça, si possible que je tue vite Si Hamza afin qu'ils aient la paix ensuite.

Des femmes, des vieillards et des enfants font la queue devant la fontaine avec leurs jarres et leurs seaux. La lumière jaune du soleil qui perce un instant les nuages avant que la pluie ne se remette à tomber, l'air vif de la montagne, la silhouette dentelée du Fillaoussène, les couvertures rifaines aux couleurs vives dont ces Maures des tribus berbères, hommes et femmes, sont enroulés, tout cela donne une couleur curieusement tibétaine à la scène.

Cette population en guenilles ne manque ni de gaieté ni de dignité. Je pense à l'état dans lequel se seraient trouvés des paysans de chez nous après deux ans dans le même univers, avec l'interdiction d'aller sur leur terre, le relogement dans des baraques, la sous-alimentation, la boue glaciale et les affreuses pressions de toutes sortes, tant de la part des fellaghas que de la nôtre.

Des enfants jouent autour de la fontaine. Les femmes, dont certaines adolescentes (*Dieu ! que feras-tu plus tard de ces adolescentes ? Que deviendra leur beauté fragile d'aujourd'hui ? Tu feras vieillir et enlaidir celles qui survivront, tu es finalement plus cruel que les plus cruels d'entre les hommes !*) portent des robes de feutre noir ornées de broderies, des coiffes de laine tressée couvertes de pièces de monnaie cousues. Quelques bijoux grossiers entourent leurs poignets, cependant qu'elles les tendent vers les jarres d'argile cordées de ficelle. Elles jacassent entre elles avec des rires joyeux qui me font du bien.

Notre arrivée à Ségret et à moi n'interrompt rien. Engoncés dans leurs *cachabias*, ces manteaux de laine sans manches, leurs jambes maigres et nues sous le ballonnement du *séroual*, le pantalon bouffant, ce qui les fait ressembler à de gros hannetons, deux ou trois vieux, très droits, attendent leur tour.

Ségret s'approche d'eux, jette quelques plaisanteries dans l'arabo-berbère approximatif qu'il parle, se lance dans l'interminable série des *labès ?*, (ça va ?) de rigueur, appelant chacun par son nom.

Avec l'obscurité qui gagne, nous remontons vers le poste. Derrière nous, les filles chargent les jarres sur leurs épaules ou sur leurs têtes, et les jacasseries joyeuses continuent. J'entends qu'elles parlent entre elles de « *el leutenant* », avec de grands rires. C'est... oserais-je le dire ? sympathique. De son côté Ségret me raconte quelque chose de gentil et de personnel sur la plupart des gens que nous avons rencontrés. Preuve que d'une certaine façon, malgré la guerre, malgré le métier imbécile et paperassier que les politiciens et les stratèges nous font faire, malgré cet abîme entre nous, malgré l'abominable « guêpier » dans lequel nous nous trouvons tous, le cœur n'est pas totalement absent du monde glacé d'Arbitral.

XVII

Vers
Sidi Mohammed el-Khrouane

(Carnets de l'aspirant Sérurier reconstitués après coup)
(suite)

Et ce matin les grandes pluies des jours précédents ont cessé, mais le ciel reste brouillé et le vent est toujours à l'ouest. De temps en temps des giboulées s'arrachent du ciel et s'abattent sur Arbitral.

Aussi brutalement qu'elles ont commencé, elles s'arrêtent. Alors un coup puissant du même vent qui les a amenées en dégage le ciel. Un soleil froid brille quelques minutes. Il plaque un coup de vernis luisant sur le camaïeu gris des montagnes qui nous entourent.

Nous sommes sortis en patrouille. Dans le couloir qui mène à Sidi Mohammed el-Khrouane, nous sommes une quinzaine. Sont là Ségret, Guendouz, Mostefa, d'autres harkis. Le GMC nous a laissés dans la brume, vers le col du Légionnaire, là où la piste de Bordj-Herrera se détache de celle d'Arbitral. On n'a pas stoppé le moteur du camion, on a à peine ralenti, les hommes ont sauté en marche : si les fels sont là, s'ils écoutent, ils ne faut pas qu'ils soupçonnent qu'on a découplé les soldats sur leur territoire.

Piti, le matelot breveté radio à tout faire, est au volant du GMC. Il le ramènera avec deux harkis d'escorte. Piti est un rouquin ébouriffé de vingt ans qui vit toute la journée dans sa cagna proche du carré où sont les appareils de transmission. Il déteste quitter le poste, sauf comme ce matin pour aider à sortir la patrouille, à condition de rentrer le plus vite possible. En revanche, il aime rester en « veille radio » parce que cela lui

189

permet de lire des illustrés toute la journée. Il s'est arrogé aussi quelque peu le droit de diriger les harkis en corvée de cuisine.

Le sol est gorgé d'eau. Le jeune Maure en vêtements civils qui saute derrière moi porte un gros poste de radio de métal tout bosselé et éraflé. A cause de ses sandales éculées ou bien à cause du poids du poste, il se ramasse mal. C'est un *chouf*, c'est-à-dire un type qui, sans être vraiment un fellagha, fait le guet pour eux et vit dans une cache. Il a été capturé quelques jours avant la mort d'Erlahcher, mais pas encore expédié à l'amirauté. De tels prisonniers, en transit dans les unités qui les ont pris, s'appellent *PIM (Prisonniers/Internés/Militaires)*, d'un nom qui remonte aux guerres d'Indochine où ils étaient, paraît-il, nombreux. On les traite en général avec bonhomie pourvu qu'ils assument les menues corvées.

En opérations, ils portent beaucoup les choses lourdes comme les postes radio SCR 300. Plusieurs des moghaznis de Ségret ont été PIM avant d'être harkis. Ils se moquent de la mine ahurie et des maladresses du gamin quand il essaie de mettre les bretelles du poste de radio.

Quelques jours avant sa mort, Erlahcher a capturé le petit chouf en bordure de la zone interdite, vers un village abandonné nommé Dechéra Zaïlou. Le chouf a prétendu surveiller les chèvres, mais, comme il n'y avait aucune chèvre avec lui, il était clair qu'il faisait le guet pour le compte des rebelles. Puis il a dit qu'il était à la recherche d'une bête du troupeau de son père qui s'était égarée dans la montagne. Il a dit aussi qu'il s'appelle Bellarbia Mostefa ou encore Mostefa Ould Amar, c'est-à-dire « fils d'Amar », ce qui est encore faux, car il n'y a pas de berger nommé Amar dans la région. Aucun des harkis ne le connaît. Rien à ce nom sur le fichier. Pas plus de Bellarbia que d'Amar. Pas non plus de troupeau ayant égaré une chèvre.

Certains disent que le petit PIM est le fils d'un fellagha important réfugié de l'autre côté de la frontière. Qui peut savoir ? La seule chose certaine sur ce fils de M. Seguin, c'est qu'il ment presque tout le temps.

Est-il le seul à mentir ?

La veille, devant moi, Ségret a convoqué Smili :

– Smili, qui est en vérité le PIM ? Je crois que Bellarbia Mostefa n'est pas son vrai nom.

Le visage loyal de Smili ne cille pas.

– Non, lieutenant, je ne sais pas. Je te jure.

– On verra, dit Ségret. En attendant je le garde.

Maintenant le petit PIM s'affaire autour du poste de radio. Il ne sait toujours pas comment on en met les bretelles. Smili sangle l'appareil sur le dos du jeune garçon, augmente le volume-son, vérifie le combiné. Avec aussi peu de cérémonie que pour une mule, il lui flanque un léger coup de badine. Le chouf jette un regard peureux autour de lui, s'arc-boute sur ses jambes. Ses sandales sont faites de caoutchouc de vieux pneus (les harkis et moi-même portons parfois les mêmes, c'est bien plus pratique que les pataugas et cela embrouille les éventuels lecteurs de pistes). Elles patinent dans la boue, mais, lourdement chargé, le chouf avance quand même derrière Ségret.

Les harkis rigolent et suivent.

Ségret les regarde sévèrement :

– Toi, Ben Amar, l'ancien fel, dit-il, tu rigoles. Pourtant, toi aussi, tu as été PIM ! Tu rigolais moins sur le barrage quand le grand sergent français blond t'a mis son revolver dans la bouche et t'a demandé si tu serais avec nous. C'est toi-même qui me l'as raconté.

Dans la colonne, Ben Amar est celui qui porte le fusil-mitrailleur. Ce que dit Ségret a l'air de l'amuser considérablement. De nous tous, c'est lui qui rit le plus fort.

Une heure après le départ du camion, la montée finit. Nous sommes au col. Le nuage qui l'avait envahi n'est pas loin. Il vient de s'enlever dans le ciel comme une grosse montgolfière. Son odeur fraîche et gonflée de vapeur d'eau comme celle d'un champignon est encore présente.

Les hommes s'arrêtent pour souffler. Debout, le fusil en arrêt, ils regardent attentivement le paysage, scrutant la brume qui masque les collines. Puis, sur un coup de vent, le brouillard se lève partout. Un peu de soleil aigre flotte sur un réseau inextricable de montagnes pelées et rousses. Derrière le col, par plans successifs, celles-ci montent de plus en plus haut vers l'est.

Ségret m'explique le paysage. Il le connaît depuis quelques semaines mais c'est comme s'il l'avait toujours connu : devant nous, éclairé de face, c'est le fameux djebel Fillaoussène. Le monstre culmine à près de 3 000 mètres, ses croupes énormes s'étendent du centre du préside jusqu'au Rif. Il fait bien le tiers de notre territoire et la moitié de la zone interdite. A gauche, encore dans les nuages, l'entaille de l'oued Sbaa. Le canyon grandiose, teinté de bleu et de mauve, descend vers la mer.

– La ferme Averseng est là-bas, dit-il. On ne la voit pas, mais je vous y emmènerai.

Du doigt il trace un trait invisible qui part de la ligne des montagnes de droite. Le fil suit le flanc du Fillaoussène, disparaît dans le fond de l'oued Sbaa, remonte de l'autre côté de la vallée, puis plonge en direction de la mer.

– Ce fil qui court dans la montagne, c'est une piste, l'ancienne piste des fels, dit-il. L'année dernière ils étaient dessus presque toutes les nuits. Erlahcher les a accrochés plusieurs fois avant que le coin ne soit classé *zone interdite*. C'était leur voie de ravitaillement vers le Rif, vers Camp-des-Réfugiés. J'ai planqué par ici une patrouille en chouf pour observer de loin la piste. En deux jours elle n'a rien vu passer et j'ai *démonté*. C'est bien fini.

Maintenant que Ségret me l'a montrée, je distingue effectivement la piste : une mince sente à peine tracée, un fil d'araignée qui serpente interminablement sur le flanc des montagnes.

– Entièrement en zone interdite, dit Ségret. Un coin où on aimerait aller tous les soirs quand l'amirauté est couchée.

Nous continuons la marche. Ségret pique à droite, en direction de la ligne de crête. Nous arrivons à El-Maden : de très anciennes mines abandonnées qui passent même pour remonter à l'époque romaine. Les fellaghas ont été accrochés là il y a quatre mois, par Erlahcher encore. Ils ont réussi à se dégager.

– Depuis, dit Ségret, Erlahcher y jetait toujours un coup d'œil quand il passait. Regardons.

Nous arrivons au bord du puits de mine. C'est un vaste trou noir et carré taillé au pic il y a plusieurs siècles, une entrée ténébreuse, celle d'une mine ou de quoi d'autre d'infernal qui est peut-être très important ? Le trou descend verticalement dans le sol. Avec un grand bruit d'ailes froissées, la nuée de pigeons qui y nichait prend son vol.

Les moghaznis d'Arbitral ne sont pas contents. Ils auraient aimé prendre les pigeons avec des filets mais ils n'ont pas leur matériel.

– La prochaine fois, lieutenant Ségret, dit Smili, préviens-moi qu'on va à El-Maden. On apportera la corde et les filets. Les œufs des pigeons sont bons.

Smili raconte encore qu'une fois Erlahcher s'est fait descendre dans le puits au bout d'une corde avec une torche et son fusil de chasse. En bas, il a détaché la corde et n'a plus donné signe de vie pendant presque une heure. Où était-il allé ? Les harkis le croyaient disparu mais ne voulaient pas descendre le rechercher, car ils n'aiment pas ces trous. Puis il a réapparu, très à son aise. Il n'avait rien trouvé, sauf des œufs qu'il avait dénichés. Il avait également étranglé deux ou trois pigeonneaux qu'il avait mis dans les poches de son battle-dress.

– Tout à l'heure, avant de partir, balance quelques grenades dans le trou, dit Ségret à Smili. Ça ne peut pas faire de mal.

Pause. Les harkis sortent des quignons de pain ou des boîtes de ration de leurs poches et les mangent. Sans que personne ne leur demande rien, deux hommes sont allés se placer en protection ou en observation à quelque distance de nous. Leurs ombres attentives se détachent sur le ciel. Ils ne mangent pas, ils regardent. Pendant que nous mangeons et que nous blaguons, leurs yeux balaient sans cesse le paysage. Ségret a un air insouciant et heureux que j'aime bien mais il ne quitte pas des yeux la piste des fels là-bas ou le visage des harkis.

Rien ne bougera aujourd'hui. Il y a seulement quelques semaines ou quelques mois, Erlahcher mangeait ici son quignon de pain avec le même appétit.

Depuis...

Tout le monde, sauf Smili, s'éloigne en file indienne du puits de mine d'El-Maden. Smili détache deux grenades des poches de son treillis et les jette. Geste auguste du semeur.

193

Cinq secondes de silence. Les grenades explosent. Les pigeonneaux ont dû en prendre un coup. Personne n'ira voir.

Smili rejoint.

Nous marchons encore une demi-heure dans l'herbe jaune et rase. Nous voilà au bout du plateau et à la limite du couloir où nous pouvons aller.

La vallée de l'oued Sbaa est sous nos pieds. Un dernier lambeau de brume s'enlève vers la droite et découvre une admirable perspective de croupes et d'abîmes dénudés qui s'étendent sur des kilomètres et des kilomètres, à vous couper le souffle. La rivière a taillé sa route dans les falaises, puis, brusquement assagie, elle se faufile à leur pied.

Un point blanc étincelle au sommet d'une colline.

– Le marabout de Sidi Mohammed el-Khrouane, dit Ségret.

Le nom est rugueux et beau. Sa fin se prononce gutturalement – quelque chose comme *Rh-ouann.*

Le marabout est un bâtiment conique, au sommet d'un piton isolé, au-delà de tout. Il est en direction du Fillaoussène, hors de notre portée parce que séparé de nous par la fosse immense et ténébreuse de l'oued Sbaa. C'est ce tout petit monument d'un blanc éclatant, ce point lumineux impossible, cette étoile dans la montagne rousse. Une sorte de tour avec un clocheton surmonté d'un petit croissant à demi arraché, champignon minuscule, insignifiant en même temps qu'il est formidable à force d'être isolé.

Je réalise qu'à part la sente immatérielle du chemin des fellaghas que Ségret a tracée pour moi sur le flanc de la montagne et que je n'aurais pas discernée sans lui, à part la gueule de ce puits de mine abandonné depuis des siècles à El-Maden, à part ce petit point blanc lui aussi hors du temps, nous n'avons pas vu de trace humaine depuis plusieurs heures. Nous sommes aux *confins du monde.* Arbitral est le gardien des confins du monde.

Ségret s'est arrêté derrière moi. Lui aussi observe de toutes ses forces. Bien entendu, il pense que son départ est proche, que c'est moi qui vais le remplacer. Peut-être, s'il doit quitter Arbitral, est-ce une des dernières fois qu'il voit le paysage.

C'est ainsi.

Je montre la petite tour avec son clocheton :
— Qu'est-ce que c'est ?
— Un marabout. Une *koubba* comme ils disent. Une vieille tombe maure. Le tombeau d'un saint homme.
Derrière nous, Smili rit. On ne sait si c'est mépris ou secrète timidité.
— C'est la tombe de Sidi Mohammed, lieutenant. Un saint des musulmans.
— On peut y aller ?
— Non, dit Ségret. Il faudrait descendre dans le fond de l'oued. C'est en pleine zone interdite. Je ne sais même pas s'il y a un sentier.
— Avant, beaucoup de fellaghas en bas, dit Smili. Nombreux comme les rats dans une fosse à blé.
— Où sont-ils passés ?
— Je ne sais pas, dit Ségret. Tués. Ou bien au Rif, à Camp-des-Réfugiés, je suppose.
— Ce marabout est sûrement un point superbe d'observation.
— Pour observer, ou pour être observé ? demande Ségret. Finalement les fels préfèrent les coins plus planqués. L'avion de l'amirauté survole trop souvent cette partie de la zone interdite. Ils savent aussi que j'y jette parfois un coup d'œil.
— Le saint est enterré en dessous du marabout, dit Smili. Les fellaghas font beaucoup attention aux morts.
Un sifflement retentit dans le poste de radio que porte le PIM. Arbitral appelle. Ségret prend le combiné :
— Qui parle ?
La voix de Piti est tout de suite là, très proche :
— Fort et clair, je vous reçois fort et clair.
— Moi aussi, fort et clair. Cinq sur cinq. Rien à signaler ?
— Rien.
— Je rentre. Envoyez dans deux heures le camion sur la route au point convenu. Terminé.
— Terminé, dit la voix de Piti en écho.

Avant de rentrer, Ségret souhaite me montrer une cache que la patrouille d'Erlahcher a découverte il n'y a pas longtemps.

195

C'est près de cette cache que le PIM qui est avec nous a été capturé.

Devant nous deux hommes marchent en voltigeurs, le pistolet-mitrailleur en arrêt, à cinq cents mètres devant le gros de la harka. Nous coupons jusqu'aux ruines d'une mechta en terre entourée de grands massifs de figuiers de Barbarie.

– Dechéra Zaïlou, dit Smili. Les « maisons de Zaïlou ».

Dans l'ancienne cour d'une maison en ruine un harki retourne du revers du pied une grosse pierre plate qui masque l'orifice d'un trou creusé dans le sol. Je sens l'odeur de la terre fraîche qui monte vers moi. C'est l'entrée d'une sorte de puits creusé dans la terre. Les anciens habitants de la mechta y stockaient leur orge. Cela s'appelle ici une *matmora*. De la matmora, la patrouille d'Erlahcher avait sorti un pitoyable équipement, sans doute celui du petit PIM qui maintenant est avec nous : des vêtements, une paire de vieilles jumelles, deux boules de pain.

Smili examine attentivement les bords du trou. Pas de trace neuve.

– Ils ne sont pas revenus, dit-il.

Quand la patrouille d'Erlahcher a pénétré dans Dechéra Zaïlou, un premier chouf a fui par-derrière la ligne des figuiers de Barbarie, trop tôt pour qu'on pût le tirer. Il a disparu. Le deuxième chouf, posté non loin de là dans une autre ruine, a été capturé : c'était le jeune PIM qui porte la radio.

Pendant qu'on me raconte ça, le PIM est avec nous, penché au bord de ce trou où il a habité si longtemps et où il n'y a plus rien. Il grelotte dans sa djellaba mince.

– Alors toi, Mostefa, lui dit Ségret, tu ne nous as toujours rien dit. Avec qui étais-tu ? Connais-tu Si Hamza ? Si tu continues à mentir, je vais me fâcher : je vais t'envoyer à Chella. Ils te feront raconter tout ce qu'ils voudront. Dis-moi que tu étais avec Si Hamza.

Smili traduit. La langue de Smili est un superbe sabir franco-arabe, rugueux et terrifiant. Il est coupé de « *taarf el-lieutenant* » (le lieutenant a dit) et de quelques mots français. Je relève au passage un « *casser la gueule complètement* », et encore un « *triciti* » qui ne me plaît pas trop. Smili brode un peu. Ainsi se forment les mythes. Ou bien, peut-être, ce que dit Smili est-il malheureusement vrai.

Naturellement le PIM ne trouve pas ça drôle. Ses yeux sont très fixes et ses lèvres très blanches. Il continue à frissonner de froid et à plier sous le poids du poste de radio. Sans doute, quand on le relâchera, n'aura-t-il plus envie d'aller faire le guet pour les fellaghas. Peut-être même deviendra-t-il un des nôtres et rejoindra-t-il la harka.

Avec quelles pensées ?

Ségret lui balance une sorte de bourrade amicale. Puis il reparle de la cache :

– C'est par les traces qu'on repère s'ils sont passés. Pas par les traces de pas, mais par celles des coups de balai d'ajonc qu'ils donnent, justement pour effacer les pas. Ils balaient chaque fois qu'ils sont passés pour que ça ne se voie pas, et c'est justement ça qui se voit.

Je hoche la tête.

– Quand vous reviendrez ici, continue-t-il, faites tout de même gaffe. Il peut y avoir un oiseau de passage. Parfois ils crèvent de peur, ils perdent leur sang-froid, ils tirent. C'est stupide, parce que, s'ils pouvaient se retenir de tirer, on les ramasserait tout simplement et on les enverrait à l'amirauté d'où ils ressortiraient trois mois après, propres comme des sous neufs, engraissés, avec une djellaba offerte par l'armée et une spécialité de maçon, alors que s'ils tirent, on les flingue. Seulement on ne maîtrise pas toujours ses nerfs. Hein, Mostefa ?

Le PIM ne comprend pas ce que lui dit Ségret mais grimace une sorte de sourire appliqué. Cette marque de familiarité ne plaît pas à Smili. D'un léger coup de badine, il remet le PIM – et sa charge – en route.

Le soleil blême se cache. Nous retrouvons Piti et le véhicule. Nous arrivons au poste au moment où trois moghaznis frigorifiés, enveloppés dans de vieilles capotes kaki, le chèche abaissé sur le visage pour se protéger du vent, descendent les couleurs pour le soir.

Voir ce pavillon un peu déchiré qui descend lentement de son mât sur ce fond de ciel glacial me fait une drôle d'impres-

197

sion. Quelque chose de pas vraiment poignant – tout juste. Avant de rentrer au carré, où Bourbaki a allumé du feu dans la cheminée à côté du poêle, une triste caravane se détache de la nôtre : le poste de garde ramène le PIM à l'endroit où il est enfermé pour la nuit, une autre matmora justement, un trou qui était l'abri aux obus quand il y avait de l'artillerie à Arbitral, et qui sert maintenant de prison.

– Ça lui apprendra à aimer les trous, dit Ségret.

Je ne sais pas encore pourquoi, mais cette parole me fait froid dans le dos. Si ce n'était que de moi, je sais bien ce que je ferais : je relâcherais tout de suite le pauvre petit PIM.

XVIII

Fethna

(Carnets de l'aspirant Sérurier reconstitués après coup)
(suite)

Aujourd'hui, je suis seul au carré d'Arbitral. Ségret est descendu hier avec un des deux GMC à l'amirauté où il s'occupe des papiers concernant son départ du préside. Bourbaki travaille à côté dans la cuisine.

Quelque part dans une des pièces du carré, probablement dans la chambre de Ségret, il y a Fethna. Fethna est la petite maîtresse de Ségret après avoir, je pense, été celle d'Erlahcher.

Fethna a seize ou peut-être dix-huit ans, on ne sait pas exactement. C'est une Ouled ben Tata et comme beaucoup d'Ouled ben Tata elle est très jolie. Encore comme les Ouled ben Tata, elle aurait dû être mariée à quinze ans mais presque tous les hommes jeunes de la tribu ont été tués lors du grand ratissage de la Légion. Fethna n'était pas mariée quand Erlahcher l'a fait monter au poste et l'a prise avec lui. Naturellement, cela a fait scandale dans le Regroupement.

Naturellement aussi, Ségret a succédé à Erlahcher auprès d'elle.

Je suis sorti toute la nuit dernière avec la patrouille. Nous avons monté une embuscade inutile près des mechtas de Dechéra Zaïlou, là où le PIM avait été capturé et où j'ai fait ma première sortie avec Ségret et la harka. Un renseignement de l'amirauté disait qu'il y avait du passage. Il ne faut jamais croire les renseignements envoyés par l'amirauté.

Malgré les deux chandails sous mon treillis plus le tour-du-cou qui me montait jusqu'aux oreilles, je ne me souviens pas d'avoir eu aussi froid de ma vie. Toute la nuit, les étoiles ont tournoyé au-dessus de ma tête dans le ciel noir et glacé. A l'aube, rien n'ayant bougé, nous avons démonté l'embuscade et nous sommes rentrés au poste.

Au retour, nous avons traversé le Regroupement en dessous d'Arbitral. Les gens du Fillaoussène commençaient à sortir de leurs mechtas, les femmes allumaient du feu dans les fours de terre, les enfants nous regardaient curieusement et peut-être ironiquement à travers les haies de figues de Barbarie.

Dans ce tranquille carré d'Arbitral qui est resté si curieusement à l'écart de l'incertitude de ma nuit, je ressens ce matin une impression de bien-être. Je commence à m'intégrer à la vie du poste, c'est sûr. Quand je descends au Regroupement les gens ne me regardent plus en étranger. Les harkis me parlent sans détourner les yeux et il arrive même à certains de me sourire. Seuls Bourbaki et Fethna me font encore la gueule, mais cela est dû sans doute à ce qu'ils se considèrent comme la propriété de Ségret, comme, avant Ségret, ils étaient celle d'Erlahcher. Tout rentrera dans l'ordre quand Ségret sera parti à Paris mais quand partira-t-il à Paris ? Il n'est pas là, mais la vie du poste continue comme s'il était là.

A travers la porte fermée, j'écoute les bruits qui viennent de la cour. Tout, y compris ces bruits, redevient à Arbitral comme ce devait être avant mon arrivée.

Premier signe du *retour à la normale*, la porte au-dessus de l'échelle de meunier du carré s'entrouvre tout doucement. Elle grince imperceptiblement mais le bruit est immédiatement étouffé. Petite chatte, Fethna quitte la chambre de Ségret, descend pieds nus l'escalier, puis elle traverse le carré. Elle a dû passer toute la nuit à espérer Ségret. Ce matin, quand je suis rentré, elle a attendu un certain temps derrière la porte de la chambre de Ségret, dans l'espoir que je partirais. Mais il a bien fallu qu'elle s'en aille puisque je ne partais pas. Elle s'est alors résolue à sortir en faisant, pudeur oblige, celle qui ne m'a pas vu. Elle affecte donc de ne pas jeter un seul coup d'œil dans ma direction. Elle est passée sans me regarder.

Bruit de casseroles qui s'effondrent dans la cuisine. Bourbaki a de mauvais yeux et rate souvent les clous plantés dans le mur qui servent de crochets pour pendre les casseroles et la poêle. Deuxième signe de retour à la normale.

Je continue mon observation. Fethna est entrée dans la cuisine, elle a refermé silencieusement la porte. Elle est sûrement venue demander du thé à Bourbaki. Petit drame dans la cuisine. Bourbaki déteste servir quiconque n'est pas Ségret, il déteste servir Fethna, il déteste d'ailleurs me servir moi aussi. L'éclat de voix étouffé qui se produit ensuite montre qu'il fait preuve de sa mauvaise volonté habituelle.

Altercation étouffée entre les deux.

Des bribes d'engueulade me parviennent de derrière la porte de la cuisine. Pourtant Fethna, sachant ce qui allait se passer, avait pris la précaution de fermer derrière elle. Maintenant il doit y avoir l'habituelle réconciliation ou plutôt la trêve. Par la fenêtre je les vois en effet prendre leurs affaires et, empruntant la porte de derrière, se diriger tous deux vers le Regroupement.

Peut-être sept heures du matin (le réveil est resté en haut). Je me lève de table. J'entrouvre la porte donnant sur la cour. Je reste debout et je regarde.

Eh bien, oui : bien qu'Erlahcher soit mort, que Ségret soit absent, que moi je ne me sois pas encore manifesté, *les choses continuent à Arbitral*. Les rites un peu dérisoires introduits par les chefs de garnison qui se sont succédé ici fonctionnent même hors de la présence des maîtres. Les équipes se rassemblent seules dans la cour du poste, font ce qu'elles ont à faire, repartent. La deuxième patrouille de nuit rentre justement. Elle s'aligne au centre de la cour. Le caporal harki rompt les rangs.

Chacun va remettre son arme à l'armurerie, près de la matmora où est enfermé le petit PIM, et regagne le village harki, en bas du poste.

Je sors sur le pas de la porte du carré. Piti, le radio, est assis à son habitude sous la véranda de tôle de son gourbi. Comme il est aussi chef cuisinier, il va commencer dans un instant à s'occuper du frichti du jour. Un harki monte du Regroupement un grand baquet où il doit y avoir des pommes de terre

201

épluchées. Un autre a allumé le feu. Pour le moment les tâches à accomplir sont encore subalternes. Piti se repose avant d'intervenir.

Un bruit de moteur de camion en bas sur la piste. Le deuxième GMC du poste est à la Sénia pour la corvée d'eau. Deux chèvres en provenance du Regroupement font leur entrée dans la cour du poste. Elles avancent à pas comptés, cherchant entre les flaques d'eau un herbe qui n'existe pas et qui n'a probablement jamais existé. Mais il faut bien une contenance.

Une odeur de pain chaud s'élève. Piti a dû allumer le four à bois et s'essayer à faire du pain avec la farine et la levure qu'a envoyées l'amirauté par le dernier convoi. Je ne pense pas que le pain de Piti sera bon car Piti ne connaît pas bien la recette et il la rate toujours. Néanmoins l'odeur des miches qui commencent à cuire est là et embaume jusqu'à cette terrasse du carré où je me tiens.

Quelqu'un marche à grandes enjambées vers moi. C'est le caporal harki de la deuxième patrouille de nuit. Il rapporte la clef de l'armurerie. Il l'accroche au tableau, au-dessus de la cheminée du carré. Tout à l'heure, j'irai vérifier qu'aucune arme ne manque, que toutes ont été bien rapportées. En repartant, le caporal harki me salue :

– Tout au complet. Rien à signaler, lieutenant.

Maintenant, dans la cour, un autre rite se prépare : le lever des couleurs. Un sergent responsable de la patrouille de jour passe. Il se dirige vers le mât planté au pied du mirador, le pavillon plié sur le bras. J'entends un bruit rythmé de pas, des commandements brefs en arabe, le choc de bras retombant sur les crosses des fusils. Trois ou quatre harkis en rang devant le pavillon présentent les armes. Ils repartent d'un pas alerte, et le sergent qui commandait le mouvement – c'est Smili – fait comme s'il m'apercevait pour la première fois.

– Ça va, lieutenant ?

– Ça va, sergent Smili.

Large sourire.

– Lieutenant Ségret est parti hier avec le GMC à Chella ?

– Oui, Smili.

– Tu as fait l'embuscade, la nuit dernière ?
– Oui, avec Ben Amar et les autres.
– Tu vois, lieutenant Sérurier : ce n'est pas difficile.
– Je n'ai rien rencontré.
– Tu n'as rien rencontré parce que tu vas n'importe où. La prochaine fois, demande-moi où il faut aller.

Le sac de toile scellé du courrier est arrivé hier au poste, en même temps que le GMC qui a remmené Ségret à Chella.

Je n'y ai pas touché. Seul Ségret, chef de poste, peut l'ouvrir.

J'ouvre mon courrier personnel : un journal littéraire de Paris envoyé par mes parents, où l'on parle du premier livre d'un de mes amis, et une lettre de Philippe – de Philippe Azéma.

Rien d'autre. Philippe Azéma donne des nouvelles du Cercle des Colonnes. La femme de Popinet vient d'accoucher d'un troisième enfant. Dru a été malade mais est rétabli. Il a des emmerdements avec Averseng et son boulot à *La Dépêche de Chella.*

Dominique Dodeman va souvent rue Mimouni-Haddèche (qu'est-ce qui lui prend ?) et est content de son nouveau job avec Coulet et Peufeilloux.

Dans la lettre de Philippe, il y a aussi un mot que son père a ajouté pour moi. Le vieux père Azéma a finalement retraduit la dédicace en latin qu'il avait écrite sur l'exemplaire du livre acheté chez Clavreuil. Est-ce assez touchant ?

A sa manière, il a rédigé une petite notice explicative. Ovide, poète latin, poète courtisan du 1er siècle après Jésus-Christ, qui mourut d'avoir été exilé par son empereur chéri. *Les Métamorphoses*, série de poèmes mythologiques, une somme où le malheureux Ovide, sur le thème de la métamorphose, raconte des histoires où des dieux se changent en mortels, quand ça n'est pas le contraire. Aucun rapport avec le préside de Chella.

Une lettre accompagne le poème et la notice explicative :

Cher Monsieur,

J'ai relu et retraduit pour vous la dédicace que j'avais écrite à M. Clavreuil. Le sujet traité par Ovide était bien : la déesse Junon ramène des Enfers la Furie Tisiphone qu'elle va charger de tourmenter Athanas et Io. Mais sans doute toute cette mythologie ne vous dit-elle rien, et d'ailleurs le poème se lit détaché de son contexte.

A vrai dire, je ne me rappelle plus bien pourquoi j'avais inscrit ces vers à la première page du livre, quand je l'ai envoyé à Clavreuil. C'est vous qui conservez à présent l'ouvrage. Peut-être y retrouverez-vous l'explication et serez-vous éclairé.

Cela m'a fait plaisir de retrouver ce poème. Il m'a un peu consolé du malheur des temps présents. J'aime bien cette idée d'une société disparue ailleurs mais qui perdure chez les morts. Que faire d'autre si on sait que de toute façon on ne retournera pas chez les vivants ?

Dites-moi ce que vous en pensez exactement.

Votre ami,

Émile Azéma

Je finis de lire la lettre du vieil Azéma. Elle est écrite de son écriture à la fois ronde et tremblée. Je range la feuille de papier dans son livre que j'ai recommencé à lire hier.

Cependant la journée s'est étirée. Bourbaki part puis revient du Regroupement. Il me sert silencieusement un déjeuner composé d'une boîte de thon et d'un morceau de bœuf au jus nageant sur un lit de carottes. Il y a du progrès. Cela dit, il continue de faire exprès de m'ignorer. Tant que je ne suis pas *son* lieutenant...

Vers dix-sept heures, la petite Fethna, elle aussi, remonte du regroupement. Comme je l'ai déjà dit, pour ce que j'en ai vu, Fethna est très jolie.

Elle arrive, serrée dans son haïk blanc qui la cache presque entièrement, tête comprise. Dès qu'elle entre dans le carré, elle retire ses sandales pleines de boue qu'elle place soigneusement dans le placard, elle plie le haïk, elle le range conjugalement à côté des uniformes de Ségret. En dessous du haïk, elle porte un saroual, qui est une sorte de pantalon bouffant couleur corail pâle qui découvre ses chevilles nues, et une chemise de coton, rose aussi. C'est Ségret qui la lui a achetée au dernier souk, samedi, à Bordj-Herrera.

Elle s'est aussi soigneusement peint la paume des mains au henné. Habituellement elle passe toute la journée dans le carré. Pour la couverture, elle est censée aider Bourbaki aux soins de la cuisine et de la maison des officiers. Bourbaki déteste être aidé et il bougonne dès qu'elle est là. Alors, Fethna lézarde, accroupie sur les coussins, à feuilleter des revues qu'elle ne sait pas lire (Erlahcher s'en faisait envoyer de France, sans doute spécialement pour elle, et Fethna regarde surtout *Elle*, qu'elle aime beaucoup). Elle s'étire sur le canapé en attendant le retour de Ségret. Elle joue avec les lourds bracelets de cuivre qu'elle porte aux bras et aux pieds. Je m'amuse. A Arbitral, Erlahcher s'était confectionné en vrai une réplique des *Femmes d'Alger*. Ségret a pris la suite.

J'ignore si Ségret me léguera Fethna comme il doit un jour me léguer le reste d'Arbitral. J'ignore aussi si Fethna sait que Ségret s'en ira et qu'il me la laissera sans doute. Elle ne m'a finalement pas encore adressé la parole ni donné le moindre signe d'intérêt. En tout, elle agit comme si je n'étais pas là. Avec ses pieds nus, elle se déplace sans plus de bruit qu'une chatte, et je ne sais jamais où elle est.

Nous nous sommes croisés plusieurs fois à l'improviste, dans le couloir ou dans l'escalier. Elle me regarde alors avec ses grands yeux bruns et limpides. Elle baisse son front calme où les cheveux sont bien lissés de chaque côté d'une raie centrale.

Puis elle s'efface pour me laisser passer.

[Fin des carnets de l'aspirant Sérurier]

XIX

A Ferme-Averseng

Sans doute pour démontrer *urbi et orbi* que, malgré le malheureux accident dû à la seule et coupable imprudence d'Erlahcher, il avait bel et bien pacifié son secteur et, mission accomplie, mérité ses étoiles d'amiral, Acaton décréta la fin des barrages sur les routes et la libre circulation des véhicules dans tout le préside.

Ségret et moi espérâmes un peu de passage sur la piste du Fillaoussène, mais celle-ci n'attira personne dans les premiers jours. Il était question cependant d'un camionneur indigène qui reprendrait les transports entre Bordj-Herrera et Arbitral. Un matin, la patrouille rentra en nous indiquant qu'une voiture civile montait par la piste. Mais elle continua sur Ferme-Averseng et ne s'arrêta pas au poste.

Le deuxième passage fut celui d'un convoi militaire plutôt inattendu. Le harki du mirador annonça trois véhicules. Une jeep, un scout-car et un GMC de l'amirauté couverts de poussière se rangèrent face au carré. Le GMC contenait une vingtaine de matelots de l'amirauté en casque lourd, armés jusqu'aux dents, mais aucun ne descendit. Un officier marinier passa la tête du scout-car avec un air de mauvaise humeur. Il n'en sortit pas non plus.

De la jeep, enfin, s'extirpèrent Dominique Dodeman et Philippe Azéma. Le premier était en treillis vert avec autour du cou le grand chèche des troupes de Chella, le second s'était affublé d'une étrange tenue mi-civile mi-militaire, blouson kaki et pantalon de velours.

— On va à Ferme-Averseng en protection des travaux qu'ils font là-bas, me cria Dodeman du plus loin qu'il me vit. On s'arrête juste pour te dire bonjour !

207

Ségret sortit du carré :

– Vous mettez maintenant des civils dans les convois militaires ? demanda-t-il à Dodeman.

Puis, reconnaissant Azéma :

– Mais le civil est monsieur Azéma ! Monsieur Azéma, que faites-vous dans cette jeep au lieu d'être dans votre librairie ?

Dodeman répondit à la place d'Azéma. Il rougit extrêmement :

– Je... J'ai obtenu l'autorisation du commandant Acaton d'emmener Philippe Azéma à Ferme-Averseng.

Azéma fit un clin d'œil dans notre direction :

– Allons, Dominique, dis-leur tout de suite la vérité. Avoue que tu n'as rien demandé et qu'Acaton n'est pas du tout au courant de mon passage ici. Dis-leur aussi que tu es timide, amoureux fou, et que tu as besoin de moi pour manifester ta flamme.

– Il est amoureux de qui ?

– De la fille Averseng.

– De la fille d'Averseng ? De la fille du type de *La Dépêche* ? Celui de la ferme là-bas ?

– Oui, dit Azéma. Dominique, tu parles de tes sentiments à tout le monde, alors je peux y aller... M. Averseng a une fille que je connais depuis longtemps. Peu après ton départ, Sérurier, Dodeman l'a rencontrée à la librairie et en est tombé amoureux. Le père Averseng est monté à la ferme et a emmené sa fille avec lui. Dodeman s'est inventé pour la journée une mission de protection des ouvriers agricoles de Ferme-Averseng.

– Je vais me marier, dit Dodeman. De tels bonheurs n'arrivent qu'à moi.

– Les mariages avec les filles de colons européens déciment le corps expéditionnaire français en Afrique du Nord aussi sûrement que la peste décimait l'armée de Bonaparte en Égypte, dit Ségret.

– Dominique est vraiment amoureux, dit Azéma.

– Mlle Averseng, dit Dominique, est une fille extraordinaire.

Sans doute impatient, le chauffeur du scout-car avait remis

son moteur en marche. Le convoi partait quand tout à coup je dis à Ségret :

— Je n'ai jamais été à Ferme-Averseng. Pourquoi n'irais-je pas avec eux ?

— Nous rentrons par la route de corniche, dit Dodeman. Nous ne repasserons pas par Arbitral.

— Eh bien, dit Ségret, si vous voulez aller avec eux, prenez un GMC, Piti et trois moghaznis. Ils vous ramèneront ce soir sur Arbitral.

— Vous viendriez ?

— Non. Je n'aime pas le père Averseng.

Complètement isolée au bord de la zone interdite sur le premier plateau cultivable en dessous d'Arbitral, la ferme des Averseng était une très ancienne ferme de colonisation. M. Averseng la tenait de sa femme (maintenant morte), née Simono de Duarte, une vieille famille de la colonisation portugaise.

Les terres des Duarte étaient si vastes qu'elles dépassaient largement la frontière du préside. Il y avait toujours eu des arrangements avec les deux pays frontaliers. Vers 1900, le grand-père de Mme Averseng, avec l'accord du pacha du Rif et du gouverneur espagnol, entretenait une sorte de milice privée pour se protéger contre les irréguliers et les tribus rebelles qui dévastaient déjà le pays. Aujourd'hui, c'étaient ses anciens quartiers qu'occupait l'autodéfense de la ferme.

Une piste maintenant effacée, elle aussi privée, traversait l'actuelle zone interdite et menait à la partie rifaine de leurs domaines, encore plusieurs centaines d'hectares. Seules les terres de la Zaouïa de Sidi Ali, de l'autre côté du Fillaoussène, étaient aussi importantes.

Dans le préside, les mauvaises langues disaient que Sidi Ali et Averseng avaient des arrangements tant du côté rifain que du côté rebelle. Leurs fermes auraient déjà brûlé dix fois s'ils n'avaient payé le tribut aux fellaghas.

— Peut-être, disait Azéma qui racontait ces histoires, y a-t-il quelque vérité là-dessous. Car, effectivement, ni la ferme d'Averseng ni celle de la Zaouïa n'ont jamais été attaquées, alors qu'une troisième ferme voisine, celle d'un dénommé Milande qui s'est vanté dix fois d'avoir refusé d'être rançonné, a bel et bien été incendiée et Milande tué. Il doit y avoir quelque anguille sous roche. On dit aussi que, par les banques de Tanger, Averseng continue à percevoir les revenus de ses terres du Rif.

– Averseng est vivant et Milande est mort, dis-je. Ça fait une différence.

– Si l'histoire des banques de Tanger est vraie, reprit Azéma, autant que l'argent revienne dans les présides plutôt que d'être saisi par le Rif !

– L'illogique dans la conduite d'Averseng, dit naïvement Dodeman, ce sont les éditoriaux patriotiques et furieux de *La Dépêche*.

– Que veux-tu écrire aujourd'hui d'autre dans un journal destiné aux Européens de Chella ?

Et, tandis que dans la jeep Azéma et Dodeman parlaient d'Averseng, je rêvais. Je regardais ces herbes ravagées par le gel et le vent, ces rochers desséchés, et par-derrière la grosse silhouette ténébreuse du Fillaoussène.

– Pourquoi se faire tuer pour des tas de cailloux aussi sinistres ? demandai-je.

Azéma haussa les épaules :

– Averseng a ses idées. Il est entêté. Il s'était même brouillé avec Erlahcher.

En fait, l'opposition entre Erlahcher et Averseng remontait à un temps où Erlahcher, pour surveiller l'autodéfense des ouvriers maures, se mit dans l'idée d'installer dans la ferme une petite garnison permanente de harkis.

Ferme-Averseng était au pied du Fillaoussène, en bordure de la zone interdite, et certains renseignements faisaient état de passages de fellaghas que l'autodéfense ne signalait jamais. On disait que Si Hamza lui-même venait s'y ravitailler et percevoir l'impôt. Sans doute Erlahcher voulut-il y voir clair. Il installa d'abord une « nomadisation » provisoire de quatre ou cinq harkis puis passa parfois la nuit près de la ferme. Les fellaghas furent sûrement prévenus car aucun ne se présenta pendant ces nuits-là à Ferme-Averseng.

Erlahcher prétendit que c'était Averseng qui avait prévenu les fellaghas.

De fait, dès le début, Averseng détesta cette idée de garnison et s'y opposa de toutes ses forces. La théorie qu'il exprima était qu'il valait mieux laisser l'autodéfense faire seule l'affaire de sa protection. Il intervint jusqu'au Gouvernatorat et à l'amirauté, ce qui lui fut facile, car d'une part il était propriétaire de *La Dépêche*, et d'autre part il lui arrivait d'inviter Acaton et le gouverneur général à la chasse.

Erlahcher s'entêta à maintenir ses hommes, mais la partie n'était pas égale. Acaton y mit fin en donnant ordre à Erlahcher de retirer tout son monde.

Ségret reprit les soupçons d'Erlahcher. Désormais, à Arbitral, tout le monde, harkis compris, détesta les Averseng.

La nuit, les patrouilles du poste montaient assez fréquemment jusqu'aux alentours de la ferme, en évitant tout de même d'approcher trop l'autodéfense, par crainte d'une panique et de coups de feu. On envoyait aussi une équipe vérifier régulièrement auprès de l'intendant maure le compte et l'état des fusils, ainsi que celui des cartouches.

Le compte était scrupuleusement juste. Les comptes étaient toujours scrupuleusement justes à Ferme-Averseng.

Une route défoncée et bordée de vieux ifs dont certains manquaient menait à la ferme. Celle-ci ressemblait à un vieux mas du Midi, massif et maussade, avec peu d'ouvertures apparentes. Entouré de barbelés et surmonté par un petit mirador, le village des ouvriers était à l'écart sur la hauteur voisine.

Jean Averseng parlait avec son intendant maure devant la porte du bâtiment principal quand nous entrâmes. Il avait cinquante ans, les cheveux gris parfaitement tirés en arrière, le teint buriné du paysan malgré son existence ordinaire en ville. Il était en bottes, avec un curieux chapeau de feutre, une veste et un fusil de chasse à deux canons en bandoulière. Je lui trouvai un air de grand propriétaire andalou ou castillan, une attitude impérieuse, brutale et finaude en même temps, trahissant l'homme qui ne se laissera pas faire.

Avant de nous faire entrer dans la ferme, il nous proposa de nous emmener dans les vergers.

– Avec le carré d'orge derrière la maison, dit-il, c'est tout ce qui reste des anciennes cultures.

Dodeman s'éclipsa. Averseng nous fit faire le tour du propriétaire. Il montra les alignements d'oliviers, ceux d'amandiers, de poiriers, de pruniers. Il fit voir les travaux d'amélioration qu'il avait entrepris depuis dix ans. Un gros tuyau monté sur un muret de briques et de pierres, le collecteur d'eau, traversait toute la propriété. Il nous montra aussi, sur la colline d'en face, des banquettes contre l'érosion qu'il avait fait tracer, saignées parallèles dans le sol mordant sur les broussailles.

Le printemps commençait à frapper sur ces premiers contreforts du Fillaoussène. Je marchais à côté d'Averseng sur le sol baigné de soleil, un sol chaud, doux, humide et souple sous les pas. A intervalles réguliers, tous les dix ou vingt rangs d'arbres fruitiers, avaient été ménagés des pare-vents : des haies vertes de cyprès et de tamaris. Nous arrivâmes à l'extrémité de la propriété.

Dans un grand terrain qui venait d'être défoncé, des ouvriers maures au visage fermé édifiaient en roseaux et en bruyère sèche une sorte de claie longue d'une centaine de mètres. Averseng parut fier de lui :

– C'est un pare-vent provisoire. Derrière, je ferai planter la contre-haie définitive de cyprès et de tamaris. Combien de temps pour que la contre-haie de cyprès et de tamaris se développe et puisse servir à quelque chose ? Dix ans ? Vingt ans ? Combien d'années en plus pour qu'à l'abri de la contre-haie, les oliviers aient poussé ?

Il regardait ses nouveaux oliviers et sans doute eut-il la même pensée que moi. Il fit un drôle de geste, évasif et résigné, mais visiblement l'idée importune revenait comme une mouche.

Il nous emmena vers un gros arbre, le seul de la propriété qui ne fût pas à l'alignement. C'était un vieil amandier que la vieillesse avait noué et gercé, et à qui sans doute elle avait appris la prudence et la parcimonie, car aucune fleur n'y pointait encore.

Averseng caressa le tronc fourchu :

– Il a cent ou peut-être cent-vingt ans. On ne sait même pas si ce sont les Maures ou les Espagnols qui l'ont planté, et d'ailleurs qu'est-ce que ça fout ? C'est un amandier, ce n'est pas un symbole.

Il montra d'autres amandiers beaucoup plus jeunes. A perte de vue, leur alignement était impeccable. Les fleurs perçaient partout sous les boutons.

– Tiens, dit Averseng à Azéma. Parle de ces amandiers à ton père, il se souviendra de l'année où je les ai plantés. On a été les chercher ensemble en Espagne il y a dix-sept ou dix-huit ans sur les pentes de la Sierra Nevada, par le ferry de Malaga. Ce sont des « marcona », une variété qui résiste bien aux gelées et qui est bonne pour les hauteurs comme ici. Leurs amandes ont la coque plus dure que les autres mais elles sont douces. J'en ai au fruitier de l'année dernière. Je vous en donnerai tout à l'heure.

Les ouvriers préparaient des trous.

– Vous savez, dit-il, ces oliviers qu'ils plantent maintenant ne donneront de toute façon que quand je ne serai plus là. Alors, que je sois mort ou que j'aie été viré, que les présides soient français, maures ou je ne sais quoi, que mes oliviers soient toujours à mon nom ou à celui de ma fille, que les bougnoules aient foutu le feu à ma ferme ou décidé de soviétiser le domaine, que voulez-vous que ça me fasse ? Je plante quand même.

Il avait raison.

Tout est bouteille à la mer.

Je ne sais quelle mouche me piqua. Je le regardai bien dans les yeux et je lui dis tout d'un coup :

– Monsieur Averseng, on dit que depuis le début de la rébellion vous payez le tribut aux fellaghas pour être laissé tranquille.

Il me regarda lui aussi tout droit. Ses yeux brillèrent de colère :

– Monsieur le jeune lieutenant, avez-vous entendu parler des flics qui viennent voir les patrons de boîtes de nuit pour leur reprocher de se laisser rançonner par le Milieu, alors qu'ils ne sont pas capables de les protéger et qu'ils n'ont pas

213

l'intention de le faire ? Êtes-vous capable de me protéger contre les truands ? Si oui, je vous le promets, je ne paierai jamais. Si non, laissez-moi faire le peu que je puis faire. Cela dit, je suis désolé de vous décevoir : *je ne paie pas.*

Il réfléchit un instant avant de continuer :

– La situation est plus grave que ça. S'il ne s'agissait que de payer pour être laissé tranquille, alors je vous dis franchement que j'aurais payé depuis longtemps. Mais justement, voilà : désormais, payer ne suffit plus. Ce que les Maures veulent maintenant c'est qu'on s'en aille. Oui, que je m'en aille ! Alors, si vous voulez tout savoir : non, je ne paie pas aux fellaghas. Ça n'est même plus la peine.

Une sorte de regret ; il ajouta :

– Ils ne me l'ont pas demandé.

– Pourtant Ferme-Averseng n'a jamais été attaquée.

– Il faut avoir été incendié pour être agréable aux militaires ? Écoutez ceci encore : je suis du pays. J'ai connu Si Hamza alors qu'il n'était qu'un enfant. Peut-être est-ce pour ça qu'il me laisse tranquille.

– Vous connaissiez Si Hamza ?

Mais on n'avait pas le père Averseng comme ça. Il me planta à nouveau dans les yeux un regard de colère :

– Moi, non. Mon père l'a connu il y a trente ou quarante ans. Il a signalé le gamin à l'administrateur français lors de sa tournée annuelle. Il lui a fait obtenir une bourse d'études primaires. Vous connaissez beaucoup d'autres gamins, de petits bergers des Ouled ben Tata, à qui, sur demande du propriétaire du coin, l'administrateur civil a donné une bourse d'études primaires ? Mon père était comme ça.

– C'est parce que Si Hamza est reconnaissant à votre père que votre ferme n'est jamais attaquée ?

J'avais lassé Averseng. Se tournant vers Azéma, il s'étouffa d'indignation. Dans sa colère, l'accent des Européens de Chella reprit possession de son langage :

– Azéma, dit-il, mais qui c'est ce jeune homme que tu m'as amené ? Mais, qui c'est ? D'où il vient d'abord ce *coulo*-là ? Dis-lui, mais dis-lui, à ton monsieur, qu'un Maure n'est jamais reconnaissant de rien, dis-lui ! Ce n'est pas leur faute, ils sont nés comme ça, c'est leur nature. Je sais de quoi je parle.

Nous recommencions à marcher. Il s'était calmé. Un moment nous nous trouvâmes seuls côte à côte. Je lui dis :

– Pardonnez-moi, monsieur Averseng.

– Je vous pardonne, monsieur le très jeune aspirant, dit-il. Mais ne croyez plus votre excité de chef de poste. Ne croyez pas non plus cet autre ahuri qui est venu avec vous (il me montra Azéma qui marchait alors à une centaine de mètres devant nous, en lisière des oliviers). Il n'y a pas de mystère Averseng. Averseng n'a pas de contacts avec la rébellion. En un sens c'est malheureux, mais il n'y a plus de contacts possibles avec les Maures. Pas le moindre moyen de s'arranger. Même le journal en bas lâchera. Si cela tourne trop mal, j'ai la maison à Chella, j'en ai une seconde en France. Ce n'est pas une raison pour faire souffrir la terre.

Nous redescendîmes vers la ferme. Un vieux tracteur hoquetait en labourant sous les arbres. Une dizaine d'ouvriers maures s'affairaient à ramasser les branches et les broussailles. Ils les jetaient dans un grand feu dont les flammes s'élevaient claires et droites, presque sans fumée.

Smili et mes moghaznis d'escorte s'étaient arrêtés. Ils restaient à l'écart des matelots roses et blonds du scout-car de l'amirauté. Ils ne se mélangeaient pas non plus aux gens de l'autodéfense de Ferme-Averseng. Fusil à la bretelle, debout autour du feu, ils tiraient silencieusement sur leurs cigarettes. Quand nous nous approchâmes, ils me sourirent de leurs dents aiguës de carnassiers, mais n'eurent ni un mot ni un sourire pour Averseng.

Averseng n'eut pas l'air de s'en apercevoir. Il salua Smili :

– Alors, Smili ? Alors les gars d'Ouled ben Tata ? Toi, Abderrahmane el-Malek, ça va ? Et ta mère, ça va mieux ? Et toi, Zeddam ? Et toi, Mouhoun ben Amar ? Et toi, Fekhiri ?

Tandis qu'il parlait, les harkis regardaient ailleurs et ne répondaient pas. Visiblement eux non plus n'aimaient pas Averseng. Peut-être tous se connaissaient-ils trop bien. Du reste le maître de la ferme n'attendit pas leurs réponses et m'emmena vers le bâtiment principal.

L'ancienne porte de fer à deux battants avait été condamnée et doublée à l'intérieur par un mur de parpaings. On n'entrait plus que par une petite porte, elle aussi de fer et soigneusement cadenassée. Averseng l'ouvrit avec un grand bruit d'huis de prison.

Nous nous trouvâmes dans une petite pièce, un ancien commun qui donnait sur un jardin intérieur, un vrai jardin de couvent. Là aussi, la toilette de fin d'hiver était en train de se faire. La terre noire et humide d'un massif avait été nettoyée et fumée. Une allée avait été ratissée. Ce qui devait être une bougainvillée venait d'être taillé. Dans un coin, un arbre de Judée dont les fleurs étaient sorties avant les feuilles faisait éclater insolemment une flambée rose.

– C'est joli, n'est-ce pas ? dit Averseng, à qui je n'aurais pas prêté ces sentiments bucoliques. C'était plus joli encore lorsque ma femme n'était pas morte. Mais nous vivions ici plus longtemps.

Il appela, dans l'intérieur de la maison :

– Françoise !

Il eut l'air de s'excuser et ajouta :

– Ma fille.

Sa fille. Je n'eus même pas le temps d'être surpris. Car la jeune fille était celle que j'avais croisée dans l'escalier d'Azéma un soir à Chella. Elle apparut. Derrière elle, les joues rouges, l'air comique d'*avoir été pris en train de fauter*, paraissant en tout cas fort embarrassé, se tenait Dodeman. Il roulait sa casquette entre ses doigts. Il dit :

– Salut !

– Bravo, dit amicalement Azéma à Dodeman. Tu nous laisses nous taper la visite de la propriété, et toi, tu files droit sur la fille du propriétaire !

– Bonjour, dit la jeune fille à Azéma.

Elle l'embrassa légèrement sur la joue.

Pour la seconde fois face à cette fille je ressentis un choc. D'abord l'espèce de tenaille que j'avais gardée presque toujours pincée à l'estomac depuis le départ de Catherine me quitta d'un seul coup (il lui arriva de réapparaître plus tard). Ensuite, presque instantanément, je fus jaloux. Je fus jaloux de Dodeman comme j'avais été jaloux d'Azéma.

216

Rue Mimouni-Haddèche, j'avais cru que Françoise était la maîtresse d'Azéma. Maintenant, c'était Dodeman qu'elle aimait et en moi une morsure chassait l'autre. Désormais les choses se succéderaient ainsi indéfiniment. Quand serais-je jamais guéri ?

S'il faut décrire les choses comme elles se présentèrent réellement, alors Françoise Averseng ne me parut d'abord rien d'autre que très jolie. Plus tard il m'arriva de chercher les mots pour la décrire : mince, brune, flexible, pensive, les yeux extraordinairement verts dans un visage mat. Puis je cherchai d'autres mots : grave, réfléchie, secrète. Encore : lisse, attentive. Encore : incertaine, hésitante, fragile, vulnérable.

Je l'aimais.

Déjà, j'étais très loin de la scène qui se déroulait. La conversation s'était engagée, parfaitement banale. Quand j'y revins, Françoise Averseng expliquait (en fait, c'est à moi qu'elle expliquait, mais je ne m'en étais pas aperçu tant j'avais été pendant un long moment hors d'état d'écouter) qu'elle faisait je ne sais quelles études à Paris quand sa mère était morte. Depuis son retour à Chella, c'était la première fois que son père la laissait remonter à la ferme.

– Je ne veux pas d'elle ici, disait Averseng. Mais on ne se fait pas obéir de ces filles de colons...

–. Surtout avec le même caractère qu'Henri Averseng, dit Azéma.

J'offris (galamment mais imprudemment) d'installer après notre départ un poste de garde de harkis dans le village des ouvriers agricoles.

Averseng se renfrogna à nouveau :

– Non, dit-il. Un poste de harkis n'empêchera rien. Au contraire il attirera les représailles. J'avais essayé de faire comprendre ça à l'autre, comment s'appelait-il déjà ? Le lieutenant Erlahcher ! Il avait des idées personnelles sur tout, ce qui ne lui a pas porté chance. Je savais que ça se terminerait mal.

Azéma rêvait. A un moment (et je ne pus m'empêcher de ressentir une nouvelle poussée de jalousie), il s'absorba totalement dans la contemplation de Françoise. Quel secret, quelle souffrance cachée motivait cette tristesse avec laquelle il la regardait ? Peut-être même à ce moment Françoise échangea-t-elle avec lui un bref regard d'encouragement.

Quelle complicité partageaient-ils ?

Averseng expliquait que lorsque sa fille et lui montaient à la ferme, ils s'enfermaient dès la tombée de la nuit à double tour, derrière les portes et les volets blindés de fer.

— Au premier bruit, ajouta-t-il, je grimpe par l'échelle intérieure aux mansardes du toit et je jette un coup d'œil dehors. Lorsque le bruit continue, je lance ma fusée éclairante. Si votre harki d'Arbitral ne dort pas dans son mirador et voit la fusée, les soldats sont là en vingt minutes. Même si les types tâchent d'enfoncer la porte ou les volets ou de foutre le feu, il suffit de tenir vingt minutes. C'est jouable. Les portes blindées résistent longtemps. En 21, lors de la révolte d'Abd el-Krim, les parents de ma femme ont tenu ici trois heures et n'ont évacué qu'au dernier moment. Ils avaient juré de ne jamais revenir à Ferme-Averseng. Or, voyez, ils sont revenus. J'ai aussi le chien, que j'amène de Chella.

Il nous conduisit dans l'ancienne arrière-cuisine de la ferme. Comme toutes celles du rez-de-chaussée qui donnaient sur l'extérieur, les fenêtres en avaient été occultées par des parpaings de ciment et les volets renforcés de plaques de tôle. Dans le mur était aménagée une chambre forte qu'Averseng ouvrit : un fusil de guerre, une MAT, des cartouches, des grenades, une fusée éclairante étaient là.

— Ça suffit, dit-il. Amenez vos harkis ici, et ils vont tourner autour des femmes, ils vont se quereller avec les hommes. A six heures du soir ils s'enfermeront comme les autres derrière les barbelés et ne feront rien. Sans compter qu'ils repéreront vite les points faibles de la ferme. C'est ce qui a failli arriver l'année dernière lorsque... ce... ce lieutenant d'Arbitral a voulu installer sa nomadisation ici.

Je regardai Françoise. J'imaginai ces nuits de taupe qu'elle devait passer à l'intérieur de la ferme. Elle attendait l'aube, elle sursautait peut-être au moindre bruit à l'extérieur...

— En vérité, dit-elle, c'est peut-être le bon air ou l'influence des volets blindés, mais je dors presque mieux à la ferme qu'en bas, à Chella. Le plus dangereux, ce n'est pas la nuit, c'est le jour, lorsque vous surveillez les travaux et que n'importe qui peut s'approcher derrière une haie ou un bosquet de figues de Barbarie et vous lâcher son coup de fusil. C'est arrivé à notre voisin, M. Milande, le propriétaire de la ferme de la Femme-Sauvage, sur la route de Bordj-Herrera.

– Les ouvriers musulmans de Milande, poursuivit Averseng, ont fait ce qu'ils ont pu. Milande n'avait jamais voulu leur apprendre ni à actionner l'alarme radio ni à conduire la voiture. Il aurait mieux fait de se méfier des gens de l'extérieur que de ses propres ouvriers. Ils l'ont finalement chargé sur le tracteur, mais il est mort en arrivant à Bordj-Herrera. C'est la bande de Si Hamza qui a fait le coup. Un mois après, la même bande a enlevé Mme Milande et son bébé qui descendaient vers Chella. On ne sait pas pourquoi ils les ont relâchés.

Azéma et Dodeman avaient prévu de déjeuner à la ferme. Averseng m'invita à partager leur repas, mais je refusai.

Réflexe de – comment dire ? – prudence, besoin de ne pas me jeter tout de suite dans cette affaire, de prendre un peu de recul. Peut-être Françoise, à ce moment dans la zone d'ombre de la grand-salle, attendit-elle ma réponse puis, quand celle-ci vint, il était trop tard. Bredouillant quelque peu, je prétextai que j'étais venu repérer les environs, l'endroit qui s'étendait entre la ferme et le marabout Sidi Mohammed el-Khrouane, etc. Je dis au revoir à Françoise Averseng, je laissai son père à ses récits, Azéma à sa mélancolie mystérieuse.

Et Dodeman à cet amour tout neuf que j'aurais bien voulu lui voler.

Dehors, le soleil froid brillait toujours. Je ralliai Smili, je lui dis que nous allions faire une patrouille dans ce que nous nommions le couloir B de la zone interdite, celui qui allait de Ferme-Averseng à Sidi Mohammed el-Khrouane. Smili parut interloqué mais ne dit rien. Il appela ses hommes. Laissant Piti avec le GMC et le scout-car de l'amirauté près de la ferme, nous prîmes en file indienne la direction de l'est.

Au sortir des vergers et des plantations d'arbres commençait un plateau herbu et lisse, vestige de champs immenses autrefois cultivés. Le plateau montait régulièrement pendant quelques kilomètres puis s'interrompait brusquement sur ce qu'on appelle, dans quelques endroits de France, un « bout du monde ». Une falaise tombait à pic en dessous de nous, elle dominait à perte de vue un vaste panorama mauve de montagnes et de vallées. C'était, vu d'un autre angle que celui de ma sortie de l'autre jour avec Ségret, le majestueux bassin creusé par les méandres du grand fleuve qui nous séparait du Rif, l'oued Sbaa, celui que j'avais vu le jour où nous étions montés vers le marabout de Sidi Mohammed el-Khrouane.

Un petit avion, un Piper français d'observation, parut dans le ciel. Nous étions proches de la zone interdite. L'avion faisait sa ronde quotidienne au-dessus de la frontière et pouvait nous repérer. Je pris le canal 17, le *canal avion* pour l'appeler à la radio et lui signaler qui nous étions, quand il disparut vers le nord sans nous avoir vus.

A pied nous remontâmes une ancienne piste tracée sur l'arête de la falaise. D'après ma carte elle devait nous conduire droit vers le marabout. Peut-être même était-ce l'ancienne piste des Duarte et d'Averseng vers le Rif. Nous longeâmes un temps le vide. A gauche, en bas, il y avait le défilement majestueux de la rivière et les bouquets de lauriers et d'oliviers sauvages sur les cailloutis. Sur notre droite, la pente d'herbes et de pierres montait jusqu'à une crête que nous ne pouvions nous empêcher de surveiller du coin de l'œil.

Nul, visiblement, n'était passé depuis longtemps en cet endroit. Smili me dit que les passages avaient lieu maintenant plus loin, de l'autre côté de l'oued.

Nous marchions depuis longtemps. J'étais en queue de la colonne. Il me sembla noter une sorte d'hésitation, un ralentissement dans la marche des harkis.

– C'est bien le chemin qui va à Sidi Mohammed el-Khrouane ? demandai-je à Smili.

– Oui, lieutenant. Fais attention à la zone interdite. Elle ne commence pas loin.

L'après-midi touchait à sa fin. Le soleil plongeait sur la droite. Un vent soudain très froid se mit à souffler. La falaise fit un angle droit, elle découvrit un nouveau panorama vers le sud. A l'infini devant nous, des rangées monotones de collines sèches s'étendaient. Sur un piton voisin, protégé de nous par la vallée abrupte du Sbaa qui nous coupait la route, je reconnus, toujours inaccessible, le marabout de Sidi Mohammed el-Khrouane.

Le bruit de pas d'un coureur dans les herbes retentit derrière moi. Smili me rattrapait :

– Tu fais comme le lieutenant Erlahcher. Tu es rentré en zone interdite, lieutenant.

– De beaucoup ?

– Non, juste un peu.

– A partir d'où ?

– Des deux rochers, là-bas.

– Je me suis trompé. Rentrons.

Sans le moindre commentaire, les moghaznis commencèrent à redescendre le sentier. De préoccupés et tendus qu'ils étaient tout à l'heure, leurs visages étaient devenus lisses et limpides.

Les cailloux boulaient sous nos pieds. Le soir commençait à tomber. La brume avait envahi le fabuleux chaos qui était maintenant à notre droite et le vent la poussait vers nous. L'avion d'observation de l'amirauté repassa lentement dans le ciel. Nous l'avions échappé belle. Par le même *channel* 17, je l'appelai à la radio. Il nous identifia et agita les ailes en signe d'amitié. Puis il piqua droit vers Chella.

Nous arrivâmes à Averseng juste à la nuit. La masse des bâtiments s'enfouissait dans la brume. Des lumignons tremblaient comme des feux follets dans les maisons des ouvriers maures. Une torche brilla en notre direction, venue sans doute d'un des membres de l'autodéfense qui cherchait à nous identifier. Du côté de la ferme, nul signe de vie. Les deux vantaux de la grande porte étaient soigneusement tirés. Averseng et sa fille avaient entamé leurs quatorze heures de blocus quotidien. Le convoi de l'amirauté s'était évanoui.

Nous retrouvâmes le GMC dans l'ombre. Piti avait disparu, mais sa voix nous appela. Il sortit de l'auvent où il s'était dissimulé en nous attendant, et s'assit auprès de moi dans la cabine du GMC. Sous sa djellaba, il frissonnait. Je lui passai une cigarette de troupe et craquai une allumette. Il avait les yeux agrandis.

– Le froid, dit-il.

– Le froid ne fait pas ça.

– Lieutenant, dit-il d'une voix brève, plus jamais. Ne me laissez plus jamais comme ça tout seul ici après le coucher du soleil. Sinon je hurle, je déserte, je fais n'importe quoi ! Le lieutenant de l'amirauté et son ami sont rentrés sur Bordj-Herrera. Les ouvriers maures savent que je suis seul ici. Quant aux Averseng, on m'aurait égorgé devant la ferme qu'ils n'auraient pas entrouvert leurs volets.

Avant d'abandonner Ferme-Averseng, j'eus envie, je ne sais pourquoi, de risquer un signe. Je dis à Petit de faire vrombir au maximum le moteur du GMC et d'allumer pleins feux les phares. Ce qu'il fit. Façon de prévenir le père Averseng que c'était bien nous qui repassions.

Façon aussi (et peut-être était-ce de la connivence) de prévenir aussi les autres – s'il y avait des autres – que nous avions bien quitté la ferme Averseng...

XX

Catherine vient

Parfois, dans ces temps-là, je me faisais l'hypothèse que toute cette affaire *était peut-être un leurre.* Un leurre très bien fait, mais un leurre quand même. Elle pouvait fort bien avoir été fabriquée. Ailleurs, quelque part, en parallèle, en contrechamp (et, je ne savais par quelle trahison, provisoirement hors de ma vue), la vraie histoire se déroulait – une histoire même un peu plus miséricordieuse que celle que je vivais maintenant.

Oui : plus je réfléchissais, plus je pensais que l'explication était que, sur la ligne, il y avait une sorte d'erreur. Que, suivant le langage de nos opérateurs de radio du temps, j'étais sur le mauvais *channel.*

Quelqu'un, un jour, probablement, décèlerait l'anomalie. Tout d'un coup la connexion correcte serait remise sans préavis.

Ce serait même la fin de l'histoire.

Toujours dans ces temps-là, en attendant, je fantasmais excessivement sur Catherine.

Par exemple, justement, cette visite : cette visite saugrenue, ridicule, impossible même, de Catherine à Arbitral. Catherine vint-elle vraiment à Arbitral ? Ou bien ce jour-là un Dieu malin mentait-il pour m'aider ? Ment-il encore aujourd'hui ? Fallait-il ce mensonge pour que je commence à guérir ?

De toute façon, si fantasme il y eut, ce fut un fantasme bienfaisant et sûrement nécessaire. Pour que j'oublie il fallait que Catherine s'humiliât, qu'elle regrettât ce qui s'était passé et

223

qu'ainsi je fusse lavé. Ce qu'en toute naïveté je voulais était une sorte de *cérémonie expiatoire.*

Que le rite fût imaginaire, qu'il fût truqué, qu'il ne fût peut-être qu'un misérable cinéma des sens n'avait aucune importance. D'ailleurs, hélas ! comment imaginer qu'il fût autre chose qu'un misérable cinéma des sens ? Comment croire une seule seconde que Catherine, avec l'éloignement d'Arbitral, sa vie à Paris, sa soif inextinguible de choses nouvelles, sa jeune cruauté pour ce qui ne lui apportait plus rien (je l'avais du reste justement aimée pour cela), ait pu s'organiser pour venir voir ce qui se passait à Arbitral ?

Pourtant, parfois, quelques indices me laissent penser que ce passage de Catherine à Arbitral ne fut peut-être pas aussi faux que je le crois certains jours. D'abord, il y a l'exceptionnelle clarté de mes souvenirs de cet épisode. Ensuite, le fait qu'après coup quelques-uns (à l'exception, majeure il est vrai, de Ségret lui-même) mentionnèrent devant moi ce passage. Peufeilloux m'en parla, Coulet m'en parla, au moins me semble-t-il. Enfin et surtout, il y a le fait que, tout de suite après cette affaire, je fus guéri de Catherine et que je cessai de l'aimer.

Qui saura jamais, et d'ailleurs que m'importe de savoir ? Le mieux n'est-il pas que, arrêtant cette polémique interne et inutile, je raconte le plus simplement possible la chose comme je la revois aujourd'hui ? Oui : un beau jour, Catherine apparut inexplicablement à Arbitral, dans la compagnie elle aussi inattendue de Tual, plus celle de Coulet et Peufeilloux. Oui, il m'arriva la même chose qu'à ce personnage de la mythologie dont on voit souvent l'image sur les pavements en mosaïques des villas romaines, l'homme qui *pinçait la lyre* au milieu des animaux ou des âmes des Enfers comme d'autres pincent la guitare, le triste héros de Glück et d'Offenbach, l'éternel perdant, le niais mari d'Eurydice, Orphée pour tout dire : j'aimai Catherine et j'en fus aimé ; je la perdis, je voulus la revoir, je la revis et je la reperdis.

Si le souvenir que je garde de cette scène est exceptionnellement clair, c'est plutôt sa place dans la chronologie qui reste floue. Catherine vint-elle au début de mon séjour à Arbitral ou au contraire vers la fin ? Ségret figure dans cette scène, j'en suis sûr. S'il n'est pas encore parti, si je ne suis pas encore chargé du poste, il s'agit plutôt du début de mon séjour. D'ailleurs je me revois marcher avec elle la nuit sur le sol boueux dans la cour d'Arbitral, je retrouve le ciel noir et glacial au-dessus de nos têtes, nous sommes donc bien en hiver, probablement vers janvier ou février, quelques mois après mon arrivée dans le Fillaoussène.

Et même, Ségret ? Car, ayant établi ce que je viens de dire, je ne suis pas arrivé au bout de mes doutes. Il me revient en effet ce souvenir surprenant : peu après le passage de Coulet, j'évoquais devant Ségret (donc Ségret n'avait toujours pas quitté Arbitral !) l'arrivée concomitante et étrange de Catherine, de Coulet, de Peufeilloux et de Tual. Je parlai de Catherine. Je répétai son nom. Ségret me regarda d'un air étonné.

– Catherine ? dit-il.

– Catherine. Mon ex-femme, vous vous souvenez ? Sa visite à Arbitral avec Coulet, Peufeilloux et Tual. C'était quand même un peu fort de café !

– Je ne me souviens pas, répondit-il. Vraiment, votre ex-femme ? A Arbitral ?

Ségret se souvenait de Coulet, de Peufeilloux, de Tual, de leur promenade infructueuse en zone interdite. Il ne se souvenait pas de Catherine.

A l'époque j'avais déjà assez d'un labyrinthe à explorer. Je passai outre.

Un second fait troublant est celui-ci : un certain nombre d'années après tous ces événements, par hasard, à Paris, je rencontrai Tual.

Tual avait depuis longtemps quitté *L'Express.* Après quelques méandres dans la presse de gauche et celle de droite, il était maintenant directeur-adjoint du *Nouvel Observateur.* Nous nous rencontrâmes à un cocktail qui suivit je ne sais quel colloque sur la « La communication et la presse ».

Lorsque vous assistez à un colloque sur la communication et la presse où se trouvent des gens comme Jean Daniel (il y avait aussi Serge July, Lucien Bodard et Jean-Louis Servan-Schreiber, autres gloires journalistiques de l'époque), il est difficile et peu opportun d'avouer que vous avez participé aux guerres d'Afrique du Nord. Avoir trempé dans une campagne coloniale, même involontaire, était peut-être un attrait sous la IIIᵉ République. Aujourd'hui ce n'est plus qu'un handicap.

C'est peut-être pour cela (peut-être aussi parce que la personne justement à côté de nous était Jean Daniel) que Tual, lorsque je le saluai, feignit de ne pas me reconnaître. Puis, quand je lui citai *Bled* et l'Algérie, il fut bien obligé de me serrer la main, mais le fit plutôt en catimini. En tout cas, il nia avoir connu Chella, il nia avoir connu un dénommé Si Hamza, il nia être allé d'une façon quelconque dans un poste militaire nommé Arbitral.

Je savais bien, moi, qu'il mentait. Mais je n'insistai pas. Sans doute, à un cocktail de presse en 1980 ou 1990, parler de Chella et de Si Hamza lui paraissait-il aussi incongru que d'arborer (ce qui n'était naturellement pas le cas) sur le smoking que nous portions tous les deux les décorations qu'on nous a larguées en catimini lorsque, enfin, nous finîmes notre temps, que la France fut débarrassée des présides, de nous, et d'ailleurs aussi presque en même temps de l'Algérie.

Quoi qu'il en fût en tout cas, j'admirai la célérité professionnelle avec laquelle il se fondit parmi les congressistes et, comme on dit, me sema. Je me retrouvai seul dans la foule, mon verre de whisky à la main, avec en moi ce curieux sentiment d'ambiguïté et de désappointement, cette perplexité que j'éprouve justement quand je pense à Chella.

Puis une fille en robe de cocktail noire, qui se dit être son attachée de presse (oui, alors, Tual entretenait des attachées de presse !), vint se coller à moi. Visiblement sur ordre de Tual, elle enquêta sur mes raisons de me trouver là, sur ce que j'étais exactement.

Par l'intermédiaire de celle-ci, Tual venait tout de même aux nouvelles ! Sans doute s'interrogeait-il sur les raisons pour lesquelles, à une occasion de ce genre, j'essayais de rallier des fantômes oubliés et surtout inutiles. Sans doute aussi, plus simplement, se méfiait-il de moi. Naturellement Tual avait tort. Car lui, car moi, nous tous, ceux qui ont participé à ce conflit nord-africain dont on ne parle pas probablement parce qu'on en a honte, nous n'avons été que des « malgré-nous » impliqués dans une guerre que nous avons faite du reste le moins injustement que nous avons pu, la seule question non résolue restant celle-ci : quand, enfin, en quelles circonstances, serons-nous *exonérés* ?

C'est justement cette question que, ce soir-là, vingt-cinq ans après, j'aurais aimé poser à Tual. Mais Tual, bien qu'il se fût épaissi dans son smoking, était resté le même : malin et évasif. Il s'esquiva donc et me laissa cette espèce de chargée de mission, mais que dire à celle-ci au juste ? Je regardai l'attachée de presse, elle avait de beaux yeux noirs, une merveilleuse robe à paillettes, noire aussi, dont elle me dit plus tard qu'elle lui avait été prêtée par Dior (dans ce milieu-là tout est bidon). Comment aurait-elle pu me répondre ?

Tual, mon ami, traître !

Un peu plus tard, j'emmenai danser l'attachée de presse dans la boîte du sous-sol de l'hôtel, *L'Écume des jours*. Par précaution, en passant devant la réception, je retins une chambre auprès du portier. Comme si c'était un talisman qui me donnait des droits sur ce qui allait arriver, je glissai avec délices la clef de cette chambre dans ma poche, et d'ailleurs je couchai avec l'attachée de presse de Tual le soir même. Après tout, me disais-je en me déshabillant et en la regardant se déshabiller (cérémonial ridicule), après tout, allons-y : c'est Tual qui régale ! Cette fille, au fait, était charmante.

Je l'épousai quelque temps plus tard. Ce fut ma deuxième – ou ma troisième – femme, la plus gentille d'ailleurs de toutes. Je m'en souviens avec plaisir. J'en divorçai quelque temps plus tard, mais ceci est une autre histoire.

Peut-être aussi, ce soir-là au *Méridien* de Paris, Tual, en disparaissant sans continuer la conversation (qui le blâmerait, avec sa position de l'époque ?), ne voulut-il qu'une chose. Préserver un secret : celui de sa participation à l'affaire Si Hamza.

Il m'ignora donc.

Enfin peut-être aussi, dernière hypothèse, la vérité était-elle encore autre que ce que je viens de dire : rien, dans cette histoire, n'avait vraiment existé. Rien n'était arrivé à Arbitral, ni à Tual, ni à moi, ni aux autres. Par esprit de revanche, par nostalgie, par esprit de je ne sais quoi, peut-être, tout simplement, était-ce moi qui avais tout inventé.

Allez donc savoir.

Leur convoi, annoncé par l'opérateur-radio de l'amirauté, se présenta à Arbitral. Il était composé d'un half-track, d'une jeep, avec une dizaine d'hommes d'escorte de l'amirauté, et entre les deux une ridicule voiture rouge couverte de poussière, en laquelle je reconnus la Dauphine Renault civile que possédait Peufeilloux à Chella.

C'était la fin de l'après-midi. Il avait fait beau toute la journée mais, comme un geôlier qui referme les portes d'une prison un instant ouvertes, le froid s'apprêtait à reprendre possession d'Arbitral. Les portières de la Dauphine s'ouvrirent et j'en vis sortir comme autant d'automates, l'air mort de fatigue, couverts de poussière, dans l'ordre, d'abord Peufeilloux lui-même, hésitant sur ses grandes jambes, tâtant précautionneusement le sol de la cour d'Arbitral comme un échassier ankylosé tâte le sol d'un marécage qu'il ne connaît pas, puis Coulet, en uniforme d'infanterie avec un curieux béret noir. Ensuite s'extirpa un civil lourdement chargé d'appareils-photos que je reconnus avec étonnement. C'était Tual, le passager de l'*Athos*, le disparu de la librairie de la rue Mimouni-Haddèche ! A la seconde où il me reconnut, il me fit de loin un signe amical.

Le premier moment de stupeur passé, vint le second. Catherine sortit de la Dauphine rouge.

Une des portières arrière de la voiture était restée fermée. Tual fit le tour, ouvrit la porte avec un geste sans doute de cérémonie.

Alors, miraculeusement fraîche et souriante, parfaitement à l'aise, avec son habituelle bonne coupe de cheveux, une veste de combat prêtée passée sur un chemisier et un *jean*, l'inévitable chèche de toile kaki qui était la marque de fabrique de l'amirauté et que nous portions tous chacun à notre façon, mais qu'elle laissait ce jour-là flotter autour de son cou avec une grâce de modèle professionnel, sur son épaule ce sac à main de cuir fauve à bandoulière que je lui avais donné l'année d'avant, tout en somme en bon ordre de bataille, elle avançait vers moi. Un ingénu et savant mélange d'accessoires militaires et de vêtements venus des bonnes boutiques de la rue de Passy, je te retrouvai ainsi, Catherine, Catherine assassin, Catherine traîtresse, quand tu marchas à ma rencontre, dans la cour du poste.

Car la situation était inversée : c'était ce pauvre Orphée qui était retenu par ses devoirs militaires sur la ligne du Styx ; c'était cette salope d'Eurydice qui venait le rechercher. Eurydice, jeune pute, qui avait plaqué celui qui l'aimait.

Tout ça sur *la ligne fortifiée du Styx.*

De façon à la fois négligente et entendue, par un savant message qui, à mesure qu'elle avançait vers moi, cherchait sans doute à décoder ce que risquaient d'être mes intentions, elle marqua qu'elle m'avait vu aussi. Elle m'adressa un petit signe de reconnaissance, le même d'ailleurs que celui que Tual venait de m'adresser.

Bien entendu, je cessai de respirer. Le cœur glacé, je regardais Catherine marcher dans la cour défoncée. Une fois encore sa trajectoire allait traverser la mienne ; elle, trois fois plus précautionneuse, trois fois plus habile et trois fois plus cruelle que tout ce que, je le savais, j'étais en train d'imaginer.

Elle avançait vers moi avec une allure de chatte, faisant bien attention à ne pas tacher de boue ses chaussures plates marron, que je devinais neuves et parfaitement cirées. Un instant elle trébucha et s'appuya au bras de Peufeilloux. Puis elle le lâcha pour marcher seule. Quand elle eut laissé le bras de Peufeilloux et que je me sentis soulagé, je m'aperçus avec honte que j'étais encore jaloux.

Ségret avait un certain mal à comprendre ce qui se passait. Il scrutait ces quatre silhouettes qui s'avançaient vers nous.

– Au moins, reconnaissez-vous Peufeilloux ? lui dis-je.

– OK. L'officier qui est à côté de lui, c'est naturellement Coulet. Mais le type aux appareils-photos ? Et la fille ?

– Le type, c'est Tual, l'ancien journaliste de *Bled*. La fille...

(Je m'interrompis.) Je vous préviens, ajoutai-je, cette histoire est dingue.

– Vous connaissez cette fille ?

– Je la connais. Il se trouve d'ailleurs que je connais tout le monde. Elle s'appelle Catherine Sérurier, comme moi. J'ai été marié avec elle. Pas très longtemps et elle m'a quitté.

Ségret ouvrit la bouche sans rien dire et me regarda d'un air incrédule. Son incrédulité disparut à mesure que les silhouettes de nos visiteurs avançaient vers nous :

– Vous devez avoir raison. Un truc de ce genre ne s'invente pas.

– Non.

– Eh bien, elle vous fait une surprise !

– Vous croyez ?

– Elles reviennent toutes. C'est ce qu'on dit du moins.

Revenait-elle vraiment ? De toute façon il était trop tard pour fuir. Elle, moi, Ségret, Tual, Peufeilloux, Coulet, nous étions maintenant, précisément comme on dit dans l'armée, *au contact.*

Des mains se serrèrent. Coulet ne put s'empêcher de saluer militairement.

Catherine allait-elle m'embrasser ? J'eus soudain le souvenir de petits baisers froids que nous avions échangés, un jour de sports d'hiver, était-ce il y a un an ou deux ? Elle ne m'embrassa pas mais me tendit la main. Elle tendit aussi la main à Ségret. Celui-ci manifestement la trouva belle. Traîtresse encore !

– Tual, dit Tual. Vous me reconnaissez ?

– Oui. Toujours en dehors de l'armée ?

– Exact. Depuis plusieurs mois.

Il eut un sourire radieux.

– M. Tual est maintenant à *L'Express*, dit Peufeilloux. Il est adjoint au grand reporter qui couvre l'Afrique du Nord, sujet qu'il connaît bien. Je crois que vous aviez rencontré M. Tual, monsieur Sérurier ?

– Décidément, dit Coulet, pour une mission confidentielle, c'est une mission confidentielle. Paris nous envoie un journaliste accompagné d'un courrier du ministère. Ce journaliste se trouve être M. Tual, que tout le monde connaît ici, et le courrier cette très belle jeune personne (il montra Catherine). Ma jeep, qui était pourtant neuve, tombe en panne. Pour la remplacer, on doit prendre la Dauphine de Peufeilloux. Maintenant je découvre que l'aspirant d'Arbitral connaît tout le monde.

– Je voudrais vous voir, dit Peufeilloux à Ségret. Nous sommes en mission confidentielle. Où peut-on se mettre avec ces messieurs ?

Avec un geste de gentleman anglais organisant le week-end de ses hôtes, Ségret désigna la baraque du bureau administratif, de l'autre côté de la cour. Puis il dit à Catherine :

– Pierre va vous emmener.

Je fus surpris. C'était la première fois qu'il me désignait par mon prénom. Ainsi joue l'influence des femmes, même chez les militaires. Je pris les affaires de Catherine dans le coffre de la Dauphine. Pataugeant dans la boue, nous retraversâmes la cour. Elle marchait devant moi et je regardai la mince silhouette garçonnière. Nous rentrâmes dans le carré. La première chose qui la frappa (comme cela m'avait frappé quand, la première fois, je pénétrai dans Arbitral) fut ce paquet de numéros d'*Elle* jeté en vrac sur la banquette, et elle parut surprise. Sur une des chaises il y avait aussi le petit voile blanc que Ségret avait donné à Fethna.

– Une fille habite ici ? demanda-t-elle.

– Oui.

– Tu t'es organisé.

– Pas moi.

– Ça ira mieux un jour, dit-elle, comme si elle savait *de source sûre*.

Elle m'expliqua sa présence à Arbitral. L'histoire était évidemment la plus simple et la plus naturelle du monde. De toute façon, je le savais, qu'elle dît vrai ou surtout qu'elle mentît, ses histoires étaient toujours limpides. Donc, en rentrant à Paris, elle chercha du travail. Par quelqu'un qu'elle connaissait (« mais que je suis bête, tu le connais aussi. C'est ton ancien instructeur de Cap-Matifou, c'est Pierre Rabier ! Je ne le vois plus d'ailleurs »), elle avait été embauchée, d'abord

231

comme dactylo contractuelle, puis, plus tard, lorsqu'il l'eut présentée à l'amiral qui commandait le service de presse et que, je le suppose, l'amiral eut sombré devant les jolis yeux de Catherine, comme chargée de mission avec des fonctions vagues. Elle vit beaucoup l'amiral, qui en raffola. Restant peut-être curieuse de voir ce que je devenais ou pour toute autre raison, elle avait pris prétexte de cette mission de journalistes pour venir ici.

– De journalistes ?

– Enfin, *un* journaliste : Tual. Il paraît que tu le connais ? Il m'a fait une cour impossible sur le bateau et il est tombé sur un bec. Je ne sais pas exactement ce qu'il veut monter ici à Chella mais il goupille quelque chose avec tes anciens patrons, Coulet et Peufeilloux. Je dois le cornaquer. Moi, j'avais envie de te voir, et me voilà.

– De me voir ?

Elle eut l'air sincèrement étonné :

– Ça ne te fait pas plaisir ?

– Si, naturellement.

– Mon chéri ! Mais juste une chose dès le début. Je ne veux pas que tu te trompes : ce qui est fait est fait, ce qui est passé est passé. Cette visite (elle détacha les syllabes) est com-plè-te-ment dé-sin-té-res-sée.

« Je n'en suis pas encore là », pensai-je.

Une fois de plus cette morsure au fond de l'estomac. A l'intérieur de moi-même, je me désespérai de ne pouvoir prendre les choses plus légèrement.

Tous les deux, nous étions assis sur la banquette du carré, et soudain je me sentis humilié et impuissant.

Avec son aisance suprêmement cruelle, avec sa sûreté, sa science instinctive et infaillible de l'*estocade,* du point vulnérable, elle était venue investir et si possible dévaluer cet abri où j'avais cru me réfugier. Sa mission, son copain amiral, les idées de Tual, tout ça c'était *bidon.*

Elle venait achever ce qu'elle avait commencé à tuer.

Il ne me restait plus qu'à lui faire les honneurs d'Arbitral. Ce fut bel et bien ce qui se passa. Car, les autres ne rentrant toujours pas du bloc administratif, je me retrouvai à lui faire visiter le poste ! Un Bourbaki maugréant vint monter des lits Picot pour tout le monde. Coulet et Peufeilloux se partagèrent la chambre attenante à celle de Ségret. J'offris à Catherine celle de l'étage, attenante à la mienne. La nuit tomba. Bourbaki alluma le feu, apporta des lampes à pétrole. Je proposai à Catherine de sortir. Elle enfila une des capotes kaki qui pendait au mur, l'ajusta (car elle était trop large) avec un ceinturon. Ainsi accoutrée, elle ressemblait à ces enfants de Poulbot qu'on affuble d'habits militaires d'adultes. Dehors la nuit était glacée. Je pris une des lampes et, par l'intérieur, je l'emmenai faire le tour du mur d'enceinte du poste.

Sur les murs, sur le sol, la lumière jaunâtre de la lampe balayait les ombres. Puis, à mesure que nous continuions notre marche, elle en ameutait d'autres. Catherine s'intéressait, posait des questions. Quand elle parlait, son souffle faisait monter une légère vapeur devant la lampe. Elle passa un doigt sur le fût lisse d'un des canons de 75 sans recul réformés qui gisait dans un angle. Elle grimpa à l'échelle de meunier qui conduisait au mirador où les moghaznis de service avaient commencé leur veille, et moi, qui montais derrière, j'eus un instant comme une bouffée de l'odeur qui venait d'elle. J'avais oublié ! Elle ne chercha pas à interrompre la veille maussade des moghaznis pour leur dire bonsoir. Elle jeta un œil rapide sur le ciel noir qu'ils auraient toute la nuit devant les yeux et descendit, vite.

Bien entendu, plusieurs fois j'eus envie de la prendre dans mes bras et de l'embrasser, puis, tout d'un coup je me rappelai que – pour quelles raisons obscures et déjà oubliées ? – je n'avais plus le droit de le faire.

Aujourd'hui, ce qui me frappe, ce fut aussi la façon aisée et naturelle avec laquelle Catherine et moi jouâmes cette scène dont nous savions tous les deux qu'elle était pourtant si fondamentalement *fausse*. Avec gravité, avec même une sorte de désespoir (cela ne faisait rien à l'affaire), je tins mon rôle. C'était comme si, voulant gagner du temps, je devais faire les honneurs d'une propriété alors qu'on improvisait des chambres pour des visiteurs inattendus.

Et tandis que je faisais cela, Catherine tenait exemplaire-

ment le sien : celui d'une *passante* attentive, admirative, inté-
ressée, immatérielle.

Une seule fois nous fûmes pris au dépourvu : alors que je lui
expliquais quelque chose, elle eut à tourner rapidement son
visage, et, un instant, d'une façon inopinée et cruelle, nos
regards se croisèrent. Par hasard tous deux étaient alors sans
masque. Mais cet éclair ne fut le début de rien. Comme au jeu,
je reperdis tout, tout de suite. Elle baissa les yeux, reprit son
rôle de visiteuse évasive. Elle dit qu'elle avait froid.

Nous traversâmes la cour pour retourner vers le carré. Au
sortir de la tour de guet, dans une obscurité profonde, elle s'arrêta un instant pour regarder je ne sais quoi, le ciel, le noir
cercle des montagnes qui emmurait Arbitral.

Alors, extraordinairement attentif, veillant avec acuité à ne
manquer aucun des détails, aucun de ces indices, que, je le
sentais, je ressasserai inlassablement, qu'il me faudrait
décrypter seul lorsque la scène serait finie, que nous l'aurions
jouée tous les deux, profitant de l'obscurité, je regardai à la
dérobée la silhouette de son visage, ce profil si complètement
familier, et que cependant j'avais déjà presque oublié.

La nuit était maintenant toute noire. Le groupe électrogène
se mit en marche. En bas du poste, du côté du bâtiment administratif, des lampes de poches tracèrent des faisceaux dans
l'obscurité. Les quatre stratèges rentraient. Je me hâtai pour
arriver avant eux.

Le dîner fut étonnant. Coulet et Peufeilloux étaient enchan-
tés d'un programme de « visite de la zone interdite » qu'ils
s'étaient apparemment organisé et où ils voulaient que le lendemain Ségret les accompagne. Il me sembla sur le moment
qu'ils étaient montés de l'amirauté pour préparer « un coup »
de l'autre côté de la frontière du Rif. Ils parlèrent aussi d'une
nouvelle extension possible de la zone interdite du Fillaoussène.

Pendant que Bourbaki servait tant bien que mal, l'œil malin
de Tual se promenait sur les murs du carré, sur Ségret, sur
moi. Plusieurs fois, il me sembla qu'il recherchait le regard de

Catherine, mais ce regard, visiblement, ne voulait ni le recevoir, ni lui rendre quoi que ce soit. Je notai aussi quelques coups d'œil de Peufeilloux à Catherine. On parla de la situation. Tual, revenu à Paris, était rentré comme il l'escomptait à *L'Express* et aidait donc le titulaire de la chronique algérienne. Il disposait de contacts à Matignon chez le Premier ministre et décrivait l'ambiance qu'il y avait là-bas.

Grâce aux coups de boutoir que le commandant en chef français en Algérie d'alors, le général Challe, avait donnés aux katibas en Kabylie, dans les Aurès ou ailleurs, la rébellion était à bout de souffle. Militairement, la situation était réglée. Jamais il n'y avait eu autant de ralliements et de volontaires pour les harkas.

Et pourtant, au fond, rien n'allait vraiment bien. Les crédits énormes que la France injectait en Afrique du Nord disparaissaient comme dans un trou. L'opinion métropolitaine était lassée de ces guerres qui ne finissaient pas. Surtout, malgré son échec sur le terrain, bien à l'abri à Tunis, à Tripoli ou au Caire, le gouvernement provisoire rebelle ne comprenait rien, absolument rien à la réalité de sa défaite et ne voulait toujours pas entamer de négociations. De Gaulle s'impatientait. Ce qu'il voulait en fait, c'était, à n'importe quel prix, tourner la page en Afrique du Nord et passer à autre chose.

Impressionné par la qualité supposée de ses hôtes, Bourbaki avait improvisé un cérémonial rustique pour jour de fête à Arbitral. Une toile de tente brune servait de nappe, des assiettes dépareillées mais blanches avaient été trouvées Dieu sait où. La lampe à pétrole dont le verre avait été nettoyé, posée sur la table, diffusait une lumière intéressante.

Elle mettait indiscutablement en valeur la lueur amusée et ambiguë des yeux de Catherine. Il était clair que Ségret, Tual et Peufeilloux appréciaient.

La cuisine elle-même fut, hélas ! tout à fait conforme à l'absence d'intérêt que lui portait Bourbaki : sardines de l'ordinaire non sorties de leurs boîtes, œufs durs, frites molles. Tout à leurs théories, les convives ne parurent pas s'en soucier et mangèrent martialement ce qu'on leur offrait.

Coulet opinait à ce que Peufeilloux disait. Catherine était

songeuse. A quelques moues, à quelques regards de désappointement discret, je vis qu'elle désapprouvait le monde de la guerre des présides où le hasard – quel hasard ? – l'avait entraînée.

La conversation continua. Un moment je grimpai dans ma chambre pour en fermer la fenêtre. Pendant mon absence, il me sembla qu'ils parlèrent d'Azéma, sans que je puisse savoir si c'était du père ou du fils qu'il s'agissait – probablement du fils. Ils disaient qu'il fallait le surveiller, ou qu'ils étaient en train de le surveiller, je ne sais pas. Ils prononcèrent aussi le nom d'Averseng, ce qui permit à Ségret de se lancer dans sa diatribe ordinaire. Enfin il me sembla, ô surprise ! entendre Peufeilloux prononcer le nom de Dodeman. Je tendis l'oreille, c'était trop tard. Me voyant réapparaître, ils se turent.

– Eh bien, dit Peufeilloux, la journée de demain va être dure. Autant aller se coucher.

– Sérurier restera au poste pendant que j'irai avec vous, dit Ségret.

– Où allez-vous demain ? demandai-je.

– Un contact, fit Peufeilloux. Je veux votre parole de ne rien dire à quiconque. Nous allons probablement rencontrer Si Hamza en zone interdite. Oui, Si Hamza, votre propre fellouze du Fillaoussène ! Vous vous souvenez du moqqadem de Sidi Ben Amar, Sidi Ali, le guérisseur de la Zaouïa que nous avons vu sur l'*Athos* à notre arrivée ? Duruffle disait que c'était probablement un fellagha.

– Eh bien ?

– Ce n'est pas exactement un fellagha, mais il a bien les contacts des deux côtés que nous espérions depuis le début. Un jour, rue Mimouni-Haddèche, il est venu nous dire que Si Hamza en avait peut-être assez. Qu'il ne voulait pas se rendre, qu'il voulait discuter un peu. Ça nous arrangeait justement. Bref... Bref, nous avons rendez-vous demain avec lui quelque part du côté de l'oued Sbaa, en tout petit comité. Priez pour que ça marche et n'en parlez rigoureusement à personne.

– Erlahcher aussi avait rendez-vous avec Si Hamza.

– Ça reste encore à prouver, dit vivement Coulet.

– Nous veillerons à ce que notre affaire à nous débouche,

reprit Peufeilloux. Et à ce qu'il n'y ait pas d'accident. Merci, aspirant Sérurier. Faites-nous réveiller à cinq heures.

Le dîner fini, chacun disparut pour aller se coucher, peut-être mettant un point d'honneur à me laisser seul avec Catherine.

Ségret régla sa montre-réveil. Avec un désintéressement ostentatoire, Tual embrassa affectueusement Catherine et partit.

Bourbaki remit une brassée de bois dans la cheminée puis prit une des lampes à pétrole. Visiblement, il n'était pas d'accord avec la présence de cette femme à Arbitral et hésitait à partir. Enfin, voyant qu'il n'en viendrait pas à bout, il renonça.

Bien ostensiblement, il ouvrit la porte de la cour, fit son habituel salut militaire et, sans un mot ni un regard pour l'intruse, claironna un « *Bonsoir-mon-lieut'nant-Sirurié* » sonore et provocateur.

Ce soir-là, je compris qu'il m'avait enfin accepté.

Justement parce que, avec l'arrivée de Catherine, il craignait de me perdre.

Il disparut. Catherine dit :

– Ce type ne m'aime pas.

– Il n'aime pas ce qui est nouveau. Il ne m'aimait pas non plus. Il attend pour m'aimer tout à fait que Ségret parte.

– Je suis contente, dit-elle. Tu t'es habitué à vivre sans moi.

– C'est pour que je m'habitue à vivre sans toi que tu es venue me chercher jusqu'ici ?

– Idiot.

Elle parut à la fois décontenancée et déçue. Une dernière fois (mais c'était à mon corps défendant, et je me repentis de la phrase dès que je l'eus prononcée), je me mépris :

– Catherine, et essayer de recommencer ?

Elle fit *non* de la tête.

Puis ce *tt-tt* négatif qu'une mère emploie avec un petit garçon gentil, mais stupide et obstiné.

– Drick ? dis-je.

C'était stupide. Elle rit :

– Ne sois pas stupide. Drick... (elle eut un geste de la main), il y a longtemps que c'est fini. Ce n'était rien.

237

– Tu aurais pu t'en apercevoir plus tôt.

– Idiot, dit-elle. Tu es complètement idiot. Ce que je voulais, ce n'était pas aller avec Drick, c'était ne plus être avec toi. Tout est devenu clair entre toi et moi parce que j'ai couché avec lui – et avec d'autres, autant que tu le saches.

– Merci à tous. Et maintenant ?

L'amertume et la douceur me remplissaient la bouche. Si elle avait dit un seul mot de compassion, je l'aurais prise dans mes bras et j'aurais tout oublié.

Mais elle ne dit pas ce mot.

A ce moment, la lumière du carré clignota, puis faiblit et s'arrêta. Invités ou pas, les harkis de garde coupaient le groupe électrogène à neuf heures. Je me levai, pris la lampe à pétrole. Par l'escalier intérieur, nous montâmes dans ma chambre. Nous nous assîmes côte à côte sur le lit.

Chaque parole était comptée. Tout ce qu'elle trouva à me dire fut :

– Tu as une cigarette ?

Et c'était bien. Car justement, ce geste-là : tirer le paquet de ma poche, jeter amicalement une cigarette, avait été longtemps entre nous un geste de complices. Je veux dire : complices *quand nous étions amis.* Je me penchai vers la chaise qui me servait de table de nuit. Je lui jetai le paquet de cigarettes. Elle l'arrêta au vol. Entre ses deux mains.

– Pardonne-moi, Pierre. Je t'ai fait plus mal que je ne voulais.

– C'est surtout l'effet de surprise, dis-je. Tu y pensais depuis déjà longtemps ?

– A quoi ?

– A t'en aller. A t'en aller.

– Je ne sais pas. Assez longtemps. Depuis le début je crois.

– Même... (Misérablement, à toute vitesse, comme on feuillette à toute vitesse un agenda pour y trouver une date ou un numéro de téléphone vital, je cherchai dans ma mémoire quelques bribes de souvenirs heureux, des instants dont j'étais presque sûr, des *alibis* en quelque sorte.) Même les vacances en Grèce, même Hydra, quand on n'avait pas trouvé d'hôtel ?

Elle haussa gentiment les épaules :

238

– *Mon vieux* (j'admirai la maîtrise et la tendresse avec laquelle elle disait ce « mon vieux »), hôtel ou pas, ça n'est pas le problème. Il y a aussi des moments où je me dis que je devrais retourner avec toi. Ça serait tellement plus simple.

– Pourquoi non ?

– Tu imagines ? Je retourne à Paris et j'attends que tu reviennes.

– Je t'enverrai de l'argent d'ici.

Elle rit tristement :

– C'est plus compliqué que ça.

– C'est drôle, lui dis-je. Tout à l'heure, lorsque nous étions dans l'obscurité, près du rempart, j'ai failli te sauter dessus. Pas pour te battre, pour te violer. Je m'en veux, mais c'était comme ça. Je ne sais pas si c'est parce que je te déteste ou parce que je te désire.

Elle avait bien deviné que c'était les deux. Elle eut un sourire amusé, presque complice. Sans doute savait-elle en venant que ça se terminerait ainsi. De toute façon, elle avait toujours eu ce génie de dénouer de la façon la plus élégante et la moins coûteuse pour elle les scènes les plus désagréables ou les plus indigentes.

C'était l'occasion. Je soufflai la lampe à pétrole.

Je m'approchai de la petite fenêtre qui donnait sur le dehors, je l'ouvris. J'ouvris aussi le lit.

Elle soupira à voix basse :

– Salaud.

– Moi, le salaud ?

Elle eut un rire étouffé. L'instant d'après, dans l'obscurité, je sentais ses bras frais qui m'entouraient l'épaule.

– Si c'est ça que tu veux, dit-elle, allons-y. Mais c'est idiot.

– Je sais.

Je me dévêtis à tâtons, en quelques gestes. Je me glissai dans le lit.

Elle dit encore :

– Ça ne changera rien.

Elle s'approcha de la fenêtre. Son torse mince se détacha sur le fond lumineux de la nuit. Elle dégrafa son corsage, elle fit glisser son soutien-gorge avec ce bruit de soie d'autrefois. Le cœur serré, je vis un instant la silhouette ronde d'un de ses seins se profiler sur le ciel. Elle retira le reste de ses vêtements. L'instant d'après, elle était contre moi. Je sentis son corps tout frissonnant de froid qui cherchait le mien.

– Je ne sais pas, dit-elle à voix basse. Ce n'est pas vraiment raisonnable. En plus, tu vas faire de la peine à tes copains Tual et Peufeilloux.

– Ils te courent après ?

Elle eut un petit rire inquiet et rassuré. Sans me dire si c'était ce que je cherchais, sans me dire si c'était ce qu'elle cherchait, elle soupira, comme pour elle-même :

– Le repos du guerrier.

Elle me mordilla l'oreille dans un geste qu'elle avait fait vingt fois, dix fois, cent fois, en cette étrange vie antérieure que nous avions vécue autrefois et dont, au nom de je ne savais quoi, presque comme Adam et Ève de l'Éden, on nous avait chassés. Elle m'embrassa l'épaule. Je reconnus ce geste. Maintenant sa main me caressait la poitrine, puis elle descendait plus bas. Je me retournai sur elle, et la pris, violemment. Lorsque je la pénétrai, elle cria de plaisir. Je ne me souvenais pas qu'elle eût crié comme cela.

L'aube blanche nous surprit. Nous avions fini, sans nous en rendre compte, par nous endormir. Le bruit que faisait Bourbaki, en préparant rageusement dans la salle du bas le café, nous réveilla tout à fait. Elle me sourit, s'assit dans le lit, attrapa son chemisier qu'elle reboutonna à même ses seins.

Je la regardais. Je savais que ça ne recommencerait plus. Plus jamais je ne la reverrais faire ce geste. Plus jamais, et elle souriait toujours. Et en même temps que, avec une sorte de reconnaissance, je lui rendais son sourire, je me trouvai un étrange goût dans la bouche. Je réalisai soudain que, juste avant de me réveiller dans ses bras, j'étais aux prises avec un rêve abominable.

Le souvenir de ce rêve me revint tout d'un coup. Peut-être ne devrais-je même pas le mentionner. Il effaça pourtant toute la douceur que je venais de vivre.

Quelque temps auparavant j'avais lu le récit absurde et atroce de certaines expériences pseudo-médicales que les médecins des camps de concentration allemands entreprenaient sur les déportés, pour « étudier » les moyens de réanimer les gens, particulièrement les marins tombés à la mer ou les soldats du front russe saisis par le gel. A Dachau, un fou cruel exposait les détenus pendant plusieurs heures à un froid glacial, puis, lorsqu'ils étaient à demi morts, il les ranimait.

Thermomètres et instruments scientifiques à l'appui, il glissait à côté d'eux le corps nu d'une femme également déportée, et chargée de les réchauffer. L'horreur était que, dès que les demi-morts sortaient de leur coma (s'ils en sortaient), et qu'ils découvraient en quelle situation ils se trouvaient, leurs sens misérables reprenaient le dessus, et, presque immanquablement, ils se retrouvaient, sous l'œil des médecins, à faire l'amour avec leur compagne de martyre'

Tel fut, après des moments très tendres et très délicieux, et finalement beaucoup de bonheur, le cauchemar peut-être idiot et en tout cas de très mauvais goût que je me mis à faire à la fin de cette nuit-là. Justement, dans un demi-sommeil, il m'avait semblé entendre Catherine me dire à l'oreille (encore aujourd'hui, je jurerais que je ne me suis pas trompé) qu'elle m'aimait.

Voici quel fut mon rêve : j'avais failli mourir de froid, de manque de tendresse et de solitude, et Catherine avait été commise pour me ranimer. Maintenant sa tendresse dans la tiédeur d'un lit m'avait sauvé. Je revivais, j'ouvrais les yeux autour de moi. Alors je découvrais que rien n'était terminé : le médecin fou était toujours là. Ses aides, ses instruments de mesure, son monde concentrationnaire, tout le reste m'attendait derrière lui.

XXI

Où j'essaie (mais en vain)
de tuer Si Hamza

Lorsque Catherine et moi sortîmes de ma chambre, le rite avait été accompli. Nous nous étions dit tout ce que nous pouvions nous dire.

Ségret, Tual, Peufeilloux et Coulet étaient déjà sortis pour leur odyssée matinale. Le seul qui vaquât à ses occupations ordinaires dans le poste était Bourbaki. Installé dans sa cuisine, espérant sans doute le prochain départ de Catherine, il avait recommencé à fourbir ses casseroles.

Nous étions tous deux assis à la grande table sans avoir trop à nous raconter quand tout à coup la porte s'ouvrit et Fethna, qui venait du Regroupement, entra.

Sans doute était-elle venue conjurer la présence de Catherine et *reconquérir son territoire*. Elle pénétra dans le carré, en reprit possession. Elle alla vers la penderie, retira ses chaussures puis son haïk, les rangea là où elle devait, puis rejoignit Bourbaki dans la cuisine. Au bout d'une minute, elle rentra à nouveau. Le sourcil froncé, l'air très important, sans le moindre coup d'œil sur nous deux, elle apporta le café.

Vers midi, les quatre pèlerins de la zone interdite rentrèrent. Ils étaient bredouilles et visiblement furieux.

Si Hamza n'était pas venu au rendez-vous.

Donc Si Hamza avait fait faux bond ! Toute la matinée, auprès d'un groupement de mechtas démolies que leur avait indiqué le moqqadem, les quatre hommes avaient attendu et personne ne s'était présenté. Peufeilloux était d'autant plus furieux que, d'après ce que je compris bientôt, il avait fait venir Tual spécialement de Paris pour couvrir ce contact.

243

L'article que Tual devait publier à ce sujet dans *L'Express* entrait dans certains plans qu'il avait.

– Chou blanc ! me dit Tual avec un clin d'œil.

Je sentis que lui non plus n'aimait pas cette affaire dans laquelle il avait été embringué, et qu'il n'était pas trop mécontent de l'échec de l'escapade de C & P.

– Le tuyau du moqqadem était crevé, dit Coulet.

– Ce gros porc nous a raconté des histoires ! reprit Peufeilloux. Depuis le début, avec ses courbettes et ses invitations à des couscous, il nous mène en bateau.

· On trouvera quelqu'un d'autre, dit Coulet.

– Acaton va rigoler, dit Peufeilloux. Il n'aimait pas notre idée.

– Peut-être Si Hamza s'est-il seulement trompé sur la date ? dis-je avec une suavité insolente qui me surprit moi-même.

Peufeilloux me jeta un regard furieux.

– De toute façon, dit-il à Tual qui, vaguement goguenard, restait à l'écart, il y a d'autres pistes. Si Hamza ne pourra se dérober indéfiniment aux propositions que nous voulons lui transmettre. J'en fais une affaire personnelle. Je trouverai le fil qui mène à lui. Dès que je l'aurai retrouvé, je vous enverrai les éléments pour votre article, dans *l'Express* et ailleurs.

Quelques harkis avaient accompagné les quatre hommes dans le début de leur expédition. Ils les avaient déposés en GMC en bordure de la zone interdite, près de la falaise du Sbaa. Plus tard ils racontèrent qu'au bord de la falaise les visiteurs avaient demandé des points de vue sur l'oued Sbaa. Ils avaient examiné longuement à la jumelle la frontière du Rif comme s'ils cherchaient l'emplacement de quelque chose, ou pour quelque chose.

– Le grand type, dit Smili, il est complètement fou. Il crie, il n'est jamais content de rien. Il ne sait pas lire la carte et se trompe sur tous les noms. Le petit qui est avec lui est beaucoup plus intelligent : il ne dit jamais rien.

A cette description sans fard, je reconnus mon cher Peufeilloux et son compagnon Coulet.

La journée s'avançait. Nos visiteurs voulaient partir. Tout d'un coup, personne n'eut plus le temps de rien. Ségret décida

de descendre avec eux à l'amirauté et de remonter le lendemain. Catherine avait déjà pris ses affaires et s'était installée
seule dans la Dauphine sur le siège avant.

J'approchai de la voiture. La vitre de la fenêtre était couverte de gouttelettes d'eau et de buée et empêchait qu'on la vît
clairement. Au bout d'un certain temps, elle descendit la vitre.

– Au revoir, Pierre Sérurier, dit-elle.

Elle fumait. La cigarette faisait ce point rouge intermittent
dans la voiture. J'embrassai une joue froide déjà indifférente
qui était celle de la femme que j'avais aimée. Dans une fanfare
de vrombissements qui remplit la montagne, le cortège de
l'amirauté quitta la cour du poste, la Dauphine de Peufeilloux
en son milieu.

J'avais providentiellement une affaire de clôture barbelée à
examiner au Regroupement d'en bas. Je bouclai mon ceinturon, pris mon revolver et descendis près de la Sénia.

Je réglai mon affaire. J'allais remonter vers le poste sans en
avoir trop envie, quand, sortant de la mechta qu'il habitait un
peu à l'écart du Regroupement, Ben Saada, le garde champêtre
du douar, m'invita chez lui.

Par sa fonction dans le Regroupement, aussi parce que les
fellaghas ont assassiné il y a quelques années le garde champêtre du douar voisin à qui les Français avaient refusé un port
d'armes, Ben Saada est le seul civil maure d'Arbitral autorisé à
garder un fusil chez lui.

Le fusil est suspendu au mur, près de la porte. Ben Saada
me le montre avec fierté, ainsi que les cinq cartouches qu'on
lui a données mais dont il doit le compte au poste chaque
semaine.

Ben Saada raconte : il est un ancien tirailleur de l'armée
d'Italie. Il a fait le mont Cassin avec les Américains, Rome et
tout ça. Il a reçu une décoration en Italie qui lui a été remise,
dit-il, par « *el marichal Juin* » en personne. Un peu crasseuse
maintenant, elle est toujours suspendue auprès du fusil.

Il me la montre avec fierté.

Avec la même fierté il me dit ensuite qu'il a deux femmes et un petit enfant, un *moutchatchou* qui vient de naître. Dans le Fillaoussène, avoir deux femmes (on doit à toutes deux un traitement égal) est un luxe que bien peu peuvent avoir. Mais Ben Saada cumule sa retraite de tirailleur et son traitement de garde champêtre. D'où ses deux femmes et l'enfant. Naturellement, tous frais payés, il se retrouve aussi pauvre que les autres.

La mechta de Ben Saada est protégée par l'habituelle enceinte faite de pierres, d'épines sèches et de figuiers de Barbarie. Je rentre dans la cour de terre battue. Deux ou trois poulets déplumés font leur ronde. Ils picorent tout ce qui traîne sur le sol, rejetant ensuite ce qui n'est pas mangeable. Alors ils nous lancent un regard de reproche, comme si nous étions responsables de leur déconvenue.

Je m'assieds sous un auvent. Un moment, sans parler, j'observe la « vieille » épouse de Ben Saada. Elle a au moins trente ans (mais les femmes vieillissent vite dans le Fillaoussène).

Debout, les genoux bien tendus, pliée à angle droit à hauteur des hanches, elle vaque aux occupations du ménage avec la maîtrise de l'expérience. Elle balaie le sol avec un balai court puis s'approche du réchaud d'argile (le *kanoun*) posé au milieu de la cour. Elle l'attise vigoureusement avec une sorte d'éventail, et la braise repart. Puis elle saisit la cruche posée dans un coin et répand un peu d'eau qui fait de drôles de cloques sur la poussière, tout comme les balles du fusil-mitrailleur l'autre jour faisaient d'autres drôles de cloques devant le GMC sur la piste d'Arbitral.

Après la nuit que je viens de passer, regarder cette femme travailler, c'est comme regarder une eau calme, contempler un paysage éternel. Comme aussi regarder le vieil amandier du père Averseng.

Dans l'autre coin de la cour, l'autre épouse de Ben Saada, la jeune, est assise comme moi à même le sol. Naturellement aucune des deux femmes ne m'adresse la parole ni ne me donne le moindre signe d'attention.

La jeune femme porte dans ses bras le petit enfant. De

grandes chandelles de morve pendent du nez du bébé. Ses joues sont rouges comme des cerises. Il rit à perdre haleine, preuve qu'on peut être enrhumé, jamais mouché et heureux tout de même, surtout si l'on vous secoue comme un sac, ce que la mère fait en ce moment. Des haillons ficelés autour de lui l'empêchent de gigoter. La femme le berce gentiment.

Je me suis trompé. L'enfant (me dit Ben Saada) n'est pas le fils de la jeune femme, mais le dernier-né de l'autre. De toute façon, ajoute-t-il avec fierté, la jeune a aussi *gagné moutchat-chou*. Elle est enceinte, elle aura son propre bébé dans trois ou cinq mois. En attendant elle s'occupe du bébé de la vieille. C'est mieux parce que la vieille est la plus habile pour les travaux ménagers.

– Lieutenant Ségret descendu à l'amirauté ? demande Ben Saada.

– Oui.

– Lieutenant Ségret beaucoup à l'amirauté ?

– Oui. Il part bientôt à Paris.

Sur un grand plat d'argile brune conique posé sur le sol il reste un peu de couscous avec des légumes froids de la veille. Ben Saada m'en offre. Je n'ai pas faim, mais nous mangeons fraternellement accroupis tous les deux près du plat. Nos doigts ramènent vers notre bouche des fragments odorants de semoule. Ben Saada défait un morceau du chèche abominablement sale qui lui couvre la tête. Il en essuie soigneusement la théière vide. Sans la moindre façon, il renoue le morceau de chèche sur sa tête.

Il sert le thé à la menthe. Une petite alcôve a été creusée dans le mur de pisé de la mechta avec une sorte de rayonnage fait d'une vieille planche. Ben Saada va y prendre un gros pain de sucre conique enveloppé de papier bleu. Il prend aussi un curieux petit maillet de cuivre qui s'y trouve, et, dans le creux de sa main, d'un coup de maillet, il casse quelques fragments de sucre qu'il met dans la théière. Le jet jaune du thé, versé de toute la hauteur de son bras, produit une sorte de crépitement dans le verre. Ben Saada reprend la première tasse pleine de thé. Il la reverse dans la théière pour parfaire le mélange. Le jet crépite à nouveau dans les verres.

Je bois. A cause de l'hiver, la menthe est de la menthe séchée. Elle donne au thé un goût amer et sur qui n'existe qu'en hiver. Longtemps après (en ce moment même où j'écris), je le retrouve au fond de ma bouche.

Ben Saada voudrait me parler. Il faut qu'il parle, c'est plus fort que lui. Secouant le verre, il tourne le thé qui lui reste dans le fond.

— Lieutenant Ségret, quand il est allé ce matin avec les autres, il n'a trouvé personne ?

— Tu en sais des choses, Ben Saada !

— Je suis le garde champêtre du Regroupement. Je circule un peu.

Il a dit « *un pô* » avec un comique accent d'innocence et d'impuissance.

— Mais tu ne vas pas en zone interdite, que je sache ?

— Non.

— Le lieutenant Erlahcher, tu le connaissais ?

Nous y voilà. Ses yeux brillent tout d'un coup :

— Oui, très bien.

— Alors ?

— Lui toujours parler beaucoup avec moi avant de faire quelque chose. Quelquefois il écoute et fait ce que je lui dis de faire. Quelquefois il fait juste le contraire.

— Tu l'as vu la veille de sa mort ?

— Oui.

— Tu savais que le lieutenant Erlahcher serait tué ?

Ben Saada m'examine attentivement. Il cligne des yeux en aveugle. Il essaie de deviner si je sais ce que je dis ou si simplement je plaisante.

— Je te demande, Ben Saada : est-ce toi qui as envoyé le lieutenant Erlahcher dans la zone interdite ?

D'abord Ben Saada croit que je lui tends un piège. Il me regarde avec indignation :

— *La, la* (non) dit-il. Ce n'est pas moi. C'est lui tout seul.

J'ai posé la question presque au hasard, et Ben Saada paraît sincère. Pourtant peut-être ai-je touché quelque chose d'essentiel.

— Le lieutenant Ségret vient aussi te voir ?

– Non, dit-il. Le lieutenant Ségret n'écoute personne. Tout le temps il pense à autre chose, à l'amirauté, à Paris, à *j'sais pas quoi.*

Je reviens à ma question :

– Ben Saada, savais-tu que le lieutenant Erlahcher allait quelquefois tout seul en zone interdite ?

Ben Saada jette un coup d'œil de côté. Il se renfrogne. Il y a sans doute anguille sous roche mais il ne dira rien aujourd'hui. Un autre jour je reposerai la même question.

Je me lève pour remonter au poste.

– Lieutenant Sérurier. Attends. Fais attention au PIM.

Le PIM ? Le petit prisonnier de la matmora ? J'avais oublié l'existence de celui-là.

– Le PIM, répète-t-il.

Que veut dire Ben Saada ? Il a tourné la tête contre le mur. Il parlera une autre fois. Peut-être.

Ainsi va la dialectique des Maures.

– Au revoir, Ben Saada, dis-je. Je retourne au poste. Écoute-moi bien pourtant : aujourd'hui, c'est toujours le lieutenant Ségret qui commande. Quand ce sera moi qui commanderai à Arbitral, que tu le veuilles ou non, je reviendrai te voir. Je t'interrogerai. Si tu la sais, tu me raconteras toute l'histoire du lieutenant Erlahcher.

Ben Saada prend un air soumis :

– D'accord, comme tu veux, lieutenant Sérurier, dit-il. *Inchaallah* !

Peut-être, comme dirait Peufeilloux, est-ce un fil. Un petit morceau de fil conducteur.

J'en finis là pour aujourd'hui.

Et au fond, cette conversation interrompue n'était-elle pas annonciatrice d'autres ? Car le soir même il m'apparut clairement que certains harkis n'étaient pas mécontents que Ségret eût quitté pour une nuit le commandement d'Arbitral ; que le futur responsable leur fût, pour un moment, *à l'essai*, livré. Comme si (mais sans doute rêvais-je) ils eussent entretenu l'espoir de renouer avec moi un dialogue, peut-être entamé un jour avec Erlahcher mais depuis interrompu avec Ségret.

J'avais convenu avec Ségret que je ne sortirais pas du poste avant son retour. J'étais donc assis au carré seul devant le feu. Fethna était descendue au Regroupement. Bourbaki entra et, avec une étrange mimique, me dit que Smili voulait me parler.

Les vêtements de Smili sentaient le froid, l'humidité, la fumée des feux autour desquels les harkis bivouaquaient parfois. Ses yeux étaient écarquillés comme des yeux d'oiseau de nuit. Ils brillaient d'excitation. Il dit :

– Mon lieutenant, il y a un type qui a donné un renseignement.

– Quel type ? Il est là ?

– Non, il est parti.

– Eh bien, dis.

– Oui, dit-il. Le « Grand Fellagha » (ainsi les harkis appelaient-ils entre eux quelquefois Si Hamza), le Grand Fellagha et ses djounoud dorment cette nuit dans le marabout de Sidi Mohammed el-Khrouane.

Dans certains films, un effet de cymbale souligne un épisode particulièrement spectaculaire. L'annonce de Smili fut ponctuée dans la cuisine par un fracas épouvantable de vaisselle. Ainsi Bourbaki témoignait-il, d'abord naturellement de ce qu'il écoutait aux portes, ensuite de ce qu'il désapprouvait ce que venait de dire Smili. J'allai vers la porte de la cuisine, la fermai. Je reposai la question :

– Tu as appris ça comment, Smili ?

Smili fixa obstinément le bout de ses pieds. Il attendit un peu puis il parla :

– C'est Ben Abderrahmane Mostefa, dit-il, qui l'a dit. Son fils Miloud est avec la bande de Si Hamza. Miloud est venu voir hier son père et lui a expliqué qu'il ne veut plus rester avec Si Hamza. C'est trop dur, les gens du Rif les laissent tomber, ils n'ont plus rien à manger, ils ont peur d'être tués. Il veut aller avec les Français – avec *Sti Ameur.*

Dans le langage du Fillaoussène, dans la langue des harkis et des gens des tribus (et je n'ai jamais su en vérité pourquoi) *Sti Ameur* était le nom donné aux Français.

– Tu crois que c'est un bon renseignement ? Tu ne vas pas nous fourrer dans une embuscade comme le lieutenant Erlahcher l'a été ?

Smili hésita.

Sans doute, mentalement, essayait-il de *coter* la valeur du renseignement comme nous notions la qualité de la réception radio. Cinq sur cinq ? Quatre sur cinq ? Il réfléchissait. Il dut se souvenir que, quand il a parlé sur un sujet, un Maure des montagnes ne se répète jamais. Il dit, puis il attend qu'on accepte ou qu'on refuse par un seul mot.

– Alors, Smili ?

Smili prit un air dédaigneux et fermé. Si je ne voulais pas, ce n'était plus son affaire. Il attendit.

– Tu crois qu'on peut l'avoir ?

Il réfléchit :

– Oui. Très facile.

– Avec combien d'hommes ?

Nouveau silence. Il évaluait mentalement, comptant les phases probables de l'action. Puis il dit :

– Vivant ou mort ? Vivant, il faut l'encercler avec toute la harka, et encore il risque de s'échapper. Mort, six ou sept types et nous deux ça suffit. Plus deux fusils-mitrailleurs et le mortier de 60.

Il réfléchit encore :

– Garanti.

– Sept types et nous deux ? dis-je.

– Affirmatif.

– Vous êtes combien d'hommes ce soir au poste ?

Il compta sur ses doigts :

– Sept. Plus Mouhoun et Zidouri qui sont dans le mirador, mais ce sont deux froussards.

– Au plus simple, dis-je. Va pour le tuer.

C'était joué. Quand Ségret rentrerait demain, Si Hamza serait mort et tous les beaux plans de Coulet et Peufeilloux par terre. Tual écrirait un article dans *L'Express* – peut-être pas celui que C & P auraient souhaité.

Je ne savais rien de la portée de ce que j'allais essayer d'entreprendre, sauf que, ce faisant, j'allais arrêter quelque chose d'obscur et d'important mis en route par d'autres, mais c'était ça justement qui me poussait en avant.

Je jetai à Smili la clef de l'armurerie :

– Amène tout le monde, sauf Mouhoun et Zidouri. Ne fais pas de bruit.

Smili sortit.

Du côté de la cuisine, un grattement ingénu et respectueux se fit entendre. Depuis que j'avais fermé la porte, sans doute le « service d'écoute » était-il sevré d'informations. Bourbaki venait aux nouvelles.

– Bourbaki, tu m'emmerdes. Qu'est-ce que tu veux ?

– Rien, lieutenant Sérurier. J'ai écouté à la porte. Excusemoi *très fort*.

– Tu écoutes aux portes comme d'habitude, Bourbaki.

– Lieutenant Sérurier, ne va pas à Sidi Mohammed el-Khrouane. Le lieutenant Ségret ne sera pas content.

– Bourbaki, vieux fellouze ! Tu crois aux renseignements de Smili ?

– Lieutenant Sérurier, dit Bourbaki, je ne suis pas un fellouze et je ne sais pas pourquoi tu dis ça. Ne va pas à Sidi Mohammed el-Khrouane, tu ne feras pas plaisir aux Français et au lieutenant Ségret.

De toute façon, c'était déjà parti. Quand j'ouvris la porte, je les comptai dans l'ombre : cinq hommes alignés, engoncés dans leurs capotes ou leurs djellabas, avec des chèches et des tour-de-cous de laine patibulaires sur la tête. Smili expliquait à mi-voix je ne sais quoi, sans doute que ça y était, que le Grand Fellagha, on l'avait, « garanti » cette fois.

Deux autres moghaznis arrivèrent. Ils portaient les éléments du mortier et les partagèrent avec les autres.

J'appelai Piti. Je lui dis que je partais avec la patrouille vers Si Mohammed el-Khrouane. Qu'il garde la veille radio, mais qu'il ne m'appelle sous aucun prétexte.

Piti eut les yeux écarquillés :

– Vous êtes sûr de ce que vous faites ?

– Je rentrerai demain matin, avant M. Ségret. Ne vous inquiétez de rien.

– Justement, je m'inquiète, dit-il.

– Après tout, dis-je, cette nuit, c'est moi qui suis le commandant d'Arbitral.

Il me considéra un instant, haussa les épaules :
– A vos ordres, dit-il.
Puis, traînant ostensiblement les savates, il alla brancher sa veille radio et referma sa porte.

Vers deux heures du matin, les harkis et moi quittâmes Arbitral. Comme je ne voulais alerter personne, il n'était pas question de prendre un GMC et nous devions marcher. Trois heures au moins à pied nous séparaient de Sidi Mohammed el-Khrouane.

La colonne lourdement chargée se glissa silencieusement hors du poste par la porte ouest et le sentier qui partait en lacis entre les barbelés. Au loin, en bas, les chiens hurlèrent dans le Regroupement, comme chaque fois que nous sortions. Pour la première fois, Smili me sourit :
– Un jour, dit-il, il faudra faire comme a fait le lieutenant de Bordj-Herrera. Tuer tous les chiens du douar.
– OK, Smili, on tuera tous les chiens du douar.

Nous contournâmes le Regroupement pour éviter que les factionnaires de l'autodéfense ne nous lâchassent des coups de fusil. Les trois moghaznis de queue s'étaient répartis les différentes pièces du mortier : le tube, le pied et la plaque de soutien. Ils les portaient sur l'épaule. Deux autres avaient revêtu les étranges chasubles de toile contenant chacune six lourds projectiles. Deux autres enfin portaient chacun un fusil-mitrailleur.

Partis comme nous étions à la nuit sur un renseignement pour descendre un type en train de dormir dans une chapelle isolée, revêtus de nos djellabas brunes, de nos bonnets de laine kaki, de chèches crasseux qui nous entouraient le cou, nos pataugas ou nos sandales faites de vieux pneus, qui aurait pu nous distinguer des fellaghas ordinaires du Fillaoussène ?

Smili menait le train. La nuit était à peine éclaircie par les étoiles mais les harkis avaient des yeux de chats, ils connaissaient le chemin par cœur, à peine s'il butaient parfois sur une pierre du sentier. Ce que j'avais entrepris sans trop savoir pourquoi s'était mis en marche et désormais je ne pourrais plus rien arrêter. D'ailleurs nous allions trop vite, l'obscurité était trop profonde, notre orbite était trop précise pour que même l'idée de changer de route fût possible. Parfois, je pensais que le Si Hamza qui avait assassiné Erlahcher, celui que les Français pourchassaient depuis si longtemps, celui qui échappait toujours à *Sti Ameur* était peut-être enfin à son tour au bout de son chemin.

La lune se leva derrière la découpe noire des montagnes. Les aiguilles de ma montre phosphoraient à mon poignet.

Trois heures du matin.

Maintenant nous marchions toujours et il était quatre heures. Inopinément nous nous trouvâmes au bord de la falaise. Un souffle froid montait de la rivière en bas. Là, de jour, on découvrait le cours de l'oued Sbaa, le marabout de Sidi Mohammed el-Khrouane et la vue des montagnes du Rif.

La veille même, Ségret et les hommes de l'amirauté avaient scruté ce paysage.

Je m'arrêtai. Nous pouvions souffler. Nous n'avions ni fait de bruit, ni allumé de lumière, ni donné le moindre signal radio. Il suffisait d'attendre le jour.

Tout d'un coup, sous la clarté de la lune, à trois cents mètres devant nous, je le vis – au sommet de sa crête, sortant de la nuit laiteuse, se découpant comme une sentinelle veillant sous la pluie d'étoiles, entouré de sa haie de figuiers de Barbarie dont on devinait la silhouette : le petit marabout blanc était là.

Quatre heures trente.

J'avais bien étudié le mortier à Cherchell mais je ne l'avais utilisé qu'à l'exercice. C'était comme ça là-bas : on nous enseignait la théorie balistique au tableau noir, on nous faisait tirer à l'exercice, mais à tir réel, je n'avais jamais conduit un feu.

Je n'eus même pas à faire un signe. Les moghaznis savaient. Ils connaissaient à fond le mortier et avaient déjà tiré. Les trois porteurs se rapprochèrent les uns des autres. Dans l'obscurité, ils commencèrent à assembler leur pièce.

Il fallait ajuster et visser. Cela se fit en silence et prit un certain temps. La silhouette du sinistre trépied s'inclina vers le ciel. La pièce était prête.

Les hommes s'agenouillèrent à son côté.

– La distance, lieutenant, souffla Smili.

Calculer la distance, ça je savais faire. Je donnai à mi-voix la hausse, puis la dérive. Un bref coup de lampe sur le mortier. Les trois hommes firent leur réglage.

Je me rappelai les cours de tactique de Cap-Matifou et de Cherchell.

Cas de figure très simple. Le mortier et les FM allumeraient d'abord le marabout et sa couronne de figuiers de Barbarie. Puis il faudrait balayer le reste, particulièrement les chemins probables de fuite.

Le jour se leva. Il découvrit la vallée, colorant de gris la brume qui en sortait. Si les fellaghas étaient bien là, dès les premiers coups de feu, leur réflexe serait de se précipiter dans le lit de l'oued en bas pour filer sous le couvert des bouquets de lauriers que j'avais repérés la dernière fois. Nous arroserions là-bas aussi.

Je donnai la deuxième hausse et la deuxième dérive pour les coups suivants.

– Tire d'abord trois ou quatre explosifs au mortier sur le marabout, soufflai-je à Smili qui avait rampé auprès de moi. Attends deux minutes et balance au fusil un éclairant. Ils seront en train de filer par le bas. Pointe alors le mortier sur le fond de l'oued et balance autant d'explosifs qu'il en faudra. *Impossible de les rater.*

Smili se retira en rampant à reculons. Dans la nuit chaque porteur du mortier dégrafa sa chasuble de toile et commença à gréer ses projectiles.

Deuxième signe de Smili. Maintenant, les harkis porteurs des fusils-mitrailleurs avançaient en silence vers la droite. Suivaient dans leur ombre les chargeurs et les pourvoyeurs, avec les cartouches. Tout le monde se coucha sur le sol. Les deux FM étaient bien calés sur leurs béquilles, l'un face au marabout, l'autre face à la vallée, prêts à cracher leur lueur mortelle.

Halte. Pour le moment c'était fini. Comme les huissiers et les commissaires de police saisissant un contribuable récalcitrant ou un adultère, nous n'avions plus qu'à attendre l'aube pour commencer nos opérations.

255

Je m'étais étendu le ventre par terre. L'herbe mouillée et froide imprégnait mes vêtements. Ce n'était pas forcément désagréable et même presque euphorisant. Cette nuit lumineuse était superbe. Il semble que je dormis quelques instants – délicieux – le nez sur ma carabine.

J'avais dormi. Smili se dressa lentement sur les coudes et me réveilla. Une lueur livide monta du fond de l'horizon et envahit le ciel.

Cinq heures quinze.

Comme au ralenti Smili se tourna lentement vers le tripode du mortier. Il leva le bras.

Tout s'enchaîna d'un seul coup. Prestement, Fekhiri prit un obus des mains d'un de ses pourvoyeurs, en introduisit l'empennage dans le tube, laissa glisser, puis se rejeta en arrière.

Chacun s'aplatit sur le sol. J'eus même le temps de me boucher les oreilles.

Le coup était parti. Là-bas, au sommet du piton, le toit du marabout de Sidi Mohammed el-Khrouane vola en éclats.

Un deuxième, un troisième coup partirent. Un pan de mur s'effondra.

J'attendais le quatrième coup. Ce devait être l'éclairant. Ce quatrième coup ne partait pas, puis il jaillit après un moment qui me parut un siècle. La fusée dépota juste à l'aplomb du marabout. Comme une hallucination elle descendait lentement et se balançait au bout de son parachute. Elle oscillait sur place, répandant une lumière blanche insoutenable.

Enfin elle plongea, débusquant devant elle les ombres du creux des collines. Une odeur aiguë de poudre nous remplit les narines.

Un coup supplémentaire retentit. Pour faire bon poids, avant de changer d'objectif, Fekhiri avait envoyé une deuxième fusée éclairante. L'ombre gigantesque du marabout recommença à courir sur les collines avoisinantes.

Personne ne bougeait dans le petit bâtiment.

Et s'il n'y avait personne ?

– *Arroua* ! En avant ! cria Smili.

On allait savoir. Alors (comportement stupide), sans même vérifier s'il se passait quelque chose, nous commençâmes à dévaler la pente qui menait à Sidi Mohammed el-Khrouane.

Le jour était de plus en plus clair. Une légère fumerolle montait de l'endroit où un des éclairants était tombé.

Ta-ta-ta-ta sur la droite. Encore *ta-ta-ta-ta.* Smili, qui courait juste devant moi, se mit à crier comme un fou.

– Arrêtez le feu ! hurlait-il en courant.

J'étais furieux comme lui. Il avait demandé que l'on ne tire pas au jugé et maintenant un imbécile déchargeait son PM.

Puis je compris : ce n'était pas les nôtres qui tiraient, c'étaient bel et bien les fellaghas. Ils tiraient sur nous de Sidi Mohammed el-Khrouane. Ils étaient là. Ils avaient attendu que les éclairants se fussent dissipés, et maintenant ils tiraient au PM avant de se barrer.

Au fond, le spectacle était extraordinaire. Comme des diables sortant d'une boîte, une dizaine d'hommes en djellaba jaillirent du marabout et s'échappèrent en désordre. Ils filaient le long de la pente, justement par la voie que nous avions prévue, à moins de deux cents mètres de nous. Un coup superbe. Nos fusils-mitrailleurs étaient là, tout prêts. Bon Dieu ! pourquoi ne tiraient-ils pas ? Justement ils commencèrent à tirer.

Le tireur du premier FM vida un chargeur. Méticuleusement, il traçait ses sillons sur la colline d'en face, attentif et concentré comme à l'exercice de tir. Il s'arrêta un instant, le temps qu'on lui tende un deuxième chargeur. Puis, toujours appliqué, il recommença à battre son terrain.

Le second FM prit le relais.

La malédiction voulut que, par miracle, aucun des djounoud qui s'échappaient du marabout de Sidi Mohammed el-Khrouane ne fut touché. Je revois encore l'un d'entre eux, un homme dont la tête était couverte d'un chèche blanc, qui comme un diable dévalait la pente. Malgré des gestes prodigieux, ceux d'un mannequin tournant sur lui-même, il n'avait pas lâché le fusil qu'il tenait à la main. Ventre à terre, il courait, revêtu d'une espèce de veste brune sur un pantalon blanc bouffant.

Smili se dressa et, comme on tire un lièvre, l'ajusta. Il y eut impact, j'en jurerais encore aujourd'hui. L'homme parut touché, mais il était à peine blessé sans doute. Il fit un bond sur lui-même et disparut dans les premiers buissons du ravin. Et tout se passait maintenant exactement comme nous l'avions prévu : les fellaghas filaient par le fond de l'oued. On en voyait courir sur les cailloux entre les bouquets de lauriers-roses. Le deuxième FM tirait toujours, arrosant l'oued au jugé, il faisait miauler les balles sur les cailloux. Le dard lumineux des balles traçantes filait vers les buissons, l'une semblant poursuivre l'autre. Au mortier, les trois serveurs avaient repointé leur tube.

Je leur criai :

– Feu dans le fond de l'oued, le mortier !

Ils firent glisser le premier obus dans le tube. Le coup ne partit pas. Le coup ne partait pas ! Je vis Fekhiri gesticuler autour de la pièce en batterie. C'était incroyable, à en maudire le ciel, mais le coup n'était toujours pas parti !

Raté de percussion. Le projectile était resté au fond du tube. Le sortir demanderait tout à l'heure une délicate manipulation si on ne voulait pas se faire péter la gueule. En attendant on ne pouvait plus tirer.

– Ils se barrent !

De fait, dans le fond de l'oued, les fellaghas s'étaient regroupés. Nos deux FM continuaient à tirer mais de trop loin. Les fels gravissaient maintenant l'autre côté de la vallée.

Je les comptai. Un, deux, trois... dix. Dix. On les avait ratés. On n'aurait jamais dû les rater. Ils étaient désormais hors de portée de nos coups mais sans doute ne le savaient-ils pas encore. Quant au type que j'avais cru blessé, il courait encore plus vite que les autres !

Smili le montrait du doigt.

– Tu vois celui-là ? Tu vois celui-là ? Lui qu'on n'a pas eu spécialement ? Lieutenant Sérurier, celui-là, cet enfant de putain qui court si vite, c'est Si Hamza !

Il le regardait s'éloigner. Il répétait :

– Merde, merde.

258

Voilà. C'était fini. Ainsi ratai-je Si Hamza alors que j'avais une occasion comme je n'en aurais sans doute jamais plus. Les moghaznis étaient furieux. Ils se regardaient les uns les autres avec soupçon.

– Jamais fini, dit l'un. Toujours raté.

– Chiasse. Chiasse, chiasse, chiasse cent pour cent, dit un autre. On ne l'aura jamais.

Il y avait encore ce putain d'obus pas explosé à récupérer dans son putain de tube. Deux hommes renversèrent lentement le mortier. Les autres s'écartèrent. L'obus non percuté glissa doucement. Délicatement, Fekhiri l'arrêta au passage, le saisit entre ses deux mains. Je n'avais jamais assisté à un accouchement, mais le travail de Fekhiri était bien un travail d'accoucheur. Quand ce fut fini, il posa précautionneusement l'obus à ailettes sur le sol.

Chacun s'approcha pour regarder l'obus non explosé comme, après la chasse, on s'approche d'une pièce de gibier tuée. Malgré la zone interdite et toutes leurs instructions, nous descendîmes dans le fond de l'oued. Au début, il n'y avait pas de chemin et c'était pénible. Puis nous en trouvâmes un, celui qu'avaient pris les fels, et nous remontâmes vers le piton de Sidi Mohammed el-Khrouane. Nous rejoignîmes alors une deuxième trace imperceptible qui serpentait au flanc de la montagne. C'était une autre sente des fellaghas.

Nous approchâmes du marabout. Nous foulions les éclats de toiture projetés sur le sol. La porte, peinte de bleue, était restée ouverte. La peinture était cloquée d'une giclée de pistolet-mitrailleur. Smili la poussa du pied. Il entra, alors que nous le couvrions de nos armes.

Rien. Le vide. Le marabout de Sidi Mohammed el-Khrouane était complètement vide. Le soleil s'était maintenant levé. Il projetait un pan de lumière sur le pavement de briques rougeâtres fissurées. Une odeur de poudre flottait encore dans l'air froid.

Dans un coin du marabout se trouvaient deux djellabas brunes appartenant sans doute aux fels, les mêmes d'ailleurs que celles que nous portions. Fekhiri leur fit les poches et trouva dans l'une un paquet de cigarettes Bastos algériennes qu'il passa à la ronde. Une grenade défensive rayée, datant sûrement de la dernière guerre, gisait abandonnée sur le sol. Smili la prit et, sans façons, comme on ramasse un œuf sur le sol d'un poulailler, la mit dans sa poche.

Il y avait aussi un sac contenant une miche de pain rassis, une boîte de Nescafé, un fragment de pain de sucre enveloppé de papier rose. Nous ramassâmes ces pauvres trésors que la bande de Si Hamza avait laissés derrière elle.

Les braises d'un petit feu abandonné, allumé à même le carrelage, rougeoyaient encore. Derrière la porte, il y avait un fagot de réserve que les fellaghas avaient préparé. Nous le jetâmes dans le feu. La flamme se raviva pour nous et nous nous recroquevillâmes tous autour, attentifs au peu de chaleur que nous pouvions y trouver.

Une tribu succédait à l'autre.

Que faire maintenant ? Appeler Arbitral ou Chella à la radio ?

Je ne le fis pas.

Ségret, sûrement, serait furieux que je fusse allé sans lui à Sidi Mohammed el-Khrouane. Mais il serait encore plus furieux si j'alertais l'amirauté. Poursuivre ? Vers où poursuivre ? Le dédale des bras de l'oued Sbaa était trop confus, la frontière trop proche. Instinctivement, je retrouvais les raisonnements d'Erlahcher et de Ségret.

Je ne préviendrai ni Chella ni Arbitral.

Nous allions repartir. Tout d'un coup des exclamations montèrent de la haie de figuiers de Barbarie qui entourait une partie du marabout. Les moghaznis y fourrageaient. Ils avaient trouvé une sorte de serviette scolaire qui y avait été jetée. Ils nous l'apportèrent.

C'était bien un cartable d'écolier, plein de papiers et de journaux. Je l'ouvris. S'en échappa un paquet de numéros de *La Dépêche de Chella* et de *Paris-Match*. Extraordinairement récents. Même le numéro de *La Dépêche* de l'avant-veille !

Encore un mystère.

Au fond de la serviette, il y avait un livre avec sa bande rouge d'annonce, et qui n'avait pas été coupé.

C'était à ne pas y croire, mais je ne m'étais pas trompé. Le livre était l'œuvre du poète berbère, celui qu'on devait faire paraître depuis si longtemps au café des Colonnes, avec, sur sa couverture toute fraîche, le nom de la librairie Azéma.

L'œuvre du poète berbère ! Dans ce pays où personne ne savait lire, comment diable les idéologies du café des Colonnes étaient-elles passées là ?

Il ne nous restait plus qu'à regagner rapidement le poste.

Alors que nous marchions sur la route d'Arbitral, Smili me raconta une bien étrange histoire.

J'ai encore dans l'oreille le récit du harki Smili. Je l'entends d'autant mieux qu'aujourd'hui le harki Smili est mort, qu'il n'y a plus que moi pour entendre sa voix, et que ce qu'il me racontait était ceci :

> *Une fois, lieutenant Sérurier, l'année dernière exactement, je suis sorti seul avec le lieutenant Erlahcher, celui qui est mort il n'y a pas longtemps. Lieutenant Sérurier, c'était un jour presque comme aujourd'hui. Nous avions eu un bon renseignement. Nous savions que le Grand Fellagha (ainsi on appelle aussi Si Hamza) était dans un groupe de mechtas détruites, à peut-être deux heures de marche du poste, à l'endroit que tu connais et appelé Dechéra Zaïlou. Le lieutenant Erlahcher et moi y sommes allés la nuit, tous les deux seuls.*
>
> *Lieutenant Sérurier, crois-moi : je connais très bien les mechtas de Dechéra Zaïlou. J'y allais quand j'étais enfant, j'avais un oncle à Dechéra Zaïlou.*
>
> *Nous avons eu encore plus de mal qu'aujourd'hui à trouver notre chemin. La nuit était très noire, le lieutenant ne voulait pas qu'on allume la lampe électrique. Nous nous sommes perdus plusieurs fois.*
>
> *Lieutenant Sérurier, le matin, nous sommes arrivés à Dechéra Zaïlou. Nous nous sommes cachés dans un bouquet de figuiers de Barbarie et nous avons attendu. D'abord un premier homme est sorti d'une mechta.*
>
> *Il prenait beaucoup de précautions. Il a fait un signe, et*

*alors un deuxième homme est sorti de cette même mechta.
Moi, comme tu sais, je peux reconnaître tout de suite le
Grand Fellagha. Je suis du même douar que lui. Je l'ai
rencontré souvent avant la guerre. Tu as vu tout à l'heure,
je le reconnais de loin.*

    *Le lieutenant Erlahcher m'a demandé tout doucement :
« Est-ce bien lui ? » J'ai baissé vers le bas trois fois ma
figure pour dire que oui, c'était bien lui. Alors le lieutenant
m'a demandé mon fusil. Il l'a pointé sur le Grand Fellagha. Le Grand Fellagha marchait vers une autre
mechta, et le bout du fusil du lieutenant suivait le Grand
Fellagha. Avec mon fusil qui est très bon, le lieutenant ne
pouvait pas le rater.*

    *Lieutenant Sérurier, ce jour-là, le lieutenant Erlahcher
n'a pas tiré. Il aurait pu tirer dix fois, mais il n'a pas tiré.
Je lui disais : « Lieutenant, tire ! tire ! » Il ne tirait toujours pas. Comme ce matin l'occasion a été perdue. Nous
avons attendu qu'ils soient partis, puis nous sommes partis
nous-mêmes. Longtemps après, j'ai demandé au lieutenant Erlahcher pourquoi il n'avait pas tué ce jour-là le
Grand Fellagha. Le lieutenant ne m'a répondu qu'une
chose : il m'a ordonné de me taire.*

Mystères d'Arbitral.

    – Pourquoi me racontes-tu cela, Smili, puisque le lieute-
nant t'avait demandé de te taire ?

    – Le lieutenant est mort.

    – As-tu raconté cette histoire au lieutenant Ségret ?

Il haussa les épaules :

    – Non.

    – Pourquoi ?

    – C'est toi qui vas bientôt remplacer le lieutenant Erlahcher
et même le lieutenant Ségret, alors je le dis à toi. Écoute ! Si on
ne tue pas le Grand Fellagha, c'est clair, c'est écrit : il me tuera
et il nous tuera tous.

    Je marchais à grandes enjambées dans l'herbe sèche et les
cailloux vers Arbitral. J'avais conscience que, lorsqu'il me faudrait raconter mon équipée à Ségret ou même à Peufeilloux,

j'aurais probablement toutes sortes d'emmerdements. J'avais bel et bien pénétré plusieurs fois en zone interdite. D'autre part, l'anxiété de Smili sonnait vrai et m'avait touché d'une singulière manière. S'il se mettait à douter de ce que faisaient ses chefs, eux qui lui avaient donné cet uniforme et ce fusil, eux qui rentreraient un jour à Paris, quand lui, mort ou vivant, resterait à Chella, alors, qu'est-ce que nous étions en train de faire ?

Ce fut instinctif. Moi, le réserviste, moi, le rêveur, moi l'homme qui n'était pas un militaire, moi l'homme qui finalement n'avait rien à voir dans toute cette histoire, ce fut moi qui promis.

Oui, je lui promis, je ne sais pas trop pourquoi, je promis – sincèrement je crois –, je lui promis que, si nous en avions l'occasion, tous les deux, un jour, à nous deux, *entre nous*, nous tuerions Si Hamza.

TROISIÈME PARTIE

La fin d'un empire

XXII

Retour à Chella

Ségret resta absent d'Arbitral un peu plus longtemps que prévu. Quand je le revis, je m'étais résolu à tout lui raconter de mon équipée nocturne. Mais il avait bien autre chose à me dire : d'abord, il quittait définitivement Arbitral et dans trois jours il serait à Paris ; ensuite, la révolution venait d'éclater à Chella.

D'abord, son départ d'Arbitral. Sa mutation à Paris avait provoqué de longues tractations et d'innombrables correspondances entre l'état-major de la marine et l'amirauté. Acaton manquait d'officiers dans les présides et ne voulait pas lâcher ses aspirants. Le père de Ségret disposait d'influence à l'Élysée. A la longue, naturellement, l'influence avait gagné.

Ségret me montra triomphalement l'ordre du ministre qui s'appelait, je me souviens, Guillaumat. Puis il me montra une autre lettre :

– Cette lettre est de mon père. Debré, le Premier ministre, est intervenu personnellement. Je suis affecté au ministère de la Marine, je ne sais plus dans quel service mais je m'en fous. Il ne me reste que trois mois à faire et l'essentiel est de me tirer d'ici. Oui, que tous crèvent ! Sauf toi naturellement, mon petit Sérurier (c'est même lors de cette conversation que Ségret et moi, je m'en rends compte aujourd'hui, nous commençâmes à nous tutoyer). Leur histoire de dingues n'est pas claire et quelque chose là-dedans *ne tourne pas rond*. Comme de Gaulle (et sauf son respect), je me dis qu'il est temps de passer à autre chose.

Ainsi parla Ségret sur le premier sujet et, ma foi, je ne donnai pas tort à cette espèce d'oraison funèbre.

267

D'ailleurs Ségret craignait si fort d'être retenu à Chella par les événements qui y avaient éclaté et dont je parlerai dans un instant qu'il repartit tout de suite dans la jeep qui l'avait remonté de l'amirauté. En deux heures il rassembla ses affaires, me commenta la petite comptabilité du poste (c'était surtout des états de paie de harkis et des états de munitions), me laissa le *Cahier d'opérations* recouvert de toile grise, son jeu de cartes au 50 000ᵉ, plus commode que le mien parce qu'il l'avait fait plastifier à Alger. Il me légua la « veuve », la carabine américaine Garant que je lui enviais parce qu'elle était légère et dont je me souviens que, quand on l'épaulait, la crosse superbement dessinée en était aussi douce à la joue qu'une caisse de violon. Il me donna enfin un fusil de chasse et des chevrotines récupérées aux fellaghas par Erlahcher.

J'improvisai pour lui une sorte de cérémonie d'adieux, en somme l'*escalier de Fontainebleau dans le Fillaoussène*. Il en bâcla avec élégance le rôle principal. Un peu interloqués par tant de précipitation, les harkis lui présentèrent les armes sans qu'il prît la peine de faire le moindre discours.

Je ne sais ce qu'il alla dire à Fethna.

Sa jeep disparut sur la piste. Ainsi s'évanouit-il pour toujours de l'histoire d'Arbitral.

Quant à la seconde nouvelle qu'il m'avait apportée, celle de la révolution qui avait éclaté à Chella, c'était une autre histoire qui, à mesure que nous prenions les informations à la radio, semblait devenir de plus en plus complexe.

Dans un premier temps (la phase à laquelle Ségret avait assisté), il ne s'était agi que d'un « coup » organisé par les éléments européens activistes, les Pérez et compagnie, contre le Gouvernatorat qu'ils accusaient depuis longtemps de faiblesse et de trahison. Maintenant, d'après ce que nous entendions à la radio, il semblait que c'étaient les Maures, et les Maures partisans des fellaghas, qui avaient pris le contrôle de la rue à Chella !

Ce que Ségret m'avait raconté à son retour à Arbitral, et qui touchait la première partie des événements, était plutôt drôle. Depuis longtemps, dans les bars du port ou les cafés du plateau Sollier, les esprits excitables des Européens de Chella s'échauffaient. On accusait Acaton de ne rien faire, le gouverneur et le général de Gaulle à Paris d'être de mèche pour « brader l'Afrique du Nord française ».

Tout partit de l'annonce de la libération de deux anciens terroristes, décrétée par Acaton et le gouverneur, toujours comme un des signes que la situation s'améliorait dans les présides et revenait à la normale.

Un des terroristes libérés était bien connu dans la ville parce qu'il avait été marchand de poisson sur le port. Des années durant, de son infatigable et agile couteau à la pointe aiguë il avait ouvert des ouïes roses, vidé des poissons étincelants juste sortis de la mer, donné en prime à ses clients tantôt un brin de persil, tantôt un citron vert.

Deux ou trois ans auparavant, une bombe avait été posée dans l'un des magasins de la ville (celui contre lequel si longtemps le poissonnier maure avait appuyé son étal). La bombe avait tué net le président de la Chambre de commerce qui en était le propriétaire et arraché deux jambes à une petite fille de six ans que sa mère avait envoyée acheter du poisson et qui mourut peu de jours après. On découvrit que c'était justement le poissonnier ami-des-vieilles-dames-et-des-enfants qui avait posé la bombe. Gracié par le président de la République, il venait d'être libéré par Acaton. Les commerçants de Chella décrétèrent trois jours de « ville morte », tous magasins fermés. Puis de violentes manifestations éclatèrent sur la place d'Armes. Les barrages de police se rompirent (les flics étaient de mèche avec la population européenne) et les Européens envahirent le palais du Gouvernatorat.

La prise du Gouvernatorat ne dura que quelques minutes car les gardiens en ouvrirent eux-mêmes les portes aux manifestants. Machines à écrire et dossiers volèrent par les fenêtres devant une foule qui applaudissait.

Des incendies s'allumèrent dans toute la ville contre des maisons d'Européens soupçonnés à tort ou à raison de collaborer avec les rebelles. Un plan des biens à détruire circulait depuis un certain temps. Un parti d'excités mit le feu à la librairie Azéma.

Avant d'être pompiers, les pompiers municipaux de Chella

étaient activistes. Ils refusèrent d'intervenir à la librairie Azéma. Heureusement, la boutique avait été fermée pour l'opération « ville morte » et il n'y avait personne à l'entresol.

Sur le Paséo, les archives du Gouvernatorat brûlèrent toute une journée. Comme celui de Pompéi, le ciel de Chella fut envahi d'une nuée de petites cendres noires du plus mauvais augure. Ainsi partirent en poussière (je l'appris plus tard) les archives de la ville, y compris le document inestimable, orné de tous les sceaux de l'Empire sur lequel le soleil ne se couchait jamais, par lequel Charles Quint avait jadis rattachée celle-ci à la couronne d'Espagne.

Geste symbolique ? Cet autodafé instinctif emporta au vent les souvenirs et l'histoire d'une petite ville qui détruisait un passé plutôt illustre pour refuser plus sûrement ce qu'on lui proposait comme avenir.

La prise de pouvoir par les activistes européens de Chella fut très facile au début. Les commissariats, le palais de justice, la perception, le bureau des douanes (ainsi que la maison de fonction du chef des douanes, qui n'en demandait pas tant !), la cathédrale Saint-Philippe même, se trouvèrent immédiatement occupés.

Quand Ségret quitta Chella, la radio venait d'être prise sans coup férir. Elle diffusa immédiatement des communiqués enflammés et des airs patriotiques.

Acaton se replia sur l'amirauté dont il ferma les portes. Pour ceux qui le connaissaient, il était évident qu'il attendrait de voir plus clair avant de s'en mêler – s'il s'en mêlait un jour.

Le pouvoir civil s'évanouit dès les premières heures. Le gouverneur se trouvait quelque part dans le bled à une fête, une *diffa* de confrérie religieuse, justement chez Sidi Ali, quand le coup se déclencha. Il eut sans doute à peine le temps de s'essuyer les doigts (le mouton rôti des diffas se mange avec les doigts et tache beaucoup) que son convoi, alerté par radio, revint à fond de train vers Chella et fut intercepté à la hauteur de l'aéroport par un parti d'activistes européens.

Le DC-3 était justement sur la piste, moteurs en route ; il allait décoller vers Oran. En un clin d'œil le gouverneur fut extirpé de sa voiture, déculotté et jeté dans le DC-3. *Exit* le pouvoir civil, *exit* le gouverneur.

– Déculotté ? demandai-je à Ségret.

Ségret ne put s'empêcher de rire. Il riait même très fort. Au fond, cette dernière histoire telle qu'il l'avait entendu raconter à l'amirauté lui plaisait beaucoup.

L'histoire disait que, jusqu'à la passerelle, le gouverneur avait réussi à garder une certaine dignité, disons, républicaine. Il avait même pu haranguer les premiers manifestants. D'autres manifestants suivaient, ceux-là moins bons enfants, et l'accompagnèrent jusqu'à la passerelle. Ils lui laissèrent finir son discours, mais, à la fin, avant de l'embarquer, exigèrent qu'il retirât son pantalon.

– Tu vois ça ! disait Ségret. Le haut – le haut du gouverneur, impeccable : casquette à feuilles de chêne, veste blanche galonnée d'or. Le bas du gouverneur : caleçon, chaussettes noires, fixe-chaussettes. Quand on pense que ç'aurait pu arriver à Acaton !

En entendant Ségret raconter cette histoire, je pensais que, peut-être, à Chella, les gens avaient tort de rigoler. Car le président de la République, le vieux Général, là-haut, à Paris, à l'Élysée, ne comprendrait sûrement pas l'humour des gens d'ici. Comme ses ressources de rancune et d'orgueil étaient sans limites ; comme il était plus facile, compte tenu de la presse ou de l'opinion à Paris, de taper sur les Européens que sur les Arabes, je me disais que Chella ne s'amuserait pas longtemps.

De toute façon, pour me donner raison, la situation à Chella, hélas ! ne s'arrêta pas là. Dès que Ségret, son rire homérique et sa jeep furent partis, je descendis dans la cagna de Piti. Avec beaucoup de mal, sur différents postes qu'il avait bricolés, nous nous efforçâmes de capter quelques informations à la radio. Chella, effectivement, ne diffusait plus que des marches militaires entrecoupées de martiales annonces du style : « *Ici Radio-Chella, radio des Français libres. La France vous parle !* » Puis nous prîmes Radio-Alger qui n'avait même pas jugé utile d'interrompre une émission de variétés. Enfin Piti réussit à avoir un communiqué de la radio de Paris. Sans donner de détails, Paris parlait d'émeutes qui auraient éclaté à Chella en ville musulmane.

271

Et c'était bien ça ! Car ce n'était pas le vieil atrabilaire de l'Élysée, le Jupiter renfrogné et mythique embusqué sur son Olympe élyséenne, qui avait frappé le premier. C'étaient les Maures. Comme autrefois les Espagnols à Melilla dont nous avait parlé un jour Duruffle, les Européens de Chella, dans leur analyse, avaient tout simplement oublié les Maures !

L'insurrection européenne n'était pas terminée plateau Sollier, les ultras en étaient encore à suspendre de vains drapeaux tricolores aux tours de la cathédrale Saint-Philippe, à en agiter inlassablement les cloches, à passer et à repasser à la radio un vieux disque rayé de *La Marche des Africains* (qui avait été emprunté, le monde est petit, au café Pérez sur le Paséo où je l'avais quelquefois entendu), lorsque plusieurs milliers de Maures armés de couteaux et jetant des pierres sortirent tout d'un coup de la médina. On n'avait pas prévu ça. Les Maures se rassemblèrent devant les deux commissariats de police, ils en tuèrent les occupants dont quelques Européens qui s'y étaient réfugiés, puis se répandirent dans la ville basse, vers le Paséo et le plateau Sollier.

A l'heure où le communiqué de Paris était encore si peu loquace, la ville était déjà à feu et à sang. Dès ce moment-là, Ségret parti, Piti et moi, à force de tourmenter les boutons de la radio, nous commençâmes à suspecter que la situation devenait extrêmement grave. Radio-Chella avait cessé ses commentaires délirants et avait pris un style de messages clandestins très inspiré de la BBC de Londres pendant la guerre. La musique militaire qu'elle émettait se mêlait désormais de symphonies classiques moins belliqueuses.

Il y eut à Radio-Alger l'annonce de la création d'un « *comité de salut public* » ultra à Chella, puis Alger n'en reparla plus. Seul Paris continuait d'indiquer qu'il y avait du pillage et des morts dans les deux communautés.

Presque sur la même longueur d'ondes, Piti tomba sur une radio espagnole inconnue qui émettait avec un rythme de reportage endiablé. On aurait dit une rencontre de football ou quelque chose du genre, mais au bout d'un certain temps nous nous rendîmes compte que le nom que l'annonceur répétait continuellement n'était pas le nom d'une équipe de football, c'était celui de Chella. Nous l'écoutâmes quelques minutes, mais comme ni Piti ni moi ne comprenions l'espagnol, nous passâmes à nouveau sur Paris. Le communiqué était fini, et Paris aussi se consacrait à des émissions de variétés.

L'amirauté se taisait obstinément. Enfin, vers le soir, elle se décida à bouger. Sans doute la situation devenait-elle trop grave, ou bien Acaton avait-il choisi son parti, ou bien encore avait-il reçu des ordres. L'armée intervenait. Un télégramme en clair tomba, demandant à tous les postes de la frontière d'envoyer vers la ville le maximum d'effectifs « avec des armes légères et des vivres pour deux jours ».

Puis un message en code destiné spécifiquement à Arbitral arriva. Je devais descendre à Chella avec mes camions et le maximum d'hommes, ne laissant à Arbitral que Piti et une dizaine de harkis.

Pendant qu'on préparait les GMC, je sortis dans la cour du poste. Il était six heures et la nuit allait tomber. La crête du Fillaoussène se découpait sur ce ciel sale auquel nous étions condamnés depuis des semaines et des semaines. Le drapeau déchiré claquait au sommet du mât. Le vent secouait les antennes de radio déployées au-dessus du PC de Piti. Il en tirait son étrange bourdonnement métallique, encore plus plaintif, me sembla-t-il, que d'habitude.

Dans la cour du poste, les chauffeurs maures et un mécano venu la veille de l'amirauté avec le camion de Ségret étaient penchés sur le second GMC qui était en panne et ne voulait pas démarrer. Un des chauffeurs courut chercher une clef pour le mécano. Venues du douar, deux ou trois chèvres de service observaient les chauffeurs du coin de l'œil. Bourbaki passa, portant un seau d'eau en direction de la cuisine. Déconcertée (ou peut-être délivrée) par le départ de Ségret, Fethna montra la tête à la fenêtre du carré. Tout ce petit monde, toute cette organisation me parurent éternels.

Sans doute pour me rassurer, sans doute pour conjurer ce danger invisible que je sentais déjà peser dans l'air, je me fis à moi-même un serment plutôt ridicule et inutile, presque d'ail-

273

leurs avorté avant que d'être né mais que je prononçai tout de même. Il vint rejoindre celui, aussi impuissant peut-être, que j'avais fait à Smili au sujet de Si Hamza : que rien, non, défi- nitivement jamais rien – si du moins cela était en mon pou voir – ne changeât jamais à Arbitral.

Comme deux vaisseaux d'escorte rallient un convoi qu'ils doivent protéger en mer, deux half-tracks de l'amirauté arri- vèrent sans crier gare quand la nuit fut tombée. Ils virèrent lourdement dans la cour, s'arrêtèrent tous feux allumés le temps de rameuter nos propres GMC. Puis notre caravane prit à fond de train la piste de Chella.

Cette nuit-là nous n'étions pas les seuls. Dix kilomètres avant la ville, là où la piste faisait place au goudron et à la ligne droite, nous fûmes rejoints par une autre colonne de camions militaires.

Celle-là était interminable. Elle comportait des dizaines et des dizaines de camions. Elle venait des postes du barrage électrifié.

De temps en temps, dans cette obscurité d'encre, un coup de phares dévoilait l'intérieur des camions – des hommes, des sil- houettes noires en casques lourds, des mannequins immobiles engoncés dans leurs capotes et leurs djellabas, des ombres emportées par les cahots, dormant n'importe comment, le nez sur leur fusil, la tête ballottant de droite et de gauche.

Nous arrivâmes enfin à Chella. Un silence, une obscurité de catacombes y régnaient. Quelque chose, peut-être un charme, avait frappé ses habitants. Pas une lumière aux fenêtres. Des rues totalement désertes.

La colonne, ralentie, roulait au pas. Nos camions parcou- raient les rues, contournant les obstacles, marquant des temps d'arrêt dérisoires là où, imperturbables, les feux automatiques continuaient de fonctionner.

A l'intérieur de notre GMC les harkis se taisaient. Brûlés par le vent et le froid de la route, nos yeux ne connaissaient plus depuis des mois que les nuits d'Arbitral, nos nuits habi- tuelles, cristallines, polaires, transparentes, noires. Sous la lumière jaune des réverbères qui frappait les façades d'im meubles, la nuit de Chella était celle d'un autre monde. Nous la regardions avec stupeur.

Un moment le camion de tête s'arrêta brusquement. Sous un réverbère, tracées à la peinture fraîche, des inscriptions malhabiles s'étalaient. Je les lus dans le faisceau des phares : « FRANÇAIS DEHORS. FLNC VAINCRA. » Puis encore : « HARKIS TRAÎTRES À VOTRE PAYS VOUS SEREZ TOUS TUÉS. VIVE L'INDÉPEN- DANCE. » Je relus les inscriptions. Elles avaient été tracées en lettres maladroites et inégales. INDÉPENDANCE avait été écrit INDÉPENDENCE, mais l'intention, comme on dit, y était. La peinture était fraîche, elle avait saigné sur les murs. Seigneur, donc c'était vrai ! Les Maures étaient sortis à leur tour. Ils avaient envahi la ville européenne, ils avaient écrit ces slo- gans.

Encore une fois répété, comme un leitmotiv : « HARKIS TRAÎTRES SALAUDS VOUS SEREZ TUÉS. »

L'autre planète, celle de nos ennemis, sortait enfin de sa clandestinité. Elle communiquait avec nous par ces signaux sans ambiguïté. Quels que fussent les espoirs fous ou naïfs de ceux qui croyaient à un rapprochement ultime des deux communautés, à la Troisième Voie, etc., des Azéma, des membres du Cercle des Colonnes, des C & P même, qui encore ? les événements s'accompliraient : nous étions haïs, nous serions rejetés. Une évolution quasi biologique nous chasserait. Quant aux harkis, ils avaient trahi l'avenir et seraient tués.

Sans réaction apparente, comme s'ils eussent été résignés à l'inévitable, les principaux intéressés (je veux dire les harkis d'Arbitral) regardaient les inscriptions, champignons inatten- dus et mortels apparus à l'improviste sur les murs de la ville. Puis je compris. C'était encore pis que ça : les avertissements portés sur le mur n'avaient aucun sens pour eux, car aucun d'eux ne savait lire.

Nos GMC parvinrent à la place d'Armes. Les réverbères qui n'avaient pas été brisés étaient restés allumés. La place était jonchée de morceaux de bancs, de fragments de tuiles, de vête- ments, de chaises de café cassées. Quelque chose d'inconnu

275

était passé par là, une tornade, un raz de marée, une *tarasque* comme on disait dans les contes de mon enfance. Enfin la chose avait reflué, laissant derrière elle ces étranges épaves.

L'immense masse noire qui s'appuyait maussadement contre le rempart entourant l'amirauté et la vieille ville maure pesa soudain sur ma droite. C'était Bab el-Bahar, porte frontière entre la médina et la ville européenne. A notre gauche, des silhouettes armées se dressèrent, celles des gendarmes maritimes qui gardaient le quai de l'amirauté derrière une rangée de chevaux de frise. Ils tirèrent celle-ci et nous firent signe de passer.

Lorsque nos GMC eurent franchi le barrage, les gendarmes refermèrent la ligne de chevaux de frise. Nous nous garâmes en ligne devant la porte de l'amirauté. D'autres camions pleins de militaires endormis stationnaient déjà.

Un premier-maître battait la semelle devant la porte de l'amirauté :

– Vous êtes la harka d'Arbitral ? Qui est votre chef de convoi ? Avancez à l'ordre !

– C'est moi, dis-je. Aspirant Sérurier.

– Bonsoir, monsieur l'aspirant. Tout est fini. Je crois même qu'on n'a plus besoin de vous. Vos hommes doivent rester dans les camions et s'arranger pour dormir.

Puis, à voix basse, quand je passai devant lui :

– Mes ordres sont de vous demander de vous présenter en haut, aux bureaux de l'amirauté, à l'officier de service. Lieutenant, si vous saviez, c'est une sacrée merde ici.

– Qu'est-ce qui s'est passé ?

– Les Européens ont fait les mariolles pendant deux jours et on a laissé faire. Puis les Arabes en ont eu marre, ils sont sortis de la médina et on a laissé encore faire. Il a fallu tirer pour dégager la ville, sinon tous les Européens y passaient. Les corps des Arabes sont là-bas, il y en a plein un camion. Il y a aussi (mais il ne faut pas le dire) beaucoup de morts européens.

Grimpant par la rampe aux galères, je courus vers les bâtiments administratifs.

Cette nuit-là, le froid était vif. Les dalles humides luisaient sous le réverbère comme si elles étaient prises dans de la glace. Personne, ni sur la rampe d'accès, ni sur la placette, ni dans les couloirs de l'amirauté. Là où commençait l'obscur escalier souterrain qui menait aux bureaux d'Acaton, je tâtonnai sur le mur. Puis je retrouvai le bouton d'éclairage et fus soulagé. Je dévalai l'escalier. Les marches de pierre sonnaient indéfiniment sous mes pas avec le même bruit qu'autrefois, avec peut-être cependant une étrange et nouvelle amplification sonore, celle que crée la solitude ou l'abandon dans un lieu qui fut autrefois une ruche. La porte du bureau d'Acaton était ouverte, et celui-ci était vide.

Je remontai quelques marches. A mi-chemin, vers la droite, s'enfonçait un couloir pris dans la masse du mur. Il conduisait au bureau que j'avais occupé un temps, lorsque j'étais l'esclave de Coulet et de Peufeilloux.

De la lumière filtrait sous la porte.

J'entrai.

Dodeman était assis à ce qui avait été ma table. Un absurde radiateur soufflant, orienté vers lui, diffusait un peu d'air chaud.

– Où est Acaton ? demandai-je.

– Allé se coucher. De toute manière il joue les Ponce Pilate et ne veut plus entendre parler de ce qui se passe ici.

Le tiroir du bureau était ouvert sur un petit transistor. Les transistors étaient alors une nouveauté. On commençait à en trouver ici et là.

Dodeman augmenta le son.

– Ils continuent, dit-il.

– Qui ça ?

Il haussa les épaules :

– Radio-Chella. Les activistes occupent l'émetteur et nous les avions oubliés ! Je vais envoyer un quartier-maître CS et trois hommes pour raccompagner tous ces braves chez eux.

Il écouta encore un instant.

– Ils parlent toujours, dit-il. Ils annoncent que la ville est calme. Les Maures sont rentrés en médina.

– C'est vrai que la ville est calme, dis-je.

Une fanfare m'interrompit. Une voix s'éleva : « *Ici Chella, ici la France,* disait la voix (il me sembla la reconnaître au passage). *Les Français parlent aux Français. Voici quelques messages destinés à nos amis de l'extérieur.* »

Suivirent quelques messages codés dans un style burlesque mais inquiétant : « *L'éléphant blanc sera à Chella demain matin à cinq heures. Oncle Léon a mis un pot de miel sur le feu. Je répète : un pot de miel sur le feu.* »

« *C'était,* reprit la voix, *quelques messages pour l'extérieur.* »

– Ils font de l'intox, dit Dodeman. Si seulement il pouvait y avoir quelque chose à l'extérieur !

– Miséricorde, dis-je. Je reconnais cette voix. N'est-ce pas celle de Claude Dru ?

– Exact, dit Dodeman. Qu'est-ce que tu crois ? Il n'y a pas tellement de journalistes à Chella.

– Qu'est-ce qu'il dit ?

– Il passe les messages.

– Ma parole, il se croit à Londres pendant la guerre !

– Tu as raison, dit Dodeman comme s'il récitait une phrase apprise. Chella, aujourd'hui, c'est Londres ! D'ailleurs, Claude Dru était à Londres en 40 avec de Gaulle. De Gaulle a oublié. Pas Claude Dru.

– Quand Dru traînait à la librairie Azéma, l'activisme n'était pas son fort ! Il détestait les articles qu'Averseng le forçait à écrire.

– Il y a des gens que les événements convertissent.

A la radio, la voix de Claude Dru continuait. Elle donnait des informations. Le comité de vigilance avait cédé la place à un comité de salut public. Celui-ci avait établi des liens avec des éléments amis, à Alger, à Madrid, à Paris. Le général Salan, de son exil en Espagne, avait accepté de se mettre à la tête du mouvement insurrectionnel à Chella. Son arrivée était prévue dans la journée de demain. La population se rendrait sur le port. Elle lui ferait l'accueil inoubliable qu'il méritait.

– Le général Salan à Chella ? dis-je. Ou Claude Dru ment, ou il est fou.

– Pourquoi ?

– Salan est à la retraite en Espagne, il n'en a pas bougé depuis que Delouvrier l'a vidé de la *villa Dominique* à Alger.

Peut-être, un jour, se mouillera-t-il pour l'Algérie et le million d'Européens qu'elle contient, mais pas cette fois : tu le vois compromettre sa retraite de général *à plein pot* pour un petit préside de merde comme Chella ?

– Bien entendu, dit Dodeman, l'arrivée de Salan, c'est encore de l'intox. Mais l'intoxication fait du bien à tout le monde. Y compris à moi-même.

Il coupa le transistor. La tête me tournait. Je n'avais pas dormi depuis longtemps et j'étais épuisé. De plus, je retrouvais cette impression obstinée que, peut-être, tout n'était pas exactement vrai dans ce qui se passait.

– Et Azéma ? Et la librairie ?

– Incendiée le premier jour par les activistes. Réincendiée aujourd'hui par les Maures. Rien n'est arrivé, ni au père ni au fils. Le vieil Azéma a été un peu choqué, on a préféré l'emmener à l'hôpital. J'aime beaucoup les Azéma mais ça devait arriver un jour. Après tout, cette librairie était un repaire de paumés qui se prétendaient libéraux. Tu te souviens de Popinet, d'Haby et des autres ? Et de Françoise, tu te souviens de Françoise Averseng ? Tu sais qu'on est fiancés ? Elle a téléphoné tout à l'heure : le père Azéma est toujours à l'hôpital mais va mieux. Quant à Philippe, il a disparu depuis plusieurs jours. Il s'est mis à l'abri et a bien fait. On ne sait pas où il est passé.

– Où veux-tu qu'il soit ? Où veux-tu qu'on se cache à Chella ?

– Chez un ami, je pense.

– Et les bouquins de la librairie ?

– Pfuitt ! Partis en fumée ! Depuis l'incendie de la librairie d'Alexandrie, quelques années avant Jésus-Christ, l'Afrique n'aime pas trop les livres.

– File-moi une jeep, dis-je. Je veux aller voir ce qui se passe rue Mimouni-Haddèche.

– C'est interdit, il y a le couvre-feu.

– Dodeman, ce soir, c'est toi qui fais respecter le couvre-feu.

Dodeman haussa les épaules :

– Attention, il y a encore des tireurs. Demande une voiture à la porte bleue.

– La librairie de la rue Mimouni-Haddèche ? dit le chauffeur qui était de service à l'aubette. Je la connais. Nous avons essayé hier d'y éteindre l'incendie. Les pompiers étaient là, mais comme c'était, paraît-il, un immeuble de fellouzes, ils ont plutôt rajouté du bois dans le feu. Les voisins nous balançaient des projectiles par leurs fenêtres. Quel pays de sauvages ! Et ça se dit Européens !

Puis, démarrant, il ajouta :

– Si vous aimez les livres, vous n'aurez qu'à vous baisser. Il y en a plein la rue.

La jeep me déposa en haut de la rampe Vallée. Un piquet de gendarmes mobiles s'y trouvait. Un half-track, sa mitrailleuse de 12/7 pointée sur les façades d'immeubles, quelques hommes en train de se réchauffer autour d'un feu préhistorique, c'était le dernier poste du service d'ordre.

– Attention, me dit le gendarme en faction. Les Maures sont montés jusque-là ce matin et c'est par là que les mobiles ont tiré au bazooka dans l'immeuble en face. Tous les corps n'ont pas encore été déblayés. Certains Européens ont constitué quelque part une autodéfense. Après tout, c'est leur tour !

Je marchai dans la rue Mimouni-Haddèche. L'éclairage public éclairait une tranchée morte. Creusées en ombre sur les façades, répétées à de multiples exemplaires, les fenêtres des immeubles étaient ces cavernes inaccessibles qu'on voit quelquefois plantées sur les falaises. Quels souffles retenus, quelles inquiétudes, quelles angoisses cachaient-elles derrière leurs vantaux bien clos ? Elles me regardaient passer. Ô bâtiments abandonnés ! Ô orbites vides dans un crâne !

De même que tout à l'heure, à l'entrée de la ville, avancer relevait du parcours du combattant. La rue était jonchée de tuiles brisées, de panneaux renversés, de morceaux d'étalages de boutiques, de meubles même que les combattants de la journée avaient héroïquement balancés des balcons sur les assaillants qui montaient. Un buffet Henri II avait éclaté au milieu de la rue. Crevé comme un gros fruit mûr tombé d'un arbre, il montrait ses burlesques entrailles, des tiroirs ouverts et renversés, tout un service de cuillers et de fourchettes que personne, dans cette ville peuplée de fantômes, n'avait eu le temps de ramasser. Sous le réverbère, à même le pavé, à demi brûlés, souillés de suie et de l'eau des pompes, des livres, encore des livres, de vieilles revues, des morceaux de rayonnage. Son rideau de fer noirci et arraché, sa devanture brisée, sa porte d'entrée béante, la librairie Azéma avait passé un mauvais quart d'heure.

Derrière la fenêtre du premier étage, régnait un pâle éclat de lumière jaune. Une bougie devait être allumée quelque part.

A l'intérieur de la boutique, le désastre était encore plus grand. Tout était noir et imbibé d'eau. Ni les émeutiers qui avaient mis le feu ni les gendarmes mobiles qui avaient essayé de l'éteindre n'y avaient été de main morte.

Cette fois-ci, c'était moi qui montais l'escalier, et c'était elle qui se tenait en haut du palier de la chambre d'Azéma.

Car Françoise Averseng était là, seule. Elle portait une petite robe de toile bleu-gris avec un de ces cols blancs et ronds qui étaient à la mode cette année-là et un châle sur ses épaules. Elle avait les jambes nues sous sa robe.

J'ai honte de le dire : je me précipitai littéralement sur elle. Avais-je eu assez faim ? Avais-je assez attendu en vain ? Avais-je assez désiré cette sorte d'assaut ? Ce fut irréfléchi, inattendu et irrésistible. Du reste, quand j'y pense, il me semble que la même chose arriva pour elle.

Nous ne songeâmes même pas à fermer la porte de la chambre, ou peut-être le geste qu'elle fit du bras en se débattant un peu voulait-il dire cela. Je lui mangeais le visage et le cou de baisers. Je me noyais, je ne savais pas ce que je faisais, je suffoquais, puis je reprenais mon souffle et l'embrassais à nouveau. De la même façon, comme un boxeur en danger de mort marque son adversaire au visage, avec le même acharnement méthodique, elle me rendait coup pour coup.

Je ne sais pas combien de fois je lui fis l'amour cette nuit-là. Au matin, nous étions deux combattants épuisés et endoloris, à bout de souffle. Je ne me souviens plus bien de son corps, mais son visage est toujours là devant mes yeux. Quel acharnement suspect nous avait fait mêler nos bouches ? Je l'avais embrassée jusqu'à en être ivre, j'avais exploré tous les détails de l'intérieur de sa bouche, j'avais senti sa salive douce sur ma langue. Parfois, cette nuit-là, sous mes lèvres, j'eus un oiseau : le globe de ses yeux palpitait derrière ses paupières fermées.

Elle s'endormit vers la fin. L'aurore puis le jour pointèrent. Ainsi donc, ça y était, je l'avais baisée, je l'avais vaincue, la fille d'Averseng, la fille hésitante aux yeux lumineux et verts croisée dans l'escalier, la petite femelle noire et sauvage de la ferme de son père, l'amour loyal de Dodeman, la compagne ambiguë de Philippe Azéma ! En ce moment même elle dormait dans mes bras. Nos deux âmes, nos deux races même pas amies faisaient trêve un instant.

Pour la quitter, je fis comme le vagabond ou le voleur que j'étais en vérité. Je ramassai mon paquet de vêtements. Je passai dans le couloir, je m'habillai sans faire de bruit. Dieu, pardonnez-moi ! Françoise, pardonne-moi ! Catherine, que je t'oublie enfin !

Je disparus sans la réveiller ni me retourner.

Je descendais la rampe Vallée vers le Paséo. Le petit matin était froid et ensoleillé. Je m'étonnais de ne ressentir aucune honte. A tout prendre, même, j'avais le cœur léger.

En somme, je désertais.

XXIII

Le Paséo du Maréchal-Joffre

Après l'émeute, le Paséo était couvert d'épaves. Les chaises du kiosque à musique qui avaient servi de projectiles gisaient écrasées et désarticulées sur le sol.

Dans la nuit il avait plu sur le sable fauve qui couvrait la place d'Armes, mais maintenant le ciel était devenu éclatant et le soleil brillait. Car le printemps régnait enfin à Chella. Le sable humide et doré sur le sol, d'ordinaire à chaque aube si soigneusement tissé par les petites griffures parallèles des râteaux des balayeurs municipaux de Chella, aujourd'hui souillé par les milliers d'empreintes de pas et les traces de l'émeute, fumait sous le soleil. D'autres colonnes de fumée silencieuses (celles des bancs publics qu'on avait brisés et incendiés) sourdaient également du sol. Se mêlant aux brumes du matin, elles avaient transformé le Paséo du Maréchal-Joffre en une silencieuse et bien étrange *solfatare*.

Encore revêtu de l'odeur de Françoise, anxieux maintenant de retrouver la harka et les GMC, je pressais le pas en traversant le Paséo. Des réverbères étaient brisés. Les stores des cafés avaient été arrachés ou déchirés. Ils pendaient comme des ballons de Jules Verne dégonflés ou comme les voiles crevées d'un navire que la tempête aurait jetées à terre. Sur son piédestal, l'amiral Silhiol ressemblait de plus en plus à ce qu'il était peut-être : la statue du Commandeur, impavidement dressée face aux turpitudes de Don Juan.

Au milieu du Paséo, un grand panneau annonçait les programmes de théâtre – quand il y avait encore une saison théâtrale à Chella. Il avait été lacéré. Seule demeurait une affiche d'opérette à demi arrachée.

283

Elle annonçait *Orphée aux Enfers* avec une troupe de Montpellier et portait une date : 21 juin 1959. Justement, cette année 1959, il y avait eu un redoublement d'attentats et la tournée de la troupe de Montpellier avait été annulée. Chella n'avait jamais eu son *Orphée aux Enfers.*

Autrefois, m'avait-on dit (Duruffle le racontait volontiers), le Paséo était le lieu d'exercice des militaires, l'endroit où la garnison espagnole puis le bataillon de la Légion étrangère française faisaient l'exercice. Leurs orchestres y jouaient. La musique jaillissait sous les arbres et sous les globes blancs des réverbères. Séparément, échangeant tout d'un seul regard lorsqu'ils se croisaient, les garçons et les filles de Chella, à la mode espagnole, *faisaient le Paséo* et arpentaient inlassablement la promenade. De petits enfants (probablement devenus aujourd'hui ces mêmes adultes inquiets ou haineux, émeutiers des deux côtés, maures ou européens) couraient innocemment d'un arbre à l'autre, escaladant les murets et les balcons de fonte peinte du kiosque à musique. Ces jeux étaient terminés. Les rangs verts et austères des orangers plantés au cordeau évoquaient seuls l'alignement passé des soldats.

En route vers l'amirauté donc, je marchais vers le café Pérez. A mesure que j'avançais vers sa terrasse, je ressentais une drôle d'impression : quelqu'un, de loin, m'observait.

Oui. Quelque part, un cruel regard me suivait, celui peut-être d'un chasseur observant son gibier s'avançant dans la mire de son fusil, et provisoirement encore retenant son coup de feu. Pourtant j'avançais toujours. Quand je fus à portée de voix du café Pérez, une personne de la terrasse du café qui, effectivement, me regardait avancer depuis un certain temps me héla.

A mesure que j'entendais cet appel, quelque chose en moi me disait obstinément d'arrêter, de lâcher tout, *de ne pas me laisser prendre.* Pourtant je ne pouvais rien, j'étais hypnotisé, j'avançais tout de même.

Enfin je les vis. La seule chose rassurante dans l'attitude des deux hommes était qu'ils paraissaient d'excellente humeur.

Assis à une table ronde, échappés à leur appartement de la rue Mimouni-Haddèche où le début de la nuit avait dû être

284

chaud, tels qu'en eux-mêmes enfin (comme à Alger) les transformait la douceur d'une terrasse de café au soleil, se tenaient mes anciens patrons, les commandants Coulet et Peufeilloux.

Tous deux portaient des uniformes de toile verte fraîchement repassés comme ils aimaient en porter. Ils avaient posé, l'un sa casquette, l'autre son képi à plat sur la table. Deux tasses de café au lait fumaient devant eux. Attirée vers le soleil dans une sorte de spirale douce, la fumée anodine de leurs cafés et celle d'une cigarette que tenait Peufeilloux à la main semblaient la vapeur d'un philtre personnel se mêlant curieusement à celle de la solfatare explosive sur laquelle nous étions campés.

Tels deux oiseaux qui, la tornade passée, retrouvent intact leur perchoir favori, les deux complices profitaient de la chaleur du matin. Au passage je remarquai que, seul de tous les cafetiers du Paséo ou d'ailleurs, Pérez avait sauvé son matériel. La veille de l'émeute, il avait rentré ses tables et ses chaises. Quelles voix complices lui avaient donné conseil de le faire ? Celles de ses amis activistes, ou bien de mes anciens chefs, eux qui savaient tout toujours avant tout le monde ?

Pérez s'affairait à redéplier complètement son matériel, choix qui augurait bien de la journée à venir. Il avait déjà sorti la table et les deux chaises où étaient installés Coulet et Peufeilloux. Au moment où j'arrivai, il en sortait une troisième pour un autre client que je n'avais pas encore vu, dissimulé qu'il était dans un coin où il se tenait debout.

Le troisième client sortit de la zone d'ombre où il était caché et s'assit à la même table que C & P. C'était Duruffle, le commandant de l'*Athos*. Avec une complicité qui, dès ce moment, me parut trop manifeste pour être naturelle, le trio de l'autre jour s'était reconstitué.

– Tiens, quelle surprise ! dit gracieusement Peufeilloux, c'est vous, aspirant Sérurier ! Bonjour, aspirant Sérurier. Profitez-vous de la levée du couvre-feu ? Accepteriez-vous une tasse de café ?

C'était bien lui qui, depuis le début, m'avait suivi du regard et qui, maintenant, m'attirait droit dans la toile d'araignée.

Je m'assis avec une sorte de soumission. La loi des espèces soumet la proie à ses prédateurs.

285

– Une levée du couvre-feu ?

– La circulation est libre entre huit et dix heures ce matin. Vous ne saviez pas ? Il faut bien que les gens fassent leurs petites courses.

– Leurs petites courses de survie, ajouta Coulet.

– Je ne savais pas, dis-je. Je retournais à mon convoi.

Peufeilloux prit un air de compréhension attentive qui le rendit encore plus gracieux.

– Vous avez été utilisé cette nuit ?

– Mes camions sont arrivés trop tard.

– Une boucherie. Acaton affirme qu'il avait donné l'ordre strict de ne pas tirer.

– C'est Giansily qui va écoper, dit Coulet.

Il s'interrompit.

Devant nous quelqu'un traversait lentement le Paséo avec l'obstination inconsciente d'un insecte qui se traîne sur une route parcourue de voitures à pleine vitesse. C'était un vieux Maure vêtu d'une gandoura blanche, une mallette de cuir à la main. Je reconnus le moqqadem, celui qui, accompagné de ses deux fils, avait débarqué de l'*Athos* avec moi, l'organisateur aussi du rendez-vous manqué avec Si Hamza.

Pérez s'était éloigné. Les claquements secs des chaises de fer qu'il dépliait résonnaient sur la place vide comme des sommations, comme des coups de fouet sur une arène de cirque.

– Encore cet enfoiré de moqqadem de la Zaouïa Sidi Ben Amar, Sidi Ali ! dit Peufeilloux. Après le coup qu'il nous a joué, regardez-le, dès qu'il nous voit, il se débine. Tel que je le connais, il doit essayer d'aller jouer encore quelque part les bons offices. Depuis qu'il n'y a plus d'Inquisition, les membres du clergé adorent, je ne sais trop pourquoi, jouer les messieurs bons-offices. C'est une manie. Vous voyez ce pauvre cardinal, le cardinal d'Alger, comment s'appelle-t-il ? le cardinal Duval, celui que les Pieds-Noirs surnomment *Mohammed Ben Duval*...

– On ne peut pas dire qu'un moqqadem de confrérie soit vraiment un membre du clergé, dit sentencieusement Coulet. Néanmoins, vous avez raison. Si on le faisait arrêter ?

– Non, dit Peufeilloux. Acaton s'y opposerait. Mieux vaut

essayer une nouvelle piste. Par exemple celle-ci... Mlle Averseng.

A ce moment, quelques nouvelles silhouettes apeurées de passants se profilèrent au bout de la place derrière la statue de l'amiral Silhiol.

A contre-jour, comme elles étaient dans le soleil, on ne pouvait savoir si c'étaient des ombres ou, mieux, des oiseaux de mer peureux et attentifs qui se seraient risqués sur une plage couverte d'épaves après la tornade. Parmi les silhouettes, une jeune fille mince, vêtue de noir, avançait à petits pas.

– Ah ! Ah ! dit Peufeilloux du même ton qu'il aurait dit « *une touche !* » à son voisin de pêche. D'abord c'était le moqqadem Sidi Ali, maintenant c'est Mlle Averseng. Décidément, ce matin, sur le Paséo – pardonnez-moi l'expression –, c'est le *matin des fellaghas* !

– Qui traitez-vous de fellagha ? Mlle Averseng ? demanda Duruffle avec une surprise distinguée.

La jeune fille vêtue de noir passa. Un moment, il me sembla effectivement reconnaître Françoise Averseng que je venais de quitter et mon cœur, par une sorte de réflexe, battit. Mais la fille se montra bientôt de profil et, avec soulagement, je vis que ce n'était pas elle.

– Ce n'est pas elle, dis-je.

– Eh bien, si c'était elle, reprit Coulet, il serait temps qu'elle arrête ses manèges avec Azéma et des gens comme lui.

Il regarda à nouveau la jeune silhouette qui se hâtait dans le soleil.

– Exact, dit-il, avec une sorte de regret. Ce n'est pas Mlle Averseng. C'est Mlle Bruno, la deuxième fille du juge du tribunal. Une jolie fille aussi.

La silhouette fine se dirigea vers les magasins du plateau. Elle disparut derrière la balustrade de la rampe Vallée.

– Finalement, aspirant Sérurier, vous nous manquez, à Coulet et à moi, dit Peufeilloux. Nous aimerions aller vous rendre une autre visite à Arbitral.

– A vos ordres.

– A propos de Mlle Averseng – puisque ce n'est pas elle –, êtes-vous toujours très lié avec votre remplaçant chez nous, Dodeman, l'aspirant Dodeman ?

– Oui, dis-je, pourquoi ?

– Dodeman et Mlle Averseng sont fiancés, vous ne saviez pas ?

– Si.

– Vous ne trouvez pas que ça fera un beau couple ? Eh bien, si donc vous êtes resté en bons termes avec Dodeman et que vous le revoyez, dites-lui ceci : il devrait faire attention. Son... amitié avec Mlle Averseng, ses contacts avec Azéma, le Cercle des Colonnes et tout ça, ça finira par mal se terminer.

– Vous le voyez plus souvent que moi. Dites-le-lui vous-même.

Peufeilloux se mit à rire :

– M. Dodeman a une particularité, qui est d'ailleurs un peu la vôtre : on lui parle, il rêve, il n'écoute pas.

– Il n'a sûrement pas les idées du Cercle des Colonnes, dis-je. Je le crois même d'opinions activistes.

– Coucherait-il avec l'opinion libérale ? Car si je ne me trompe, Mlle Averseng est libérale.

– Il couche avec Mlle Averseng ? interrompit Duruffle avec malice. Je croyais Mlle Averseng collée avec le jeune Azéma.

Peufeilloux rit :

– Ils se voient beaucoup, c'est vrai. Mais pauvre Azéma ! Vous le voyez baiser une fille ? Ce n'est vraiment pas son genre.

Dès que quelqu'un tentait une insinuation devant lui, Duruffle adorait mettre les points sur les *i* :

– Homosexuel, le fils Azéma ? Je n'y aurais pas pensé.

– Pourquoi non ? répliqua Peufeilloux.

– Pourquoi oui ?

– Eh bien, on le dit.

– On dit aussi qu'il a disparu depuis deux jours.

– Exact, dit Coulet. Il a sacrément bien fait de disparaître. Les émeutiers ont pillé la librairie, le père Azéma est à l'hôpital. Ils n'auraient pas raté le fils.

– Franchement, où peut-il être ? Chella est tout petit, on ne peut pas en disparaître. Vous devriez commencer des recherches.

– Oui, dit Peufeilloux. Nous allons en parler au commissaire principal et aux gendarmes. Il est temps que nous sachions ce que fabrique exactement toute la journée le fameux M. Azéma junior.

– Ce serait bête qu'il lui soit arrivé quelque chose, ajouta Peufeilloux. Pour ne rien vous cacher, nous l'avions à l'œil depuis un certain temps. Nous avions posé auprès de lui une de nos *lignes de fond*. A certains frémissements, certains jours, je me disais qu'elle pourrait commencer à donner.

Il y eut un moment de silence. J'étais lassé par ces propos de commère. J'allais me lever.

– Maintenant que ces imbéciles d'Européens de Chella ont fait tout péter et scié eux-mêmes la branche sur laquelle ils étaient assis, avec leur émeute à la con, leur occupation de la radio et leur panique générale dès que les Maures ont montré le nez, dit Peufeilloux en semblant sortir d'une songerie, je ne vois plus d'autre solution que notre idée d'entrer en contact avec Si Hamza et de lui proposer l'indépendance *clefs en main*, comme on propose la botte *sans risques* à une fille. Pourvu naturellement qu'il s'engage en retour à protéger raisonnablement les personnes et les biens européens...

– Oui, dit Coulet.

– Tout autre que notre héros du Fillaoussène eût accepté le marché. Le malheur est qu'il refuse tout contact avec nous, et nous n'arrivons pas à savoir vraiment pourquoi ! Il faudrait qu'on arrive pourtant un jour à discuter un petit peu avec lui.

– Comment trouver un fil, n'importe lequel, qui nous relie à lui ? dit Coulet. La filière du moqqadem a loupé ; l'aspirant ici présent n'a pas l'air de retrouver le contact qu'a peut-être eu Erlahcher ; quel autre biais pourrions-nous trouver ? Mlle Averseng ? Le petit Azéma ?

Philippe Azéma ! Tout d'un coup, en moi-même, j'eus une sorte d'éclair : Philippe Azéma et ses velléités d'aide aux fellaghas, les journaux de la librairie que j'avais trouvés en plein bled, les poèmes du poète berbère, Philippe et sa visite à Ferme-Averseng, sa disparition récente même. Il avait sûrement des contacts avec les fellaghas ! Pourquoi l'homme dont C & P avaient besoin ne serait-il pas Azéma ?

De toute manière, Azéma était mon ami. Je ne dirais rien.

289

– Je ne vois pas Philippe Azéma entretenir des contacts avec la rébellion, fis-je sèchement après un instant. Je le connais parfaitement. Il est incapable de faire du mal à une mouche. C'est peut-être un libéral, mais c'est surtout un déplorable intellectuel.

– Ne dites pas de mal des intellectuels, dit Duruffle. Vous en seriez un que cela ne m'étonnerait pas outre mesure.

– L'indépendance *clefs en main*, reprit Peufeilloux, ça devrait être tentant quand on est dans la situation d'un homme comme Si Hamza ! S'il n'accepte pas de discuter avec le gouvernement tant qu'on le lui offre, nous l'abattrons un de ces jours par hasard, ou bien les Rifains ou les Marocains l'assassineront parce qu'il gêne leurs visées sur le Rif. Ce serait malin !

– Peut-être a-t-il d'autres idées, dis-je.

– Nous lui ferons tout ce qu'il voudra, garanti sur mesure : l'indépendance, un gouvernement, une armée, un drapeau, un hymne national, une police, un système d'impôts, des rentes personnelles en Suisse s'il arrive un coup dur ! Des promesses qu'il faudra bien qu'on lui demande, il fera ce qu'il voudra après notre départ ! Qui dit mieux ?

– Si Hamza est un berger du Fillaoussène, fis-je faiblement. Il n'est même pas sûr qu'il ait vraiment été ouvrier chez Renault comme c'est écrit dans le fichier. Il mène depuis dix ans la vie d'un clochard traqué dans le bled. Vous le voyez dans la politique, à la tête d'un pays comme celui-ci ?

– Si ce que vous voulez dire est que Si Hamza n'a pas fait l'École nationale d'administration, c'est exact en effet. Mais ça ne fait rien : on le pilotera dans les premiers temps. Nous l'encadrerons avec des conseillers techniques sortis de l'ENA. Il y en a plein, et, justement, on ne sait pas quoi en faire.

– École nationale d'administration, promotion « Ben Bella », dit Duruffle.

– Si Hamza est un tueur, dis-je. Il a tué Erlahcher. Il a tué le fermier Milande, il a tué je ne sais combien de gardes champêtres, des dizaines de paysans maures qui ne voulaient pas payer l'impôt. Comment fait-on un chef d'État d'un tueur ?

– En temps de guerre, Sérurier, tout le monde tue, dit

Duruffle. Vous-même, petit innocent, vous aurez beau faire, vous serez piégé comme les autres, vous tuerez. Immanquablement, un jour vous aurez sur les mains des taches de sang. Vous les regarderez avec incrédulité, mais elles seront là !

– Tel qu'il est, reprit Peufeilloux, le *curriculum vitae* de Si Hamza n'est pas inintéressant. Mais est-ce seulement (rien n'est moins sûr, les archives sont si mal faites !) le vrai ? L'homme fera un président ou un Premier ministre très convenable.

– J'aimerais que vous ayez raison, dis-je.

– Le problème, dit Peufeilloux, est que cet imbécile refuse de parler franchement. Peut-être d'ailleurs a-t-il raison et la situation n'est-elle pas encore mûre. Acaton (qui naturellement n'a rien compris) garde, nous dit-on, l'espoir d'une solution militaire à Chella. Bien. Le général de Gaulle, nous dit-on encore, est *grosso modo* d'accord avec une solution Si Hamza, à la condition expresse qu'*il n'y ait pas d'éclaboussures*. Il faut dire qu'on a essayé de monter un coup comme ça l'année dernière en Algérie, que ça a échoué et que cela ne lui a pas plu. En supplément, les singes qui l'entourent, les D..., les T..., etc., comprennent tout à côté. Depuis le début les gouvernements du Rif et du Maroc attendaient que les présides leur tombent tout cuits dans la main, alors une solution Si Hamza, quelle qu'elle soit, ne fait pas vraiment leur affaire. Ils ont, hélas, et comme d'habitude, leurs complices aux Affaires étrangères françaises. En somme rien n'est prêt. Mais j'ai confiance : tout évolue dans le bon sens.

– Et les harkis ? dis-je.

– Quoi, les harkis ?... Hélas, le jour venu, il y aura bien d'autres étrangetés à leur expliquer !

Erlahcher, Si Hamza, Azéma, Françoise Averseng, les harkis... La toile d'araignée. Si je restais chez Pérez une minute de plus, je serais pris. Mieux valait fuir.

– J'ai à faire, dis-je. Je dois m'en aller.

– Ah, ah ! dit Peufeilloux. Vous allez de quel côté ? Côté amirauté ? Côté plateau Sollier ? C'est quelquefois dur de choisir.

– Côté amirauté, dis-je, assez piteusement.

– Eh bien, nous viendrons vous voir bientôt à Arbitral, Coulet et moi. Nous attendons seulement certains accords de Paris.

Ne pas me faire piéger.

– Au revoir, dis-je.

– A bientôt ! cria Coulet. Rassurez-vous, d'une façon ou d'une autre, tout sera réglé bientôt !

Un effort surhumain m'arracha de leur table.

J'étais parti.

Il était dit que je ne verrais rien de l'émeute. A l'amirauté, tout était fini. Les Maures étaient rentrés en médina. Les éboueurs commençaient à nettoyer la ville européenne. On renvoyait les soldats dans leur solitude.

De plus, le bruit courait d'une offensive du côté du Maroc, d'un franchissement du barrage, d'une grosse affaire en préparation. L'émeute à Chella n'aurait été qu'une ruse des fellaghas pour dégarnir la frontière. Par la suite, il fut démontré que c'était un faux bruit, mais sur le moment Acaton en profita pour renvoyer tout son monde. Cette convergence de renforts vers Chella l'avait irrité au plus haut point.

Je ne cherchai à revoir ni Dodeman ni personne. A la porte bleue les officiers mariniers s'étaient mis à l'œuvre. Lestés de soldats exténués, les GMC démarraient l'un après l'autre dans un bruit de fanfare. Ils fonçaient vers les postes de la frontière.

Mes deux GMC d'Arbitral allaient partir à leur tour. Avant d'y grimper, j'eus quelque chose comme un remords, je ne savais pas si c'était pour Françoise ou pour le vieil Azéma. De l'aubette, j'appelai la librairie. Ce fut comme chaque fois que j'essayais d'y téléphoner : une alarme résonnait dans un corridor interdit où personne ne venait jamais ; la sonnerie de mon appel téléphonique retentissait interminablement.

Dans quelle galaxie s'égarait-elle avant de revenir ? Avais-je le *mauvais numéro* ? Françoise était-elle sortie ? Avait-elle été retrouver Philippe ou le vieil Azéma ? N'était-ce pas elle que j'avais vue passer sur le Paséo ? Préférait-elle ne pas répondre ? Ou bien, plus stupidement, l'incendie avait-il mis le téléphone hors d'usage ?

Je ne saurai jamais. Dans un sens, c'était mieux. Je raccrochai. J'abandonnai Françoise, le vieux père Azéma et sa librairie. Pour la deuxième fois dans la même journée, je trahis.

Remontant sur la piste d'Arbitral avec le GMC, je réfléchissais. Que convenait-il de faire alors que toutes ces arrière-pensées de Coulet et Peufeilloux mûrissaient ? Sur la piste, le camion cahotait en prenant ses virages. Un par un je les reconnaissais et je retrouvais dans ma mémoire tous les événements si peu clairs auxquels j'avais été mêlé : l'embuscade sur la route, le récit de Smili sur Erlahcher qui avait eu Si Hamza dans la mire et n'avait pas tiré, la visite de Catherine, les confidences interrompues de Ben Saada, le mortier enfin qui s'était enrayé et l'échec à Sidi Mohammed el-Khrouane... Puis je ne sais pas quoi encore, peut-être l'appel qu'exerçait sur moi, certains soirs, la zone interdite...

Des rires retentissaient. Derrière moi, dans le GMC, les harkis échangeaient des plaisanteries. Secoués par les cahots, ils riaient interminablement. Naturellement, des plaisanteries pas pour nous, des plaisanteries pour eux-mêmes. Peut-être riaient-ils sur leur équipée de la nuit précédente. Ou sur les Européens qui n'avaient rien compris. Ou sur leur destin futur. Ou sur toute autre chose...

Il n'y avait pas de quoi rire, mais ça riait ferme dans le camion.

Va donc savoir pourquoi.

XXIV

Je reviens à Arbitral

Enfin, quelques jours après mon retour à Arbitral, on retrouva Philippe Azéma. Sa Dauphine avait été retournée sur la piste du bord de mer, près de l'ancienne ferme Milande, à quelque trente kilomètres de Bordj-Herrera et du Fillaoussène.

Alertés, les gendarmes mirent un jour à venir puis ils fouillèrent les environs. Le corps était un peu à l'écart de la voiture. On l'avait jeté dans un champ de roseaux en bordure de la route.

Détail : la gorge d'Azéma avait été très proprement tranchée – un seul coup de couteau, de spécialiste, allant d'une oreille à l'autre. Il lui faisait l'horrible et réglementaire brèche qu'on retrouve sur la gorge des moutons tués rituellement pour les fêtes de la Pâque musulmane, l'Aïd el-Kébir.

Le *sourire arabe,* vous vous rappelez ce que ça voulait dire ? Donc Philippe, adorable Philippe, toi, libéral Philippe, mon ami, incertain ami de Françoise, admirateur du poète berbère, à ton tour tu eus droit à ton *sourire arabe.* Ainsi devins-tu l'innocente victime de cette époque barbare et disparais-tu de cette histoire, égorgé probablement par les fellaghas.

Victime si innocente que ça ? Même pas. Car ce que tu allais faire seul en voiture sur cette interminable piste qui, par la mer, par Bordj-Herrera, par Ferme-Averseng, par la « piste du Légionnaire », aboutit finalement à Arbitral, nul ne le sut jamais.

Dans l'enquête qui suivit, un pompiste témoigna qu'il avait vu Azéma prendre un auto-stoppeur musulman inconnu juste après avoir fait de l'essence à la sortie de Chella. On parla aussi de journaux, d'un sac de farine, de sucre et de café destinés aux rebelles qu'on aurait trouvés après l'assassinat dans le coffre de la Dauphine. Certains dirent qu'après des années d'inaction au Cercle des Colonnes, Azéma avait, enfin – mais à sa manière, qui était maladroite –, choisi l'engagement au côté des fellaghas. Il aurait voulu les ravitailler. Les fellaghas se seraient méfiés de lui (ils se méfiaient de tous les Européens) et l'auraient exécuté, voilà tout.

Personnellement, cette version fut la mienne. Je me souvenais de cette amorce de conversation, un soir, rue Mimouni-Haddèche ; aussi de ce chargement de journaux et de livres que nous avions trouvé dans la cache des fellaghas de Sidi Mohammed el-Khrouane, et dont je n'avais pas voulu parler à Peufeilloux.

D'autres dirent (ce fut, paraît-il, la version des anciens membres du Cercle, donc une version *a priori* suspecte) qu'Azéma avait été liquidé non par les fellaghas mais par les activistes européens.

Le mystérieux auto-stoppeur n'aurait pas été un musulman, mais un Européen un peu maquillé qui aurait placé les vivres et les journaux dans le coffre de la voiture avant de tuer Azéma et de s'enfuir. Après trois siècles de colonisation au contact des Maures, les Européens des présides savaient, eux aussi, égorger un mouton.

Qui peut deviner ?

Enfin une dernière version fut qu'il s'agissait d'une histoire de mœurs. Pourquoi pas ? disaient certains. Toujours l'auto-stoppeur. Si vraiment, comme on le prétendait, Azéma était homosexuel !

L'enterrement de Philippe eut lieu au cimetière qui portait justement le même prénom que lui, le cimetière Saint-Philippe derrière la cathédrale.

Naturellement, je ne fus pas prévenu à temps. Aucun membre de la colonie européenne n'assista d'ailleurs à la cérémonie, ni Françoise, ni surtout les membres du Cercle. De ce jour-là, les Européens de Chella prirent l'habitude de fuir les cérémonies et les réunions où leur présence pouvait être interprétée comme un signe de leur opinion pour ou contre l'indépendance.

Le père Azéma non plus n'était pas là : par l'*Athos,* il avait été évacué sur un hôpital d'Oran, puis sur un hospice du Midi de la France. Je n'ai plus jamais eu de nouvelles de lui. Disparaît donc également de cette histoire l'inoffensif, le charmant père Azéma, ses rêves simples et studieux, ses références à Homère, à Platon, à Virgile, aux mondes engloutis qui libèrent du temps présent, aux origines de Chella.

Lorsque je pense encore aujourd'hui à lui (cela m'arrive souvent), c'est avec une certaine tendresse. Je me dis qu'enfin il a pu aller vérifier personnellement les bonnes adresses qu'il avait dans l'Au-delà, peut-être même, comme on dit dans les guides, des adresses *avec étoiles.*

Seul me resta de lui un certain temps ce livre sur le préside et sa dédicace en latin qui disait je ne saurais jamais quoi. Parfois, je me dis que, le jour venu, et si, malgré tous les grands chambardements qu'il a dû y avoir depuis vingt-cinq ans là-bas comme ici, le noir Pluton règne toujours sur le royaume des Morts, je ne détesterais pas y rencontrer le vieil homme avec sa blouse grise et sa calotte genre Sainte-Beuve, herborisant par exemple quelque part entre Styx et Achéron !

Il y a là-bas de grands champs d'asphodèles.

Asphodela medicinalis.

Asphodèle « médicinale ».

La mort de Philippe Azéma eut une immédiate conséquence : la circulation hors-convoi des véhicules civils sur tout le territoire fut à nouveau interdite par Acaton (le gouverneur n'était pas encore revenu). En un sens, c'était dommage. Car tant que la situation avait passé pour meilleure, des véhicules inattendus s'étaient aventurés à nouveau, parfois, sur les routes.

Un jour, à ma grande stupéfaction, le camion d'un marchand ambulant chargé de pièces de tissu et d'habillement s'était présenté devant la porte d'Arbitral.

Le chauffeur du camion, un commerçant maure d'une cinquantaine d'années, arrivait de Chella. Avant la guerre, dit-il, il venait régulièrement sur les souks du Fillaoussène vendre des vêtements aux tribus et cela marchait bien. Pouvait-il rester une journée avec son camion dans le Regroupement et repartir le soir même ?

Je fus tellement surpris que j'acceptai et que je lui achetai quelques mètres du premier morceau de tissu qu'il me montra.

C'était une pièce de tissu de coton blanc où courait un fil d'or.

Je ne savais que faire de ce tissu. Je le donnai à Fethna.

Je n'entendis plus parler du tissu. Fethna le cacha ou le perdit mais elle ne le porta pas. Avec la mort d'Azéma et l'instruction d'Acaton, le camion du commerçant ne revint plus à Arbitral. Je n'eus plus jamais l'occasion d'acheter un autre cadeau à la petite Fethna.

Et maintenant, même au Fillaoussène, le printemps frappait !

Je vis des fleurs à Arbitral. Un matin, j'en trouvai au pied de la poterne arrière. C'étaient des crocus, des pâquerettes minuscules, une touffe de violettes pâles. La nuit suivante, le retour du froid les tua. Elles gisaient sur le sol comme fauchées, mais, les jours d'après, d'autres percèrent le sol au même endroit, puis il y en eut d'autres dans le champ désolé qui s'étendait au pied du mur d'Arbitral, là où, parmi les chicanes de barbelés, serpentait le sentier qui descendait vers le Regroupement.

L'été, comme toujours dans ces montagnes, suivit très rapidement. J'étais désormais le seul officier au poste. Alors que nous avions repris notre rythme de sorties dans la partie autorisée du secteur, il y eut les deux passages de fellaghas – le petit et le gros passage. Deux nuits, sans que le mirador de garde les décelât sur le moment, des bandes de fellaghas passèrent à proximité. Elles marchaient en direction du Fillaoussène. De telles choses n'étaient pas arrivées depuis des années.

Le *petit passage* d'abord ne m'inquiéta qu'à moitié. Vers le début de l'été, un parti de djounoud, sans doute la bande de Si Hamza, échappa à une de nos patrouilles. Notre patrouille était composée de six hommes et du sergent Smili. Elle avait monté une embuscade au lieu-dit *Tafraout*, près de la piste de Ferme-Brûlée. Vers quatre heures du matin, alors qu'elle s'apprêtait à démonter l'embuscade, elle aperçut une colonne d'une dizaine d'hommes lourdement chargés qui montait vers le Fillaoussène avec une bête, une mule elle aussi très chargée. La patrouille tira, mais de trop loin, à cinq cents mètres. Tout le monde se sauva, sauf la bête.

Au retour de la patrouille, je descendis dans la cour du poste. Smili décrivait avec excitation la scène qu'il avait vue : les silhouettes des *fellouzes* en file indienne marchant en silence sous un ciel qui commençait juste à pâlir, les balles traçantes ricochant, l'habituelle débandade par le fond de l'oued.

La bête était blessée et les harkis voulaient d'abord la laisser là-bas. Puis Guendouz l'avait ramenée.

Un des moghaznis tenait par le licou l'animal des djounoud. C'était une grande mule au poil blanc et crotté. Dans la bagarre, elle avait reçu une balle de pistolet-mitrailleur qui lui avait traversé le ventre de part en part. Façon *Dormeur du val* et poème de Rimbaud, elle avait un petit trou rouge au côté droit. Mais, en ressortant, la balle avait fait aussi un gros trou au côté gauche que je n'avais pas vu au premier abord. Dépassait un morceau de chair rosé et répugnant, quelque chose qui devait être le poumon ou un viscère quelconque.

La mule restait debout, parfaitement immobile et au fond prenant son mal en patience, elle avait tant été habituée à souffrir des hommes ! La seule anomalie en elle était ce battement excessif du flanc, cet œil écarquillé avec lequel elle observait ce groupe qui l'entourait. Il n'y avait rien à faire pour elle sauf l'abattre, ce que nous fîmes plus tard.

Je pensai avec étonnement que cette mule était, finalement, le premier blessé que je voyais dans cette guerre. Si c'était ça être blessé, alors être blessé était dégueulasse.

La discussion était animée entre les moghaznis qui entouraient la mule blanche, l'un disant à l'autre de se taire, et la conversation reprenant de plus belle. On aurait dit une mouche qui se serait échappée toujours d'une boîte mal fermée où on se serait efforcé dix fois de la remettre. Je compris qu'un moghazni avait reconnu la bête, et qu'un autre disait qu'il se trompait.

Je m'approchai.

– Cet harki ment, dit Smili. Il dit que la mule est une bête de la Zaouïa Sidi Ben Amar.

Le ton était péremptoire. Ce n'était pas à ce moment que je saurais la vérité. D'ailleurs, la bête avait pu être réquisitionnée la nuit dernière par les fellaghas. Je décidai de faire mon enquête plus tard.

Une partie du chargement de la mule avait été arrachée par les fellaghas au moment de leur fuite. Un des deux couffins qu'elle portait était resté sur son dos, intact. Smili en fit l'inventaire : un sac de semoule, deux couvertures kaki qui devaient provenir de nos propres surplus militaires, du thé vert, deux pains de sucre coniques entourés d'un papier bleu d'épicier, et surtout un paquet de journaux français.

Encore un foutu paquet de journaux français !

Je ne savais pas encore ce jour-là (je ne l'appris que quelques jours après, par le journal et une lettre de Dodeman) que Philippe Azéma était mort. Une de mes hypothèses, alors, fut que c'était lui ou l'un des membres du Cercle des Colonnes qui avait fait parvenir ces journaux. A nouveau j'hésitai mais je ne signalai rien, ni dans mon *Cahier d'opérations*, ni dans mon compte rendu radio quotidien à l'amirauté. Je me résolus à m'expliquer avec Philippe sur cette affaire à la première occasion.

Vint ensuite le *grand passage*. Après une longue période de sécheresse, la pluie tomba en trombe, noyant la piste et la cour du poste, bloquant sans doute tout le monde dans le Fillaoussène. J'annulai la patrouille de nuit. Au matin, la pluie avait cessé et j'envoyai une patrouille vers le Regroupement et la Sénia.

Le caporal musulman qui la commandait revint hors d'haleine une demi-heure après. Nouvel emmerdement : un autre passage de fellaghas – beaucoup plus important que le premier – avait eu lieu durant la nuit.

C'est lui-même qui trouva ce nom du *grand passage*.

J'allai à la Sénia : les empreintes – brodequins, pataugas

300

neufs – étaient innombrables. La pluie n'avait rien effacé. Une très forte colonne avait transité près de la Sénia cette dernière nuit. Les moghaznis, immobiles, examinaient les traces.

Certaines étaient plus profondes que d'autres, ce qui voulait dire que les hommes étaient lourdement chargés. A un endroit, une dizaine d'entre eux avaient glissé autour de sillons qui paraissaient avoir été laissés par des caisses de grosses dimensions.

Smili paraissait stupéfait.

– Jamais vu un passage comme ça, dit-il. Même sur la frontière du Maroc. Même avant les ratissages de la Légion.

Il regardait encore plus soigneusement que les autres. Il s'éloigna vers un bouquet d'oliviers. Il revint avec un paquet vide de cigarettes qu'il avait ramassé. Des cigarettes de marque inconnue, des cigarettes marocaines.

– Ils sont passés sans aucune précaution. Ils jetaient leurs paquets de cigarettes vides par terre ! dit-il.

Habitués que nous étions aux ruses extraordinaires qu'observaient les fellaghas pour dissimuler leurs traces, ce paquet de cigarettes jeté avec négligence par terre paraissait invraisemblable...

– Lieutenant Sérurier, de l'armée française, de *Sti Ameur,* maintenant les fellaghas s'en foutent complètement.

De fait, cette affaire n'avait rien à voir avec ce qui se passait d'habitude. Quelque chose d'autre était commencé.

Le regard de Smili croisa le mien. Smili était gris, c'était clair qu'il s'était mis à avoir peur.

– Qui était de garde cette nuit au mirador ?

Smili montra du doigt un jeune moghazni, qui à ce moment précis essuyait avec une concentration presque suspecte le canon de son fusil avec l'extrémité de son chèche.

– C'est lui, c'est Zerroukhi.

– Zerroukhi, tu n'as rien vu ? Rien entendu ?

Zerroukhi secoua la tête, sans me regarder :

– Non, lieutenant.

Je remontai vers le poste. Je n'arrivais pas bien à apprécier ce qui avait pu arriver. Les fellaghas étaient passés au ras d'Arbitral. On ne les avait pas vus et ils n'avaient rien fait.

301

Une centaine d'hommes avec peut-être des mortiers et des mitrailleuses à cinq cents mètres de nous, en direction du djebel Fillaoussène.

Si cette nuit-là on leur avait dit d'attaquer, ce n'était pas notre misérable poste d'Arbitral, ses deux Européens endormis et ses harkis dispersés qui auraient pu tenir bien longtemps...

Il était sans doute inutile d'avoir encore peur. Néanmoins je doublai les gardes au poste et à l'autodéfense. Je prévins Chella qui me dit qu'elle avisait, mais qui, peut-être à cause du temps, n'envoya pas l'avion. Je fis avertir les ouvriers maures de Ferme-Averseng. J'annulai les patrouilles et les embuscades. Smili alla s'installer dans le mirador avec les deux moghaznis de service. Il y passerait la nuit.

Nous rentrâmes au poste. Ce soir-là, je ne fis pas allumer le générateur d'électricité. Je craignais non le bruit, mais que celui-ci ne m'empêchât d'entendre le reste. Comme à ses débuts dans le Fillaoussène, Arbitral s'éclaira aux lampes à pétrole.

Il y eut la mort du petit PIM. Ben Saada m'avait bien dit de faire attention au petit PIM. Je le laissai pourtant mourir un après-midi.

Le PIM était ce garçon de treize ou quinze ans qui avait été pris sur le terrain, le *chouf* probable des fellaghas que nous emmenions souvent avec nous pour porter le poste de radio SCR-300. Un après-midi donc, il mourut.

Je me souviens que je remontais dans la cour d'Arbitral, du bureau vers le carré. Tout d'un coup, dans le ciel, je reconnus le vrombissement familier du Piper, l'avion d'observation de Chella qui, presque tous les jours, survolait la zone interdite pour voir si rien ne bougeait. Piti dialogua quelques instants à la radio avec le pilote qui répéta : *Rien à signaler, R.A.S, R.A.S.*

Puis le silence revint. C'est alors que je commençai à entendre le *you-you* des femmes du Regroupement.

Ce genre de cris que sont les you-you des femmes arabes est

maintenant banalisé. Je n'en avais jamais jusque-là entendu et tout d'abord je ne compris pas ce que c'était. Le douar était relativement isolé du poste et hors de portée de voix. On n'entendait jamais chez nous un bruit qui aurait pu en provenir, à moins peut-être d'une explosion ou d'un coup de feu. Or voici ce que cette fois on entendait : une espèce de hululement lancé par une centaine de voix de femmes tantôt à l'unisson, tantôt imperceptiblement décalées suivant un rythme incompréhensible mais parfaitement serein.

Ce son était interminable. Parfois, il devenait si insupportablement ténu que je pensais avec reconnaissance qu'il allait mourir. Puis il reprenait avec des trilles aigus. C'était une nébuleuse venant du ciel, une vague au ralenti, un vol d'oiseaux migrateurs qui monterait et descendrait suivant un rythme à la fois inconnu et millénaire, des algues dans la mer, des bras de danseuses se tordant au ralenti dans une eau.

Je rentrai dans le carré. Bourbaki avait ouvert la fenêtre. Fethna et lui restaient interloqués devant la rumeur.

– Qu'est-ce que c'est ?

– Je ne sais pas.

– Eh bien, va voir, Bourbaki !

– Ce sont les femmes du douar. Elles crient, elle font les you-you.

– Il y a un mariage ?

– Non.

– Une fête ? Un mort ?

– Je ne sais pas, dit-il.

– Ça vient du village ?

– Oui.

– D'habitude on n'entend pas ce qui vient du douar.

Bourbaki avait écouté avec une sorte de tension insupportable. Le fin profil de Fethna, ourlé de lumière, respirait aussi la terreur.

– Ce bruit, dit Bourbaki, n'est pas un bruit comme les autres. Les femmes font ça avec leur langue et leurs joues gonflées mais ça vient de leur poitrine. Le bruit n'est pas fort quand il commence, mais quand même il est plus fort que tout. Comme le vent, comme les oiseaux il passe par-dessus les

303

montagnes et monte jusqu'au poste. Quelquefois il est si fort qu'il casse les verres sur la table. J'ai vu ça.

De fait, cette stridence inhabituelle et aiguë était si peu supportable qu'elle me laissa presque épuisé, sans voix et sans réaction. Quand le charme (si c'en était un) fut coupé brusquement, quelqu'un courut dehors. La porte s'ouvrit et, tout essoufflé, le sergent Smili rentra dans le carré :

– Lieutenant, le PIM Mostefa est mort !

Oui, le petit chouf porteur du poste de radio était mort. En réalité, ces derniers jours, absorbé que j'étais par mes nouvelles fonctions et par les événements de Chella, je ne l'avais pas vu et je l'avais même complètement oublié. Il était resté dans la prison du poste, l'ancienne matmora aux obus. Depuis le départ de Ségret, avaient-ils bien pensé à le nourrir, à lui donner de l'eau ?

– Bon Dieu ! Vous ne l'avez pas laissé mourir de faim ?

– Non, lieutenant. Il s'est pendu tout seul dans la matmora.

Je soupirai de soulagement. Ce n'était pas nous qui l'avions laissé mourir.

– Dans la matmora on peut se pendre ?

– Oui, dit Smili. Tu accroches ton chèche aux poutres du toit, sous la tôle, et tu te pends accroupi.

Un harki avait ouvert la matmora et trouvé le jeune garçon pendu accroupi avec un morceau de son chèche. Le gamin était encore chaud.

– Ce prisonnier-là, grand imbécile, dit un des harkis. L'autre lieutenant français, celui qui l'avait pris, il était méchant. Mais toi, tu n'es pas méchant. Tu voulais le relâcher.

Oui, je l'aurais relâché mais en attendant il était mort. Dans l'obscurité de la prison, il avait dû s'intoxiquer lentement à la peur, à la faim et au froid, ne pas comprendre mes intentions, mal interpréter le fait que nous, nous l'avions tout simplement oublié.

C'était exactement ce que les flics appellent une *bavure*. Comme les flics, nous avions un métier à risques. Nous faisions de notre mieux pour que ce métier soit fait de manière aussi efficace et désintéressée que possible mais voilà : il y avait les bavures. On avait beau s'y efforcer, on n'arrivait pas vraiment à rester innocent. Dans *Antigone*, Créon règne dans la cité. C'est un homme juste et réfléchi, mais aussi il y a la façon dont ceux qui sont chargés d'exécuter ses ordres les interprètent et les exécutent. Il ne peut penser à tout ce qu'on fait sous son masque, en son nom, et dont un jour il sera coupable. Il y a les sbires, les imbéciles, il y a les erreurs, il y a les bavures.

Jusqu'ici, pour moi, les bavures concernaient les autres : les flics, les hommes politiques, les hommes sales par définition. Et voilà que ça y était : moi, vingt-quatre ans, étudiant, futur professeur, admirateur des belles-lettres, lecteur de latin et de grec, intellectuel à mes heures, objecteur de conscience à ma façon, je me retrouvais responsable d'une bavure !

Comme d'habitude, Duruffle s'était montré clairvoyant. A Arbitral on ne pouvait pas rester innocent très longtemps.

– Le plus con, dis-je à Smili, c'est que je te jure que c'est vrai : je voulais le relâcher. Merde. Où est son corps ?

– Dans la matmora.

– Vous êtes bien sûrs que c'est lui tout seul qui s'est pendu ?

– Oui, lieutenant. *Garanti pendu tout seul.*

J'appelai l'amirauté par radio pour avoir les gendarmes militaires de Chella. J'avais envie de je ne sais quoi, d'une vraie enquête, d'un certificat de disculpation.

Les gendarmes montèrent avec un half-track le lendemain matin. Je les attendis dans la cour du poste. Il y avait un gros gendarme et un maigre. Ils questionnèrent tout le monde, prirent des notes, firent leur enquête.

Le PIM fut identifié.

C'était le fils d'une veuve du Regroupement. Il ne s'appelait pas Mostefa, mais Ali. Le mari de sa mère avait été tué lors du grand ratissage de la Légion de 1957.

Le garçon avait disparu depuis au moins trois mois, et était donc sûrement parti avec les fellaghas. Tout le monde le connaissait au Regroupement mais personne ne nous avait rien dit.

Il y avait un autre détail que les gendarmes m'annoncèrent presque avec ménagement. Tout le monde dans le village disait qu'il y a longtemps Si Hamza couchait avec la mère. Peut-être celui que j'avais fait tuer était-il le fils de Si Hamza.

Le gros gendarme fut embarrassé par ma mine déconfite. Il replia son cahier d'enquêtes :

– Naturellement, dit-il, ces histoires sont de pures conneries. Faites quand même attention. Dès qu'on rentre dans leurs affaires de famille... Nous, bien entendu, nous classons. Je passerai chez le juge Bruno.

Le soir, les gendarmes descendirent le corps à Chella. Il fallait que le 2ᵉ Bureau et sans doute Coulet et Peufeilloux le vissent.

La version officielle fut que le PIM n'avait pas été maltraité, qu'il s'était pendu tout seul. On pouvait me reprocher de l'avoir gardé au poste et de ne l'avoir pas livré à l'amirauté, mais la faute en revenait surtout à Erlahcher et à Ségret...

Accident donc. Mais pourquoi Ségret, lui, était-il parti du poste les mains propres ? Moi, je n'avais rien fait et j'avais déjà les mains sales.

La nuit qui suivit la mort du PIM, je fis un rêve : sur la place du souk d'Arbitral j'avais réuni les Maures du Regroupement.

Tous les vieillards en djellaba étaient là. Les filles du douar avaient mis leur robe de laine aux couleurs vives. Les pièces de monnaie cousues sur le châle qui leur couvrait le front sonnaient comme autant de petits grelots.

Quelques hommes étaient là, mais ils restaient un peu à l'écart, sur la petite colline qui est à côté du souk. Certains portaient des armes mais je n'arrivais pas à savoir si c'étaient des nôtres ou des fellaghas. Ben Saada était parmi eux, avec un habit européen que je ne lui avais jamais vu. Les gendarmes étaient là aussi mais ils n'étaient pas intéressés. Smili portait son uniforme de harki. Enfin, il y avait Si Hamza.

Je n'avais jamais vu Si Hamza de près mais je savais que c'était lui. Il était en djellaba brune. Il n'avait pas de fusil. Il souriait et me regardait, moi qui avais peut-être tué son fils. Il portait à la main une mallette de cuir – pas la sienne, mais, absurdement, celle que j'avais vue entre les mains de Sidi Ali, le moqqadem de la Zaouïa Sidi Ben Amar.

J'étais au milieu du souk. J'avais rassemblé tout ce monde pour expliquer, pour me disculper, mais je me rendis compte

qu'en réalité ce que chacun était venu voir, c'était mon procès.
Celui-ci, d'ailleurs, était déjà commencé.

J'étais seul et je me débattais.

Les gens n'avaient pas l'air hostile mais personne ne voulait
vraiment me croire.

– Ce n'est pas moi qui ai tué le PIM, criais-je. C'est Erlahcher et Ségret. Rappelez-vous ! Les deux lieutenants qui
étaient ici avant moi !

A ce propos – et je quitte ici mon rêve –, il y avait un autre
mystère à éclaircir que je n'éclaircis jamais. Ce qui avait
déclenché le you-you des femmes dans le Regroupement était
bien la nouvelle de la mort du PIM. L'incompréhensible était
qu'elles aient su qu'il était mort avant même qu'on ouvrît la
porte de la matmora. Quelqu'un avait-il découvert avant tout
le monde le corps du PIM ? Avait-il été les prévenir ? Était-ce
un signal convenu avec le PIM pour que celui-ci se pendît ?

De toute façon, tout était faussé : les harkis étaient au courant du fait que le petit PIM était le fils de Si Hamza, mais
personne ne nous l'avait dit, ni Smili ni Bourbaki, à peine Ben
Saada, le garde champêtre, le jour où il m'avait reçu dans sa
maison !

Bien que totalement innocent (je le jure encore
aujourd'hui), je m'angoissai sur cette affaire. Les jours suivants, craignant que des bruits ne continuassent à courir, je
convoquai justement Ben Saada. Je lui demandai de répéter
partout dans le Regroupement que le PIM s'était pendu lui-
même dans sa cellule.

– Pourquoi, lieutenant ? dit-il avec une sorte d'expression
de regret. Ce n'est pas toi qui l'as tué ?

Il parcourut le village et probablement dit ce que je lui avais
demandé de dire. Les gens ne le crurent pas vraiment. Les
jours suivants, je découvris dans leurs yeux une hostilité que
je n'avais pas méritée. Avant – au temps où, avec Ségret, je
descendais à la Sénia –, je ne voyais que des sourires, n'entendais que des *labès ?* amicaux. Cette mort injuste dont (je le
jure encore une fois) j'étais innocent glaça tout Arbitral.

Sur ces entrefaites, la corneille qui s'abattait régulièrement sur les fenêtres de l'amirauté revint. A croire qu'elle me cherchait et qu'à soixante kilomètres de Chella, elle m'avait retrouvé.

Depuis qu'à Arbitral j'occupais l'ancienne chambre d'Erlahcher et de Ségret, j'avais pris l'habitude de fermer le soir mon volet. Un matin que je l'ouvrais, je vis un œil fixe qui me regardait à travers le carreau. Puis l'oiseau s'échappa je ne sais comment. Je laissai désormais le volet fermé jour et nuit, n'allant littéralement dans ma chambre que pour dormir.

Puisque je parle d'animaux, parlons du chat d'Arbitral.

Car il y avait aussi un chat à Arbitral.

Bourbaki n'aimait pas ce chat. Chaque fois qu'il le voyait, il le chassait à grands coups de serviette. Le chat vivait en général dans le gourbi de Piti qui le nourrissait et jouait avec lui, ce qui fait qu'il venait le moins possible dans le carré.

Ce soir-là, la porte de ma chambre s'ouvrit tout d'un coup, et le chat entra. Il vint se mettre tout contre ma joue, sur le lit où je gisais, et commença à ronronner.

Les chats, vous le savez, sont censés ne jamais vous regarder dans les yeux. Ou plutôt, dès que vous les fixez, ils détournent le regard, essayant peut-être de vous entraîner ailleurs. Le chat de Petit ne détournait pas les yeux. En même temps, il faisait entendre un léger ronronnement qui montrait qu'il appréciait ma compagnie.

Je regardais ses yeux sans réussir à les faire baisser. Je pensais à tous les autres yeux qui, ce soir, autour de moi, tentaient peut-être de percer l'ombre de cette nuit humide et froide : yeux de Smili et des harkis de veille, scrutant les alentours du poste ; yeux des fellaghas de Si Hamza qui fixaient, de leurs caches humides, le bouquet de figues de Barbarie d'où les soldats français pouvaient à tout moment surgir ; yeux, dans le bâtiment d'Arbitral voisin du mien, de Piti, le petit radio qui attendait le signal venant de Chella, de Bordj-Herrera et d'Averseng ; yeux de Françoise Averseng lorsqu'elle était, quelques semaines auparavant, seule avec son père dans la ferme, étendue sur son lit dans l'obscurité de la maison hermétiquement close avec les volets de fer, pressentant à chaque seconde, jusqu'à l'insupportable, le bruit qui annoncerait peut-être que ça y était : les fellaghas étaient là. Ou bien étendue sous moi, comme je l'avais eue à Chella, les yeux grands ouverts.

Je chassai le chat.

Enfin, pour que mon récit soit complet, je dois avouer que, le soir de la mort du PIM, j'avais couché avec la petite Fethna. Le corps du petit PIM ballottait encore sans doute à l'arrière de la jeep des deux gendarmes en route vers Chella que, déjà, celui de Fethna, soumis et consentant, était déjà étendu auprès de moi.

Oui. Le PIM était mort, et moi je couchais avec la petite Fethna. J'aurais voulu être innocent, et sans doute en effet l'étais-je. Je ne me sentais responsable d'aucune de ces deux choses : si le PIM s'était pendu je ne savais pas pourquoi ; si Fethna me fut en vérité livrée, ce fut sans que j'aille la chercher. Dans la bouche pourtant j'avais le goût aigre de deux mauvaises actions, peut-être de deux crimes.

Pour Fethna, cela se passa presque sans que j'y pense. Quand Ségret partit, je me demandai si elle allait rester au poste. Je voulais la laisser libre. Or elle resta au carré, vaquant toute la journée à je ne sais quelle occupation avec Bourbaki. Elle écouta avec lui les you-you des femmes du douar. De la pièce de derrière, elle suivit, sans comprendre (puisqu'elle parlait à peine le français), le compte rendu de l'enquête des gendarmes et leur départ avec le corps. Après dîner, elle s'enroula comme d'habitude dans son haïk, et Bourbaki l'emmena au Regroupement.

Le lendemain, elle revint au poste et y passa encore toute la journée. J'avais de la paperasserie à terminer et je ne quittai pas le bureau. Le soir, après mon dîner, je pris du café dans le carré et elle vint s'asseoir sur un des coussins de la banquette, un peu à l'écart.

Il était comique d'observer le manège de Bourbaki, qui faisait tout, son travail fini, pour remmener Fethna au Regroupement.

Sa tête de vieille volaille anxieuse (surtout ne pas retrouver dans ses pattes cette fille qui ne sait rien faire !) m'interrogeait silencieusement, alors que je feignais de m'absorber dans le délayage du sucre dans mon café. Comme je ne dis rien, et que Fethna ne fit pas un geste alors qu'elle regardait les vieux numéros d'*Elle*, il fallut bien qu'à un moment il s'en aille. Il partit, claudiquant, engoncé dans sa djellaba, sa lanterne à la main, image même de la désolation. Il avait mis un temps infini à allumer la lampe à pétrole.

Je demeurai seul avec Fethna. Elle ne m'avait pas jeté un coup d'œil. Elle restait toujours la tête baissée, accroupie sur le coussin, à contempler ou à masser ses chevilles. Je ne bougeai pas pendant une demi-heure. De temps en temps, elle tournait une page d'*Elle*, et les photos de mannequins ou de plats gastronomiques se succédaient sous ses doigts.

Puis je me levai pour aller mettre la tasse à café sur la table et je me rassis. J'étendis la main gauche et la posai sur l'épaule de Fethna.

Elle ne dit rien. Elle était silencieuse et absente. C'est elle qui retira la première ses vêtements. Elle les plia. Je la pris par la main et je l'emmenai dans la chambre, sur le lit.

Elle ne dit rien encore quand je la pénétrai et que je jouis. Puis elle se leva, nue dans l'obscurité, et j'entendis qu'elle allait se laver sous la douche. Elle ne revint pas dans ma chambre et finit la nuit, rhabillée et lovée sur elle-même comme un petit chat. Je la retrouvai telle quelle, sur la banquette du carré, au matin.

Ce bonheur sentait un peu le crime mais c'était un bonheur tout de même. Les jours qui suivirent, j'aimai bien l'odeur acide que dégageait le henné sur le corps de Fethna.

XXV

Sur la Troisième Voie

Avec la venue prochaine de la moisson, il me prenait parfois l'envie que le convoi de Ferme-Averseng repasse par Arbitral.

S'il revenait (et si, malgré ma trahison, Françoise le voulait encore), j'aurais aimé, me disais-je, marcher avec elle sous les oliviers de la ferme. Peut-être même quelque chose de nouveau aurait-il commencé entre nous.

Une fois je le lui écrivis. En réalité, ce que je voulais dire était que je l'aimais, mais les mots ne venaient pas. La lettre resta longtemps non expédiée sur la table du bureau du poste.

L'été tomba comme un marteau de feu sur Arbitral. Les jours étaient mortellement chauds mais les nuits restaient glaciales car tel est le climat des montagnes de la Berbérie marocaine. Toutes étoiles dehors, une nuit polaire régnait dans le ciel, et le lendemain le soleil intact flambait comme une torche. Il desséchait et cuisait dans la masse les ornières creusées pendant l'hiver par les GMC dans la boue, il les vitrifiait comme au four, il les ossifiait en une croûte de céramique blanche semée de sillons et de cratères.

Accablés par les cruelles saisons qui s'y succédaient comme se succèdent autant de calamités naturelles sur une planète, ou bien comme les âges de la vie s'acharnent sur un corps humain, les alentours du poste prirent une allure de sol lunaire. A l'exception d'inexplicables trombes de vent qui, sans crier gare, faisaient tourbillonner la poussière avant de s'évanouir avec la dextérité des *djinns* des contes arabes, il semblait que plus rien, jamais, ne dût bouger autour d'Arbitral.

Le convoi des Averseng ne repassa pas par le poste. Pour

311

une raison ou pour une autre (l'insécurité probablement), Averseng renonça à sa moisson cette année-là.

En revanche, et comme ils l'avaient promis, C & P revinrent à Arbitral.

Ils y amenaient même des visiteurs inattendus.

Quand le petit convoi qui conduisait C & P se présenta, je me souviens que j'étais assis sur la terrasse du carré, à lire justement une circulaire qui venait de l'amirauté et qui annonçait l'agrandissement de la zone interdite autour d'Arbitral.

Pour moi, cette circulaire était un pur désastre.

L'amirauté changeait de tactique sur sa frontière est. La zone comprenait désormais tout le massif du Fillaoussène. L'accès au Sbaa, aux mines d'El-Maden, à Ferme-Averseng (dont on évacuait les ouvriers maures) et bien entendu celui à Sidi Mohammed el-Khrouane m'étaient complètement fermés. La zone changeait même de nom : elle devenait *Territoire stratégique réservé*, et seules les troupes d'intervention générale (entendez les troupes de l'amirauté) pouvaient y pénétrer. Pratiquement, je restais confiné entre le Regroupement, la Sénia et la piste de Chella.

Bref, ce jour-là, je lisais la circulaire quand une jeep suivie d'un half-track fit une entrée majestueuse dans la cour d'Arbitral. Coulet et Peufeilloux en sortirent.

– On avait dit qu'on viendrait vous revoir, dit Coulet.

Il humait l'air d'Arbitral comme pour apprécier l'état du lieu. Il vit que j'avais entre les mains les nouvelles instructions.

– Vous voyez, dit-il à Peufeilloux. Nos documents sont très lus dans les postes.

– Ce petit Dodeman a travaillé comme un ange à les rédiger, dit Peufeilloux. J'ai bien fait de les lui faire recommencer deux fois.

– Qu'est-ce que c'est que cette histoire ? dis-je. Maintenant je ne puis pratiquement plus sortir d'Arbitral !

– On vous expliquera, dit Peufeilloux. Mais avant, nous avons amené deux personnes dans le half-track avec nous, et je ne voudrais pas qu'on les voie trop au poste. Peut-on les débarquer directement dans votre carré ?

J'indiquai au chauffeur comment faire passer le half-track par-derrière.

Du half-track garé en dehors des regards sortirent deux personnes en civil qui, toutes deux, au passage, me jetèrent un regard embarrassé. L'un était un musulman vêtu d'un vieux treillis kaki français, coiffé d'un chèche jaune et qui portait des menottes. L'autre était engoncé dans un imperméable militaire froissé et visiblement d'emprunt. C'était...

Je n'en crus pas mes yeux.

L'autre était Philippe Azéma.

Philippe Azéma, *absolument vivant*, mais avec tout de même, en vérité, un drôle d'air.

L'air d'un mort.

– Nous ne restons pas longtemps, dit Peufeilloux. Mettez-nous quelque part et donnez-nous à manger. Nous allons cette nuit en zone interdite. Enfin, nous avons un contact ferme.

J'eus un instant l'espoir qu'ils me diraient qu'ils m'emmenaient avec eux, mais ce fut une fausse alerte.

– Voulez-vous que je vous accompagne ?

– Non, dit-il. Nous irons sans vous.

J'observais Philippe et je ne le reconnaissais pas. Son regard était éteint et indifférent. Il portait un imperméable sordide sur un treillis militaire à moitié déchiré, le genre de vêtements que le gardien de prison vous jette en ballot à la figure la veille de votre libération lorsqu'il faut bien vous habiller puisque vous allez sortir. Il n'était pas rasé depuis plusieurs jours et, comme définitivement abattu, ne regardait pas vers moi. Il paraissait le prisonnier de Coulet et Peufeilloux.

Et donc, voilà : Philippe Azéma était devenu ce fantôme titubant déguisé en militaire ! L'étrange n'était pas qu'il fût vivant alors que je le croyais mort mais que, ayant sur son visage cette pâleur mortelle, cette absence, cette transparence, il parlât, il demandât même à manger !

– Eh bien, dit Peufeilloux, voilà, c'est votre copain, c'est Philippe Azéma. Pas mort du tout, vous voyez. Tout finit bien.

Philippe sourit avec lassitude. Puis, comme s'il faisait un geste de reconnaissance, il passa sa main sur son cou, à l'emplacement même où aurait dû être tracé, selon ce qu'on m'avait dit, le fameux *sourire arabe.*

– Oui, dit-il. Je ne suis pas mort. J'ai bien failli l'être. Sans eux... (Il recommença son geste comme si sa main eût été un couteau.) Quand les types m'ont arrêté sur la route avec leurs fusils, j'ai cru que c'était les fellaghas et qu'ils allaient vraiment me descendre.

– Nous montons quelquefois des coups avec des gens à nous que nous déguisons en fellaghas, expliqua Peufeilloux.

– Ç'aurait pu aussi bien être de vrais fellaghas, dit Coulet. De temps en temps, ils descendent leurs propres amis.

Azéma continuait à dévider son histoire avec aussi peu de conviction qu'on dévide une pelote de ficelle :

– Ils y ressemblaient mais c'étaient leurs gens à eux (il montra Coulet et Peufeilloux). Ça m'a fait un drôle d'effet. Jusque-là, mes idées étaient plutôt... théoriques. En un clin d'œil, je me suis vu zigouillé, j'ai cru que j'allais y passer, puis quand j'ai compris que ce n'était pas pour ce coup-là, j'ai tout repassé dans ma mémoire. J'ai vu clair. Je voulais nier mais c'était trop tard. Ils avaient déjà trouvé les journaux et la nourriture que je portais à Si Hamza.

J'essayai d'interrompre le discours d'Azéma :

– Que raconte-t-il ? demandai-je à Coulet. Je ne comprends rien.

Coulet prit un air faussement modeste :

– Ne vous fatiguez pas. On n'a même pas eu besoin de le tabasser. Il a avoué tout de suite. On n'a jamais besoin de tabasser les Européens.

– Avouer quoi ? dis-je.

– Eh bien, avouer que ce qu'il y avait dans le coffre de sa voiture était pour les fellaghas du Fillaoussène.

– Du coup, presque par hasard, nous avions trouvé le fil que nous cherchions depuis si longtemps, dit Peufeilloux.

– On lui a proposé tout de suite de se faire passer pour mort, reprit Coulet. Ça simplifiait tout, en nous permettant de l'utiliser sans problème. On a averti *La Dépêche* pour la version officielle de l'attentat. Vous avez lu l'article vengeur de Claude Dru ? On a arrangé de belles obsèques à la cathédrale.

Bien l'enterrer était indispensable pour qu'il soit bien mort. On a fourni le certificat de décès, le cercueil, les fleurs, le public. Des complications sont venues du fait que Philippe Azéma n'était pas baptisé, que son père avait une réputation de libre penseur. En réalité, ce con d'évêque de Saint-Philippe avait peur de réactions des ultras et ne voulait pas de lui dans son église. Oui, votre ami a été plus difficile à enterrer qu'à ressusciter ! Mais tout est bien maintenant, et le voilà disponible.

– Disponible pour quoi ?

– Mais voyons, Sérurier, toujours notre vieille histoire de contacts avec l'autre côté, avec Si Hamza. La Troisième Voie, vous vous rappelez ?

– Et celui-là, qui est-ce ? dis-je.

Je montrai le Maure qui était resté debout dans un coin du carré. Une vaste djellaba l'enveloppait et cachait mal une position étrange des bras – en fait, ses poignets étaient liés par des menottes.

Le Maure ainsi entravé était un gaillard herculéen, mal rasé, vêtu sous la djellaba d'un treillis français sans ceinturon dont les pattes d'épaules avaient été arrachées. Il était accroupi dans un coin. Au regard que lui jeta Bourbaki lorsqu'il rentra, je compris que celui-ci le reconnaissait. D'ailleurs, dès qu'il le put, Bourbaki disparut en direction du Regroupement.

– C'est Bou Azzédine, fit Peufeilloux, l'ancien fellagha. Il avait été capturé sur le barrage il y a maintenant pas mal de temps, bien avant que nous n'arrivions à Chella. Nous le gardions en prison mais si nous l'en sortons aujourd'hui, c'est parce qu'il connaît Si Hamza. Lui aussi va nous aider. Bou Azzédine, dis bonjour au lieutenant !

Azzédine se tourna vers nous. Entre des joues mal rasées s'esquissa un sourire.

– Vous pouvez parler, dit Peufeilloux. Il comprend à peine le français.

– Excusez-le, reprit Coulet. On ne peut pas dire que trois années de maquis avec Si Hamza et une année dans nos camps l'aient vraiment arrangé. Ça ne fait rien, le cœur y est, tu vas nous aider, hein, Azzédine ?

315

Il soupira. Il se pencha vers moi :

– Lui et Si Hamza ont fait les maquis ensemble. Azzédine s'est rallié, Si Hamza pas.

– Rallié ? Et vous lui laissez les menottes ?

– Ne faites pas de fixation sur les menottes, dit Peufeilloux. Azzédine lui-même demande qu'on les lui mette chaque fois qu'il est en public. Et il a raison : aux yeux de tous, elles l'innocentent, comme sa fausse mort innocente désormais Azéma. Quand il les a, il a l'air d'un vrai prisonnier. Allons, Azzédine, donne tes mains ! Je vais t'enlever tes menottes, maintenant qu'on est tranquilles entre nous !

Azzédine tendit les mains. Peufeilloux sortit une petite clef de sa poche et ouvrit les menottes. Azzédine frotta ses poignets avec satisfaction. Peufeilloux lui tendit une cigarette.

– Pourquoi tenez-vous tant à rencontrer Si Hamza ?

– Ne vous l'ai-je pas dit lorsque nous prenions ce café sur le Paséo avec le capitaine Duruffle ? D'ores et déjà, la France a perdu les présides. Si nous ne trouvons pas le moyen de nous entendre avec quelqu'un comme Si Hamza, il n'y a plus rien devant nous que la disparition à plus ou moins court terme de la communauté européenne, les massacres, l'annexion par le Rif ou le Maroc (on se fout d'ailleurs duquel). A Paris, le gouvernement est disposé à engager de gros moyens sur une entente avec Si Hamza, mais c'est le plan de l'ultime chance. De Gaulle dit clairement que c'est la dernière fois qu'il engage un homme et un sou sur les présides. J'en conviens, Si Hamza, le héros du Fillaoussène, le chef historique de la rébellion, était un peu *au placard* ces derniers temps. Nous avons arrangé ça, non ? Nous en avons fait aujourd'hui le personnage clef du préside ; le plus drôle est qu'il n'a pas été consulté et qu'il n'en sait rien ! Votre ami Azéma est un des rares Européens libéraux des présides et il a très bien connu Si Hamza autrefois. Il prétend aujourd'hui le contraire, mais il l'a déclaré après son arrestation et c'est dans les procès-verbaux... Quant à Azzédine, c'est la preuve vivante que les Français ne tuent pas ceux qui se rallient et qu'ils tiennent parfois parole. La vitrine ! En récompense, Azzédine (il donna une bourrade au Maure qui semblait toujours ne pas comprendre), si tu fais

316

ce qu'on te dit, tu seras ministre ! Ministre de l'Éducation nationale, ministre des Finances, ministre de l'Agriculture, ministre de tout ce que tu voudras dans le premier gouvernement Si Hamza. Et même, s'il te prend ensuite envie d'éliminer Si Hamza par un beau coup d'État, tu seras Premier ministre ! Qu'en dis-tu, Azzédine ?

– Quels sacrés manipulateurs vous faites ! fis-je.

– Justement, dit Peufeilloux, manipulateur est un mot que j'aime beaucoup. Mais, ajouta-t-il en soupirant, je ne suis pas sûr de le mériter. On est si petit sur l'échiquier où le sort vous a mis ! En tout cas, manipulation ou pas, ce coup-là est la dernière chance pour Chella. Je n'ai rien d'autre au répertoire.

– C'est un piège dégueulasse pour Azéma.

– Le hasard et le temps ont tout fait. Êtes-vous pêcheur, monsieur Sérurier ? Connaissez-vous la pêche à la palangrotte ?

– Non.

– Dommage. A vrai dire, j'aime les deux manières de pêcher, le lancer et la palangrotte. La pêche à la palangrotte consiste à jeter une ligne de fond au hasard dans un trou ou un creux de roche, puis à remonter tout ce qui se présente – avec un résultat parfois plutôt inattendu d'autant qu'il y a plusieurs hameçons de tailles différentes au bout de chaque ligne. Eh bien, Coulet et moi avons pris M. Azéma à la palangrotte. Nous avions laissé depuis quelques mois pendre une ligne absolument au hasard mais en fait juste sous son nez – ni lui ni nous ne le savions, et d'ailleurs il ne mordait pas. Un matin, nous sommes allés la relever, et voilà : M. Azéma était au bout de la ligne. Il avait l'hameçon bien planté au fond de la gorge. On l'avait arrêté à un barrage routier et son coffre de voiture était plein de choses étonnantes. Il a tout balancé. Le Cercle des Colonnes, l'inoffensif Cercle des Colonnes, vous vous souvenez ? Eh bien, M. Azéma a avoué que le Cercle des Colonnes avait toutes sortes de contacts avec Si Hamza ! Il envoyait des journaux, des vivres, des médicaments, des denrées qui, si nous n'étions tombés sur Azéma au hasard, seraient devenues de moins en moins innocentes... Ne faites pas cette tête-là, Sérurier : vous-même avez fait partie du Cercle des Colonnes et vous n'avez rien vu !

317

– Si vous vouliez tant que ça attraper Si Hamza, dis-je, vous n'aviez qu'à vous en remettre à moi.

– A vous ? dit-il avec une expression moqueuse.

– Un jour ou l'autre, à force de courir la montagne avec la harka, je l'aurai bien eu.

– Oui, dit-il, à force de courir... D'autres ont essayé. De plus, le cas Si Hamza est infiniment plus compliqué que vous ne le soupçonnez. Tenez ! je vais vous raconter ce qui est peut-être la suite de l'histoire. Naturellement, je ne suis pas sûr que cette suite soit vraie, mais telle qu'elle est, elle est trop belle pour ne pas être racontée. Aspirant Sérurier, dans vos conversations au café des Colonnes ou ailleurs, avez-vous entendu parler d'un certain docteur Meftah ? Le nom du docteur Meftah vous dit-il quelque chose ?

– Oui, dis-je. J'ai entendu ce nom.

Je me tournai vers Azéma :

– N'est-ce pas ton médecin libéral musulman d'il y a quelques années ? Celui qui a filé mystérieusement au Caire ou à Tunis ? Votre « bon » docteur Meftah ?

Azéma ne sembla pas avoir entendu ma question.

– Exactement. Le « bon » docteur Meftah. C'est celui-là, dit Coulet.

Les yeux de Peufeilloux brillèrent :

– Vous vous en souvenez donc ! dit-il. Eh bien, savez-vous ce qu'on raconte dans certains milieux bien informés ? On dit que l'historique contenu dans les fiches de renseignements qui sont dans nos dossiers, le coup du berger du Fillaoussène, l'embauche comme ouvrier chez Renault, le certificat de bonne conduite, etc., tout ça ne serait pas vrai, ce serait faux, archifaux, ce serait du bidon. Ça aurait été inventé par des Services spéciaux français qui préparaient justement une autre manipulation... La vérité serait celle-ci : Si Hamza n'est autre que le bon docteur Meftah passé dans la rébellion !

Il jubilait :

– Vous voyez ça ? L'inoffensif docteur Meftah, l'ascète du Cercle des Colonnes, devenu, après passage dans les Services spéciaux français et retournement psychologique, coupeur de têtes de grand chemin !

– Cent fois je vous ai dit que votre histoire est fausse et imbécile, dit tout d'un coup Azéma. J'ai connu le vrai docteur Meftah. Si le docteur Meftah était Si Hamza, je vous le dirais.

– C'est vous qui l'avez indiqué lors de votre arrestation.

– Quand vous m'avez arrêté, j'ai dit n'importe quoi !

– Vous n'avez pas dit n'importe quoi : vous avez dit que Si Hamza et le docteur Meftah n'étaient qu'une seule et même personne.

– Peufeilloux, laissez-moi, dit Azéma.

– Quand même, reprit Coulet, quelle superbe histoire ! Si Hamza, ancien médecin formé au Caire, ancien membre du Cercle des Colonnes, n'est-ce pas très intéressant ?

– Que l'histoire soit vraie ou fausse, dit Peufeilloux, ça n'a en réalité aucune importance. J'ai besoin d'urgence – d'urgence – d'un vrai chef historique de la rébellion, d'un chef garanti indépendantiste qui ne soit ni sous l'influence du Rif ni sous celle du Maroc. Si, en plus, il sait lire et écrire, s'il parle français, s'il est le docteur Meftah, s'il a gardé confiance en Azéma et Azzédine, eh bien, tant mieux ! Nous lui apporterons les présides *sur un plateau d'argent*, avec même tout ce qu'il faut pour qu'il les conserve un certain temps. En bref, aspirant Sérurier, voici ce qui est prévu pour ce soir : avec Azéma, avec Azzédine surtout qui connaît à fond la région, nous allons franchir la frontière, nous rencontrerons Si Hamza près de Camp-des-Réfugiés, nous lui offrirons d'être, avec notre aide, le premier chef de gouvernement des présides indépendants.

– Il ne marchera pas, dis-je.

– Il marchera, dit Peufeilloux. En Indochine, en Algérie jusqu'ici, ces coups-là, on les a toujours foirés, mais celui-ci, je vous le jure, j'en claquerai, j'en ferai claquer Coulet, mais on ne le loupera pas ! Il est trop beau, surtout si Si Hamza est vraiment le docteur Meftah !... A l'Élysée, il paraît que le vieux adore notre affaire. Donc, dès que nous aurons établi le contact que nous voulons, nous reviendrons *treuiller* Si Hamza avec l'hélicoptère de l'amirauté. Nous l'emmènerons à l'Élysée comme le coup a déjà été fait avec Si Salah en Algérie l'an dernier. Le général de Gaulle le recevra. Il lui dira ce qu'il voudra, peu nous importe. Si Hamza sera sacré roi comme on sacre un roi à Reims. Sur un pavois, nous le ramènerons à Chella ! On lui fabriquera tout : un gouvernement, des ministres maures ou français, une « *force locale mixte* » qui deviendra son armée, une police, un trésor, une politique étrangère, une presse, un drapeau, un hymne national, tout. Ne vous l'avais-je pas dit ? *L'indépendance clefs en main.*

– Ça va coûter un sacré paquet au contribuable français, remarqua Coulet.

– Pauvre contribuable français ! dit Peufeilloux. Il a payé pour acquérir les colonies, il paie pour essayer de les conserver, il paiera pour les larguer. De toute façon, il paie toujours sans savoir pourquoi. Il paiera même pour essayer d'oublier cette histoire. Mais en France on pourra enfin penser à autre chose qu'aux présides.

– L'Europe, soupira Coulet, le Tiers Monde, le défi aux USA, la France dans le concert des Super-Grands... Il n'y a plus que ça qui intéresse le général de Gaulle maintenant. Il dit qu'il est vieux et qu'il n'a plus le temps. Alors l'Algérie, les présides, vous pensez s'il s'en fout !

Dehors, j'entendis les pas de l'équipe qui montait vers le mirador. Un ou deux mots brefs, la voix de Smili qui passait quelques ordres retentirent. Les harkis amenaient les couleurs pour le soir. A eux aussi, il faudrait expliquer qu'un de ces jours, victoire sur le terrain ou pas, *force mixte* ou pas force mixte, Si Hamza ou pas, ces mêmes couleurs, nous les amènerions pour de bon. Nous avions entraîné ces gens dans notre camp, nous les avions *mouillés* avec nous, nous leurs avions fait commettre ici et là quelques crimes contre leurs propres frères, et maintenant nous nous apercevions que nous avions trop présumé de notre détermination, que nous nous étions trompés, que nous allions traiter avec l'homme que nous avions traqué.

Peufeilloux me considéra avec satisfaction :

– Eh bien, dit-il, ça y est. Je n'aurais pas cru que vous puissiez comprendre tout comme ça, d'un coup.

320

– J'ai un oiseau qui vient parfois la nuit frapper à mon carreau, dis-je. Jusqu'ici, je n'avais pas compris ce qu'il voulait me passer comme message. Ce devait être celui-là.

– Ça ne m'étonne pas. J'ai toujours pensé que vous aviez des apparitions.

– J'aimerais que les officiers des autres postes aient la visite du même oiseau, dit Coulet. Comment peut-on organiser ça ?

– Le commandant Acaton, demandai-je, est-il au courant ?

– Le commandant Acaton n'a rien compris. Il ne comprendra jamais rien à ce qu'il faut faire ici. Avec ou sans lui, les dés sont joués désormais. Maintenant, écoutez ce qui vous concerne : le jour où votre radio viendra vous voir avec sa planche à messages et vous montrera l'instruction *Transfert* – vous vous rappellerez le code, *Transfert* ? –, alors ce jour-là, monsieur Sérurier, restez au poste d'Arbitral. Ne regardez pas en direction du Fillaoussène, ne regardez même pas le ciel. Ce jour-là, si tout va comme je le pense, nous réglerons le problème de ces foutus présides et des foutus Européens qui y habitent.

– Si Hamza sera roi, dit Coulet.

– *Transfert.*

Azéma s'était mis debout.

Pauvre Azéma ! Même retourné au pays des vivants, il paraissait encore irrémédiablement retenu dans un royaume étranger au nôtre. Cet imperméable fripé qui n'était pas à sa mesure, ce ceinturon qui lui serrait ridiculement la taille, cette pâleur somnambulique sur son visage témoignaient qu'il n'était pas encore ou déjà plus avec nous.

J'eus un pressentiment : il me sembla qu'il n'était sorti de sa condition de mort que pour s'y replonger définitivement. Je sentis que je ne le reverrai plus.

En quoi je me trompais.

A un moment, nous nous trouvâmes seuls l'un devant l'autre. Ses lèvres desséchées s'ouvrirent et parlèrent :

– *Simmkh...*, soufflait-il, *simmk, smikk* (ou c'était quelque chose comme ça)...

– Que veux-tu dire, Philippe ?

– *Simmkh, Simmkh*, répétait-il.

– Pour l'amour du ciel, Philippe, dépêche-toi !

Il n'y arrivait pas. Puis tout d'un coup ses lèvres collées se descellèrent :

– *Sidi Mohammed el-Khrouane*, dit-il. C'est là qu'ils le ramasseront. A Sidi Mohammed el-Khrouane.

– Sidi Mohammed el-Khrouane, Philippe.

– Salut, Pierre.

Il passa.

Que fait-on dans ces cas-là ? Qu'aurais-je dû faire ? L'horrible théâtre des gestes de convenance était insupportable mais je ne connaissais que celui-là. Je pris Azéma dans mes bras, je l'embrassai.

Sa joue était de glace. C'était celle d'un cadavre. On embrasse bien une dernière fois un mort.

Pendant ce temps, Peufeilloux s'énervait comme s'énerve un adjudant de quartier :

– Allons, allons, pressons ! fit-il. Vous vous reverrez plus tôt que vous ne le pensez. On se reverra tous... Dans notre... (sa voix se fit pleine d'ironie) dans notre belle France.

Accroupi presque invisible dans l'obscurité, Azzédine nous observait.

– Toi, Azzédine, cesse de lanterner, viens ! dit Peufeilloux.

Azzédine se leva. Il tendit ses deux poignets. D'un coup sec, Peufeilloux lui mit les menottes. Ils sortirent tous les quatre. Dans la cour, quelques-uns des hommes qu'ils avaient amenés de Chella les rejoignirent silencieusement.

Azzédine marchait, ses menottes aux mains. Azéma n'en avait pas. D'ailleurs, c'était encore pis comme ça.

La poterne sud du poste n'était pas gardée. Sa porte était recouverte d'une couche de tôle, et j'étais le seul à en avoir la clef. Du mirador, la garde d'Arbitral ne pouvait pas nous voir. Les hommes de Chella partirent dans la nuit, à pied, sans autre escorte. Ils avaient de longues heures de marche avant d'arriver à la frontière. Je les précédai un instant dans le sentier qui, comme un ruisseau sous la lune, comme une coulée de lave, sur le champ de mines laissé par les légionnaires, serpentait entre les barbelés.

322

Nous longeâmes cette partie d'Arbitral où je n'allais presque jamais, la matmora faite pour les obus et où le petit PIM était mort, la piste de DZ construite pour les hélicoptères mais où aucun hélicoptère ne s'était posé.

Enfin, ils disparurent dans la nuit. Ils ne revinrent pas à Arbitral et je n'eus plus d'eux aucune nouvelle directe. Sur un message, les véhicules qui les avaient amenés rentrèrent le lendemain à l'amirauté. Sans doute l'équipe de Peufeilloux se fit-elle récupérer quelque part, en hélicoptère ou autrement, puis redescendre à l'amirauté. Et encore tous ne furent pas récupérés : car, comme je l'appris plus tard, s'ils remmenèrent avec eux Azzédine comme garant de la loyauté de Si Hamza, ils laissèrent Azéma auprès du même Si Hamza comme agent de liaison et peut-être comme otage. Le rideau se baissa sur leur apparition. Ce fut même comme si elle n'avait jamais eu lieu.

XXVI

Le fusil à lunette

Dans les semaines qui suivirent, je reçus instruction d'arrêter toutes les sorties de la harka. L'amirauté ne s'inquiétait plus que de vérifier la stricte application de ces consignes.

Désormais, comme les occupants de la caverne de Platon dont m'avait parlé le vieil Azéma, je n'étais plus dans le Fillaoussène qu'un veilleur ligoté et impuissant. Pourtant, parfois, certains signes me parvenaient. En un lieu non identifié, pas très loin sans doute, quelque chose se déroulait.

D'abord, il y avait ces bruits qui couraient au Regroupement : les nomades et quelques harkis parlaient d'événements fabuleux dont personne ne connaissait la nature mais qui se passaient dans le Fillaoussène.

Ensuite, à la radio, c'étaient des *canaux* de relativement faible portée et généralement vides jusqu'ici qui commençaient à se remplir. Piti y captait un curieux trafic que j'allais écouter avec lui. Dans un français brouillé mêlé d'arabe, en des phrases probablement codées, des gens s'interpellaient.

– Ici, Arbitral, répétions-nous à la radio. Qui êtes-vous ? Répondez !

Mais nos questions étaient vaines et s'envolaient dans le vide. A plusieurs reprises, j'alertai l'amirauté en donnant les longueurs d'ondes. Elle indiqua qu'elle enquêtait, et naturellement nous n'entendîmes jamais parler de rien.

Le trafic à la radio diminua et nous nous lassâmes d'écouter.

Enfin, il y eut ces passages d'avions incompréhensibles d'ouest en est au-dessus du poste. Les avions volaient très bas et très lentement comme s'ils étaient en phase de descente. Puis ils disparaissaient derrière le Fillaoussène.

Quand leur bourdonnement se faisait entendre dans le ciel, je courais dans la cour pour les observer à la jumelle. Leurs coques d'aluminium brillaient au soleil et ils allaient groupés en triangle comme des oiseaux en transhumance. Bourbaki sortait du carré et observait la scène avec réprobation. Il n'aimait ni ces avions ni surtout ma façon d'afficher ainsi ma perplexité devant les harkis.

Ces avions étaient ces mêmes Nord-Atlas que j'avais vus jadis à Alger, espèces de brouettes aériennes qui faisaient tous les transports militaires en Afrique du Nord (après la perte de l'Algérie, nous les revendîmes aux Portugais qui commençaient à avoir des ennuis en Angola).

Ce qui dans cette histoire compliquait leur identification était que les Marocains et les Rifains étaient également dotés de ce type d'appareils, mais ceux qui survolaient Arbitral étaient français. Sur leur gros bulbe central d'aluminium poli, sur leurs deux queues parallèles apparaissaient parfois des cocardes tricolores avec peut-être même (mais dans les jumelles ce détail ne se distinguait pas clairement) les ancres de l'Aéronavale française !

Tout était inexplicable dans ces passages : d'abord, les avions venaient de l'ouest ou plutôt du nord-ouest, et par là il n'y avait de base aérienne que Chella où, je le savais bien, aucune escadrille de transport n'existait ; ensuite, ils se dirigeaient vers le sud-est où, à ma connaissance (sauf à Aïn-Khemiret au Rif ou même à Oujda au Maroc, ou encore, beaucoup plus loin, dans les bases françaises d'Algérie), il n'y avait pas de piste d'atterrissage.

D'où ces avions venaient, quel était ce cap qu'ils prenaient, où conduisait ce pont aérien, tout demeurait un mystère. Pour revenir (s'ils revenaient), les mêmes avions devaient emprunter une autre route. Car jamais je ne les vis survoler le poste dans l'autre sens.

Les harkis observaient ces passages dans le ciel. Je ne savais que leur dire. Désœuvrés depuis que j'avais arrêté les sorties, ils s'étonnaient. Peut-être était-ce ce désœuvrement qui nourrissait les rumeurs qui remplissaient maintenant le Regroupement.

Tout cela, incompréhensible, incontrôlable, dangereux – sûrement très dangereux.

Un soir, une fois, les avions Nord-Atlas passèrent beaucoup plus haut que d'habitude en vrombissant dans le ciel. Puis, tout à coup, en contrepoint, un autre vrombissement retentit dans le ciel, familier celui-là, joyeux, tout proche et éclatant. C'était le petit Piper de Chella.

Ce petit Piper d'observation survolait presque tous les jours la zone interdite. Il passa au ras du mirador d'Arbitral, si proche que je pus voir le signe amical que, comme d'habitude, son pilote nous adressait par le hublot. J'entendis aussi Piti qui, sur le canal avion, dialoguait avec le pilote. Celui-ci répétait : *R.A S, R.A.S.*

– Qu'est-ce que c'est que tous ces passages d'avions ? demanda Piti.

– Rien à signaler, *R.A.S, R.A.S*, dit le pilote. Trafic identifié. Trafic ami. Ne vous en faites pas, Arbitral, c'est un exercice.

– Exercice de quoi ?

– *Over*, terminé, dit précipitamment le pilote du Piper.

Puis il coupa brusquement et disparut dans le ciel.

– Ce soir, me dit Piti, ils sont très haut et encore plus nombreux que d'habitude. Vous voulez mon avis ? Ils vont bombarder le Rif.

– Ce sont des avions de transport, dis-je, pas des bombardiers. En plus qu'y a-t-il à bombarder au Rif ?

– Ce pilote du Piper sait très bien qui ils sont mais ne veut pas répondre. Depuis trop longtemps il se fout de notre gueule et l'amirauté aussi.

– Je vais descendre voir Acaton, et lui demander une bonne fois pour toutes des explications, dis-je.

Le même soir, encore, avant d'aller me coucher, je sortis devant l'entrée du poste pour regarder le ciel. Les avions étaient passés depuis longtemps et les premières étoiles s'accrochaient à un fond gris qui virait au rose. J'eus tout à coup le pressentiment que le temps où j'avais si interminablement attendu à Arbitral était révolu. Quelque chose allait arriver.

Je rentrai dans le carré où j'écrivis un peu. Puis la porte s'ouvrit et Piti apparut, tenant le dernier message de l'amirauté. Ça y était. Je regardais le mot sur la planche de messages, je relisais machinalement : *Transfert.*

Transfert. C'était le nom de code que Peufeilloux m'avait annoncé. Ainsi avaient-ils nommé leur obscure et peut-être sale opération. Tout était prêt pour transférer Si Hamza à Paris. Je revis les lèvres pathétiques d'Azéma me glissant sans être vu ce mot de « Sidi Mohammed el-Khrouane » que d'abord il n'arrivait même plus à prononcer. En cet endroit qu'il m'avait indiqué comme un secret qui déciderait de sa vie ou de sa mort, je savais que cette nuit ou demain matin l'hélicoptère de l'amirauté ramasserait Si Hamza – et avec lui, sans doute, l'avenir incertain de Chella.

– Qui est le gradé de quart ?

– Smili, dit Piti. Le sergent Smili.

– Ça tombe bien. Demandez-lui de venir.

– Lieutenant, dit Piti, vous n'allez pas sortir encore sans autorisation ? On ne fait pas deux fois ces coups-là.

– Piti, mon vieux, ne vous occupez pas de ça. Arrêtez votre foutue veille radio, couchez-vous, et dormez sur vos deux oreilles.

Au bout de quelques minutes, la porte s'entrouvrit et le sergent Smili entra. Il s'était enveloppé dans une vieille capote kaki au col relevé. Par-dessus un bonnet de laine, son chèche ne laissait passer que le nez aigu et la moustache.

Comme ailleurs, je pense, dans les guerres d'Afrique du Nord, la règle à Arbitral était qu'un harki ne devait pas rentrer dans un poste d'Européens avec un fusil approvisionné. En rentrant dans le carré, Smili tira en arrière la culasse de son fusil. Il éjecta sa cartouche dans sa main, avant de poser l'arme près de la porte. Puis il se tint attentif devant moi, sans dire un mot.

La flamme de la cheminée faisait danser son ombre, et cette gigue en ombres chinoises contre le mur avait quelque chose de menteur et de faux, parce que justement, ce qui était caractéristique chez Smili, c'était son affectation constante d'immobilité. Je ne savais par où commencer, alors, comme à l'habitude, je lui demandai si tout allait bien. La lente psalmodie des *labès* (cela va bien) qu'il égrena en réponse, presque à voix basse, avec ce ton étouffé mais rauque qu'il avait quand il parlait, me rassura tout d'abord. C'était si semblable à la morne et interminable *check-list* que les pilotes font avant de décoller, que je me demandais presque de quel terrain nous étions en train de nous envoler.

– Smili, dis-je tout d'un coup, tu n'as pas envie d'aller faire avec moi un tour dans la nouvelle zone interdite ? Rien que toi et moi.

Signe de tête négatif.

– On n'a plus le droit, dit-il.

– Tu sais pourquoi ?

– Non.

– Eh bien, Smili, on ne pourra plus jamais y aller. Les djounoud sont libres là-bas de faire ce qu'ils veulent. Les embuscades, les patrouilles, c'est fini pour nous. Tu sais encore quoi ? Si Hamza est probablement cette nuit à Sidi Mohammed el-Khrouane, et les Français de l'amirauté savent qu'il y est ! Ils vont aller le chercher avec un hélicoptère. Pas pour le tuer, Smili. Pour l'emmener à Paris et discuter de la paix avec lui.

– Les fellaghas ont gagné ? demanda Smili.

– Pas encore. Les Français veulent juste parler.

– Parler, dit-il, c'est foutu. Les Français parlent mal et trop vite. Ils ne réfléchissent pas à ce qu'ils disent. Ils ne savent pas discuter avec les Maures. Ils se font toujours baiser.

– Regarde, dis-je, tout est tranquille ici. Nous sommes les plus forts. La France a gagné. C'est le moment de discuter un peu.

– Nous, les harkis, qu'est-ce qu'on fera de nous ?

– Ne t'inquiète pas. Ils y ont sûrement pensé.

– Je ne sais pas, dit-il. Si Hamza, grand salopard. Il a tué beaucoup de gens.

– Tout le monde n'a fait que ça depuis 57.

– Lui jamais fini. Il tuera encore. Si tu restes, il te tuera. Si je reste, il me tuera. Il tuera beaucoup de harkis.

– Peut-être pas, Smili. Si le général de Gaulle signe un

accord avec Si Hamza, la première chose qu'il lui demandera, ce sera de ne pas toucher aux harkis.

– Même si Si Hamza signe, il ne tiendra pas sa promesse. Promesse d'Arabe, ce n'est rien, lieutenant. Ici, il y a eu trop d'histoires de famille, alors les serments ne comptent plus. Beaucoup de harkis ont tué des gens de la famille de Si Hamza ou de la famille des djounoud. Toi-même, lieutenant, tu as tué le PIM qui était dans la matmora. Tu te souviens, le PIM de la matmora ? Si Hamza se souviendra.

Dans le silence qui suivit, moi comme Smili sans doute, nous pesâmes le pour et le contre. Je n'avais pas tué le PIM, mais qu'importait puisque personne ne me croyait ? Quant à Smili, sans doute faisait-il en lui-même le misérable bilan du chemin qu'il avait parcouru depuis le début de la guerre et qui lui avait fait choisir le mauvais côté – le nôtre.

Peut-être revoyait-il les débuts de la rébellion, les premiers raids des fellaghas, les premières autodéfenses, la formation de la harka, les premiers commandants européens du poste, les ordres qu'il avait exécutés, la femme qu'il avait épousée, les enfants qu'il avait élevés dans le Regroupement, tout ce monde fragile qui avait pu s'épanouir, en bas d'Arbitral, dans le douar des harkis. Peut-être aussi, plus simplement, supputait-il ses chances de survie.

– La France n'est pas bonne, dit Smili.

– Bonne ou mauvaise, Smili, ça ne veut rien dire. Elle t'a fait du mal mais c'était sans le vouloir, elle ne te connaît pas, Smili ! Il n'y a pas eu de guerre depuis longtemps chez elle, mais quand ils sauront que tu as été un harki et que tu t'es battu pour eux, les Français t'accueilleront bien. Enfin le pays là-bas est si grand et il y a tellement de monde dedans que tu pourras rester tranquille toute ta vie : tu y habiteras des années et des années sans jamais être reconnu de personne.

Les dés seront donc jetés.

Je me lève de la table, je prends la lampe à pétrole, je grimpe dans la chambre de derrière. Fethna est sur le lit, endormie, son visage est enfoui dans son coude. Je l'avais oubliée. Elle aussi, naturellement, s'il arrivait quelque chose...

Je ne la réveille pas. Je reviens dans la grande salle. Mon arme est pendue au mur, c'est un MAS-49 automatique tout neuf surmonté d'une lunette que je viens de toucher et que l'armurerie centrale, à Chella, a réglée. Je cherche le chargeur. D'habitude, je prends la carabine américaine, le petit calibre que Ségret m'a laissé. Mais cette fois, le MAS à lunette est mieux. Smili me lance un paquet de cartouches qu'il sort de sa poche.

Cartouche par cartouche, jusqu'à ce que j'aie compté dix, soigneusement, j'approvisionne le magasin. Le petit ressort du chargeur coince chaque cartouche que je fais ensuite remonter en introduisant la suivante. Quand le fusil est approvisionné, j'actionne la sûreté – je suis prêt.

Je ferme la porte derrière moi.

Et ainsi Smili et moi partîmes par la tour sud. A son ordinaire, la porte blindée qui donnait sur le cheminement extérieur s'ouvrit sans bruit.

En somme, nous recommencions le rituel que nous avions accompli le jour où Ségret s'était absenté et où, toujours près de Sidi Mohammed el-Khrouane, nous avions manqué de si peu Si Hamza. Le champ de barbelés franchi, il fallait obliquer vers la gauche et quitter la sente qui passait au ras des fusils de l'autodéfense du Regroupement.

Tant de fois je les avais objurgués de tirer si quelque chose bougeait, et jamais jusqu'ici ils n'avaient tiré, mais cette fois-là, je le savais, si je passais à portée, ils tireraient et comme par hasard, pour une fois, ils ne me manqueraient pas.

Ce soir-là, de plus, une chose n'était pas normale : pas un chien du douar n'aboyait. D'habitude, chaque fois que nous sortions, ils hurlaient à la mort. A croire que Smili m'avait pris au mot et les avait tous fait tuer. Mais le reste était à l'accoutumée. Au bout d'un quart d'heure de marche dans l'obscurité, nous tombâmes sur une large rivière blanchâtre qui croisait notre chemin : c'était la piste qui menait vers le col du Légionnaire et vers Averseng, et l'entrée désormais de la zone interdite.

Nous y entrâmes. Comme la nuit on se met à l'eau dans un fleuve.

Toute ma vie, je me souviendrai de l'indicible pureté du ciel cette nuit-là, de cette pureté de cristal, de cette pureté de glace, de cette pureté pétrifiée, de cette pureté de début du monde. Dans les jours qui avaient précédé, je n'avais eu devant les yeux que les médiocres horizons d'Arbitral, des premiers plans de barbelés, les mechtas écrasées de chaleur, la boue durcie, la lampe à pétrole fumeuse dans le carré. Maintenant que j'étais sorti du poste, le paysage familier et miteux avait disparu. Pour la nuit, il s'était dissous dans les ténèbres, et le ciel, au-dessus de nous, commençait majestueusement à revivre.

Oui : à mesure que nous marchions (et que nous pénétrions dans la zone interdite), le ciel, tout noir, tout plein d'étoiles, avançait devant nous d'un rythme plus rapide. Une espèce de rivière inversée coulait là-haut comme si eût vogué, suspendu au-dessus de nos têtes, un de ces fleuves infernaux, Achéron, Cocyte ou Styx, tels que les décrivent les Anciens : fleuves d'étoiles, fleuves noirs, fleuves silencieux, fleuves imperturbables, fleuves charriant dans un flot puissant des millions d'épaves sans doute arrachées dans un autre monde.

Et le reste : carcasses sidérales, architectures imaginaires, fils ténus d'araignée reliant pour les hommes les constellations, débris de planètes, pluies d'étoiles, aiguilles de glace, étincelles, scories, vapeurs de lumière, feu sous la cendre, tout le *système du ciel* se révélait dans cette puissante coulée de lave d'un noir étincelant et glacé, semée de points lumineux, qui emportait tout avec elle, broyant les astres, les répandant en pluie, les faisant lentement tournoyer au-dessus de nous.

Perdus dans cette nuit, le harki Smili et moi allions. Comme dans un de ces cauchemars à répétition que l'angoisse engendre et dont se répètent inlassablement les péripéties que l'on connaît à l'avance, nous remettions nos pas dans ceux que nous avions faits la nuit où nous avions tiré au mortier sur Si Hamza, quelque temps auparavant. Je retrouvais notre cadence rapide, ce bruit de pas à peine perceptible dans les herbes, et, de temps en temps, le même éboulement d'une pierre vite étouffé par les pataugas de caoutchouc et de toile que nous portions.

Malgré l'obscurité, nous suivîmes sans problème la route jusqu'au carrefour du Légionnaire. Là, les deux pistes se séparaient. Nous prîmes celle du Rif et du Fillaoussène, en direction de Sidi Mohammed el-Khrouane.

Les innombrables patrouilles que nous avions effectuées avant la fermeture de la zone interdite avaient tracé une sorte de sente qui menait jusqu'à l'oued Sbaa. Furetant devant moi, ses yeux de chat en éveil, Smili cherchait depuis un certain temps l'entrée de cette sente dans le talus obscur de la piste mais, dès qu'il l'eut trouvée, nous la suivîmes à distance. Sur cette orbite trop bien tracée, nous pouvions tomber sur n'importe quoi, des mines antipersonnel, une rencontre, un piège.

Ainsi la longeâmes-nous à une centaine de mètres à gauche. Au-dessus de nos têtes, le fleuve silencieux et noir continuait de rouler. Il poussait toujours sa lave morne, coupée de scories lumineuses et indéchiffrables vers le Fillaoussène, dont le cône noir, plus sombre encore que le reste, nous servait de repère.

Peut-être marchâmes-nous une heure ou deux. Puis, d'un seul coup, à un changement dans la densité de l'air, à un souffle plus frais, à une odeur de cave venant d'en bas, à un bruit imperceptible et lointain de rivière, nous comprîmes que nous étions parvenus au bord de la falaise qui surplombait l'oued Sbaa.

La sente filait à droite dans l'obscurité. Pour l'avoir déjà prise, je savais qu'elle épousait le sommet de la falaise, coupée de rochers et de bouquets d'épines. Nous la suivîmes. Cinq cents mètres plus loin, s'il avait fait jour, nous aurions pu commencer à voir le marabout de Sidi Mohammed el-Khrouane.

Smili s'arrêta. Il scrutait attentivement l'obscurité comme si, pour survivre, il devait déchiffrer quelque chose. De fait, de l'autre côté de la vallée, se détachant progressivement sur le ciel comme des nuées se dégagent, je vis naître des formes :

non encore celles du marabout lui-même, mais celles des crêtes qui l'entouraient.

Il y avait probablement plus. Étaient-ce des humains, ces silhouettes immobiles et attentives que l'on distinguait sur la plus proche d'entre elles, à peut-être deux cents ou trois cents mètres de nous ?

Smili les avait vues. Il me les montra :

– Les fellaghas. Sortis dans toute la montagne.

Les fellaghas (c'en était) étaient nombreux, une centaine peut-être, car, toujours de l'autre côté de l'oued Sbaa, à quelque distance de la première crête, d'autres formes immobiles presque invisibles étaient présentes.

– D'autres, là-bas.

Ce n'était toujours pas fini. Ce ne serait jamais fini. Car sur une troisième colline, presque invisible elle aussi mais qui sortait progressivement de l'ombre, d'autres formes se montraient. Et là était l'extraordinaire : étage par étage, sur presque chaque crête entourant le marabout de Sidi Mohammed el-Khrouane qui, lui, n'était pas encore visible, se trouvaient des guetteurs fellaghas. Placés comme les damnés et les élus qui occupent les degrés du mur de la chapelle Sixtine, ou encore comme les spectateurs des loges d'un théâtre, quel lever de rideau attendaient-ils ? Séparés de nous par l'oued, ils ne nous avaient pas vus.

La faible lueur d'une allumette trembla très loin, éclairant ce qui était peut-être un visage. Un des guetteurs allumait une cigarette. Smili haussa les épaules. Son mépris de professionnel de la guerre devant ces amateurs qui allumaient une cigarette en montant la garde était incommensurable :

– Chiens ! dit-il.

De notre côté de l'oued Sbaa, il n'y avait personne, et nous pûmes ramper sans nous faire voir jusqu'au bord de la falaise.

– Regarde, lieutenant.

Smili me montra tout près de nous la caissette de bois qui, l'autre nuit, avait contenu les projectiles que nous avions utilisés en vain sur Si Hamza, puis laissés sur place. Nous commençâmes à préparer nos fusils.

Alors des lueurs livides naquirent devant nous à l'est. A

cinq cents ou six cents mètres, de l'autre côté du ravin, comme un astre se lève, la silhouette que nous attendions apparut. Le bizarre toton blanc de Sidi Mohammed el-Khrouane se planta sur la crête. Le jour éclaira le fond de la vallée. Je vis que tout y avait changé et je compris en même temps pourquoi j'avais reçu ces ordres de ne plus pénétrer en zone interdite et pourquoi tous ces bruits circulaient. Une base militaire avait été installée au fond de l'oued Sbaa.

Là où aucun signe de vie humaine n'était autrefois visible, une piste, venant de la direction de la mer, avait été tracée. Deux bulldozers, dont il ne pouvait être plus clair qu'ils avaient été fournis par les Français, puisqu'ils étaient peints du gris-bleu de l'amirauté, étaient garés côte à côte, dans le fond de l'oued. Une dizaine de GMC peints du même gris, celui de Chella, stationnaient à leur côté. Sous des housses, on voyait même deux canons.

A la jumelle, je distinguai enfin des groupes d'hommes vêtus de treillis kaki d'une coupe que je n'avais jamais vue et d'une curieuse casquette triangulaire – des uniformes fellaghas – occupés aux corvées que tous les cantonnements militaires du monde effectuent le matin.

Sur l'un des méandres de l'oued, il y avait aussi un groupe de tentes rondes. Quelques antennes de radio, d'autres véhicules – des véhicules français, encore des véhicules de l'amirauté – étaient là. Ce devait être le lever dans ce camp. Tout d'un coup, dans le lointain, la sonnerie d'un clairon retentit. Quelques hommes se mirent en ligne et l'incroyable se produisit : un drapeau vert et rouge planté d'un croissant fut hissé sur un mât.

– Merde ! dit Smili avec stupéfaction.

Je compris d'un seul coup. Les élucubrations de Peufeilloux étaient beaucoup plus avancées qu'il ne m'avait dit. Il avait traité avec Si Hamza et lui avait installé sa *Force mixte*, chargée de garantir l'indépendance de Chella puis, dans un premier temps, d'assurer le jeune pays contre l'avidité du Rif et du Maroc.

Les rumeurs que j'avais entendues dans le Regroupement, le passage des avions au-dessus de nos têtes (ils avaient dû construire ou réactiver une piste dans les environs), tout s'expliquait maintenant.

Restait la suite de cette représentation de gala inattendue. Smili avait les lèvres blêmes. Que lui dire ? Il posa sa main sur la mienne, puis, à mesure que la blancheur de l'aube se répandait, nous vîmes ce que nous étions venus chercher : la porte du marabout de Sidi Mohammed el-Khrouane s'ouvrit et un homme en sortit. Il était vêtu d'un complet européen brun et d'un chèche blanc sur la tête.

A intervalles réguliers, dans un rituel curieux, il approchait son bras de son visage, l'immobilisait un instant. Puis je compris : il fumait.

Avec des précautions d'Indien, Smili m'emprunta le fusil à lunette, le pointa vers le marabout, regarda à travers le viseur :

– Tu vois le type debout là-bas qui fume une cigarette ? Celui-là, c'est le Grand Fellagha. Si Hamza même. Tu le reconnais ?

Je pris le fusil à lunette, je regardai à l'intérieur du viseur comme si c'était une jumelle. L'ombre que j'avais entrevue et qui s'était échappée l'autre nuit était là à nouveau. Debout, sa cigarette allumée, Si Hamza regardait attentivement autour de lui. Il fit un signe. Quelqu'un d'autre poussa la porte du marabout de l'intérieur et sortit. C'était un jeune homme, grand et maigre, portant un imperméable kaki barré d'un ceinturon. Je le reconnus aussi.

Oui, je le reconnus et mon viseur de fusil ne trembla pas. C'était Philippe Azéma, tel que je l'avais vu quelques jours avant à Arbitral.

Philippe Azéma dit quelques mots à Si Hamza. Il lui passa quelque chose – des vêtements européens dont celui-ci se revêtit. C'était un manteau bleu qu'il enfila lentement. Azéma tendit un chapeau sombre. Si Hamza se débarrassa de son chèche, coiffa le chapeau. Dans sa nouvelle tenue, il rentra dans le marabout.

Maintenant, l'étrange était ce bourdonnement qui, apparu du fond des montagnes, remplissait progressivement la vallée.

Je réalisai : l'hélicoptère de l'amirauté. Le bourdonnement devint rugissement. Le gros insecte à la coque luisante et bleue surgit du coin du ciel. Il semblait piquer droit sur nous. Soudain, comme s'il avait été tenu par un fil, avec une oscillation élégante et précise de libellule, il se suspendit au-dessus de Sidi Mohammed el-Khrouane.

Il passa littéralement au ras de nos têtes, et le miracle fut d'abord qu'il ne nous ait pas vus. Smili et moi profitâmes du remue-ménage qui suivit autour du marabout pour changer légèrement de place sans nous faire remarquer. Nous étions désormais mieux cachés. A deux pas derrière nous bâillait une brèche dans un grand buisson.

L'hélicoptère stabilisé au-dessus du marabout, trois ou quatre hommes armés, sans doute l'escorte de Si Hamza, quittèrent le petit bâtiment blanc. Fouettées par les pales des hélices, leurs djellabas flottaient autour d'eux. Si Hamza lui-même sortit. Il portait une valise et tenait la main sur la tête, pour ajuster son ridicule petit chapeau européen. Il regarda au-dessus de lui : la porte de l'hélicoptère était grande ouverte, et l'équipage s'affairait à en sortir une échelle.

Je tendis le fusil à lunette à Smili. Il le braqua sur le groupe, regarda avec attention, puis me le repassa. Je fis comme le plongeur revenu un instant a la surface de l'eau qui remplit ses poumons avant de redescendre : j'aspirai un bon coup d'air et je plongeai à nouveau mon regard dans la lunette de mon fusil.

Je retrouvais l'impression de mon arrivée à Chella, quand je regardais la côte avec les jumelles de Duruffle. Dans le cercle de verre, comme sous un microscope, le relief était aboli. Les personnages bougeaient curieusement sur le flou du fond des montagnes, chacun étrangement isolé, assez pathétique en somme parce que se mouvant seul dans son plan, coupé du contexte sonore rapproché qui aurait dû être le sien.

Le tir serait précis.

Je déplaçai lentement la lunette. Les flèches de visée et les graduations qui étaient gravées sur les lentilles allèrent d'une silhouette à l'autre. Elles caressèrent le visage de Si Hamza puis celui d'Azéma. Leur cheminement était un peu tremblant, avec des hésitations et des retours en arrière.

337

Un moment, les trois flèches convergèrent sur le visage de la première sentinelle. Elles rencontrèrent la silhouette de Si Hamza. Elles se promenèrent lentement sur sa joue, puis sur son cou, puis plus bas, sur la poitrine. Si Hamza bougea alors un peu, le corps assez bizarrement renversé vers l'hélicoptère. Sa poitrine apparut à nouveau dans la lunette. Je tirai une fois. La visée se porta alors sur Azéma.

Je tirai une seconde fois. Azéma tomba.

Maintenant que le film repasse dans mon souvenir, les images partent ensemble dans trois directions :

D'abord, sur le marabout de Sidi Mohammed el-Khrouane, je vois distinctement dans la lunette l'impact de la balle qui frappe la poitrine de Si Hamza. Quelque chose de rouge éclate à la surface de son corps. Si Hamza chancelle. Azéma est frappé, lui aussi tombe, mais son corps quitte tout de suite le champ de vision, je ne sais pas ce qu'il devient après. Je baisse le fusil. Là-bas, tout le monde cherche d'où est venu le tir. Heureusement, je peux bénir le ciel : les compagnons de Si Hamza sont peu expérimentés et les coups de feu partent dans toutes les directions. Tout le monde tire sans avoir rien compris. Les pléthoriques guetteurs de la *Force mixte*, les soldats de l'armée d'opérette de Coulet et Peufeilloux ne peuvent s'empêcher d'étrenner leurs armes nouvelles, ils font feu dans tous les sens. Le goût classique des Maures pour la *fantasia* nous sauve.

Aucun impact autour de nous. La fusillade générale a brouillé complètement les pistes. De crête en crête, les fels de la *Force mixte* s'arrosent mutuellement. Personne ne sait plus d'où sont venus les deux premiers coups de feu.

Deuxième séquence : hurlements du côté de Sidi Mohammed el-Khrouane. Un des fellaghas crie des ordres. Il a dû penser que nous pourrions ouvrir à nouveau le feu et a pris peur. Tout le monde fiche le camp et dévale fusil en main les pentes de l'oued Sbaa pour se cacher dans la rivière. Je pense au carton que j'aurais fait si j'avais eu le mortier, comme l'autre fois.

Reste l'hélicoptère.

Le danger serait qu'il effectue un passage au-dessus de nous et nous repère. Mais là-haut, c'est la confusion : l'équipage, stupéfait, remonte en quatrième vitesse l'échelle de câble qu'il avait laissée dehors. L'hélicoptère gagne un peu de hauteur. Il pique en direction des crêtes avoisinantes, heureusement pas vers la nôtre. Il ne voit rien et se fige à nouveau dans le ciel, reprenant son point fixe au-dessus du marabout.

Troisième séquence : Smili et moi. Sans même savoir ce que nous faisons, nous sautons dans le trou masqué par les broussailles et nous nous retrouvons dans ce qui a pu être une cache de fellaghas. Il était temps. L'hélicoptère reprend de la hauteur, passe au ras du buisson où nous sommes. A cinq mètres de moi, je vois le nez étincelant de son canon. S'il tire, nous sommes cuits. Mais le canon reste muet, l'hélicoptère lève le nez, revient sur le marabout. L'équipage a dû recevoir des ordres. Deux hommes descendent d'une échelle.

Ils accrochent le corps de Si Hamza avec un filin, puis remontent à bord sans avoir touché à celui d'Azéma. L'hélicoptère redécolle. Il ne nous a même pas repérés.

J'échange un regard avec Smili : sans au fond savoir exactement pourquoi, j'ai tué Si Hamza. Et Azéma aussi au passage.

Un *coup double* en somme.

XXVII

J'évacue Chella

Encore, quand je réfléchis aujourd'hui, je découvre que le doute qui plane sur cette affaire n'est pas mince. Ai-je vraiment, après avoir tué Si Hamza, abattu cette nuit-là Philippe Azéma d'un second coup de fusil ? Mais si je l'avais tué, connaîtrais-je cette sécheresse de cœur qui ne me ressemble pas, cette indifférence, cette inexplicable et presque définitive absence de remords que je ressens encore aujourd'hui ? Surtout : pourquoi ne retrouva-t-on jamais le corps d'Azéma ?

Car, comme je l'ai raconté, si le cadavre de Si Hamza fut immédiatement récupéré par l'hélicoptère et transporté vers l'amirauté, celui d'Azéma fut abandonné dans un premier temps. Quand l'appareil fit une deuxième rotation pour aller le chercher, le corps avait disparu, happé par on ne sait quelles mains.

Une fois de plus, je revois en moi-même la succession des événements telle que je l'interprète aujourd'hui. Dès les premiers coups de feu, les compagnons de Si Hamza et les fellaghas postés sur les crêtes crurent à un guet-apens des Français. Ils filèrent par le fond de l'oued Sbaa, abandonnant les deux corps écroulés l'un près de l'autre.

Le jour même, par la montagne, certains d'entre eux gagnèrent Camp-des-Réfugiés de l'autre côté de la frontière. Ils donnèrent l'alerte aux frères du Rif : les Français avaient tendu un piège à Si Hamza et celui-ci était tombé dedans !

De leur côté, s'il était possible, les Français comprirent encore plus mal ce qui s'était passé réellement. L'équipage de l'hélicoptère crut que Si Hamza avait eu un malaise, qu'il avait eu peur de monter à bord, etc. Puis, voyant tomber un

341

deuxième corps et la fusillade générale éclater, ils imaginèrent que c'étaient des fellaghas hostiles à l'opération qui avaient tiré.

Immédiatement, le pilote prit de la hauteur. Il fit un passage au ras des crêtes avoisinantes, manqua d'un cheveu de nous repérer et de nous *strafer*. N'ayant rien vu, il revint se placer droit au-dessus de Sidi Mohammed el-Khrouane et descendit au bout d'un filin une équipe de trois hommes.

Je les revois : les trois hommes se penchent au-dessus des deux corps, soulèvent celui de Si Hamza, lui passent un câble sous les bras, et, en quelques instants, l'hélicoptère le treuille à bord. Un des hommes ramasse la valise de Si Hamza. Il ramasse même le petit chapeau.

Tout le monde ensuite remonta à bord. L'hélicoptère bascula en direction de l'amirauté. On aurait dit que, son coup fait, il n'avait plus qu'à disparaître du ciel du Fillaoussène. Cette récupération immédiate et comme préméditée fut une erreur psychologique ; malgré le deuxième passage à la recherche du corps d'Azéma, elle accrédita la version d'un coup monté par le commandement français.

Smili et moi sortîmes du buisson où nous nous étions cachés. En quelques minutes la scène s'était vidée et il n'y avait plus devant nous ni hélicoptère ni fellaghas. Avant de filer avec moi, Smili eut le bon réflexe : il se baissa, ramassa les deux douilles des balles que j'avais tirées et les mit dans sa poche en me faisant un clin d'œil. Le dernier témoin effaçait le dernier témoignage de ce qui s'était passé.

Une heure durant, nous courûmes dans la direction d'Arbitral. Comment nous ne fûmes pas repérés tous les deux ce jour-là, je ne l'ai jamais compris. Le dieu des écoliers en cavale, le dieu des malfaiteurs en fuite nous protégèrent sans doute.

Nous courions toujours à perdre haleine quand l'hélicoptère revint. Nous nous jetâmes dans les hautes herbes puis nous rampâmes jusqu'à un bouquet de figuiers de Barbarie, où je me lardai d'échardes dont je mis par la suite plusieurs jours à me débarrasser.

A nouveau à l'aplomb de Sidi Mohammed el-Khrouane, comme suspendu à un fil invisible, l'hélicoptère attendit un long moment. Ce qu'il recherchait à ce moment était le corps d'Azéma mais je n'avais pas compris et je crus que, nous ayant repérés, il attendait que Smili et moi ressortions du bouquet de figuiers de Barbarie pour nous tirer à son aise. Enfin il remonta en vrille juste au-dessus de nous, ne vit toujours rien, puis, basculant encore une fois vers l'ouest, disparut.

Ce qu'il advint réellement du corps d'Azéma, nul ne le sut jamais. Avait-il, mort, été traîné dans le fond de l'oued par les fels qui fichaient le camp? Ou bien, blessé (j'ai pourtant en moi, très précise, l'image de sa tête qui éclate littéralement lorsque la balle l'atteint), avait-il rampé dans les broussailles qui se trouvaient en dessous du marabout et avait-il pu se sauver? La disparition providentielle d'un Européen si malencontreusement mêlé à cette histoire arrangeait plutôt l'amirauté. Ni ce jour-là ni les jours suivants, elle ne gaspilla beaucoup de temps à essayer d'aller le chercher.

Le corps d'Azéma pourrit donc aujourd'hui quelque part dans un des fourrés du fond de l'oued Sbaa. A moins que... *(J'écris : à moins que, parce que, longtemps encore, dans le Rif ou même, plus loin, jusque chez les conteurs chleuhs de la Djemaa el-Fna de Marrakech et ailleurs, on entendit parler d'un mystérieux prisonnier européen que les tribus auraient traîné enchaîné avec elles de douar en douar, et qui, un jour, serait mort d'épuisement et de mauvais traitements...)*

De toute façon, quelle importance ?

Chella et le reste du monde apprirent la mort de Si Hamza presque par hasard. Ce jour-là, à l'amirauté, une mission de journalistes internationaux comme il s'en succédait alors si souvent en Afrique du Nord attendait d'être reçue par Acaton pour un *briefing* qui devait être suivi d'un déjeuner.

Alors que les journalistes patientaient sur la placette après une insipide visite du terrain de sport, des magasins et du garage, l'hélicoptère se posa presque devant eux sur la rampe aux galères.

Les journalistes le virent débarquer le corps d'un civil arabe, puis redécoller en direction de l'est. Ensuite l'hélicoptère revint, et le pilote alla rendre compte de sa mission avortée.

Dans l'émotion qui suivit, l'équipe de l'amirauté, Dodeman en tête, cessa de faire attention aux journalistes. Justement dans le coin du carré où Acaton entraîna Peufeilloux et Coulet pour une bonne explication de gravure, il y avait un petit journaliste de *France-Soir* qui buvait une bière et fut le témoin caché de l'algarade monumentale entre les trois hommes. Le premier jeta à la figure des deux autres un certain nombre de vérités qui ne furent pas perdues pour tout le monde. Ce qu'Acaton soupçonnait du montage organisé puis raté par Peufeilloux fut expliqué en quelques minutes. Le petit journaliste comprit qu'il tenait son *scoop* et, sous un prétexte quelconque, réussit à téléphoner à sa rédaction à Paris. La mort de ce rebelle inconnu fit la « une » de son journal.

Et voilà : en quelques heures tout partit dans tous les sens sans que quiconque ait compris ce qui s'était réellement passé. Les Français, ces traîtres, avaient attiré dans un guet-apens un loyal adversaire à qui ils avaient proposé des négociations !

Le Maroc et le Rif comprirent tous deux que, s'ils voulaient leur part du gâteau, le temps était venu d'intervenir. La course que nous prévoyions depuis le début entre les deux États riverains et rivaux commença. Le Maroc massa troupes et blindés devant la ligne électrifiée française. Le Rif, qui n'avait ni armée ni matériel, improvisa une *marche de la libération* au départ de Camp-des-Réfugiés. Il fit franchir l'oued Sbaa à quelques tribus armées de fusils à un coup, rafla au passage les hommes et les armes de la fameuse *Force mixte* organisée par Coulet et Peufeilloux pour Si Hamza, et, par l'ancienne piste du Fillaoussène, eut bientôt lancé deux mille ou trois mille hommes vers Arbitral et la plaine de Chella. Les avions de l'amirauté signalèrent de longues files de Rifains se dirigeant vers Arbitral et le Fillaoussène.

Le préside était envahi. La suite de l'histoire, chacun la connaît : accroché par l'ONU, en proie à une campagne de presse internationale qui se déchaînait contre lui, ayant fait depuis longtemps en lui-même son deuil de cette terre ingrate et stupide qui ne lui causait que des embarras, le général de Gaulle n'eut aucune envie de la défendre. Il dépêcha quelqu'un pour traiter avec le Rif ou le Maroc.

– Ces fameux présides ne valent pas cent sous, dit-il au haut fonctionnaire qu'il envoyait là-bas avec pleins pouvoirs, lorsqu'il le recut quelques minutes à l'Élysée, avant son départ, avec la hauteur de l'*homme qui ne compte pas le détail.* Lâchez-les. Au Maroc ou au Rif, peu m'importe auquel.

– Ils vont se prendre à la gorge. A qui les donnerai-je en définitive ? risqua le haut fonctionnaire.

Le Général regarda avec hauteur et étonnement cette souris qui avait osé accoucher d'une question :

– Eh bien, au premier qui se présentera. Et avec tous mes compliments.

Cette phrase (je n'aurais pas osé l'inventer) est rapportée dans un livre de Tournoux ou de Lacouture, je ne sais plus. Ce fut la seule instruction que le Général donna sur les présides. Ce fut également l'oraison funèbre de Chella.

Le haut fonctionnaire prit note et partit.

Sur le coup, naturellement, Smili et moi ne soupçonnâmes rien de ce que nous avions déclenché. L'hélicoptère disparu pour de bon, nous sortîmes des figuiers de Barbarie et nous filâmes par la piste. L'oued était loin derrière nous que nous courions toujours. Nous retrouvâmes la piste d'Arbitral au carrefour du Légionnaire et nous la remontions sur le côté, pour ne pas laisser de traces, lorsque deux avions d'appui-sol T-6 de l'amirauté passèrent au ras des collines tout près de nous. Nous nous jetâmes à terre. Une chance inouïe une fois de plus fit qu'ils ne nous virent pas.

Même le retour au poste fut sans problème ! Il n'y avait âme qui vive aux alentours. Nous rentrâmes par le cheminement des barbelés puis nous ouvrîmes la petite porte de la tour sans avoir rencontré personne. Smili gagna directement le village des moghaznis.

En ouvrant la porte du carré, je tombai sur Fethna. Elle

avait quitté la chambre pour aller s'endormir, lovée sur elle-même, sur les coussins de la grande salle. A côté, dans la cagna de Piti, la radio appelait sans arrêt. Piti, debout, mal réveillé aussi, n'arrivait pas à répondre.

Je me penchai vers le combiné de radio. L'amirauté s'énervait :

– Arbitral, que faites-vous ? Je n'arrive pas à vous avoir depuis une demi-heure.

– Désolé, amirauté. Le 300 est mal étalonné, je ne vous recevais que 1 sur 5. Qu'y a-t-il ?

– Avez-vous quelque chose à signaler ? Je répète : avez-vous quelque chose à signaler ?

– Un passage d'hélicoptère et deux T-6 dans le 325 tout à l'heure.

– OK pour ça. Rien d'autre ?

– Rien.

– Personne dehors ? Pas de patrouille ?

– Non, tout le monde est au poste.

– Bien noté, Arbitral. Restez à l'écoute. Je vous rappellerai.

De toute la matinée, l'amirauté ne rappela pas. Pendant ce temps, à Marine-Oran, dans les couloirs des ministères à Paris, rue Royale, à Matignon ou ailleurs, chacun, selon son degré de connaissance ou d'ignorance de l'histoire, se perdait en conjectures sur ce qui avait pu se passer à Sidi Mohammed el-Khrouane.

Ma chance personnelle fut que les événements se précipitèrent si fort que nul, à Paris ou à l'amirauté, n'eut seulement le temps de penser à faire une enquête.

Tant côté fellagha que côté français, tout le monde resta dans le noir de longs jours encore. On accusa la duplicité du gouvernement français, celle des fellaghas, et après tout ce fut tant pis pour chacune des deux parties. A ma connaissance – mais vous en étonnerez-vous ? –, la seule personne qui approcha de la vérité fut Peufeilloux lui-même, d'après au moins ce que me raconta par la suite Duruffle, qui fut témoin d'une de ses conversations avec Coulet.

346

Le lendemain de ces événements, en effet, Duruffle croisa Coulet et Peufeilloux à la terrasse du café Pérez sur le Paséo du Maréchal-Joffre. Ils éclusaient des cafés crème et échangeaient des remarques complices (elles étaient, nota Duruffle, moins gaies et moins désinvoltes que d'habitude) sur les événements ou sur les passants. Duruffle s'assit à côté d'eux, et les trois compères commencèrent à se perdre en hypothèses sur l'origine de la chose.

Coulet avoua qu'il ne comprenait rien.

Puis, tout d'un coup, frappé d'un de ces éclairs de génie qu'il avait parfois, Peufeilloux regarda Coulet et – toujours d'après le récit de Duruffle –, comme frappé d'une révélation subite, son visage s'illuminant alors d'une sorte d'épouvante qui paraissait sincère :

– Nom de Dieu, Coulet ! Et si, tout simplement, c'était une de ces conneries comme seul notre ami Sérurier est capable d'en faire ?

Coulet le regarda. Son désarroi en disait long sur les doutes qui lui vinrent à ce moment. Puis, prenant finalement le parti de jouer l'imperturbable, il répondit :

– Pensez-vous ? Un loupé de cette taille ! Même celui-là, ce con de Sérurier est incapable de le réussir !

Après quoi, heureusement pour moi, les deux compères parlèrent d'autre chose. La minute suivante, ils étaient partis dans leurs considérations géopolitiques habituelles, redistribuant les atouts respectifs des Marocains et des Rifains dans l'hypothèse d'un départ des Français. Peufeilloux donnait les Rifains gagnants ; Coulet, qui avait des contacts à la cour du roi à Rabat, poussait plutôt les Marocains !

Le coup n'était pas passé loin, mais de toute façon le sort de C & P fut bientôt réglé, car tous deux se retrouvèrent à la trappe. Pour le malheur de ces stratèges impénitents et finalement ingénieux, quelqu'un, à Alger ou à Paris, trouva que la plaisanterie avait assez duré. Le vieux général à l'Élysée n'avait pas apprécié le contretemps, non plus que l'attaque internationale dont il fut l'objet.

Il n'avait jamais vraiment été convaincu de l'intérêt du plan qui, sans doute, à son goût, sentait trop la barbouze et pas assez l'Histoire. Il préférait traiter le problème au fond en s'arrangeant avec le Rif et le Maroc, ce qu'il fit du reste par la suite. Deux ou trois jours après cette conversation devant Duruffle, Coulet et Peufeilloux quittèrent définitivement Chella, *appelés à d'autres fonctions.*

Ils embarquèrent sur l'*Athos*. Je n'eus des nouvelles indirectes d'eux que beaucoup plus tard.

Blessé par une balle perdue à la terrasse d'un café d'Alger, réformé, Peufeilloux quitta la marine. Il s'essaya à l'import-export. Un peu plus tard, Coulet aussi démissionna de l'armée.

Il y a quelques années, les deux compères se retrouvèrent pour écrire et publier un livre (paru, le hasard fait bien les choses, chez un des éditeurs avec lesquels j'étais en pourparlers pour éditer le présent roman !) sur leur carrière dans les Services secrets pendant la Résistance, en Indochine et en Algérie. Une lecture *en biais* à la terrasse d'une librairie comme j'aime toujours en faire m'apprit que, dans ces *Souvenirs* comme d'ailleurs peut-être dans les recoins de leur propre mémoire, ils avaient gommé jusqu'au nom de Chella et qu'ils ne faisaient pas mention d'un quelconque passage dans les présides !

Je n'achetai pas le livre.

Dès le lendemain de cette conversation, tout s'accéléra.

L'amirauté envoya des reconnaissances aériennes. Par les pistes que la Légion ou le Génie français avaient tracées, par les sentes du Fillaoussène que nous avions si souvent suivies, des colonnes rifaines lourdement chargées descendaient sur Arbitral. La marée humaine était en route. Le poste serait submergé n'importe quand à partir du lendemain. L'ordre de *décrocher* immédiatement nous parvint. En moins de six heures nous évacuâmes tout, matériel, harkis et familles de harkis. Une file de camions monta de Chella et en redescendit avec les réfugiés.

Ainsi, à l'endroit même où j'en avais distingué pour la première fois la silhouette sur le rocher, Arbitral disparut au tournant de la piste. La jeep de tête s'arrêta un instant pour recompter les véhicules du convoi. J'eus à peine le temps de me retourner.

Dieu sait si pourtant j'avais bien aimé Arbitral ! Dieu sait aussi que j'avais aimé les gens qu'Arbitral hébergeait et protégeait : Fethna, Bourbaki, Smili, Ben Saada et les autres ! J'y repense souvent avec une sorte de nostalgie.

Mais aujourd'hui justement où je refais en imagination l'itinéraire sinueux qui descendait vers l'amirauté et que nous prîmes ce jour-là à fond de train avec les GMC qui nous évacuaient, ça recommence : avec surprise, avec incrédulité, je retrouve en moi ce cœur dur, cet œil sec, cette ingratitude que j'avais en quittant Arbitral, aussi inexplicables au fond que l'impression que je ressens quand je pense que, peut-être, j'ai tué Azéma.

Car je laissai à leur sort tous ceux que j'avais aimés à Arbitral ! Certains moururent. Certains survécurent mais je ne les ai jamais revus. D'autres, pour être franc, je ne sais même pas ce qu'ils sont devenus. D'autres enfin, hypocritement, j'ai préféré les oublier.

Façon peut-être de me convaincre que je ne suis pas coupable.

Pour commencer par lui, Ben Saada, le garde champêtre aux deux femmes, partit avec notre convoi. Il fut embarqué avec toute sa famille sur l'*Athos* à destination d'Oran, puis, de là, sans doute, vers Marseille ou Toulon. Comme tous ceux du dernier passage de l'*Athos*, je ne l'ai (et pour cause) jamais revu.

Fethna était venue me rejoindre la nuit précédente et je ne lui avais rien dit. Qu'aurais-je pu lui dire ? Elle dormit avec moi. Pour la première fois, me sembla-t-il, elle s'anima quelque peu, elle témoigna – en suis-je sûr ? – quelque sentiment.

Pas assez.

Trop tard.

Au matin, je lui dis qu'il vaudrait mieux (comme elle me le demandait d'ailleurs depuis un certain temps déjà) aller faire un tour dans sa famille, aux Ouled Ben Tata.

Je lui donnai un peu d'argent, ainsi que des cadeaux pour son père. Une vieille camionnette maure monta du Regroupement. Fethna partit, gentiment en somme, mais sans un mot et sans se retourner.

Comme je la voyais s'éloigner, trottinant toute seule dans la boue vers la voiture, je remarquai que ce dont elle s'était entourée, et ce dont elle mettait un pan sur son visage pour se protéger sans doute du froid, pas pour essuyer quelques larmes, c'était le haïk que lui avait offert Ségret – non pas le morceau de tissu blanc que je lui avais acheté. Peut-être, en vérité, tout simplement parce que le haïk de Ségret était plus chaud ou plus pratique.

Quelqu'un m'a dit – mais qui est-ce ? et me l'a-t-on vraiment dit ? – que sa famille aurait livré Fethna aux fellaghas quelques semaines plus tard. Qu'elle aurait été battue, qu'elle serait morte en prison. Après tout, à la Libération, nous tondîmes bien les femmes qui avaient couché avec les Allemands... Quelqu'un, en revanche, m'a dit le contraire. Rien ne lui serait arrivé. Elle aurait filé avec un harki et serait maintenant en France.

Choisissez.

Pour Bourbaki, ce fut simple et expéditif, plus en réalité du domaine de la coïncidence que de celui de la décision. Depuis quelques semaines, il ne cessait de bougonner dans sa cuisine, ratant tous les plats et me jetant des regards jaunes de peur. Il avait aussi cette habitude de trop écouter aux portes. Un soir, il me rata plus que d'habitude un plat et, le même soir, deux jours avant l'évacuation d'Arbitral, il cassa la dernière pile d'assiettes.

Les raisons pour lesquelles je le fichai dehors furent purement domestiques.

Ce renvoi lui fit faire une belle carrière. Il s'en servit plus tard pour démontrer que son passage chez les harkis n'avait été qu'une ruse. Bourbaki, redevenu Benghaldi, trône à Arbitral maintenant rebaptisé *les Mehrez*. Il est, paraît-il, honoré comme l'un des premiers résistants du Fillaoussène.

Depuis longtemps il a lâché ses casseroles. Il préside les réunions d'Anciens Combattants.

Les leurs, pas les nôtres.

Quant à Smili, le sergent Smili (et d'une certaine façon mon ami Smili), quand nous décrochâmes d'Arbitral, il surveilla l'embarquement du convoi. Il y mit sa conscience habituelle mais simplement ne monta pas dans le dernier camion. Je m'aperçus qu'il manquait à notre arrivée à Chella.

En somme, un déserteur.

D'après ce qu'on raconta plus tard, Smili passa seul dans le poste la première nuit, celle où personne n'osa encore s'aventurer à Arbitral. Quand, le lendemain, le premier parti de Rifains et quelques personnes du douar pénétrèrent dans la cour abandonnée, Smili sortit par la poterne de derrière avec sa MAT et un chargeur. On le retrouva dans le cheminement des barbelés, le nez dans une flaque de sang, auprès de lui sa MAT dont il avait vidé le chargeur.

Cette histoire est loin d'être claire. Smili se tua-t-il lui-même ou fut-il exécuté par les Rifains ? S'il se tua, qu'on m'enseigne le moyen de se vider soi-même dans la tête un chargeur complet de pistolet-mitrailleur ! Si les autres le tuèrent, la première chose qu'ils auraient fait, je les connais, c'est de prendre sa MAT. Or sa MAT demeura près de lui.

Je n'ai pas eu vraiment le temps ni l'occasion de le pleurer. De toute façon l'affaire en resta là, car personne n'eut l'envie de faire une enquête sur cette mort.

A Chella (comme plus tard en Algérie), les harkis n'étaient pas *vraiment comptés* comme l'étaient les autres combattants. Heureusement, à vrai dire : car ainsi, nul n'eut l'embarras de retrouver dans les poches de Smili deux douilles de balles qui auraient pourtant sacrément intéressé les Services de renseignement français ou rifains, deux douilles de MAS-49 qu'il avait mises dans sa poche à Sidi Mohammed el-Khrouane !

Ceux mêmes qui le tuèrent l'ont probablement enterré avec.

XXVIII

Adieux à quelques personnages
de cette histoire

Quand nous descendîmes du Fillaoussène, notre convoi fut arrêté juste à l'entrée de Chella par une patrouille de gendarmes maritimes et prié de se ranger dare-dare dans le fossé. Comme dans ce film de Cocteau *(Orphée ?)* où une limousine d'un luxe impossible transporte la Mort ou quelque puissance mythologique de ce genre, alors, étincelante dans le soleil, pavillon tricolore battant au vent, accompagnée d'un majestueux cortège de véhicules civils et militaires, une voiture noire et fermée avec un passager officiel nous croisa sans ralentir.

Je ne le savais pas encore, mais le passager était le haut fonctionnaire du Conseil d'État, envoyé spécialement par de Gaulle pour préparer les présides à l'indépendance. Ayant passé trois jours à Chella, mission accomplie, il regagnait l'aéroport.

En trois jours et deux nuits, comme le racontèrent plus tard les livres d'Histoire, cet homme avait tout préparé pour l'indépendance des présides. Dans les bureaux de l'ancien Gouvernatorat, il avait siégé sous les portraits austères et maintenant plutôt goguenards des gouverneurs ou des hauts fonctionnaires qui avaient été peints lorsque la France ou l'Espagne étaient à Chella, chacune pour mille ans. Il avait reçu les émissaires de tous les partis, ceux du Rif et du Maroc y compris, essayé dans un premier temps de concilier les intérêts contradictoires, pesé le pour et le contre, estimé les risques, puis finalement, n'arrivant à rien, il avait suivi ses instructions et envoyé tout le monde au diable. A Paris d'ail-

353

leurs, impatienté, de Gaulle poussait : n'importe quelle indépendance, le plus vite possible, avec ou sans le Rif et le Maroc,
peu importait, qu'ils se débrouillent !

Le gouvernement larguait les présides.

En premier lieu, le haut fonctionnaire balaya d'un revers de
main tous les échafaudages mentaux sur lesquels nous avions
vécu. Il ridiculisa les solutions miracles, élimina les compromis bancals, pourfendit les philosophies politico-militaires
qui, au fil des temps, avaient été hasardées sur le problème.
Les mots de *Pacification, Intégration, Paix des braves, Troisième Voie,* etc., s'envolèrent au vent comme autant de ballons inutiles ou de feuilles mortes. Il les remplaça par un seul
mot, banni jusqu'ici mais qui tuait tous les autres et qui
tomba exactement à pic : *Indépendance.* Puis, quand il eut
lâché le mot de façon irréversible, il annonça que les heures de
sa mission étaient limitées et qu'il devait revenir le plus vite
possible rendre compte à Paris.

Maintenant, opération accomplie, il roulait à toute vitesse
vers l'aéroport. Un superbe tour de passe-passe – le décollage
de son avion spécial – l'affranchirait en quelques minutes et
définitivement de toute cette affaire. Quoi qu'il eût décidé ou
lancé, on ne lui demanderait plus jamais de retourner à Chella
pour en voir les conséquences. A moi non plus, d'ailleurs.
Aucun de nous deux, finalement, n'aurait à répondre de ses
actes.

Nous nous croisâmes donc – moi dans ma jeep garée précipitamment dans le fossé et mon convoi de GMC boueux à
l'alignement derrière elle, lui dans sa voiture étincelante, derrière ses vitres soigneusement relevées. L'espace d'un dixième
de seconde, au rythme d'un instantané photographique, je vis
son visage. J'ignorais à ce moment qui était cet homme, mais
je notai les yeux cerclés de lunettes de fer, des yeux écrasés de
fatigue, déjà étrangers à ce qu'ils avaient vu. Dans son convoi
pompeux, vain et futile, lancé à cent à l'heure, il disparut.

Vers n'importe où.

En somme (me dis-je ironiquement aujourd'hui), dans le
minuscule instant où elle exista, malgré l'infinie distance
sociale qui nous séparait, ma rencontre avec cet homme aurait

dû être historique. Somnambules et mal inspirés tous les deux, nous avions débondé un tonneau sans trop savoir ce qu'il contenait, ni ce qui allait s'en écouler, mais nous l'avions bel et bien débondé. Lui avait jeté en l'air ce mot fou d'« indépendance » sans se soucier des retombées qu'il allait projeter sur les gens. Moi c'était – littéralement – *dans le noir* que j'avais tiré mes deux coups de feu, dont sans doute un de trop. Dans chacun des cas de figure, c'était à cause d'instructions incomplètes ou par impatience d'une situation trop obscure, sans trop savoir pourquoi et en vérité *à l'aveugle* (bien que, parfois, j'eusse l'impression qu'une main invisible m'eût, avec une sûreté infaillible et meurtrière, conduit depuis le début là où j'étais), que nous avions tout foutu en l'air.

Le convoi du haut fonctionnaire était passé. L'un après l'autre, mes véhicules sortirent du fossé. Un peu plus loin, en ville, un nouveau parti de gendarmes avec des chevaux de frise tirés devant eux nous détourna sur une bretelle à l'est. On ne traversait plus les quartiers maures, parcourus d'éléments « incontrôlés ».

Les gendarmes nous orientèrent donc de l'autre côté de la ville, sur une route du bord de mer que je ne connaissais pas. Par l'est de la ville elle conduisait à l'amirauté. Ce bord de mer inconnu était beau, semé d'une ligne de palmiers calmes et de vieux canons de l'époque espagnole qu'on avait posés régulièrement sur des affûts de briques passées à la chaux. Derrière, au fond de la baie, probablement heureuses et encore préservées de tout ce qui nous arrivait ici, on voyait les îles Zaffarines – leur silhouette énigmatique, noire, aiguë et précise, avec la ligne blanche un peu mouvante devant elles des brisants qui les entouraient.

La colonisation des présides par les Espagnols avait commencé par ces îles, inhabitées aujourd'hui. Au mieux la nôtre y trouverait peut-être sa conclusion – inutile.

Clipperton, îlot inaccessible perdu dans le Pacifique, sera la dernière colonie française, ses bêtes à guano les derniers sujets extérieurs de la République.

Jusqu'au moment où les États-Unis ou le Mexique trouveront que la plaisanterie aura assez duré et l'annexeront. En cinq minutes.

Avec copie du télégramme au Quai d'Orsay.
S'ils y pensent.

A l'amirauté les vantaux de la porte bleue étaient grands ouverts. Un officier marinier, son pistolet-mitrailleur en bretelle, les bras déployés, des listes inutiles entre les mains, essayait d'établir un peu d'ordre parmi les camions qui, venant des postes de l'intérieur, débarquaient à chaque minute.

De l'autre côté du quai, accosté par un prodige de manœuvre dans l'étroit port de pêche, un transporteur de troupes peint de gris était ancré juste en face de l'amirauté, près d'un autre qui, lui, se préparait à quitter le port. Le bateau à l'ancre était l'*Athos* et celui qui partait était son « sister-ship », le *Porthos*, venu d'Oran et qui y retournait. Minuscule dans la rade, l'*Athos* était immense dans le port. De part et d'autre d'une sorte de bâti de métal haut comme un gâble de cathédrale, sa porte d'embarquement avait été abaissée. Elle bâillait comme un gigantesque coquillage prêt à happer tout ce qui viendrait échouer sous les remparts de l'amirauté, les hommes, les camions, le matériel, les déchets de la guerre, et à les restituer là où on le lui dirait. Les ordres étaient de charger directement les GMC sur l'*Athos* à mesure qu'ils arrivaient. On trierait après.

L'officier marinier dirigeait la manœuvre. Dans nos camions, montrant leurs petits nez sous les bâches, passaient les enfants des harkis d'Arbitral. Étourdis par le vent du voyage, fascinés par cette foule, par ces navires amarrés dans le port, par cet officier marinier qui continuait d'agiter ses grands bras, par l'espèce de soc que l'*Athos* avait jeté sur le quai et sur lequel les camions s'engageaient, ils paraissaient ravis de cette équipée qui les menait sans préavis des montagnes glacées d'Arbitral jusqu'à ce petit port surpeuplé, en apparence chaleureux et ensoleillé. Ils promenaient dans toutes les directions leurs petits visages confiants, ébahis et satisfaits, vifs comme des têtes d'oiseaux.

Les enfants d'Arbitral.

Les vrais oiseaux d'Arbitral.

Maintenant, l'un après l'autre, les GMC disparaissaient dans le ventre de l'*Athos*. Ils glissaient lentement sur l'arche de métal qui conduisait aux entrailles du monstre puis s'escamotaient. Désormais, au moins, ils seraient en sûreté. Leur chargement humain ne serait recraché à l'air libre que lorsque le navire serait parvenu en terre sauve.

Je grimpai la rampe de l'amirauté. Une fois en haut, je m'engageai dans l'escalier intérieur qui, par les profondeurs du bâtiment, descendait vers le bureau d'Acaton. La première personne que je rencontrai fut Duruffle.

– C'est stupide, dit-il, mais l'*Athos* a une avarie de machine. Vingt-quatre heures pour réparer. Il ne manquait plus que ça. Vous deviez embarquer ?

– Mes camions sont déjà à bord.

– Eh bien vos camions attendront. Avez-vous vu le nouveau commandant de Chella ? Saviez-vous qu'Acaton a été viré du préside ? Il est parti hier vers Paris sur le DC-3.

– Bah !

– Si c'est moralement ou physiquement qu'Acaton a calé, je n'arrive pas encore à le savoir. Certains disent qu'il paie les pots cassés de cette affaire de Si Hamza où il s'est fait mener comme un enfant par Coulet et Peufeilloux. D'autres disent qu'en fait il était malade, qu'il a même un cancer (d'où sa sale gueule, vous comprenez maintenant ?), que la marine voulait l'évacuer depuis longtemps et qu'elle a profité des circonstances. De toute manière, c'est fait. Acaton n'aura pas ses étoiles d'amiral et ne survivra pas à Chella. Son remplaçant ne badine pas. Allez vous présenter à lui, mais un conseil : ne vous laissez pas embarquer dans son équipe et ne loupez pas votre départ avec moi. Si mon officier mécanicien répare, ce sera peut-être le dernier voyage de l'*Athos*. C'est un miracle que cette vieille carcasse tienne encore la mer. Comme la mienne, d'ailleurs.

L'ancien bureau d'Acaton était effectivement envahi de nouvelles têtes. Un officier du ministère de la Marine à Paris était venu remplacer l'ancien commandant du préside avec quelques autres officiers. D'après ce qu'on disait, le nouveau était un « officier de crise », spécialiste de la logistique des évacuations. Il avait dû étudier Dunkerque et Singapour avant de se faire la main sur Hanoi ou sur Saigon. Aujourd'hui, il traitait Chella, il ferait peut-être demain Alger, pourquoi pas bientôt Oran et même Nemours ou Ajaccio ? Belle carrière en perspective.

L'officier paraissait bien organisé et tout à fait à son aise. C'était un homme grisonnant, aux traits austères, qui parlait sobrement, par petites phrases brèves et efficaces, sans rechercher le moindre effet. Il allait et venait entre des états d'effectifs et de matériel qu'on posait sans cesse sur son bureau. Un planning avait été punaisé sur le mur justement là où se trouvait autrefois la grande carte du préside d'Acaton, celle qui montrait de façon si orgueilleuse la ligne de nos postes et les circonvolutions imprenables du barrage électrique. Ce planning était en permanence mis à jour par quelques officiers, inconnus de moi, qui lisaient des messages et traçaient au crayon de couleur les graphiques figurant les rotations disponibles.

Il y avait une couleur pour l'*Athos*, une autre pour son « sister-ship », le *Porthos*, déjà reparti, une troisième couleur pour d'autres bâtiments qu'on attendait. Il y avait aussi, marqués en pointillé, quelques vols d'un DC-3 sur lequel le nouveau venu, en bon marin, ne semblait pas beaucoup compter.

Sans avoir levé les yeux ni interrompu une seconde son travail de répartition entre les états d'effectifs ou de matériel et le planning, l'officier de Paris s'enquit de mon nom. Celui-ci sembla lui dire quelque chose. Puis, sans que sa voix ait dépassé le niveau du murmure, je reçus de sa part l'ordre de ne pas partir avec l'*Athos*. Que je me mette immédiatement à la disposition d'un des officiers présents pour affectation dans un service qu'il appela « rotations ».

Ainsi, à cette minute même, sans le moindre protocole, sans presque y penser, presque sans regrets, je fus déchargé de mon commandement de la harka d'Arbitral et enrôlé dans l'équipe d'évacuation des présides. Il était étrange et peut-être salutaire pour moi de traiter désormais en termes de logistique – prévoir tant de rotations de navires ou d'avions pour tant d'hommes, tant de tonnes de matériel – ce que j'avais jusqu'ici traité en termes humains.

Je ne passai que deux ou trois jours dans les bureaux souterrains de l'amirauté, mais ils me parurent des siècles. Le travail avançait. Méthodiquement, l'un après l'autre, nous évacuions les postes de la frontière, nous embarquions leurs garnisons saines et sauves vers Oran, nous faisions démonter tout le matériel, souvent le plus insignifiant et le moins coûteux.

En réalité, cette affaire était folle et, il fallait l'espérer, *pas exactement vraie* : car nous abandonnions derrière nous tout un pays, le décor de quatre siècles de présence européenne, le jubé doré et les tableaux de Zurbaran de la cathédrale Saint-Philippe, les cafés du Paséo, les immeubles du plateau, le lycée Victor-Bérard, la pendule de la place de la République, la statue de l'amiral Silhiol, les pièces du musée, des archives espagnoles et portugaises sans prix, les riches villas sur la plage de Stora, les immortels rangs d'oliviers qui entouraient Chella, les vignes innombrables plantées et taillées comme par des anges ; et simultanément, imperturbable, l'intendance de la marine démontait et recomptait des lits Picot déglingués dans ses dortoirs, dénombrait bureaux de métal, corbeilles à papier et ventilateurs, comparait les inventaires, mettait méticuleusement en caisses des rouleaux de fils de fer barbelés et les plaques de tôle non utilisées.

Elle remballait tout !

Les choses, d'ailleurs, auraient été bien s'il n'y avait eu ces Européens qui maintenant, de jour comme de nuit, s'entassaient sur le port, dans l'attente d'un moyen de transport pour Oran ou pour la métropole. Avec l'annonce de l'indépendance et de ces armées marocaines et rifaines, « fels » ou ANC comme on continuait à dire, la panique les avait pris, et maintenant ils demandaient à être évacués. Arrivant dans des convois improvisés de voitures civiles ou même à pied, ils surgissaient sur le Paséo ou sur le port, des femmes et des enfants en pleurs, de vieilles mamas poussant des cris en espagnol, avec de pitoyables matelas ou des vélos fixés sur la galerie du toit de leur véhicule.

Des bruits couraient, répercutés dans une ville qui se sentait déjà assiégée. Malgré les assurances données à la radio par le haut fonctionnaire de De Gaulle qu'il ne serait touché à aucun bien européen, les bandes maures pénétraient dans les fermes. Des réquisitions et des exactions avaient été commises. Des gens avaient été enlevés. Ils auraient été fusillés puis jetés dans des charniers.

Enfin nul ne savait exactement.

Quelquefois un paquebot civil de la Compagnie de navigation pénétrait dans le port et faisait retentir sa sirène comme un signal d'alarme. Les files d'attente des Européens continuaient à grossir inlassablement.

J'allais les regarder quelquefois du haut des remparts de l'amirauté. Les gens dormaient pêle-mêle dans le port et celui-ci s'encombrait chaque jour davantage de voitures abandonnées, de colis et de bagages. Leurs propriétaires, ne pouvant les embarquer sur les premiers bateaux, les laissaient derrière eux en en payant le passage, dans l'espoir que la Compagnie de navigation pourrait les faire suivre.

Ceux qui avaient les moyens réglaient leurs billets – parfois dix ou vingt, toute une famille – aux bureaux de la Compagnie de navigation mixte. On entendait des récriminations parce que le passage était cher. Ceux qui n'avaient pu emporter un sou montaient à l'amirauté chercher un bon de transport. Nous délivrâmes ainsi un *bon collectif* à une communauté de pères blancs, qui venait du couvent situé près d'Edgar-Quinet, et un autre aux pensionnaires de l'hôpital de fous de Chella qu'on évacua tous un matin, Européens et Maures mêlés. Car ainsi est l'Administration : nous abandonnions les Maures en bonne santé mentale, et nous rapatriions les fous ! Puis, un matin, le bureau n'ouvrit pas : l'employé de la Compagnie de navigation mixte l'avait fermé à clef et avait filé avec le paquebot de la veille. Désormais, on embarqua tous ceux qui se présentèrent, sans plus leur demander de titre de transport.

Je n'avais pas revu Dodeman. J'appris un jour qu'il manquait à l'appel. Il n'avait pas été évacué comme je le pensais. Il avait bel et bien disparu et était porté déserteur.

Un officier marinier me laissa entendre qu'il était allé rejoindre certaines de ses fréquentations activistes.

360

D'anciens amis qui partaient essayèrent de me revoir. C'est ainsi que je revis Popinet, l'avocat du café des Colonnes, puis Claude Dru, le journaliste de *La Dépêche*.

Les jours passant, et l'arrivée des Maures se précisant, même les éléments les plus libéraux, même ceux qui, au temps de la colonie, avaient été persécutés pour leurs opinions en faveur de l'indépendance, cédaient à leur tour à la panique. Il y eut un peu d'émotion entre Popinet, Dru et moi. Nous nous fixâmes rendez-vous plus tard, quelque part, n'importe où, à Oran, à Alger, à moins que ce ne fût en Afrique du Sud ou en Argentine, là où on voudrait bien de nous, en tout cas pas chez ces salauds de *métropolitains*, et sûrement dans des pays nouveaux.

En fait, nulle part.

Parce que, naturellement, les choses ne se sont pas arrangées comme nous avons essayé de nous le faire croire mutuellement ces jours-là. Ni Dru, ni Popinet, ni moi ne nous sommes jamais revus, ni à Alger (et pour cause !), ni à Paris, ni ailleurs. En avions-nous besoin au fond ? Les amitiés se dénouent encore plus vite que les événements qui les ont causées.

Le dernier jour, j'eus une visite. Pérez, le cafetier du Paséo, vint me voir. Il avait évacué sa famille dès le début, sous prétexte de fin d'année scolaire. Il avait essayé de rester, mais c'était devenu de plus en plus difficile et maintenant il partait. La clientèle assidue et rassurante de Coulet et Peufeilloux s'était évanouie. Les consommateurs ne s'aventuraient plus sur la place d'Armes. Les Brasseries d'Algérie ne livraient plus bières ou limonades.

Pourtant Pérez avait gardé son café ouvert jusqu'au dernier moment. Il espérait je ne sais quoi, par exemple que les gens qui fêteraient l'indépendance auraient soif eux aussi, qu'il leur faudrait bien un endroit pour se désaltérer. Après tout, me dit-il, il n'avait rien fait de mal à personne. Maures ou Européens, il avait servi tout le monde dans son café. Ce n'était pas sa faute si les Maures n'aimaient pas l'anisette et préféraient les tisanes. C'est vrai qu'il tutoyait les Maures, mais il avait tutoyé presque tous les Européens aussi. Vendre de la *gazouze* au lieu de pastis à des gens qui crieraient « *ya-ya l'indépen-*

dance » au lieu de « *vive Chella française* » ne le dérangeait pas trop. Il me sembla pourtant qu'il oubliait un peu vite les bruyants rassemblements des activistes et *La Marche des Africains* retentissant en quasi-permanence lorsqu'il faisait remonter le phono par le garçon arabe, mais la mémoire des hommes est quelquefois peu fidèle !

Il croyait à la réconciliation dans la limonade, idée qui est après tout moins idiote qu'une autre.

A sa grande déception, il n'avait pas eu vraiment le temps de vérifier la justesse de sa théorie. Un matin qu'il ouvrait comme d'habitude son café sur le Paséo, une rafale anonyme de PM sabra de haut en bas le rideau de fer de sa devanture. Elle manqua le couper en deux et mit salutairement fin à ses réflexions.

A la minute, il comprit que ce ne serait pas lui qui servirait la limonade aux futurs vainqueurs de la guerre d'indépendance et que, malgré tous ses espoirs, il était probablement temps, pour lui aussi, de partir.

Je demandai à Dru s'il avait des nouvelles de Dodeman. Il en avait. Dodeman avait bel et bien déserté.

– De toute façon, dit Dru, Dodeman est un con, vous ne vous en étiez jamais aperçu ? Reste à comprendre pourquoi même un con peut déserter à Chella, surtout en ce moment. J'ai d'abord cru qu'il avait quitté l'armée pour l'OAS, ou au contraire pour ses amis libéraux. Mais non ! La vérité est plus stupide encore. Vous savez pourquoi il a disparu, pourquoi il est porté, comme ils disent, déserteur ? Simplement parce que cet enfoiré est amoureux et qu'il est en train de baiser Mlle Averseng. Quel con, vraiment ! Son alibi de Roméo ne pèsera pas lourd lorsque la ville va tomber aux mains des fels et qu'ils fouilleront tous les appartements.

Je revis le petit visage têtu de Françoise.

– Quant à la fille, poursuivit-il, c'est un oiseau. Plus elles sont minces et fragiles, plus elles ont de jolis yeux et une jolie bouche (celle-ci a de très jolis yeux, une jolie bouche, et Bon Dieu ! qu'elle doit avoir de jolis seins !), plus elles sont folles.

Quand elle couchait avec Azéma, elle était indépendantiste. Maintenant qu'elle couche avec Dodeman, vous croyez qu'elle est devenue activiste ?

– Elle n'a jamais couché avec Azéma, dis-je sévèrement. Elle est fiancée à Dodeman.

Il n'écoutait déjà plus.

– C'est drôle, dit-il. Maintenant que vous m'y faites penser, je vous dirai que dans le temps j'aurais bien couché avec Françoise Averseng. C'était jouable, car si on disait qu'elle couchait avec Azéma, tout le monde savait bien qu'Azéma ne couchait pas avec les filles. A peine s'il les compromettait, et encore ! Vers la fin, sans doute, vous avez raison : elle couchait plutôt avec votre ami Dodeman.

– Quelle importance ?

– Aucune, en effet. Je me marre tout simplement quand je pense à son père. Vous savez que je travaillais pour le père Averseng à *La Dépêche*. Ce qu'il a pu me faire écrire comme conneries ! Ce qu'il a pu me faire suer ! Rien que pour le faire chier, celui-là, j'aurais bien couché avec sa fille !

– Savez-vous où elle et Dodeman sont ? demandai-je.

– Non.

– Vous le savez. Où sont-ils ?

– Pas la moindre idée. Je ne les voyais pas en dehors du Cercle des Colonnes...

– Où est-elle ?

Il me regarda comme s'il avait pitié de moi :

– Essayez l'appartement où étaient Coulet et Peufeilloux. Dodeman en avait la clef.

Au téléphone, donc, j'appelai l'ancien appartement de Coulet et Peufeilloux. Le vieux cauchemar recommençait (mais peut-être, au moins, était-ce maintenant *un vrai* cauchemar) : la sonnerie retentissait indéfiniment, sans succès ; quelqu'un, une fois de plus, veillait jalousement à ce que je ne puisse pas communiquer avec l'extérieur.

Car chaque fois que j'essayais de téléphoner de l'amirauté, le leurre recommençait. Les lignes étaient en dérangement. Ou bien les correspondants étaient absents. Ou bien ils décrochaient et, pour je ne sais quelle raison, ils ne répondaient point. Ou bien encore, après un temps infini, ils parlaient mais je ne les reconnaissais plus. C'était comme s'ils fussent sortis d'un puits, de je ne sais quoi au juste, et que, à peine ranimés, ils essayassent de retrouver les balbutiements de leur langage.

Cette fois, sans doute, serait comme les autres : j'appellerais et j'appellerais, la sonnerie explorerait ce que j'avais fini par interpréter comme une sorte de labyrinthe sonore, envoyant l'un après l'autre ses coups de sonde méthodiques et vains.

C'était comme si jamais je n'accrocherais quelque chose, et que tout serait vide pour toujours. Mais le miracle survint. J'avais poussé en vain des centaines de miroirs et soudain l'un d'eux cédait sous ma pression. La porte s'ouvrit, mais c'était un nouveau leurre : car si, au bout du téléphone, quelqu'un avait décroché, il ne répondait pas, alors même qu'il restait au bout du fil.

Dans l'appareil, sa respiration était un écho. Il la retenait et la relâchait suivant un rythme inconnu. Le souffle de quelqu'un qui aurait couru longtemps ou qui se dissimulerait.

Ou qui encore aurait peur.

Un *souffle court.*

Dans l'appareil, je dis :

– Dominique ?

Pas de réponse.

– Dominique ? C'est moi, Sérurier.

Rien encore. Tout de même il y avait cet imperceptible fléchissement dans le souffle, cette sorte de baisse de tonus. Ou peut-être était-ce un mirage et n'y avait-il rien.

J'attendis encore une minute. Puis je risquai :

– Catherine ?

Bien entendu le nom que je voulais prononcer était celui de Françoise, mais d'une certaine façon j'étais *pris au mot* : j'avais dit Catherine.

Un nom lâché par erreur. Un lapsus que j'accepte comme tel encore aujourd'hui. Car, depuis que j'avais cru la revoir à Arbitral, depuis que j'avais couché avec Françoise, mon ancienne femme était de plus en plus loin de mes pensées et il était inattendu qu'elle y revînt ainsi.

Cela arriva pourtant. Le petit dieu malveillant qui me poursuivait à Chella voulait-il me montrer que, quoi que je fisse, je la retrouverais toujours devant moi ?

Au moment où j'allais rectifier tout de suite, au moment où j'allais prononcer au téléphone simplement le nom de Françoise – *Françoise, Françoise* –, il y eut tout d'un coup dans l'appareil un déclic. Au bout du fil, la personne, brusquement, raccrocha.

C'était un signe de vie ou c'était peut-être un troisième leurre – une erreur de numéro, une domestique terrorisée qui n'avait pas osé répondre, un enfant abandonné, mais quoi que ce fût, je voulais en avoir le cœur net. Sur le même téléphone, j'appelai l'aubette et je demandai une jeep pour aller en ville. L'officier marinier de garde eut une légère hésitation, mais la jeep arriva en cinq minutes devant le perron de l'amirauté.

Le chauffeur était engoncé dans une djellaba et son casque lourd était enfoncé jusqu'aux oreilles. Je le reconnus :

– Piti !

– Salut, lieutenant.

Il avait un air perplexe.

– Ils ne vous ont pas embarqué avec les gens d'Arbitral ?

– Non, dit-il. Je pensais embarquer sur l'*Athos*. Mais ils récupèrent tout le monde. Ils m'ont versé au garage. Je suis du dernier échelon. De toute façon, l'*Athos* ne part que demain.

Il fit lentement descendre la jeep sur la rampe de l'amirauté, franchit la porte bleue et les chicanes, traversa le Paséo et s'engagea vers le plateau Sollier.

Les rues étaient vides comme si la ville avait été très précisément frappée d'un charme. L'après-midi s'achevait et le soleil brillait très fort tout en baissant déjà. Dans les renfoncements et sur certains escaliers extérieurs il y avait des géraniums et des plantes grimpantes en fleurs. Quelques voitures abandonnées dormaient.

L'unique chose vivante que nous croisâmes fut un chat. Il n'était sans doute pas vraiment à son aise d'être seul dans la ville et fila. Autour de nous, le soleil frappait en oblique et l'ombre s'inclinait comme sur un axe invisible qui aurait emporté très loin la cité abandonnée. L'ombre gagnait le sol

365

des rues. Elle commençait à toucher les façades de l'est. Chella allait mourir, et cette ombre qui grimpait sur elle la rongeait.

Un instant, j'entendis un bruit de volet et je crus que, comme autrefois à une heure semblable, les fenêtres fermées pour la sieste allaient enfin se rouvrir et qu'on entendrait joyeusement claquer les volets sur les murs. Les claquements retentirent à nouveau mais ils venaient du bas de la ville, en direction de la médina. Je réalisai qu'il s'agissait sans doute de pétards – ou de coups de feu.

Rue Mimouni-Haddèche, à droite de l'immeuble que Peufeilloux et Coulet avaient habité, la grille du petit café avait été arrachée. Sur la façade, au-dessus de l'enseigne, une coulée noire inversée marquait l'endroit où avaient été les flammes et les lances des pompiers. Une inscription fraîche barrait toute la façade. Elle était en arabe et incompréhensible pour moi. A gauche, il y avait l'épicerie maure. Son rideau de métal, baissé, n'avait pas été touché. Tout devait être intact par-derrière, alors que le reste des boutiques de la rue avait été pillé. Je ne pus m'empêcher, naïvement, de m'étonner du contraste. Je me rappelai l'amical sourire de l'épicier maure lorsqu'il nous parlait. Est-ce que, lui aussi ?...

Tout cela était fatigant.

Piti se gara à une vingtaine de mètres, puis, le PM en main, vint se poster dans le hall de l'immeuble.

Comme autrefois quand je venais porter le courrier et les journaux à Coulet et Peufeilloux, je pris mon élan et je grimpai quatre à quatre l'escalier. L'immeuble était vide. C'était le même et pourtant tout était différent. Le charme qui s'était abattu sur la ville avait touché chaque étage. Quelque chose d'inexplicable et d'invisible était passé. Puis je compris : toutes les portes des appartements, d'habitude si généreusement ouvertes sur l'extérieur, étaient fermées. Les odeurs de cuisine, qui mêlaient si subtilement autrefois la vie de chaque famille de l'immeuble, avaient disparu.

La porte de l'appartement du troisième était ouverte. Elle bâillait sur une cuisine où se tenait autrefois une famille européenne bruyante et animée, avec toujours beaucoup d'amis et d'enfants. Sur une grande table, des assiettes vides, une bouteille de vin avaient été abandonnées, comme si la famille avait été interrompue pendant son repas et avait tout laissé en un moment. Ainsi pouvais-je examiner une dernière fois les traces vulgaires et modestes de ce qui avait été la *civilisation des Pieds-Noirs de Chella*. Pour lui donner la noblesse de l'éternité, il aurait fallu les mortels nuages du Vésuve, comme à Pompéi ou à Herculanum. Même la cendre du Vésuve ne serait pas donnée à Chella.

Au sixième étage le palier s'élargissait, des fils étaient restés tendus. Les locataires de l'immeuble y pendaient les vagues festonnées de leur linge et les enfants y jouaient parfois. Le linge avait été enlevé, et sans doute la même main ménagère qui avait enlevé le linge avant de partir en avait écarté les enfants.

Je sursautai. Sur le même palier, la porte de l'appartement que C & P avaient occupé était ouverte. Imperceptible mais parfaitement lisible, une odeur, une odeur de vivant, indiquait que je quittais la zone désolée des étages abandonnés pour une partie peut-être encore habitée, et que, si le reste de l'immeuble était vide, quelqu'un vivait encore sans doute une vie ralentie – puisque l'odeur était faible – au sixième.

J'ouvris grande la porte. Devant moi, me tournant le dos, debout face à une table où se trouvait un réchaud à gaz, penché vers une casserole dont il tournait vigoureusement le contenu, se trouvait un homme. Il se retourna et je le reconnus. C'était Dodeman. Il était vêtu d'un jean et d'un tee-shirt blanc. Il avait ce sourire ineffable, cette douceur obstinée qui était sa caractéristique et que je lui connaissais depuis toujours.

Je lui dis :

– Qu'est-ce que tu fais là au lieu d'être en bas sur le port ? Tu es fou ?

Il remua encore un peu sa casserole.

– Salut ! Tu vois, Sérurier, le plus difficile, c'est exactement comme je croyais : faire à manger.

– Les Maures rentrent dans la ville. Ils vont te descendre.

– Rien n'est simple, dit-il.

Et il fit un mouvement de tête en direction de la porte qui

donnait sur la chambre intérieure, là où autrefois Coulet et Peufeilloux avaient leur poste émetteur. On aurait dit qu'il s'attendait à ce que quelqu'un la poussât et en sortît. La porte s'ouvrit. Françoise entra :

– C'est vous qui avez téléphoné tout à l'heure ?

Je ne voulais pas répondre.

– Oui, c'est moi.

– Je l'avais pensé.

– Françoise, dis-je, votre attitude à tous deux est dingue. Si vous avez un peu d'influence sur lui, dites-lui qu'il faut filer tout de suite.

Une bouteille de whisky était sur la table.

– Vous avez bu tous les deux ou quoi ?

– Quand on a bu, dit-elle, c'est comme ça ? Je crois qu'on a pris juste un peu de whisky.

La bouteille était vide sur la table. Tout d'un coup j'eus l'idée que la bouteille contenait peut-être autre chose, qu'ils s'étaient suicidés par exemple. Roméo et Juliette, me dis-je, n'en firent pas d'autre.

– Nom de Dieu ! Dominique, il n'y avait que du whisky dans cette bouteille ?

Le regard ingénu et surpris de Dominique :

– Naturellement. Que pouvait-elle contenir ?

– J'ai une jeep en bas, dis-je. L'*Athos* part demain matin. Au point où ils en sont, il n'y a plus aucun contrôle. Tout le monde fout le camp.

– Tu vois, dit Françoise. Tu as beau être déserteur, tu ne risques rien. Viens !

Comme frappée d'une idée, elle éteignit le gaz, puis elle ferma l'électricité au compteur.

– Je crois, dit-elle, que j'étais heureuse ici avec Dominique. Croyez-vous que je serai aussi heureuse ailleurs ?

Elle portait la robe de toile bleu-gris pâle à col blanc que je lui avais connue et que je lui avais ôtée une nuit. Ses manches étaient très courtes. Elle était décoiffée, des mèches brunes sortaient de sa coiffure d'ordinaire si parfaitement tirée. Naturellement, c'était lui qui l'avait décoiffée. Ils avaient dû baiser ces derniers jours, je savais comme elle était dans ces

368

moments-là. Puis (il faut toujours célébrer ce qu'on fait) ils avaient bu le whisky.

– Se sauver, se cacher, dit-elle, risquer à nouveau de tout perdre, recommencer, tout est fatigant. Je suis fatiguée.

Elle vacilla légèrement.

Peut-être tout simplement était-elle ivre.

– Elle est ivre, dit Dodeman. Comme moi d'ailleurs. Tu crois qu'on pourra marcher jusqu'en bas ?

– On essaiera.

Comme pour prendre un vêtement, Françoise regarda autour d'elle, puis finalement elle ne prit rien. Un portefeuille avec sans doute des papiers était jeté sur la table. Elle le saisit. Dodeman dévalait l'escalier sans attendre Françoise. Arrivé en bas, il s'arrêta, et, quand nous le rejoignîmes, je vis qu'il s'essuyait les yeux.

– Tu ne peux pas savoir, dit-il, comme c'est con, l'alcool, quand on n'a pas l'habitude.

Dehors, la nuit n'était pas encore tombée. Çà et là des coups de feu partaient. Des clameurs et une odeur de fumée montaient de la direction du Paséo du Maréchal-Joffre. Au bout de la place, quand nous débouchâmes de la rampe Vallée, des gendarmes mobiles essayaient de maintenir une foule de Maures en vêtements blancs. La ligne des gendarmes fluctuait mais tenait bien. Puis, tout d'un coup, comme la maille d'une chaîne se rompt, elle cassa, et la foule se précipita vers la ville européenne. Piti donna un coup de volant à gauche et réussit à se trouver sur le quai du port avant que la vague en route vers nous ne nous eût atteints.

– A deux minutes près, dit Piti.

Nous nous retrouvâmes derrière la ligne des chevaux de frise que des gendarmes remirent en place précipitamment, et qui protégeait les portes de l'amirauté. Deux obus de mortier tombèrent à cent mètres de nous. Une voiture s'embrasa.

– Cette fois-ci ça devient sérieux, dit l'officier marinier de la porte bleue. Ces cons vont faire du dégât. Il faut évacuer tout le monde.

Duruffle était sur le quai. Il discutait avec un mécanicien en kaki qui avait du cambouis jusqu'aux coudes. Au passage il reconnut Dodeman et Françoise, et eut une sorte de haut-le-corps. Un second obus de mortier tomba face à la porte bleue.

– Vous les prenez à bord ? dis-je à Duruffle.

– Naturellement. Embarquez vite, qu'ils ne les coxent pas. Et vous, Sérurier (il me regarda avec insistance et prit une sorte d'air anxieux qui me surprit), vous venez ? Si je n'écope pas d'un obus de mortier cette nuit (il jeta un coup d'œil attentif vers le sommet de la ville d'où les coups de mortier étaient partis), j'aurai quitté le port avant l'aube.

– Non, dis-je. Je dois rester.

– OK. Aspirant Sérurier, dînez-vous ce soir à l'amirauté ? Dînons ensemble. J'ai des choses intéressantes à vous dire avant que je ne parte.

– Je n'ai pas exactement faim, dis-je.

– Eh bien, on parlera !

– Salut, dit Dodeman. Veille bien sur toi.

– Que vas-tu faire ?

– Je ne sais pas. Rester en Algérie, avec elle (et il montrait Françoise).

– Tu as raison, dis-je. Allez là-bas. L'Algérie n'est pas comme ici, c'est immense. Un million d'Européens y sont implantés depuis cent trente ans. Il y a là-bas cinq cent mille soldats français, la ligne Morice à l'est, le barrage franco-marocain à l'ouest. C'est impossible que ça finisse comme ici.

Je le disais et le pensais vraiment. Dodeman et Françoise sautèrent de la jeep et embarquèrent sur la passerelle de l'*Athos*.

– Salut ! A bientôt, à bientôt, Sérurier ! criait Dodeman.

Alors que je rentrais dans l'amirauté, et que la porte bleue claquait, il me sembla encore entendre sa voix. Ce fut d'ailleurs la dernière fois que je l'entendis. Il fuyait, et dans sa fuite il emmenait Françoise.

Françoise, enlevée, puis larguée par moi.

Derrière nous, au sommet de la ville, vers le plateau Sollier, une puis plusieurs fumées s'élevèrent. Les Maures étaient à l'œuvre. Rien ne resterait de ce que nous avions fait. Des cris de joie montaient de l'intérieur de la ville européenne. Derrière le quai désormais presque vide, les murs de l'amirauté

370

étincelaient au soleil. Eux étaient peut-être immortels, pas nous. Ces murs mêmes nous oublieraient.

Voilà. Je resterai peut-être encore quelques jours avec le reste de la garnison de l'amirauté pour aider à régler les derniers problèmes. Chella était perdue pour toujours. C'était idiot, mais nous avions loupé notre affaire. Nos colonisateurs, nos missionnaires, notre culture, nos foutus ancêtres les Gaulois, nos flics et notre illustre drapeau tricolore, les guerres où nous les avions entraînés, le rêve d'Empire ou d'Union française de notre République, tout ça, les Maures, ces salauds, nous le rejetaient à la gueule. Tout comme ils me rejetaient à la gueule l'amour ingénu ou intéressé que j'avais porté au soleil des présides, à l'air aigu du Fillaoussène, aux moments d'amitié que j'avais vécus à Arbitral, aux caresses que j'avais données à Fethna, aux discussions avec Bourbaki, Guendouz ou Ben Saada, ses deux femmes et le petit enfant, au vent de la route qui nous avait fouettés dans les GMC qui descendaient d'Arbitral, aux oliveraies éternelles d'Averseng. Ils ne voulaient pas de nous.

Pourtant, sans doute, nous n'avions pas été si mauvais : nous avions rendu Chella plus prospère et plus libre qu'avant ; nous avions instauré une sorte de légalité coloniale bonhomme qui valait bien les autres arbitraires qui sont venus ensuite ; il n'y avait pas eu de concussion ; la pénurie n'avait pas régné ; quelque chose avait commencé entre certains Maures et certains Français. Ils ne feraient pas mieux. Ils feraient sûrement pis mais là n'était pas la question puisqu'ils nous vidaient. De nous, ils ne voulaient plus qu'une chose : que nous allions planter nos choux – nos choux, et notre *sale Algérie française* – ailleurs.

De temps en temps, tout de même, Dominique et Françoise, je les revois tous les deux. Mais c'est dans mon souvenir et dans une pose qui, en somme, est mon alibi. Françoise a mis sa main dans celle de Dodeman. Ils embarquent sur l'*Athos*. Ils sont heureux. Une nouvelle vie commence pour eux. Je suis hypocrite jusqu'au bout et je me dis que tout se passera bien.

371

Hypocrite et presque sincère.

Ainsi, dans ma mémoire (et malgré ce qui arriva sur l'*Athos*), finissent-ils heureux et unis. Je pense même avec une certaine satisfaction que c'est moi qui, allant les chercher rue Mimouni-Haddèche, les ai finalement sauvés.

Presque.

Comme, pour faire échapper quelqu'un à un ennemi, on le jette dans une rivière.

Avec l'espoir qu'il se noiera.

XXIX

Quelques clefs
pour la fin du récit

En signe de nouvelle souveraineté sans doute, dès qu'ils eurent investi les quartiers hauts de la ville, les Rifains mirent un mortier en batterie sur la corniche et commencèrent à tirer sur Chella.

Heureusement, le rythme de leurs coups était long et irrégulier. Beaucoup d'obus tombaient dans la mer. Il semblait qu'ils apprissent à se servir du mortier en même temps qu'ils tiraient sur la ville, ce qui me rappela ironiquement nos exercices de tir à balles réelles de Cap-Matifou ou de Cherchell.

Les accords prévoyaient que nous ne pouvions plus pénétrer dans les lieux contrôlés par eux. Au début donc, nous prîmes notre mal en patience, d'autant que leur tir était imprécis et qu'il faut bien qu'indépendance se fête. Puis ce qui devait arriver arriva : à force de tirer au hasard, ils atteignirent enfin une cible. Un projectile éclata droit sur le pont de l'*Athos*. Un civil fut tué, plusieurs femmes et des enfants blessés par des éclats.

Le tir recommençant toujours un peu au hasard, le nouveau commandant de l'amirauté trouva que c'était assez. Malgré les ordres qu'il avait donnés lui-même de ne pas intervenir, il envoya une automitrailleuse et trois gendarmes arrêter les frais. Sur la corniche où elle déboucha, l'automitrailleuse tomba sur un mortier établi au beau milieu de la route et servi par trois adolescents maures en uniforme kaki qui, de l'innocence avec laquelle on joue au ballon, s'amusaient à balancer leurs pélots sur la ville.

D'abord les trois gamins ne comprirent pas pourquoi on

373

interrompait ainsi leurs jeux et s'en offusquèrent. Un officier de l'ANC qui était là, apparemment en train de faire l'inventaire des voitures abandonnées par les Européens, protesta en disant qu'il se plaindrait devant les instances internationales pour violation du cessez-le-feu.

Finalement, il fallut qu'un gendarme descende de l'automitrailleuse en brandissant son bâton pour que tout rentre dans l'ordre et que les trois tireurs (l'officier de l'ANC en tête) détalent sans demander leur reste.

Ainsi qu'un pion dans un lycée confisque un objet provocateur à un élève et le rapporte triomphalement en dépouilles opimes au surveillant général, la patrouille de gendarmes ramena à l'amirauté le mortier dont on reconnut naturellement qu'il venait des livraisons françaises d'armes à la *Force mixte* de l'oued Sbaa. Nous fûmes tranquilles pour le reste de la journée. Vers le soir cependant, sur le même rythme nonchalant et irrégulier, le feu reprit depuis plusieurs points. Cette fois-ci un ordre spécifique de Paris interdisait qu'on envoie une patrouille, et la situation devint vite aussi sérieuse que stupide. Bloqué jusqu'au matin dans la rade par sa panne, ses ponts encombrés de matériel et de passagers, l'*Athos* n'eut d'autre ressource que d'éteindre ses feux et d'attendre.

Quelque chose me stupéfia alors littéralement dans l'attitude de Duruffle à mon égard : ce fut l'énormité du désarroi, la déception, l'épouvante même qu'il sembla éprouver en apprenant que, étant affecté au dernier échelon de l'évacuation par le nouveau commandant, mon retour avait été remis et que je ne partirais pas avec le prochain *Athos*.

L'inexplicable insistance, presque la supplication qu'il mit pour que je désobéisse aux ordres et que j'embarque avec lui me parut réellement inattendue et hors de proportion avec le fait lui-même. Il me regardait avec une sorte d'accablement. En ne partant pas cette fois-là, on aurait dit que je le trahissais personnellement, que je lui faisais manquer une affaire de la plus haute importance sur laquelle il s'était engagé, qu'il s'agissait pour lui d'une sorte d'échec grave dont, quelque part, il lui serait demandé compte. Comme si, m'ayant conduit à Chella, il eût été de sa responsabilité impérative de me remmener avec lui – où qu'il allât.

Jusqu'au bout, il insista pour que j'embarque. Il intervint auprès du nouveau commandant, mais celui-ci n'était pas homme à se laisser persuader et d'ailleurs lui aussi semblait avoir sur moi des instructions qui venaient d'ailleurs. Je vis même avec étonnement le moment où, à la suite de ce refus dont je n'étais pas responsable, Duruffle et moi allions nous retrouver inexplicablement brouillés. Puis il sembla enfin faire contre mauvaise fortune bon cœur, et, coupant court à ses récriminations, il me proposa donc de dîner ce dernier soir avec lui au carré.

A côté du carré où nous montâmes, il y avait ce soir-là une sorte de pot d'adieu donné par des officiers mariniers qui prenaient l'*Athos* le lendemain, cérémonie qui sombra vite dans le grotesque et même dans l'odieux car, juste au moment des discours et alors que, comme il est habituel dans ce genre de cérémonie, chacun se congratulait sur *l'esprit fusilier marin*, la *douloureuse mais glorieuse mission accomplie*, etc., les tirs de mortiers des fels reprirent sur la ville et sur l'*Athos*, heureusement dissimulé par l'obscurité qui régnait sur la rade.

Duruffle et moi fîmes un tour à ce pot d'adieu, puis nous réussîmes à nous en échapper. Nous échouâmes enfin tous deux au carré, en tête à tête avec le maître d'hôtel qui n'avait qu'une envie, celle d'aller rejoindre ses camarades.

Une des traditions les plus respectées de l'armée française en déroute est, depuis 1940, de penser à évacuer ses cantines et à sauver sa batterie de cuisine (avant même parfois de sauver ses canons). Alors, que dire de la marine? Malgré le désordre et le manque de ravitaillement qui s'installa vers la fin à Chella, on mangea toujours bien à l'amirauté. Par un souci plutôt pathétique à un pareil moment, le maître d'hôtel avait fait ce soir-là des efforts de décoration. Il avait disposé des fleurs sur la table et noué les serviettes de façon si artistique et compliquée qu'en les ouvrant, Duruffle et moi mîmes bien cinq minutes avant de trouver le secret de leur nœud. Le bruit des rires et des applaudissements qui venaient d'à côté, mêlé à l'aboiement régulier des mortiers fellaghas dans la ville, interrompit parfois notre conversation.

Nous évoquâmes Coulet et Peufeilloux.

– Envolés, dit Duruffle. Ils ont pris l'*Athos* de mercredi. Coulet, qui ne boit jamais, m'a vidé une bouteille de cognac et a engueulé Peufeilloux, oui, engueulé Peufeilloux, vous imaginez la scène ? Peufeilloux ne décolérait pas. Un si beau coup loupé comme ça, il ne sait toujours pas pourquoi !

Peut-être, par cette allusion directe et provocatrice, Duruffle essayait-il de me tendre un piège. J'eus soudain envie de tomber dedans. Je ne sais quel esprit de bravade me saisit :

– Au fait, dis-je, qui a tiré sur Si Hamza et sur Azéma ?

Il y eut un moment de silence énorme, comme si Duruffle évaluait la congruence de la question que j'avais osé poser. Il me contempla comme on contemple une proie longuement convoitée et enfin abattue. Puis, avec une sorte de tendresse suave, une infinie ironie :

– Qui a tiré ? Mais vous, mon cher aspirant Sérurier, dit-il. Vous, naturellement vous.

– Vous êtes fou.

Je répondis cela avec une tranquillité et une transparence qui me surprirent moi-même.

– Fou, non, dit-il, certes pas. Avez-vous remarqué que j'ai un don ? Je suis une vraie Pythie. J'ai un œil qui voit les âmes, je ne sais pas comment mais je devine tout. De plus, dans ce cas d'espèce, vous vous êtes piégé vous-même. Si vous n'aviez pas été dans le coup, comment auriez-vous su qu'on a tiré sur Si Hamza *et* sur Azéma ? Personne, d'ordre de Coulet et Peufeilloux, n'a encore ici mentionné le nom d'Azéma.

J'avais perdu (ou j'avais gagné) :

– Eh bien, dis-je, oui. Pourquoi nier ? C'est moi qui ai tiré.

– Vous avez tué Si Hamza ?

– Oui.

– Naturellement tout cela restera entre nous. Une simple question pourtant. Azéma était votre ami. Vous tirez sur vos amis ?

– Azéma n'avait rien à faire là-bas, dis-je amèrement. Il s'est trouvé au bout de mon fusil. J'ai été surpris. J'ai tiré avant de l'avoir reconnu.

Il me considérait par en dessous avec un air incrédule et presque admiratif.

– Eh bien, dites-moi, Sérurier, pour un type comme vous qui n'a l'air de rien, vous pouvez vous vanter, quand vous vous y mettez, de savoir foutre les gens dans un sacré merdier !

– Pas plus et pas moins que les autres, dis-je.

Je haussai les épaules. Qu'ils n'aillent pas dire que c'était de ma faute. C'était bel et bien de la leur. Jamais je n'avais été volontaire pour jouer à ces jeux-là.

– Quelles qu'aient été vos raisons, et je les respecte, cher aspirant Sérurier, reprit Duruffle, ce que vous avez fait est probablement très stupide. L'affaire montée par Coulet et Peufeilloux était astucieuse. Elle pouvait tout sauver. Elle méritait de réussir.

– Enchanté de l'apprendre.

– Si Hamza n'était pas du tout un être ordinaire. Il aurait fait un excellent politicien. Rien à voir avec le fellah ignare qu'on disait et les faux renseignements méticuleusement portés sur les fiches. encore un coup d'*intox* à côté de la plaque de nos chers Services secrets d'Alger. Si Hamza avait fait des études de médecine. Il avait même exercé à Chella.

– Je sais : le bon docteur Meftah, le Cercle des Colonnes.

– Vous saviez ?

– Lorsqu'ils sont montés au poste, Coulet et Peufeilloux m'ont dit que Meftah et Si Hamza pouvaient très bien n'être qu'une seule et même personne. Azéma aurait alors connu Meftah dans une vie antérieure. D'où son implication dans l'affaire. C'était plausible.

– Eh bien, aspirant Sérurier, ce que vous ne savez pas (ni eux non plus d'ailleurs) c'est que, moi aussi, j'ai très bien connu le docteur Meftah quand il était encore à Chella et que je faisais de temps en temps escale dans les Comptoirs du Sud avec les bateaux de Mers el-Kébir ! C'était un petit homme idéaliste et craintif qui cherchait sincèrement les moyens de rapprocher les communautés, et rien, je vous l'assure, du coureur de djebels que le malheur des temps et la bêtise des hommes l'ont fait devenir ! Un Ferhat Abbas chellasien, si vous voyez ce que je veux dire. Exactement comme Abbas encore, non par sa faute, mais par la nôtre, il se découragea un jour de devoir pédaler trop dur pour se maintenir dans le milieu français où il avait pourtant bien réussi et rejoignit la rébellion. Donc Meftah disparut. D'après ce que je crois, il partit pour Le Caire, vécut à Tripoli et à Tunis, et continua à exercer la médecine. C'est là qu'il fut récupéré par le gouvernement provisoire algérien qui vit l'intérêt de lier la cause des présides à la sienne.

– Je sais tout ça, dis-je. Un beau récit patriotique. Mais pour leurs enfants, pas pour les nôtres.

L'œil de Duruffle brilla :

– Attendez la suite, dit-il. Car il y a une suite, et c'est là que le *montage* de Coulet et Peufeilloux prend tout son intérêt et sa beauté. Qui diable me l'a racontée ? Sur un bateau comme le mien, on confesse un peu tout le monde, mais souvent maintenant j'oublie mes sources, je l'avoue. Est-ce Coulet ou Peufeilloux eux-mêmes ? Est-ce cet autre officier de renseignements qui fit la traversée en 1959 ? Est-ce même Acaton ? Avec son affectation de ne jamais rien savoir, il en connaissait tout de même, des choses, celui-là ! Bref, Si Hamza, après son passage au Caire, fut envoyé par le Gouvernement algérien en exil à Oran et à Alger, vers 57, où, bien qu'il ne fût pas algérien, il eut d'importantes fonctions administratives clandestines dans la rébellion. Là, il fut capturé par un commando français (c'est même, je m'en souviens maintenant, l'officier qui le captura à l'époque qui m'a raconté l'affaire !). Puis on retrouve Si Hamza chef de bande dans les présides.

– Oui. Dans le dossier que nous avions sur Si Hamza à Arbitral, j'ai vu copie d'une note d'Acaton demandant au 2ᵉ Bureau des renseignements sur cette période et sur le passage de Si Hamza entre leurs mains. Le 2ᵉ Bureau répond qu'il n'a trouvé aucune trace d'aucun dossier.

– Le 2ᵉ Bureau mentait. Il y a effectivement un trou entre la capture de Si Hamza par les Français et son arrivée côté rifain dans la rébellion des présides, et ce trou est très intéressant. Voici comment je le comble. Si Hamza est capturé et remis aux Services spéciaux français. Si Hamza n'était pas trop courageux devant les interrogatoires et la *gégène*. Quant aux Services français, ils sont plus efficaces qu'on ne le dit. Si Hamza se mit donc à table, il dit tout ce qu'il savait, puis les mêmes Services pensèrent l'avoir *retourné* et l'envoyèrent au Rif pour notre compte.

– Pour notre compte ?

– Oui. L'idée était d'injecter dans la rébellion un fellagha retourné, pour être informés de ce qui se passait et éventuellement le manipuler par la suite.

– Si Hamza était d'accord ?

– Au début. Puis il se passa ce qui se passe quelquefois. Cet homme honnête – car Si Hamza était honnête dans son genre – se prit au jeu. Il bascula à nouveau du côté de la rébellion et prit la tête de la bande du Fillaoussène.

– En somme, un agent double ?

– Non, non, pas du tout. Simplement un homme honnête sincèrement repassé du côté de ses frères et de la rébellion. Cela dit, les Services spéciaux français ne s'en affectèrent pas outre mesure. Ils passèrent l'ancien docteur Meftah par pertes et profits. Un peu plus et on l'aurait oublié ! On donna la chasse au nouveau chef fellagha Si Hamza comme on la donnait aux autres, peut-être un peu moins fort qu'aux autres, parce que certaines personnes des Services spéciaux gardèrent toujours l'espoir, à mon avis, de le récupérer. Car, pour que Si Hamza échappât comme il le fit pendant tant d'années aux commandos français et aux troupes de secteur, il fallait ou bien que ses poursuivants fussent complètement nuls, ou bien qu'il y eût quelque chose qui, dans certains cas, déviât les fusils ou retînt les doigts sur la détente. Qu'en pensez-vous, Sérurier ? Là-haut, à Arbitral, n'aviez-vous pas des instructions spéciales concernant Si Hamza ?

– Non. Bien entendu, non.

– Eh bien, si vous n'en aviez pas, sans doute Erlahcher en avait-il, et peut-être même Ségret, qui sait ? En tout cas, toujours avec l'apparence de le poursuivre jour et nuit, ils épargnèrent Si Hamza. L'amirauté alla jusqu'à lui fabriquer une grande zone interdite sur mesure, pour qu'on n'aille surtout pas trop l'embêter ! Bref, lorsque, longtemps après, on en vint à ces idées de Troisième Voie, etc., que Si Hamza s'imposa comme le dernier des fellaghas historiques encore en vie, que

379

le plan tendant à lui donner le pouvoir à Chella fut accepté, C & P se mirent à rechercher le dossier, et c'est alors que le coup devint complètement génial ! Car non seulement on faisait de Si Hamza le premier chef d'État chellasien sous condition de clauses secrètes concernant la sauvegarde de certains intérêts français dans les présides, mais encore, ultérieurement, au premier incident qu'il créait, à la première incartade, avec ce dossier et toutes ces histoires malodorantes de retournement, on en faisait ce qu'on en voulait ! Vous voyez ce que votre petit coup de fusil a stupidement détruit ?

Je regardai Duruffle. J'avais enfin compris.

– Si je suis maintenant ma modeste théorie personnelle, dit-il, voici la véritable histoire de la manipulation de Coulet et Peufeilloux telle qu'elle eut lieu. Une manipulation *au deuxième degré*, si vous voulez. Tout de suite après la double émeute de Chella, lorsqu'il est clair que l'indépendance est inéluctable et qu'il n'y a aucun plan de rechange, C & P essaient de prendre contact avec Si Hamza. Celui-ci croupit alors avec sa minable bande dans votre coin du Fillaoussène, attendant sans doute que vous le descendiez au coin du bois. Il fuit d'abord, car il a peur de ces Services français qui partagent avec lui des secrets dont il se passerait bien.

Duruffle rêva :

– L'assassinat d'Erlahcher, poursuivit-il, s'explique peut-être de cette façon-là mais je n'en suis pas encore sûr. Toujours est-il que l'idée de Coulet et Peufeilloux était de faire de Si Hamza un héros national, le héros de la résistance des présides (ce qu'il était si l'on veut, mais un héros sacrément à bout de souffle). Ils amènent même (malheureusement un peu tôt) Tual à Arbitral pour que celui-ci fasse un article à retentissement national dans *L'Express,* présentant Si Hamza comme la seule solution, etc., mais l'entrevue n'a pas lieu parce que Si Hamza a eu peur encore une fois. Peu après, Si Hamza commence à ne plus refuser les contacts et accepte de devenir le futur chef de Chella libérée. Une entrevue secrète avec le général de Gaulle est arrangée. En fait, le général de Gaulle n'est d'accord que du bout des dents parce qu'il a été échaudé par une affaire identique en Algérie l'année d'avant,

380

mais il accepte tout de même. Dans le même temps, Coulet et Peufeilloux tiennent secrètement au frais cette histoire de passage de Si Hamza dans les Services spéciaux français. Le jour venu, quand il aurait été au pouvoir à Chella, ils l'auraient fait chanter comme ils auraient voulu. Vu ?

– Vu, dis-je. Une autre histoire dégueulasse.

– Qui aime ce genre d'histoire ? C'est pourtant le système de leurs BEL, de leurs barbouzes, de leurs Foccart et de tous leurs machins. Croyez-moi, il y a plus d'un futur chef d'État en Afrique qu'ils tiennent comme ça, avec des histoires de fric, de barbouzes ou de cul. Le jour venu, on menacera de sortir le paquet... Reparlons dans quelques années de ce qui se prépare au Gabon, à moins que ce ne soit dans le pays qui est juste à côté, je ne sais plus son nom. Vous serez surpris.

Je revis la silhouette du petit homme en costume marron auprès du marabout de Sidi Mohammed el-Khrouane. Le fil par lequel l'équipage de l'hélicoptère essayait de le hisser à bord n'était sans doute pas le seul au bout duquel il se débattait...

– De toute manière, grâce à votre salutaire intervention, si les présides sont foutus, la Morale est sauve. Comme la Providence vous avait évidemment amené ici non pour sauver les présides mais pour sauver la Morale, votre mission est accomplie. Félicitations, aspirant.

– Vous-même, qu'allez-vous faire maintenant que toute cette histoire est terminée ?

– Oh moi ! dit Duruffle, je suis bien content de ne pas voir ce qui va arriver à Chella. S'il peut se traîner jusque-là, je ramènerai l'*Athos* à Toulon. Puis je prendrai ma retraite de la marine. J'ai l'âge.

Je regardai la pendule. Il me fallait retourner à la salle du planning.

– Un dernier mot, dit-il. Je ne sais s'il est possible de vous adjurer encore une fois de partir demain matin avec moi sur l'*Athos*, mais c'est très important. C'est, comment dire ? *vital.* Vous ne voulez pas partir ?

– Vous savez bien que je ne peux pas. Vous reviendrez et me ramènerez avec le dernier échelon.

– Qui sait ce qui peut arriver ? dit-il avec lassitude.

Je pense aujourd'hui à cette insistance incroyablement suspecte et à ce qui arriva ensuite à l'*Athos*. Où Duruffle voulait-il m'entraîner avec lui ?

– Le nouveau commandant ne plaisante pas, dis-je.

– C'est vrai. A propos, faites attention à ce nouveau commandant.

– Pourquoi ? Il me soupçonne ?

– Il n'a pas eu le temps de s'intéresser encore à l'affaire Si Hamza. Mais il le fera. Paris a demandé une enquête approfondie. Ils ont envoyé une équipe d'enquêteurs en hélicoptère sur le lieu de l'attentat. Ceux-ci n'ont pas retrouvé de douilles de balles à l'endroit où on a tiré, qui a été maintenant identifié, mais ils ont trouvé des empreintes. Des empreintes de pataugas – des pataugas français. Puis l'autopsie du corps de Si Hamza a montré que la balle qui l'a tué est une balle de fusil – française, elle aussi. Ils poursuivront l'enquête. Celle-ci ne peut pas ne pas les mener près d'Arbitral, même si Arbitral n'existe plus, même si plus rien n'existe dans les présides. Elle ne peut pas non plus ne pas les mener de votre côté. Méfiez-vous donc. Les enquêtes de la Sécurité militaire durent longtemps, on n'en entend pas parler, puis tout d'un coup elles ressortent et vous êtes coincé. Rappelez-vous : depuis combien de temps dure leur enquête sur l'accident qui vous est arrivé, à Dodeman et vous, quand vous avez reçu la grenade quadrillée du Cap-Matifou ? Elle n'est même pas encore terminée !

J'étais stupéfait :

– L'accident ? dis-je. Leur enquête ? Dodeman et moi ?

Je me rappelai les deux types étendus dans leur sang sur le champ de tir et nous, à côté, regardant le désastre. Duruffle venait bien de dire : Dodeman et vous.

– Ne dites pas n'importe quoi, Duruffle, dis-je. Ce n'est pas Dodeman et moi qui avons reçu la grenade, ce sont les deux autres. Ils sont d'ailleurs morts tous les deux, déchiquetés, alors que Dodeman et moi n'avons pas été touchés.

– Pardonnez-moi. Je me souvenais qu'il y avait eu deux morts, mais je ne savais pas lesquels. Une grande confusion règne toujours quand de tels accidents arrivent. On se trompe

382

sur les personnes, surtout quand les corps sont déchiquetés. Les corps étaient déchiquetés ?

– J'ai vu nos deux camarades morts et j'ai aidé à les transporter vers l'infirmerie, fis-je. De tels trucs ne s'oublient jamais.

– OK, reprit-il. Revenons à Sidi Mohammed el-Khrouane. Je vous disais qu'ils ont trouvé des balles françaises dans le corps de Si Hamza et des traces de pataugas français.

– Tout le monde ici, les harkis, les autodéfenses, les fellaghas, même la *Force mixte* fabriquée pour Si Hamza, porte des pataugas français et a des fusils français.

– Pas avec ces cartouches-là. Il s'agit d'un lot qu'on n'a distribué qu'aux postes.

– On vole les munitions.

– Oui, je sais : on vole aussi les pataugas, les rations de combat, on vole tout ! On vole les petits présides comme Chella, les grands pays comme l'Algérie, l'honneur de l'armée française et n'importe quoi. Sérurier, mon vieux, écoutez une dernière fois : partez avec moi. Je m'étais fait une joie et presque un devoir de vous ramener sur Oran et sur la métropole. Vous me décevez plus profondément que vous ne croyez

– Vous savez bien que je ne peux pas.

– Essayez. Vous pouvez.

– On se reverra.

– Où ça ? dit-il. De toute manière, ça n'aura plus d'importance. Se revoir, pour faire quoi ? Je ne sais pas pourquoi les gens qui se quittent expriment toujours le désir de se revoir, ils n'avaient qu'à pas se quitter, c'est tout. D'une certaine manière, j'étais chargé de vous et de votre transport. Tout est remis en cause, je ne suis pas satisfait. Adieu, Sérurier. Dommage.

Il se leva pesamment, reboucla son ceinturon.

– Azéma était mon ami, dis-je. Je ne l'ai pas fait exprès.

– Ne vous excusez pas. De toute façon, son coup de fusil, il le méritait dix fois. Adieu ! Nous ne nous reverrons plus. Je le regrette.

Il sortit.

Sans se retourner, de son pas lourd habituel, il emprunta la rampe aux galères pour descendre vers l'*Athos*.

En effet, je ne revis plus jamais Duruffle. Même si, dans cette histoire, la nature exacte de son rôle m'échappa en finale et si son insistance, mille fois répétée, eût pu me coûter la vie, je l'aime toujours bien. Mais dans quel secret mortel voulut-il m'entraîner ?

Cette nuit-là même, avant l'aube, l'*Athos* quitta le port de Chella pour ce qui fut son dernier voyage. Le navire était bourré jusqu'à la gueule de passagers et de matériel. Quelque part au large des îles Zaffarines, il heurta les brisants et coula sur un banc de récifs que pourtant Duruffle connaissait bien et sur lesquels il se planta de façon inexplicable. La radio n'eut, semble-t-il, pas le temps de faire un signal ou bien elle tomba immédiatement en panne, ce qui fait que les secours tardèrent et qu'il n'y eut pas de survivants. Ainsi disparurent (laissez-moi compter sur mes doigts) le commandant Duruffle, Françoise, Dodeman, Ben Saada, beaucoup de harkis et leur famille, et bon nombre des gens que j'avais connus à Chella.

Rideau donc sur l'*Athos*.

Et là aussi, encore, rien n'est vraiment clair et un mystère subsiste : car, de nombreuses années après, je rencontrai un de mes camarades du Cap-Matifou qui avait fait avec Dodeman et moi le stage d'officiers, et qui avait donc bien connu Dodeman, ainsi, entre parenthèses, que les deux camarades qui avaient été tués dans l'accident de la grenade dont Duruffle venait, je ne sais pourquoi, de me reparler comme si c'était à moi qu'il était arrivé.

Or, ce camarade m'assura qu'il avait revu Dodeman bien vivant. Dodeman vivait quelque part dans le Midi, à Digne ou à Montélimar. Il avait son adresse et me l'enverrait dès que possible (ce que naturellement il négligea de faire). J'oubliai de lui demander si Dodeman vivait avec quelqu'un ou pas, ce qui explique que je n'ai pas de nouvelle de Françoise – ou de toute autre. Dodeman, au moins, aurait échappé au naufrage de l'*Athos* – s'il y a bien eu un naufrage de l'*Athos*.

Mais y eut-il un naufrage de l'*Athos* ? Une fois, il faudra que j'aille rue Royale, au ministère de la Marine pour vérifier si, vers la fin des présides, un transport de troupes nommé *Athos* fit bien naufrage, comme ce fut dit à l'époque, près de la Côte de Barbarie, au large des îles Zaffarines. Il paraît que, dans ce ministère, ils ont un remarquable système d'états et de statistiques. Ils ont sûrement les listes des naufrages, peut-être même des dossiers d'enquêtes. J'irai voir. Je ne sais pas pourquoi j'oublie tout le temps de le faire.

De temps en temps – là encore je ne sais pas pourquoi –, j'ai le sentiment que la navigation de l'*Athos* et de son commandant n'est pas terminée. Elle continue quelque part, mais c'est ailleurs. Il me semble que Duruffle n'est jamais parti prendre cette retraite qu'il souhaitait et redoutait à la fois, que l'*Athos* n'a jamais fait naufrage. Je crois même alors que là où ils sont aujourd'hui, les pauvres (Duruffle et son bateau, je veux dire) ! leur chargement d'hommes est devenu un chargement d'âmes.

Mais c'est une autre histoire.

XXX

Épilogue

Quand je me levai, je vis par la fenêtre la grosse masse de l'*Athos*, toutes lumières éteintes, qui s'enfuyait sur une mer grise.

Je descendis au PC de l'amirauté. C'était une fourmilière où les messages s'échangeaient dans tous les sens. Le nouveau commandant était allé se coucher. Un des officiers venus de Paris, un lieutenant de vaisseau d'active en bleu de drap, avait pris le quart. Il travaillait à la radio sur plusieurs canaux en même temps et essayait de faire face.

Pour le moment, il appelait l'enseigne de vaisseau qui commandait le dernier poste du barrage pas encore abandonné, un poste situé juste après Stora, tout près de la frontière marocaine. L'enseigne était prêt à évacuer mais signalait devant lui de gros mouvements de troupes maures de l'Armée nationale de Chella, l'ANC.

– Ils viennent en plein sur moi ! Ils avancent à travers champs ! criait-il.

– Laissez faire, dit l'officier de quart. Les accords prévoient qu'ils peuvent occuper le poste dès que vous l'aurez quitté.

– OK, dit l'enseigne. Mais comment leur dire qu'il y a un champ de mines juste devant eux, qu'ils marchent droit dessus et qu'ils vont se péter la gueule ?

– Faites-leur des signes.

– Ils n'obéissent pas. Ils croient que je ne respecte pas les accords et me narguent. Ils continuent à avancer !

– Arrêtez-les à tout prix.

– Trop tard. D'ailleurs, ça sera bien fait pour leur pomme.

– Surtout pas d'incident ! cria l'officier de quart. N'importe quoi sauf un incident !

– Quoi alors ? Que voulez-vous qu'il arrive d'autre qu'un incident ? dit l'enseigne. Je vous répète qu'ils ne veulent pas s'arrêter. Il y a des années qu'ils attendaient l'arme au pied sans oser bouger. Maintenant que la paix est là, qu'il n'y a plus à faire que les défilés et les commémorations, ces pauvres cons vont s'envoyer en l'air comme des mariolles !

– Tirez une salve de sommation.

– Non, dit l'enseigne. Si je tire, ils vont croire que je les attaque et ils feront de la purée de moi. J'aime encore mieux aller essayer à nouveau de leur faire des signes. Je prends un drapeau blanc. Ces enculés pourront même dire à leurs enfants que l'armée française a agité le drapeau blanc !

– Ne vous faites pas allumer. S'il y a un incident, si vous êtes tué, je prendrai des sanctions.

– Des sanctions ? dit l'enseigne du poste. Vous rigolez. Des sanctions ? Je sors et vais vers ces cons. S'ils ne m'ont pas tiré un pélot dans la gueule d'ici là, je vous rappelle tout à l'heure. En attendant, merci pour tout. Vraiment merci !

Maintenant, sur un autre canal de la radio, c'était un peloton de gendarmes maritimes qui émettait. Posté sur la route de l'aéroport de Magenta, dix kilomètres avant Chella, il était censé empêcher les mouvements entre la ville et le terrain. Il venait d'intercepter une caravane de voitures européennes civiles en provenance des fermes de l'intérieur. Des femmes et des enfants étaient dans les véhicules. Ils avaient faim et soif, ils parlaient de barrages de l'ANC, d'exactions sur la route. Affolés, ils voulaient continuer sur Chella.

Le peloton de gendarmes demandait des instructions.

– Les colons n'ont rien à faire sur les routes, dit l'officier de quart. S'ils ont écouté la radio, ils savent qu'ils n'avaient qu'à rester dans leurs fermes. L'accord dit que c'est désormais l'ANC qui assure leur sécurité.

– Ce sont justement les types de l'ANC qui les menacent, dit la voix monotone du gendarme, une vraie voix de gendarme. Ils se sont fait arrêter sur la route, on a essayé de leur piquer les voitures, l'ANC aurait emmené en otages deux

388

hommes qui essayaient de discuter, dont l'instituteur de Bou-Track.

– Impossible, dit l'officier. Ce serait en contradiction formelle avec tous les accords signés par l'ANC.

– Ils disent aussi qu'il y a un vieux couple de fermiers qui est resté derrière avec sa voiture en panne, à douze kilomètres d'ici. Il serait en danger. J'y vais ?

– Surtout pas ! Ce serait contre les ordres. C'est une zone ANC.

– Le maire de Bou-Track est là. Il veut vous parler.

– Inutile, dit l'officier. Je sais ce qu'il va me dire. S'il est le maire, qu'il demande à ses administrés de rentrer chez eux. Il n'y a plus de bateaux à Chella.

– Désolé, amirauté, dit le gendarme. Je ne peux pas agir autrement. Je laisse passer. Vous feriez comme moi.

Un temps s'écoula. L'officier de l'amirauté ne répondit pas.

– Terminé, dit la voix du gendarme. Je les ai laissés passer.

Il coupa.

Un jeune aspirant que je ne connaissais pas, lui aussi sans doute venu de Paris, se tenait à côté du poste de radio.

– Désobéissance caractérisée, dit-il. Les ordres étaient clairs. Vous voulez avoir le nom et un rapport ?

Le lieutenant de vaisseau le regarda avec ses yeux morts de fatigue :

– Pas la peine, dit-il.

– Heureusement que tous les gendarmes ne sont pas comme ça, dit un autre officier qui remplissait des états sur une table voisine et qui avait écouté.

Le lieutenant de vaisseau de quart se mordait les poings. Il commençait à comprendre qu'il n'avait aucun moyen de forcer l'ANC à respecter les accords.

– C'était plus simple sur le papier, dit-il finalement.

– L'ANC a signé, dit le jeune aspirant, avec un optimisme imperméable aux faits qui laissait présager une belle carrière.

– Ce qui est con, c'est ces histoires d'Européens emmenés en otages on ne sait où. On dit qu'ils jettent les corps dans les carrières de Stora. Et si c'était vrai ?

– Envoyons une patrouille vers Stora, dit quelqu'un.

– Je n'enverrai pas de patrouille à l'extérieur de Chella ! Si je le fais, l'ANC dira que je viole les accords. Ce sera pire.

Je pensai tout d'un coup à l'innocence sur facture du haut fonctionnaire que j'avais croisé la veille sur la route de l'aéroport, dans sa voiture rutilante aux vitres fermées.

– Et voilà ! dit un autre officier que je ne connaissais pas. Parce qu'il y a cinquante ou soixante ans les puissances se partageaient l'Afrique et qu'il fallait bien avoir sa part du festin, pour faire la pige à l'Espagne, l'Angleterre ou l'Allemagne, pour monter un drapeau sur un tas de cailloux de plus, parce qu'on s'était fait battre sur le Rhin, pour je ne sais vraiment quoi en fait, des militaires, des diplomates, des commerçants de bonne foi ont annexé des territoires de merde dont personne ne voulait, en ont *fait des colonies*. Ils y ont attiré les parents ou les grands-parents des mêmes pauvres types qu'aujourd'hui on laisse tomber. Joli travail !

– L'accueil s'organise, dit l'aspirant, qui semblait toujours plein d'espoir. A Oran, ils ont installé de grands camps pour les réfugiés. Ils en préparent un autre près de Marseille, à Martigues.

– Les colons en Afrique du Nord finiront comme ils ont commencé, dit un autre : sous la tente, attaqués par la presse, avec les fièvres et des subventions du gouvernement.

– Ce n'était pas exactement des Français de souche, dit l'aspirant venu de Paris. J'ai lu le cours de Sciences-Po. C'étaient surtout des Espagnols, des Maltais, des gens comme ça. Ils referont facilement leur vie. La France redeviendra la grande terre d'immigration qu'elle était et qu'elle doit être, c'est tout ! De plus, le phosphate se vendait mal.

La radio chuinta :

– Amirauté, amirauté ! appelait le poste du barrage de la frontière marocaine. Rien à faire. Les fels marchent droit sur la première ligne des mines.

– Sacré con, dit l'aspirant de Paris. On ne dit plus « fels », il n'y a plus de fels, qu'il dise ANC comme tout le monde.

– Bon Dieu ! s'écria le lieutenant de vaisseau de Paris, eh bien, qu'il les laisse se péter la gueule puisqu'ils ne veulent pas s'arrêter !

Puis, pour l'opérateur radio :

– Dites à l'enseigne d'agiter son drapeau blanc, de faire n'importe quoi. J'essaie d'entrer en liaison radio avec les Marocains, mais c'est très difficile, c'est un sacré bordel de ce côté-là aussi. Que l'enseigne ferme bien les portes du fort, qu'il laisse la clef, qu'il mette les moteurs de ses GMC en marche, qu'il prévienne quand la première mine sautera puis qu'il se tire !

L'opérateur était penché sur le poste :

– Les Maures commencent à tirailler sur lui, dit-il. Apparemment le drapeau blanc les excite. Il demande s'il peut tirer aussi pour se dégager.

– Non, non, cria l'officier. Qu'il se rende, qu'il se fasse sauter la cervelle, qu'il se démerde comme il le veut, mais qu'il ne tire pas, qu'il ne foute pas en l'air les accords !

– Débranchons le poste de radio, dit l'enseigne. Quoi qu'il arrive là-bas maintenant, ça ne peut être que catastrophique. Inutile d'écouter la suite.

Le deuxième canal retentissait :

– Amirauté, amirauté, répétait le gendarme d'une voix morne. Ici le barrage de Magenta. J'ai un autre convoi de civils.

– Bloquez-les là où ils sont, dit le lieutenant de vaisseau.

Sa voix était de plus en plus fatiguée.

– Bien reçu, dit la voix du gendarme. Ils ont des enfants et l'ANC est derrière. Ils voudraient être recueillis le plus vite possible à l'amirauté.

– Je vous ai dit que je n'ai plus de bateaux pour le moment. D'ailleurs, l'ANC vient juste d'entrer dans Chella, dit l'officier. Elle balance des obus de mortier sur nous. Envoyez vos civils à l'aéroport. Détachez quelques véhicules pour les escorter.

– Je n'ai que trois véhicules, dit le gendarme. Je ne peux rien envoyer sur Magenta.

– Eh bien, envoyez-les seuls, dit l'officier. De toute façon, ils sont venus comme ça jusqu'à vous.

– Bien reçu, dit la voix calme du gendarme. Terminé.

– Ils font chier, dit l'enseigne.

– Ils me font tous chier, dit l'officier de quart. D'ailleurs vous tous aussi me faites chier. Je crois que je vais aller manger un morceau là-haut. Ne me dérangez pas s'ils rappellent. Ce n'est plus la peine.

Et soudain, le haut-parleur intérieur de l'amirauté commença à grésiller. On appelait mon nom. Je l'entendais distinctement. « *Aspirant Sérurier, l'aspirant Sérurier est demandé au téléphone. L'aspirant Sérurier au standard* », disait la voix. Je remontai l'escalier souterrain. En haut, au standard, un des matelots téléphonistes tenait un combiné à l'oreille. Il me fit signe d'aller prendre la communication dans le bureau vitré voisin.

– C'est Paris, dit-il. Ils ont déjà essayé de vous avoir plusieurs fois. Je vous ai fait appeler, mais vous n'étiez pas là.

Je fermai derrière moi le bureau vitré. La ligne était pleine de friture mais le son se stabilisa au bout d'un instant. J'eus le sentiment incongru de rentrer à l'improviste dans une conversation mondaine de salon. Deux ou trois voix discutaient tranquillement entre elles, extraordinairement hors propos, sans paraître s'apercevoir qu'elles pouvaient être écoutées ailleurs.

Puis j'eus un standard, très brouillé, très lointain, Paris peut-être. Une voix féminine qui paraissait ensommeillée à force d'avoir attendu me demanda qui j'étais. Je donnai mon nom. Il y eut ensuite je ne sais quelle manœuvre, j'entendis un déclic, quelque chose se brancha sur la ligne, et la communication devint tout d'un coup limpide. C'était Ségret qui appelait de Paris. Naturellement, je n'avais pas entendu Ségret depuis Arbitral mais je le reconnus tout de suite. Sa voix, claire et nette comme s'il eût parlé de la pièce d'à côté, était à la fois chaleureuse et moqueuse.

Comme là-bas :

– Alors ? disait-il. Je savais bien qu'à force d'appeler et de rappeler je finirais par t'avoir. Personne à Chella ne sait où tu peux être. Ni d'ailleurs qui tu es.

– Tu n'imagines pas le bordel qu'il y a ici.

– Si, si j'imagine. Je viens du ministère pour avoir des nouvelles, et c'est pareil. Ils ne s'attendaient à rien de tout ça.

– D'où appelles-tu ? Du ministère ?

Un rire jaillit du téléphone :

– Non, non, dit-il. La marine, c'est fini ! J'ai terminé mon temps. Je ne travaille plus au ministère. Je t'appelle de mon bureau. Un vrai bureau ! Je suis civil, Sérurier. Je suis rentré dans une affaire, et bientôt je crée la mienne. Ça marche très bien, je t'expliquerai. Écoute maintenant : je continue tout de même à avoir des contacts rue Royale. J'ai vu ce matin Acaton et Rabier.

– Acaton ? dis-je.

– Oui, Acaton. Ça n'est pas qu'il aille vraiment très fort. Il a une mine de déterré, mais au lieu d'aller se coucher, il continue à plastronner. Il mourra en grande tenue. Grand bien lui fasse. Tu as évacué Arbitral ? Tu as évacué les moghaznis ?

– A peu près.

– Certains sont restés en plan ?

– Non, pas vraiment (je pensai à Fethna, à Smili, à Bourbaki, à quoi bon ?).

– Tant mieux, dit Ségret. Et toi ?

– Moi, ça va, dis-je. Je serai de la dernière vague.

– Sérurier, écoute-moi bien : quoi qu'il arrive, ne prends pas l'*Athos*. Je répète : sous aucun prétexte ne prends l'*Athos*. Il y a une place pour toi dans le DC-3 qui part ce soir de Magenta. J'ai fait envoyer depuis plusieurs jours l'ordre par télégramme.

– La route est bloquée.

– Ça ne fait rien, dit Ségret (il criait dans le téléphone). Vas-y quand même. Acaton veut te voir tout de suite sur l'affaire Si Hamza. C'est sérieux.

– Sérieux ? dis-je. Ils font une enquête ?

Nouveau rire insolent et impur de Ségret.

– Oui, oui, une enquête *à ma façon*. Ne t'inquiète pas. Tu crois quoi ? Qu'ils ont l'envie de faire des enquêtes ? La vérité est qu'il faut que tu rentres à Paris. Je n'ai pas trouvé trente-six moyens.

– Rentrer ?

– Tu es aveugle là où tu es, tu ne vois pas ce qui se passe. Les Comptoirs du Sud, c'est fini, le désastre est complet, ils ont fait un trait dessus. Rentre le plus vite possible à Paris. Ne passe pas par Oran parce que si tu rentres par Oran, ils t'enverront finir ton temps en Algérie, et là-bas ça recommencera avant qu'ils soient à nouveau foutus dehors. Tu m'entends ?

J'entendais. Je ne comprenais rien. La voix de Ségret redevint amicale et railleuse :

– Alors, Sérurier ? Merci aux copains ! Tu en as au moins un ici, à Paris !

– Merci, Ségret. Merci aux copains.

– Oublie Arbitral, oublie l'amirauté, oublie tout ça. C'est de la connerie, ça ne vaut plus un pet de lapin. Fais tout ce que je te dis.

Je ne sais pourquoi, sur le moment, la voix de Ségret évoqua pour moi la voix de M. Seguin dans les *Contes* d'Alphonse Daudet, tels que me les lisaient mon père ou ma mère : « *Reviens, Blanchette ! Reviens !* » criait dans le conte le bon M. Seguin. J'écoutais la voix inattendue qui m'annonçait que je ne serais pas mangé.

– Oui, merci. Salut, Ségret !

– C'est bon d'être civil ! Il faudrait que tu voies le bureau d'où je te téléphone. Tu as combien de temps d'armée à faire ? Combien encore au jus ?

– Je ne sais pas, Ségret. Je n'ai pas compté. Peut-être six mois.

– Moquette et plantes vertes. Troisième étage sur les Champs-Élysées. La secrétaire a des ongles longs comme ça. Quand elle s'assied pour prendre une lettre, ses bas font ffuit.. ffuit... là, entre les cuisses. A Paris, tu viendras travailler avec moi. J'ai besoin de toi.

– Tu fais quoi ?

– Sérurier, tu ne me croirais pas, je fais des trucs illimités, des trucs beaux comme de l'antique : de l'immobilier ! Des résidences ! Des HLM par centaines ! Des écoles ! Des centres commerciaux ! Tu sais ce que c'est que des centres commerciaux ? Tu m'écoutes ?

J'écoutais. Je comprenais. La voix de Ségret résonnait à l'autre bout de la ligne. Elle me faisait la leçon comme on la fait à un enfant, mais c'était bon. Une minute avant, j'étais seul, je n'avais aucun fil qui me reliât au monde des vivants, aucune piste. Maintenant une bouée m'était miraculeusement jetée. J'avais une chance de remonter à la surface.

– Merci, merci, Ségret. Si tu savais...

– Le téléphone sature avec Chella. Ils vont couper la ligne. Tu m'as bien compris ? Ton titre de transport est à Magenta. Je t'attends demain à Orly.

– Salut, Ségret.

– Salut, Sérurier. Monte au terrain. Tire-toi de cette connerie. Tire-toi, laisse ces fous, ne te fais pas coincer. La dernière balle tue encore plus que les autres. Laisse-la à un copain !

Quelqu'un, de dehors, secouait violemment la vitre. Un moment je crus que c'était l'oiseau qui avait pris l'habitude de me visiter qui revenait. Ce n'était que le matelot standardiste qui frappait au carreau.

– Vous avez parlé trop longtemps, ils coupent, dit-il. Ils ont coupé, lieutenant.

Maintenant, je le tenais : j'avais trouvé, non pas le secret de Chella, mais le talisman, le fil conducteur qui me permettrait de retrouver le monde des vivants, celui des autres. Plus d'hésitation. Plus aucun scrupule. Me tirer. Ne pas perdre une minute. Ne pas lâcher le fil car il n'y avait que celui-là. M'y cramponner. Fermer les yeux, retenir ma respiration, obéir aveuglément aux ordres, ne rater aucun palier de décompression, réussir ma remontée, arriver intact là-haut.

Palier n° 1. Les conditions de mon départ de l'amirauté furent exactement honteuses. La jeep de Piti était garée devant l'aubette et il n'existait pas de clef de contact sur les jeeps. En une minute je démarrai et filai en trombe sous le nez des factionnaires. Piti n'était pas loin : il avait le nez dans le moteur d'un des camions. Il mit une minute à me reconnaître, me porta au passage son bon regard angoissé et confiant, mais j'étais déjà passé. Ce fut d'ailleurs la dernière fois que je le vis pour au moins vingt ans, et la fois suivante où je le retrouvai je n'avais plus rien à lui dire. Ainsi va la vie. Je franchis la porte bleue puis la chicane qui protégeait l'amirauté.

En bordure de Bab el-Bahar, les gendarmes, debout sur la chaussée, tiraient à la hanche et à intervalles réguliers en direction de la médina des grenades à fusil offensives. Lorsqu'ils avaient tiré, le coup les déséquilibrait un instant puis ils replaçaient une grenade au bout de leur fusil et tiraient à nouveau. Un commissariat de police français était encerclé en médina, et ils espéraient ainsi le dégager. En face d'eux, dans la ville indigène, des enfants maures en djellaba couraient autour des points d'impact des lacrymogènes, essayant de renvoyer les projectiles sur les gendarmes, et agitaient des drapeaux verts et rouges.

Je traversai la ville en trombe. Sur la route de Magenta, le poste de contrôle des gendarmes avec qui nous avions parlé tout à l'heure m'arrêta. Je m'aperçus que je connaissais le chef de section, celui que j'avais entendu tout à l'heure à la radio. Maintenant, il évacuait tous ses civils sur l'aéroport. Je lui dis qu'il y avait une place pour moi sur l'avion.

– Attention, me dit-il, nous sommes le dernier poste français. Dans les accords, l'aéroport est en zone mixte. Les premiers barrages de l'ANC sont en train de se mettre en place.

Palier n° 2. Juste après le poste de gendarmes, je longeai le convoi de véhicules européens arrêtés le long de la route. Ils attendaient des instructions de l'amirauté. Des femmes et des enfants montraient des visages anxieux aux fenêtres des voitures. Toujours les oiseaux de Chella. Un type cria à mon passage que nous nous tirions, que l'armée les laissait tomber, que c'était dégueulasse. C'était largement vrai, mais quel était le rapport du malheur de ces gens avec le mien, de leur angoisse avec cet uniforme dont ils m'avaient revêtu ?

J'avais assez donné. J'irais planter mes choux ailleurs.

Du poste des gendarmes jusqu'à l'aéroport, je ne rencontrai aucun barrage de l'ANC. A l'entrée du terrain d'aviation, sous un arc de triomphe naïf que l'armée avait construit quelques années auparavant, aux jours glorieux de la visite de je ne sais quel officiel, et que le temps plutôt clément qui régnait dans la plaine de Chella avait respecté, un petit aspirant de marine français en bleu, bien astiqué et bien propre, amusant en somme avec sa jugulaire mise sous le menton et ses guêtres blanches sur des bottines noires bien cirées, juste envoyé de Paris pour participer à l'organisation de la *Force mixte*, attendait l'arrivée de ses homologues de l'ANC pour décider s'il fermait ou non l'aéroport.

Il parut soulagé de me voir : le DC-3 avait été prévenu par Paris et m'attendait. C'était le dernier avion qui partait ce soir et ses moteurs tournaient déjà. Il était plein de civils maures et européens, de gens sans doute compromis avec nous qu'il fallait évacuer sans perdre de temps. Il ne restait plus qu'un siège, à mon nom. Je m'engouffrai par l'arrière de l'avion.

Palier n° 3. D'évidence, aucune chance ne nous serait laissée de terminer glorieusement cette guerre. Notre retour sur Paris fut un martyre. La nuit tomba tout de suite après le décollage. Il faisait un froid intenable dans l'avion. Nous eûmes un arrêt technique de deux heures à Oran, où on refit les pleins, et où, Dieu sait pourquoi ! nous ne fûmes pas autorisés à sortir. Nous eûmes un autre arrêt, très long, à Marseille. Cette fois, presque tous les passagers descendirent, je ne sais quel règlement faisant que, l'antenne des réfugiés de Chella ayant été installée à Marseille, les formalités d'entrée en France ne pouvaient se faire que là. Enfin nous redécollâmes. Entre Marseille et Paris, alors que le jour se levait, je me trouvai seul dans l'avion avec un grand colonel tout maigre portant un képi noir avec une ancre, celle de l'infanterie de marine il me semble. Il ne se séparait pas d'une serviette de cuir qui semblait contenir des documents importants.

J'étais resté installé à l'arrière de l'avion, et le colonel se tenait silencieux sur la rangée avant, comme rivé à la fameuse serviette qu'il avait posée à côté de lui sur le siège voisin. De l'endroit où j'étais, je ne voyais que sa nuque immobile et, devant lui, les deux pilotes de l'avion, la porte du cockpit étant restée ouverte depuis le décollage de Marseille.

De loin, dans la pénombre, le colonel silencieux et renfermé dans ses pensées sembla tout d'un coup se mettre à ressembler à quelqu'un, à quelqu'un que je venais de quitter à l'amirauté, je ne savais pas qui en vérité – Peufeilloux, à moins que ce ne

397

fût Coulet ? Puis cette impression me quitta et je pensai à un autre sujet. Il y avait quelque chose dans la poche droite de mon battle-dress. Avant de partir, j'avais glissé là le petit livre taché d'encre d'Azéma acheté chez Clavreuil, où se trouvait en dédicace ce poème que j'avais bien aimé.

Je retirai le livre de ma poche et commençai machinalement à le feuilleter. Après tout, c'était la seule chose qui me restât du père Azéma et même de Chella. La librairie était maintenant en cendres, Chella foutue, Philippe et son père étaient morts, le Cercle des Colonnes avait été dispersé. J'avais beaucoup travaillé sur le livre quand je voulais écrire cette monographie de Chella que j'avais finalement abandonnée, et celui-ci était couvert d'une multitude de ratures et d'annotations d'au moins trois ou quatre encres différentes, chacune attestant autant de lectures et de relectures, peut-être autant d'expertises et de contre-expertises. Les caractères de la dédicace étaient difficiles à lire. Ils dansaient devant mes yeux comme autant de gnomes. J'essayai de les déchiffrer, puis je butai sur les mots latins. Les symboles et les références mythologiques qu'elle contenait restaient complètement obscurs pour moi, et seule la traduction que le père Azéma avait écrite à la main serait peut-être intelligible. Je recherchai la feuille manuscrite où elle se trouvait, telle que je l'avais glissée dans les premières pages du livre, mais je ne la trouvai pas. Elle avait dû rester au fond de ma poche. Ou bien elle s'était perdue à Arbitral.

De toute manière, j'étais bien trop fatigué pour esquisser le geste qu'il aurait fallu pour essayer de la retrouver. Sans doute sommeillais-je déjà. Et même si la clef de ce qui s'était passé réellement à Chella se trouvait dans ce grimoire, qu'en avais-je à faire, maintenant que je m'étais évadé ?

J'avais fermé les yeux et je me retrouvai à somnoler carrément. Je dormis. Les moteurs toussaient et l'avion cahotait. Ce petit matin sans café était décidément horrible. Je réfléchissais et je cauchemardais. Ségret, comme il l'avait promis au téléphone, était bien venu me chercher à mon arrivée à Paris. Par enchantement, je m'étais retrouvé civil, avec un beau complet que je ne me connaissais pas.

Le bureau qu'il m'avait donné avait une moquette magnifique, il y avait des plantes vertes dans des bacs, et des meubles *design* comme dans les revues américaines ou nordiques. De la pièce à côté, la secrétaire filtrait mes communications téléphoniques. Par la fenêtre entrouverte, derrière des rideaux qui palpitaient, je pouvais sentir l'odeur du printemps (car dans ce rêve, si c'était un rêve, je me trouvais au cœur d'un printemps frais et ensoleillé). Nous étions sur les Champs-Élysées. Un chef d'État devait être de passage à Paris, car il y avait des drapeaux suspendus perpendiculairement aux arbres. J'entendais le ronronnement doux des voitures qui passaient en dessous de mes fenêtres alors qu'elles remontaient l'avenue. Une pile de dossiers revêtus de chemises aux couleurs vives était à ma gauche. Mon travail chez Ségret était de les ouvrir, de les faire circuler négligemment entre mes mains, feuille après feuille, de les couvrir de mon apostille, de les faire passer dans la corbeille de droite. Ce simple geste, onctueux et coulant justement comme dans un rêve, faisait naître tout autour de moi des cités de HLM, des résidences, des piscines, des écoles, des centres culturels, des parcs.

La seule chose qui me gênait, c'est que j'avais appris que Catherine couchait depuis un certain temps avec Ségret. Car j'étais retourné avec Catherine, et il m'avait semblé justement, une fois de plus, que ça ne marchait pas trop mal entre elle et moi. Je n'avais pas exactement de preuve que Catherine me trompât avec Ségret, mais le fait est que je le savais. Ségret et Catherine s'étaient rencontrés je ne sais où, et voilà, c'était tout : maintenant, Catherine aimait Ségret.

L'ironie était que, dans cet avion qui me secouait et me nouait le cœur, il était difficile de distinguer ce qui était malaise physique et malaise moral. Je ne pouvais pas dire en particulier si je souffrais spécifiquement de la trahison de Catherine et de Ségret, ou si je souffrais d'autre chose. En fait, ce que je ressentais était plutôt du domaine de l'engourdissement. J'appréciais de façon aiguë le raffinement de mon nouveau bureau, l'intérêt de mes fonctions chez Ségret, le fric qu'il me donnait, l'appartement luxueux que j'allais louer, les robes et la lingerie que je pouvais offrir à Catherine.

Je pensais seulement parfois, avec une tristesse et un détachement pleins de dignité, que ma dignité justement ne me permettrait plus très longtemps de m'accommoder de la situation entre Catherine et Ségret. En un sens, c'était dommage. Il faudrait vraiment vérifier avec attention que celle-ci était bien telle que je le croyais, ne serait-ce que pour ne quitter qu'à coup sûr toutes ces délices.

Palier n° 4. Les deux moteurs de l'avion se turent l'un après l'autre, avec un dernier hoquet de toux. Nous étions non seulement posés, mais arrivés. Les deux pilotes se tournèrent vers le colonel, toujours immobile, et vers moi :

– Orly, dit l'un des pilotes.

– C'est tout neuf, dit l'autre. Tout est neuf en ce moment en France. Je ne sais pas quand ils s'arrêteront de construire et de rénover. Même le général de Gaulle est tout neuf en ce moment. Vous avez vu cette pêche qu'il a ? Il a inauguré le nouvel aéroport il y a quelques semaines.

Donc c'était vrai. Le Général inaugurait des aérogares pendant que nous, nous décampions clandestinement des présides. Peut-être, bientôt, serait-ce l'Algérie qu'il faudrait quitter, mais, ailleurs, le Général continuerait à inaugurer. La nouvelle aérogare avait des couleurs douces et étincelait de propreté. La dernière fois que j'avais quitté Paris, pour la Grèce ou pour Alger je crois, les bâtiments d'Orly étaient vétustes et sales, de vieux hangars et des édifices préfabriqués. Aujourd'hui, la piste sur laquelle nous roulions lentement était bordée de structures monotones et sereines, d'une banquise de verre et d'aluminium, d'une falaise étincelante au sommet de laquelle il y avait une terrasse d'où des gens regardaient.

On ouvrit la porte arrière de l'extérieur. Quelqu'un poussa une espèce d'escabeau qui servait de passerelle.

– Eh bien, voilà, dit le colonel d'infanterie de marine. Tout a une fin.

Il soupira très fort, se leva, boutonna sa gabardine kaki, enfila des gants de cuir, ajusta son ridicule képi, prit l'ample serviette où devaient se trouver des documents qu'il irait sûrement porter au ministère. J'étais resté assis sur mon siège. Le colonel passa devant moi pour descendre de l'avion. Il me salua d'un signe de tête avant de disparaître. Je le saluai de la même façon.

C'est à ce moment-là que je le reconnus. Car, quand il passa près de moi (et je retrouvai jusqu'à son odeur), je vis clairement que je ne m'étais pas trompé : c'était bien Peufeilloux. Mais comme Peufeilloux semblait, lui, ne pas m'avoir reconnu, qu'il portait cet uniforme de colonel d'infanterie, qu'il avait embarqué à Chella la veille au soir, que surtout il n'était pas suivi de Coulet, je me dis que, ou bien ce n'était pas lui, ou bien je n'arriverais jamais à en avoir le cœur net.

A éclaircir par la suite. Si un jour je pouvais.

Et voilà. Mon aventure à Chella était terminée. C'était inouï d'être enfin sorti des confins de la zone interdite, d'y avoir erré comme une ombre en croyant y être enfermé pour toujours, et de se retrouver libre. Maintenant, je marchais dans le grand couloir de l'aérogare. De chaque côté de moi, avec leurs couleurs pâles et froides, il y avait les comptoirs d'enregistrement inoccupés, les boutiques de l'aéroport, l'échoppe du fleuriste où les fleurs dormaient derrière la vitrine, avec une petite buée qui était sans doute le résultat vaporeux de leur respiration pendant cette nuit d'angoisse que je venais de passer dans l'avion, le marchand de parfums et ses flacons dorés méticuleusement empilés, le vendeur de tabac, avec ses boîtes à cigares de luxe.

Un officier en uniforme de cavalier passa. Il avait l'air pressé, mais tout d'un coup il me dévisagea, sembla me reconnaître et parut positivement stupéfait. Je le reconnus moi aussi. J'avais dû le rencontrer chez ces gens qui nous avaient reçus une fois, Catherine et moi, alors que nous venions d'arriver à Alger. Je ne l'avais pas revu depuis ce temps-là.

– Monsieur Sérurier ? dit-il.

– C'est moi.

– Excusez-moi. C'est fou. J'avais entendu dire... je croyais que vous et votre camarade Dodeman aviez eu cet accident d'entraînement à la grenade. Que vous étiez morts tous les deux... J'ai même assisté à l'enterrement.

– Vous vous trompez, dis-je fermement.

Je continuai d'avancer en essayant de l'écarter. Je ne voulais à aucun prix entendre son histoire. Peut-être, pourtant, était-ce lui qui avait raison. De toute façon, ça n'avait plus d'importance, puisque j'étais revenu.

– Au revoir, dit-il.

Il disparut comme par miracle, avalé par un des escaliers mécaniques qui menaient au départ des avions.

Maintenant, une femme en uniforme, une *AFAT*, liste à la main, avançait vers moi. Elle me montra le circuit particulier qui avait été prévu pour les militaires, à droite de la sortie normale des passagers. Je fus rejoint par d'autres soldats. Ils étaient en treillis comme moi, mais en treillis kaki d'infanterie (d'ailleurs il me sembla à ce moment que je ne portais plus l'uniforme vert de la marine et que mon propre treillis était devenu kaki). Ces soldats étaient chargés de gros sacs de toile contenant leurs effets. La lourde et vulgaire quille de bois que tenait l'un d'entre eux annonçait qu'il s'agissait d'appelés en fin de temps. Ils marchaient juste derrière. Ils étaient sans doute en provenance d'un autre avion qui venait d'Alger.

Tout d'un coup, je réalisai que la main dans laquelle j'avais tout à l'heure tenu l'exemplaire du livre d'Azéma était vide. Je l'avais oublié dans l'avion. C'était comme rentrer chez soi et avoir oublié les clefs. J'eus, je ne sais pourquoi, un moment de panique.

L'AFAT suivait notre groupe. Elle marchait derrière nous, avec ses listes.

– Pardonnez-moi, lui dis-je. J'ai oublié une chose importante dans l'avion, sur un siège, au dernier rang. Est-ce que je peux retourner le chercher ?

– Une chose importante ?

– Un livre.

– Un livre ? Dans quel avion ?

– Celui qui est là, lui dis-je en lui montrant la porte de notre arrivée. L'avion de Chella.

– De Chella ? dit-elle.

Elle répéta ce nom d'une voix étonnée, presque décolorée, comme si Chella n'eût jamais eu d'existence.

402

Je me retournai. L'avion d'où je sortais, et que j'avais vu il y avait encore un instant, avait disparu. Il n'était plus là. L'avait-on déjà déplacé ?

– Vous avez dit quoi ? L'avion d'où ?

– L'avion, répondis-je. Le DC-3 qui vient d'arriver de Chella, par Oran et Marseille. Celui sur lequel vous m'avez accueilli.

– Le DC-3 ? Chella ? Oran ? Vous devez confondre, dit-elle. Il n'y a pas eu aujourd'hui de DC-3. Il n'y a pas d'escale du nom de Chella. (Elle consulta sa liste, qui était justement fixée par une pince à dessin sur une planchette de bois, comme les feuilles de circulation de l'officier marinier de garde à la porte de l'amirauté.) Le seul avion qui soit arrivé ce matin est une Caravelle spéciale en provenance d'Alger. Il transportait des militaires libérés. C'est là que doit être votre livre. Je vais aller vous le chercher.

– Non, dis-je. C'était bien un DC-3, et c'était l'avion de Chella. J'arrive des présides français du Maroc.

– Des présides français ? Au Maroc ?

– Chella, Nador, Albaceite. Vous ne connaissez pas ?

– Chella ? dit-elle. Non, vraiment.

– Chella.

– De toute façon, un livre, ça se retrouve.

– Pas celui-là, dis-je.

Elle secoua les épaules. On ne contrarie pas quelqu'un qui a l'air un peu bizarre, qu'il vienne d'achever une année à la guerre, qu'il soit gravement blessé, qu'il ait terminé un examen, qu'il sorte même de prison. Sa voix était douce. Tout d'un coup l'idée me vint que peut-être, après tout, c'était elle qui avait raison.

Du groupe des militaires qui m'entourait tout à l'heure et qui m'avait dépassé, quelqu'un se retourna. Une voix m'appela :

– Sérurier ! Tu viens ?

– J'ai oublié mon bouquin dans l'avion, dis-je assez piteusement.

– Laisse tomber, dit le militaire. Ton bouquin, tu le rachèteras à Paris ! Paris est plein de bouquins. Il y a trop de bouquins à Paris.

403

Puis, tout d'un coup, cela devint encore franchement plus fou. Car le militaire qui m'appelait – ce garçon de taille moyenne, aux cheveux blonds, vêtu du treillis kaki des biffins et d'un calot noir –, c'était Dodeman. Dominique Dodeman, celui que j'avais abandonné la veille même, embarquant sur l'*Athos* à la suite de Françoise. L'*Athos* avait coulé. Dodeman aussi. Par quelle autre voie, sans doute parallèle à la mienne, s'en était-il donc sorti ?

De l'autre côté des barrières, des familles, des amis attendaient les soldats qui rentraient d'Algérie. Je regardai, mais Ségret n'était pas là. Je fus déçu. Ce salaud avait été jusqu'à me débusquer hier à Chella, il avait promis de venir me chercher, c'est lui qui devait me dépanner, mais il n'était pas là à l'aéroport. Le lui reprocher ? Lui téléphoner ? Mais déjà, à ce moment, les choses étaient devenues plus claires dans mon esprit. Je me sentais pénétré par une étrange et rassurante idée, celle que peut-être, ni Ségret, ni Chella, ni le reste, n'avait jamais vraiment existé. Leur image était en verre, elle se brisait à mesure que j'essayais de m'y raccrocher, elle s'altérait en moi, comme s'altéraient maintenant celle d'Arbitral, celle de Françoise, celle de Smili, celle du père Azéma, celle de Fethna.

Comme s'engloutissait le petit monde mythologique de l'amirauté.

Les signes continuaient. En fait, ils se multipliaient devant moi comme des champignons inattendus et vénéneux. D'abord cette publicité tournante représentant un homme aux formes molles, à la chevelure argentée, souriant d'un air entendu, en sous-vêtements, et dont l'abdomen était entouré d'une large ceinture blanche me disait quelque chose. Je lus le nom : la publicité vantait des sous-vêtements de chaleur – la marque « *Acaton* ». C'était d'ailleurs une marque connue, la raison sans doute pour laquelle, lorsque j'avais entendu parler pour la première fois du beau commandant, ce nom d'Acaton ne m'avait pas alors semblé totalement inconnu !

Oui, tout était obscur dans ce que je découvrais autour de moi, mais ce qui était clair en revanche, c'était que cet Arabe qui, près de la boutique sous-douane qu'on était en train d'ouvrir, nettoyait le sol avec un balai à serpillière et ne me reconnaissait pas, c'était le sergent Smili, le harki avec lequel j'avais tué Si Hamza ! Et le petit PIM, celui qui s'était pendu dans la matmora, mon cœur bondit de joie dans ma poitrine. Finalement je ne l'avais pas tué puisqu'il était cet adolescent qui venait de passer, deux cafés sur son plateau, sous le tableau d'affichage des vols ! Après tout, me disais-je, songe ou pas songe, leurre ou réalité, ce monde était moins dur, moins injuste, moins mauvais sûrement que l'autre. N'était-il même pas meilleur, puisque ni Smili ni le petit prisonnier n'y étaient morts ?

Ou peut-être étions-nous tous morts ?

L'homme qui marchait devant moi, et que je ne voyais que de dos, je reconnus immédiatement sa silhouette courbée par l'âge. C'était Sidi Ali, le moqqadem de Sidi Ben Amar. Jusqu'à la mallette de cuir qu'il portait et qui avait tant excité la curiosité de C & P, qui me le fit reconnaître. A cette époque de terrorisme, on fouillait souvent les bagages des gens. Un CRS s'approcha de lui, lui fit ouvrir son bagage. J'entendis un déclic, et le moqqadem montra ce qu'il y avait dans la mystérieuse mallette. Je ne vis que quelques vêtements banals et un livre qui ressemblait curieusement à celui que j'avais laissé dans l'avion.

Rien, en somme. Je passai.

Mais il y avait mieux...

Car je regardais, et je ne savais pas comment déchiffrer l'image que j'avais devant les yeux. Cette femme, cette femme jeune et jolie que, par-delà la barrière de la douane et de l'immigration, j'apercevais, attendant comme d'autres femmes et hommes qui accueillaient les passagers en provenance d'Alger, cette femme qui venait juste de me voir aussi et qui m'adressait maintenant, par-dessus les signes et les sourires des autres gens qui étaient là, son propre signe et son propre miraculeux sourire, comme si rien ne s'était jamais passé, comme si rien n'était jamais arrivé, cette femme qui m'attendait, cette femme qui m'embrassa dès que je me retrouvai dans le grand hall d'Orly, avec ses lèvres merveilleuses et douces, ses lèvres loyales, amoureuses, fraîches, ces lèvres *sans histoires* qui vinrent s'imprimer sur les miennes dès que, avec ces camarades improvisés qu'on venait de libérer d'Algérie, j'eus franchi les contrôles, c'était Catherine.

Naturellement, comme quand on arrive d'un peu loin et qu'on est parti il y a longtemps, j'étais un peu éberlué et somnambule. Quand étais-je parti ? D'où ? Vers où ?

Finalement, puisque cette espèce de *comité d'accueil* formé de gens que j'avais connus avait l'air de savoir mieux que moi ce qui se passait, peut-être le mieux était-il, tout simplement, de les croire *sur parole* et de faire ce qu'ils attendaient que je fisse.

Que j'arrivasse d'Algérie ou de Chella, quelle différence ? Je n'avais jamais exactement cru à cette trop cruelle histoire de mon lâchage par Catherine, pas plus qu'à cette affectation dans les présides. Elle sentait le bidon jusqu'à vingt-cinq lieues. Et, s'il était clair que les présides n'existaient pas, que c'était Catherine transparente elle-même qui venait me chercher, pourquoi m'obstiner à douter ?... Presque certainement je nageais dans le faux jusqu'au cou, mais Catherine était là à côté de moi, c'était tellement plus facile de tout croire tout simplement. Trop longtemps j'avais compliqué pour le plaisir.

Je fis comme le randonneur de rallye à qui à l'étape on tend un nouveau sac dont il ne connaît pas le contenu. Il n'en regarde pas l'intérieur. Faisant confiance aux juges, il le charge sur son dos.

L'explication, s'il y en avait une, je la chercherai plus tard. Je pris donc au vol le sac qu'on me tendait et je ne voulus même pas examiner ce qu'il y avait dedans. Un nouveau personnage m'était présenté – pourquoi pas le vrai ? –, celui du soldat libéré qui, après avoir tiré son temps en Algérie, revient en France et à la vie civile. Il retrouve sa femme fidèle qui n'avait cessé de lui écrire et de penser à lui.

Il sera désormais heureux.

Dans ce moment d'ailleurs, alors que je marchais avec Catherine et les autres dans le grand hall d'Orly sous les écriteaux blanc et bleu indiquant, qui la direction du départ, qui la direction de l'arrivée, la seule anomalie vraiment notable, vraiment sensible était que, lorsque je m'entendais et que je me voyais agir, c'était de l'extérieur. Comme on dit au cinéma, je parlais *off*, je voyais *off*, mais c'était au fond très agréable. Ce n'était qu'un coup à prendre et je m'y habituerais.

Je m'entendis donc rire et dire au revoir à Dodeman et aux copains. On allait s'écrire, on se reverrait sûrement. Ma voix sonnait comme dans une galerie de souterrain, elle se retrouvait dans les méandres où, autrefois à Chella, s'engageaient les sonneries grêles du téléphone lorsque j'essayais de retrouver les chemins de l'extérieur, et que je m'égarais dans je ne sais plus quels labyrinthes. Dodeman allait chez sa mère, en Provence, et il me donna le numéro de téléphone. C'était drôle de le voir plus jeune que jamais, radieux et *préservé* comme s'il n'eût jamais connu les affres de l'amirauté ou l'amour de Françoise. Piti prenait tout à l'heure son train pour Rennes à la gare Montparnasse.

Nous nous promîmes bien de ne pas perdre le contact. J'ai déjà dit, je crois, que sauf une fois, étrangement, je n'entendis plus jamais parler de Dodeman. Je ne revis pas non plus Piti avant de nombreuses années, en fait ce fut il n'y a pas longtemps et absolument par hasard. Quelquefois, je m'étonnais de n'avoir jamais envie de savoir ce qu'ils étaient devenus.

Je faisais la même réflexion sur Françoise.

Mais on n'a pas besoin de tout le monde toute sa vie.

Je m'appuyais sur le bras de Catherine.

– Ségret n'est pas là ? dis-je.

C'était, finalement, la seule chose qui me choquât. Ségret n'était pas là. Il avait pourtant dit au téléphone qu'il viendrait. Il m'avait laissé tomber.

– Ségret ? dit-elle. Qui ça ?

Pourquoi expliquer ? Je vis bien que ses yeux étaient clairs et qu'elle ne mentait pas – elle ne mentait pas, comme d'habitude. Plus tard, nous étions dans le taxi qui nous emmenait d'Orly à Paris. Le chauffeur emprunta la nouvelle bretelle de l'autoroute que je n'avais jamais vue et qui longe Rungis. Elle traversait en la dominant une sorte de vallée (celle de la Bièvre ?). Autrefois, il n'y avait en cet endroit que l'aqueduc de Cachan et d'horribles maisons de banlieue en meulière. Là, depuis mon départ, avaient jailli de nouvelles constructions de verre et d'acier, des groupes de logements qui étaient peut-être à l'image de ceux que j'aurais pu construire avec Ségret.

Mon étonnement peut paraître naïf. Aujourd'hui, des années après, je sais tout simplement que ce retour d'Afrique du Nord coïncidait avec ces années soixante, ces années dorées, les années les plus prospères de la Ve République, celles qu'on appela ensuite les *Vingt Glorieuses*, et que c'étaient elles que, sans le savoir, je découvrais en rentrant.

La France que j'avais quittée était un pays triste, vieillot, empêtré dans ses difficultés d'après-guerre, à l'image même de ces petits royaumes coloniaux sans intérêt comme Chella qu'elle s'était taillés un peu partout. Celle que je découvrais à l'improviste, en rentrant, était comme un bourgeon d'où sortait une jeune et puissante sève. Nous allions être heureux, nous allions être riches. Il y avait ces chantiers en construction partout, les voitures étaient neuves et actives, elles roulaient sur des autoroutes entourées de pelouses, les gens me paraissaient bien vêtus, les boutiques croulaient sous les articles, des antennes de télévision avaient poussé sur tous les toits. Une nouvelle société était née alors que j'étais loin et que je pataugeais dans la boue d'Arbitral. Une formidable force de vie et d'argent se faisait sentir partout.

Je me dis que ça devait être agréable de se mettre à faire partie de ce monde-là. Demain, j'essaierais de téléphoner à Ségret.

Ou à un autre.

J'eus une dernière pensée pour les terrasses et les hauts murs de Chella, ses chicanes et ses barbelés sur le port. Je revis Fethna dans mon lit, nos combats inutiles et muets. Je revis aussi les hauteurs détrempées et froides d'Arbitral, cette guerre minable où s'engluait toute une population qui n'avait pas voulu de nous, mais dont nous n'avions, finalement et bien heureusement pour nous, plus rien à faire.

Rien à en faire.

Tout disparut. Dans le taxi qui roulait vers Paris, je retrouvai les lèvres tendres et soumises de Catherine. En même temps que je l'embrassais, je me disais qu'il me faudrait bien,

408

un jour ou l'autre, tenter d'élucider ce qui, dans mon histoire, était vrai ou n'était pas vrai. Cette pensée m'occupait sans plaisir, comme celle d'une corvée inutile et au fond dangereuse dont j'espérais remettre l'exécution au plus tard possible.

De toute façon, pensai-je, l'aventure était devant moi, pas derrière. La même lâcheté me prit que celle que, tout à l'heure, j'avais eue dans mon bureau clair des Champs-Élysées. J'embrassais Catherine, et je me disais que je n'avais probablement qu'une chose à faire : laisser passer le plus possible de jours heureux.

Le taxi roulait vers la porte d'Orléans et je réfléchis une dernière fois. Chella, ombre ou réalité ? Arbitral, vrai ou pas vrai ? Si Hamza, mort ou pas mort ? Fethna, Françoise, abandonnées ou non ? Catherine, amie ou traîtresse ? Je savais déjà que ce ne serait pas de sitôt que je le prendrais, ce risque : le risque cruel, inutile, imbécile, gratuit – le risque de savoir.

De plus, j'avais vingt-cinq ans.

COMPOSITION : IMPRIMERIE HÉRISSEY À ÉVREUX
IMPRESSION : SEPC À SAINT-AMAND (11-89)
DÉPÔT LÉGAL : SEPTEMBRE 1989. N° 10863-7 (2428)